KB113445

감정 교육 1

L'Éducation Sentimentale

세계문학전집 322

감정 교육 1

L'Éducation Sentimentale

귀스타브 플로베르

지영화 옮김

민음사

차례

1부　7
2부(상)　161

2권 차례

2부(하)　7
3부　73

작품 해설　295
작가 연보　313

일러두기

인·지명은 대체로 외래어 표기법을 따랐으나 몇몇 예외를 두었다.

1부

1

1840년 9월 15일 아침 6시쯤 출발 직전인 빌 드 몽트로 호는 생베르나르 부두에서 소용돌이치는 커다란 연기를 뿜어내고 있었다.

배를 타려는 사람들이 숨을 헐떡이며 도착했다. 커다란 통, 굵은 밧줄, 옷 바구니 들로 통행이 어려웠다. 선원들은 묻는 말에 대답도 하지 않았다. 사람들 몸이 서로 부딪혔다. 두 기통 사이로 짐들이 쌓아올려졌고, 시끄러운 소리는 함석판 사이로 새어 나와 주위를 희끄무레한 안개로 뒤덮는 쉿쉿 하는 증기 소리에 묻혀 사라졌다. 배 앞쪽에서는 종소리가 끊임없이 울렸다.

드디어 배가 출발했다. 가게, 공사장, 공장 들이 늘어선 양쪽 부둣가는 넓은 리본 두 개가 펼쳐지듯 멀어져 갔다.

머리가 긴 열여덟 살 젊은이가 팔에 앨범을 낀 채 키 옆에 가만히 서 있었다. 그는 안개 사이로 보이는 이름도 모르는 종탑과 건물 들을 바라보았다. 그러고는 생루이 섬, 시테, 노트르담에 마지막 눈길을 던졌다. 마침내 파리 모습이 보이지 않자 그는 크게 한숨을 내쉬었다.

방금 대학 입학시험에 합격한 프레데릭 모로는 파리에서 노장쉬르센으로 돌아가는 중이었는데 법학 공부를 하러 떠나기 전까지 이곳에서 두 달 동안 지루한 생활을 견뎌야 했다. 그의 어머니는 아들이 유산 상속자가 되기를 바라는 마음에서 최소한의 여행 비용을 들여 그를 르아브르에 있는 백부 집에 보냈더랬다. 전날에야 르아브르에서 돌아와 가장 먼 길로 고향에 돌아가는 것으로 프레데릭은 수도에 머물 수 없는 마음을 달랬다.

소동은 가라앉았고 모두 제자리를 찾아 앉았다. 선객 몇몇은 기관실 주위에 서서 몸을 덥히고 있었다. 굴뚝에서는 간간이 규칙적인 소리가 나며 검은 연기가 새어 나왔다. 동판 위에 맺힌 이슬방울이 가끔씩 흘러내렸다. 작은 내부 진동으로 선교가 흔들렸고 두 바퀴는 빠르게 회전하면서 물살을 가르고 있었다.

센 강가에는 모래사장이 펼쳐져 있었다. 파도에 밀려 물결치듯 떠내려오는 뗏목들이 보이기도 했고 한 남자가 돛대 없는 배 위에 앉아 낚시질하는 모습이 보이기도 했다. 잠시 후 공중에 떠돌던 안개가 엷어지면서 햇빛이 나타났고 강 오른쪽에 보이던 언덕이 점차 낮아지더니 반대편에서 또 다른 언덕이 더 가까이 나타났다.

이탈리아식 지붕을 인 낮은 집들 사이에 심어진 나무들이 언덕을 장식했다. 새로 단장한 벽, 철망, 잔디, 온실 그리고 턱을 괼 수 있는 테라스에 일정한 간격으로 놓인 제라늄 화분들이 경사진 집 정원을 가르고 있었다. 이처럼 평화롭고 예쁜 집들을 보면 누구나 집주인이 되는 꿈을 꾸게 되고, 그곳에서 당구장과 대형 보트, 여자 혹은 또 다른 꿈과 더불어 생의 마지막 순간까지 살고 싶어질 것이었다. 선상 여행이 주는 새로운 즐거움은 서로 쉽게 마음을 터놓을 수 있다는 점이었다. 익살꾼들은 벌써 농담을 늘어놓기 시작했다. 노래하는 사람도 많았고 전체적으로 즐거운 분위기였다. 같이 술을 마시는 사람들도 있었다.

프레데릭은 파리에서 살게 될 방을 그려 보았고, 쓰고 싶은 희곡의 구조, 그림 주제, 미래의 사랑에 대해서도 생각했다. 자신의 드높은 정신에 마땅한, 당연히 누려야 할 행복이 너무 늦어지는 것 같았다. 그는 우울한 시구를 읊조렸다. 그리고 빠른 걸음으로 갑판을 지나 종이 있는 배 끝으로 걸어갔다. 그러자 선객과 선원 들에 둘러싸인 한 남자가 보였다. 그는 어느 시골 처녀 가슴에 매달린 금십자가를 만지작거리며 환심을 사려는 듯 입에 발린 말을 늘어놓고 있었다. 머리가 짧고 곱슬곱슬하며 마흔 살쯤 되어 보이는 남자였다. 건장한 상체에 벨벳 웃옷을 걸쳤고 하얀 삼베 셔츠에는 에메랄드 두 개가 반짝거렸다. 푸른 그림이 그려진 러시아산 가죽으로 된 붉고 특이한 부츠 위로 통 넓은 흰색 바지가 내려와 있었다.

프레데릭이 거슬리지는 않는 듯 그는 프레데릭을 향해 눈짓을 하며 몇 번씩 고개를 돌렸다. 그러고는 주위에 있던 사람들 모두에게 시가를 건넸다. 그러다가 이들에게 싫증이 난 듯 멀리 떨어진 곳으로 갔다. 프레데릭은 그의 뒤를 따랐다.

우선 담배 종류에 대한 이야기가 시작되다가 자연스럽게 화제가 여자 문제로 이어졌다. 붉은 부츠를 신은 그 남자는 젊은이에게 여러 가지 충고를 해 주었다. 이론적인 설명에 몇몇 에피소드를 덧붙이며 자기 예를 들기도 했는데, 모든 이야기에 적당히 퇴폐적인 맛을 곁들여 아버지 같은 말투로 재치 있게 말했다.

그는 공화주의자라고 했다. 여행도 많이 했고 극장 내부, 레스토랑, 신문 그리고 유명한 예술가들도 모두 잘 알아서 친숙한 듯 서로 이름을 부른다고 했다. 프레데릭이 곧 그에게 자신의 장래 계획을 털어놓자 그는 격려를 아끼지 않았다.

그러더니 그는 이야기를 중단하고 굴뚝 파이프를 살펴보면서 "일 분에 피스톤이 저만큼 움직이면 한 번 움직이는 데는……." 하면서 재빨리 복잡한 계산을 하느라 중얼거렸다. 이어 답을 찾아내고는 주위 경치에 찬사를 보냈다. 그는 일에서 해방되어 행복하다고 혼잣말을 했다.

프레데릭은 그에게 일종의 존경심이 느껴져 이름을 알고 싶은 유혹을 참지 못했다. 미지의 남자는 단번에 자기 이름을 말했다.

"자크 아르누, 몽마르트르 거리에 있는 라르 앵뒤스트리엘의 주인이오."

금줄 달린 모자를 쓴 하인이 나타나 그에게 말했다.

"주인님, 내려가시지요? 아가씨가 우시는데요."

그는 사라졌다.

라르 앵뒤스트리엘은 미술 신문과 미술상을 겸하는 복합 상점이었다. 프레데릭은 이 이름을 고향 서점에 진열된 어마어마하게 큰 팸플릿에서 본 적이 있었다. 그 위에 자크 아르누의 이름이 위풍당당하게 새겨져 있었다.

수직으로 내리쬐는 태양 빛에 돛대 주위 쇠고리들과 뱃전 양철 그리고 강물 표면이 번들거렸다. 강물은 뱃머리에서 두 줄기 물살을 이루며 초원 어귀까지 펼쳐졌다. 강어귀를 돌 때마다 한결같이 잎이 연한 포플러의 울창한 모습이 보였다. 들판은 텅 비어 있었다. 하늘에는 작고 하얀 구름이 가만히 떠 있었다. 그리고 사방에 떠도는 듯한 막연히 권태로운 기운에 배도 느려진 것 같았고 선객들 표정도 더욱 무의미해 보였다.

일등실에 탄 몇몇 부르주아를 제외하면 대부분은 노동자 그리고 부인과 아이들을 거느린 상인들이었다. 여행할 때 누추하게 입는 관습이 있던 때라 사람들은 대부분 낡은 그리스식 빵모자나 색 바랜 모자, 사무실 책상에 닳아 누추해진 검은 양복, 상점에서 너무 오랜 세월 걸쳐 단춧구멍마저 보이는 코트를 입고 있었다. 여기 저기 열어젖힌 조끼 사이로 커피로 얼룩진 옥양목 셔츠가 보였다. 누더기가 된 넥타이에는 도금 핀이 꽂혀 있었다. 천 조각으로 만든 실내화에는 각반[1]이 매여 있었다. 가죽끈 달린 대나무를 든 불량배 두세 명이 곁눈질했

---

1) 바지를 팽팽하게 하기 위해 발밑에 거는 끈.

고, 집안 아버지들은 뭔가 질문을 하며 눈을 커다랗게 뜨곤 했다. 한쪽 구석에서 자는 사람들도 있었다. 수영하는 사람도 몇 있었다. 갑판 위는 호두 껍질, 담배꽁초, 배 껍질, 종이에 싸서 가져온 먹다 남은 돼지고기 가공품으로 지저분했다. 가구 세공사 세 명은 작업복 차림으로 식당 앞에 서 있었다. 누더기를 걸친 하프 연주자는 악기에 팔을 괸 채 쉬고 있었다. 화덕에서 석탄이 타는 소리, 목소리의 파편, 웃음소리가 간헐적으로 들려왔다. 선장은 갑판 위에서 기통 사이를 쉬지 않고 걸어 다녔다. 프레데릭은 자기 자리로 돌아가려고 일등석 문을 열었다. 그리고 개를 데리고 있던 사냥꾼들 사이를 비집고 지나갔다.

　그건 마치 하나의 출현과도 같았다.

　그녀는 홀로 벤치 중앙에 앉아 있었다. 아니면 그녀의 두 눈이 뿜어내는 빛 때문에 그가 다른 누구도 보지 못했는지도 모른다. 그가 지나가는 순간, 동시에 그녀가 머리를 들었다. 그는 무의식적으로 어깨를 움츠렸다. 그러고는 같은 쪽 좀 더 먼 곳에 자리를 잡고 그녀를 바라보았다.

　그녀는 분홍 리본이 달린 챙 넓은 밀짚모자를 쓰고 있었다. 바람에 날려 리본이 등 뒤에서 하늘거렸다. 머리 중앙에서 양 옆으로 갈라진 검은 머리가 긴 눈썹 끝을 감싸고 얼굴 밑까지 내려오면서 타원형 얼굴을 다정하게 감싸는 듯했다. 작은 물방울무늬가 있는 밝은색 모슬린 옷자락이 풍성하게 주름을 이루며 바닥에 늘어져 있었다. 그녀는 무언가에 수를 놓는 중이었다. 쭉 뻗은 코, 턱, 그녀 모습 전체가 파란 대기 속에 선명하게 드러나 있었다.

그녀가 계속 똑같은 자세를 취하고 있어 그는 자기 의도를 감추기 위해 오른쪽 왼쪽으로 몇 번을 오고갔다. 그러고는 벤치에 기대어 놓은 그녀 양산 옆에 다가서서 강 위 배를 바라보는 척했다.

　그는 지금까지 그토록 빛나는 갈색 피부도 몸매도 햇빛에 비춰진 섬세한 손가락도 본 적이 없었다. 그는 그녀의 뜨개질 바구니를 경이로운 물건인 듯 놀라움에 차 바라보았다. 그녀 이름은 뭐고 집은 어디며 그녀 삶은, 과거는 어떤 걸까? 그는 그녀 방 가구들과 그녀가 입었던 모든 옷들, 그녀가 알고 지내는 사람들에 대해 알고 싶었다. 육체에 대한 욕구마저도 끝없는 고통스러운 호기심 속 더욱 깊은 욕망에 눌려 사라졌다.

　머리에 스카프를 두른 흑인 하녀가 벌써 키가 큰 여자아이의 손을 잡고 나타났다. 방금 잠에서 깨어 눈에 눈물이 그렁그렁한 아이를 부인은 무릎에 앉혔다. "아가씨, 이제 곧 일곱 살인데 얌전해져야지. 안 그러면 엄마가 더 이상 예뻐하지 않을 거야. 지금까지 응석을 너무 받아 줬나 봐." 마치 무언가를 발견하거나 얻은 것처럼 프레데릭은 이런 말들을 듣는 게 즐거웠다.

　그녀가 어쩌면 안달루시아 출신이거나 식민지 태생 백인이라고 그는 생각했다. 흑인 하녀도 식민지 섬에서 데려온 건 아닐까?

　긴 보랏빛 줄무늬 숄이 그녀 등을 덮고 선체 구리판 위까지 흘러 내려와 있었다. 바다 한가운데에서 습기 찬 저녁이면 자주 이 숄로 몸을 감싸거나 발을 덮고 이불처럼 두르고 자기도 했을 텐데! 자락이 늘어지면서 숄이 점점 미끄러져 내려 물속으로 빠지려는 순간 프레데릭은 껑충 뛰어올라 숄을 붙잡았다. 그녀가 말했다.

"감사합니다, 선생님."

그들 눈이 서로 마주쳤다.

"여보, 준비됐어?" 계단 통로에서 아르누 씨가 소리쳤다.

마르트가 달려가 그의 목에 매달려 수염을 잡아당겼다. 하프 소리가 들리자 아이는 음악을 연주하는 모습을 보고 싶어 했다. 곧바로 흑인 하녀의 안내로 연주자가 일등실에 들어왔다. 아르누는 그가 전직 모델임을 알아봤다. 그가 연주자에게 말을 놓자 주위 사람들은 놀라워했다. 드디어 하프 연주자는 긴 머리를 어깨 뒤로 넘긴 다음 팔을 뻗어 연주하기 시작했다. 연주곡은 단검, 꽃, 별에 관한 내용이 담긴 동양의 연가였는데 연주자가 카랑카랑한 목소리로 노래했다. 기계 소리가 멜로디를 방해하자 그가 더 세게 줄을 당겨 하프 현이 진동했다. 악기의 금속성 소리에서 오만한 사랑이 패배했을 때의 탄식 같은 흐느낌이 새어 나오는 것 같았다. 양쪽 강변의 비탈진 숲은 물가까지 이르렀다. 신선한 바람이 불었다. 아르누 부인은 막연히 먼 곳을 바라보고 있었다. 음악이 멈추자 마치 꿈에서 깨어난 듯 그녀는 눈을 몇 번 깜박거렸다.

하프 연주자가 겸손하게 그들에게 다가갔다. 아르누가 동전을 찾는 동안 프레데릭은 그가 내민 모자에 주먹 쥔 손을 뻗어 어색하게 금화 1루이를 놓았다. 그녀 앞에서 이렇게 동전을 준 것은 허영심 때문이 아니라 그녀를 위한 은총의 상념,

거의 종교적인 마음의 움직임 때문이었다.

아르누가 식당 쪽을 가리키며 그에게 같이 내려가자고 다정하게 권했다. 프레데릭은 방금 점심 식사를 했노라고 말했지만 정반대로 배고파 죽을 지경이었다. 지갑엔 한 푼도 남아 있지 않았다.

그러다 그는 자기도 다른 사람들처럼 식당에 머물 권리가 있다고 생각했다.

둥근 식탁에 앉아 부자들이 식사를 하고 카페 종업원들은 돌며 시중을 들었다. 그는 벨벳이 씌워진 긴 의자 위에 있던 신문을 집어 든 다음 자리에 앉았다.

그들은 몽트로에서 샬롱으로 가는 합승 마차를 타야 한다고 했다. 스위스에서 한 달 동안 머물 예정이었다. 아르누 부인은 아이 응석을 받아 준다고 남편을 나무랐다. 아르누가 부인에게 귓속말을 했다. 무슨 달콤한 말이라도 속삭인 듯 부인이 웃음을 지었다. 그런 다음 그는 그녀 목 뒤쪽에 있는 커튼을 치기 위해 자리에서 일어났다.

낮고 새하얀 천장에 직사광선이 내리쬐고 있었다. 부인 맞은편에 앉은 프레데릭은 그녀 얼굴에 속눈썹 그림자가 지는 것을 보았다. 그녀는 잔에 입술을 축인 다음 손가락으로 빵 조각을 잘랐다. 금팔찌에 매달린 청금석 메달이 가끔씩 접시에 부딪혀 소리를 냈다. 그러나 주위 사람들 중 아무도 그녀를 주시하지 않는 듯했다.

가끔씩 원창으로 여행객을 태우거나 내려 주려고 선체가 미끄러져 다가오는 것이 보였다. 식탁 주위 사람들은 창문을 내다보며 강 연안 지방 이름을 말하곤 했다.

아르누는 음식에 대해 불평을 했다. 계산서를 보자 펄쩍 뛰더니 값을 깎았다. 그러고는 그로그[2]를 마시러 젊은이를 배 앞쪽으로 데리고 갔다. 그러나 프레데릭은 곧 아르누 부인이 와 있던 텐트로 돌아왔다. 그녀는 회색 표지의 얇은 책을 읽고 있었다. 가끔씩 양 입술 끝이 치켜지곤 했는데 섬광 같은 즐거움에 이마가 반짝였다. 그녀를 심취하게 하는 이런 것들을 발명해 낸 사람에게 그는 질투심을 느꼈다. 그녀를 바라볼수록 자신과의 심연이 깊어짐을 느꼈다. 얼마 후면 그녀에게 말 한마디 끌어내지 못하고, 단 하나의 추억마저도 남기지 못한 채 돌이킬 수 없이 떠나야 한다는 걸 그는 생각했다!

오른쪽에는 벌판이 펼쳐져 있었다. 왼쪽에는 목초지가 완만한 경사를 이루며 언덕까지 이르렀으며 언덕 위에는 포도원, 호두나무, 초목 사이로 풍차가 보였고 그 너머로는 지평선까지 흰 바위 사이로 구불구불 난 작은 길들이 보였다. 그녀 치맛자락에 누렇게 바랜 나뭇잎들이 흩어질 때 그녀의 반짝이는 두 눈에 젖어 그녀 목소리를 듣고 허리에 팔을 두른 채 나란히 이 길을 걸어 올라간다면 얼마나 행복할까!

좀 더 멀리 지붕이 뾰족하고 네모진 망루가 있는 성이 하나 보였다. 성 전면에는 화단이 있었다. 그리고 길들이 마치 검은 천장처럼 키 큰 보리수나무 밑으로 뻗어 있었다. 그는 그녀가 소사나무 가로수 길을 걸어가는 모습을 그려 보았다. 순간 젊

---

2) 럼주 또는 브랜디에 설탕, 레몬, 더운 물 등을 섞은 음료.

은 남녀 한 쌍이 현관 층계참 오렌지 나무 화분들 사이로 지나 갔다. 그리고 모든 것이 사라졌다.

아이가 프레데릭 주위에서 놀고 있었다. 그가 뽀뽀하려 하 자 아이는 하녀 뒤에 숨었다. 엄마는 자기 숄을 건져 준 아저 씨께 친절하지 못하다고 아이를 나무랐다. 마음을 연다는 간 접적인 의미였을까?

'드디어 내게 말을 건네려나?' 하고 그는 생각했다.

시간이 없었다. 어떻게 아르누 집에 가도록 초대장을 받아 낼 수 있을까? 가을빛을 상기시키는 것이 최선인 듯해서 그는 말했다.

"곧 겨울이네요, 무도회와 만찬의 계절!"

그러나 아르누는 짐을 챙기느라 정신이 없었다. 쉬르빌 해 안이 보였다. 다리 두 개가 서로 가까워지고 밧줄이 던져지자 즐비하게 늘어선 낮은 집들이 보였다. 아래쪽에는 타르용 솥 과 나뭇조각이 흩어져 있었다. 모래사장에서는 아이들이 재 주넘기를 하며 뛰어다녔다. 프레데릭은 소매 달린 조끼를 들 고 있던 남자를 알아보고는 소리쳤다.

"서둘러."

배가 도착했다. 그는 밀집한 통행인들 사이에서 어렵게 아 르누를 찾았다. 아르누는 그와 악수를 하며 인사했다.

"그럼 잘 가시오."

부두에 이르자 프레데릭은 고개를 돌렸다. 그녀는 키 옆에 서 있었다. 그는 온 마음이 담긴 시선으로 그녀를 바라보았다. 아무 일도 없다는 듯 그녀는 가만히 서 있었다. 그는 하인이

건네는 인사말에는 대꾸도 없이 하인을 다그쳤다.

"왜 마차를 여기까지 몰고 오지 않았지?"

하인이 용서를 구했다.

"서투르기는! 돈이나 줘!"

그는 한 여인숙으로 식사를 하러 갔다.

십오 분쯤 후에 우연인 것처럼 합승 마차가 대기해 있는 구내에 들어가 보고 싶었다. 어쩌면 그녀를 볼 수 있을지도 몰라?

"무슨 소용이야?" 하고 그는 중얼거렸다.

그는 사륜마차에 몸을 실었다. 말 두 마리는 어머니 소유가 아니었다. 세금 징수인 샹브리옹 씨의 말을 빌려 자기 말과 함께 맨 것이었다. 이지도르는 전날 길을 떠나 브레에서 저녁까지 휴식을 취하고 몽트로에서 하룻밤을 지냈다. 충분한 휴식에 기운이 솟은 말들은 빠르게 달렸다.

수확이 끝난 벌판이 끝없이 펼쳐졌다. 가로수 두 줄이 길가에 늘어서 있었고 자갈 더미가 연이어 나타났다. 빌뇌브생조르주, 아블롱, 샤티옹, 코르베유 그리고 다른 지방들과 그의 모든 여정이 하나둘씩 너무도 생생하게 떠올라 새로운 사실들과 좀 더 친밀한 특징들이 분명해졌다. 마지막으로 치맛자락이 나부낄 때 얇은 밤색 비단 장화를 신은 그녀의 발이 보였더랬다. 리넨 차양이 그녀 머리 위를 넓게 드리웠고 테두리를 장식한 붉은 술이 바람에 하염없이 흔들렸었다.

그녀는 낭만 소설 속에 나오는 여주인공을 생각나게 했다. 그는 그녀 모습에 무엇을 더하거나 빼고 싶지 않았다. 우주 전체가 더욱 넓어진 듯했다. 그녀는 온 세계가 향하는 빛나는 한 점이었다. 자동차 진동에 몸을 맡긴 채 그는 눈을 반쯤 감고, 시선은 아득해져서 꿈같은 무한한 즐거움에 빠져들었다.

브레에 도착한 그는 말에게 귀리를 먹이는 걸 기다리지 않고 혼자서 계속 걸어 나갔다. 아르누가 그녀에게 "마리."라고 부르는 소리를 들었다. 그는 "마리." 하고 크게 외쳤다. 대답 없는 그의 목소리가 메아리 없이 대기 속으로 사라졌다.

서쪽 하늘이 빨간빛으로 타오르는 듯했다. 초가집 한가운데 쌓아 놓은 커다란 보리 더미가 거대한 그림자를 드리웠다. 저 멀리 어느 농가에서 개 짖는 소리가 들려왔다. 그는 알 수 없는 불안감에 휩싸여 몸을 떨었다.

이지도르가 그를 태우러 오자 그는 마부석에 앉아 마차를 몰았다. 절망감은 털어 버린 뒤였다. 그는 무슨 수를 쓰든 아르누 집에 접근하여 그들과 관계를 맺으리라 마음먹었다. 그들 집은 흥미로울 게 분명했고 아르누도 마음에 들었다. 누가 알아? 피가 머리까지 치솟는 것 같았다. 관자놀이가 윙윙거렸다. 그는 채찍을 내려치고 고삐를 당겼다. 그가 말을 너무 세게 몰아, 늙은 마부가 계속해서 소리쳤다.

"천천히! 천천히! 말이 숨이 차고 말 거요."

차츰 안정을 되찾은 다음 프레데릭은 하인이 전하는 말에 귀를 기울였다.

모두들 그가 돌아오기를 애타게 기다리고 있었다. 루이즈 아가씨가 마차를 타고 떠나겠다며 울기까지 했다.

"루이즈가 누구지?"

"로크 씨 딸 아시잖아요?"

"아! 잊고 있었어!" 프레데릭이 무심하게 대답했다.

그러나 두 마리 말은 힘이 다 빠진 듯 다리를 절었다. 그가 아르므 광장 앞 어머니 집에 도착했을 때 생로랑 성당이 9시를 알렸다. 정원이 들판을 향해 난 이 넓은 집은 이 지방에서 가장 존경받는 인물인 모로 부인의 위세를 드높이는 데 한몫을 했다.

그녀는 지금은 기울어진 유서 깊은 가문 출신이었다. 부모의 선택으로 결혼한 평민 출신 남편은 임신 중인 그녀에게 보잘것없는 재산을 남긴 채 단검에 찔려 사망했다. 그녀는 일주일에 세 번 사람들을 맞았고 가끔씩 훌륭한 만찬을 열었다. 그러나 그녀는 촛불 수를 미리 세고 초조하게 소작료를 기다렸다. 어떤 결점처럼 숨겨진 이런 궁색함이 그녀를 더욱 신중하게 했다. 그러나 그녀의 미덕에 표면적인 점잖음이나 신랄함은 없었다. 매우 사소한 그녀의 자선조차도 대단한 적선처럼 여겨졌다. 사람들은 하인을 선택하거나 젊은 여자아이들 교육, 잼 만드는 법 등에 대한 문제가 있을 때 그녀에게 자문을 구했다. 주교 순회 때면 그녀 집에 머물곤 했다.

모로 부인은 아들에 대한 야망이 컸다. 미리 조심하는 마음에서 그녀는 정부를 비난하는 소리를 듣고 싶어 하지 않았다. 우선 아들은 보호가 필요했다. 그런 다음 자기 능력으로 국가고문, 대사, 장관이 될 것이었다. 그가 상스 중등학교에서 거둔 성공을 생각할 때 이러한 자만은 당연해졌다. 그가 최우수상을 탔던 것이다.

그가 거실로 들어가자 모두들 소란스럽게 자리에서 일어나 그를 포옹했다. 그들은 소파와 의자를 벽난로 주위에 널찍한 반원형으로 정렬했다. 강블랭 씨는 즉시 그에게 라파르주 부인에 대한 의견을 물었다. 당시 세상을 떠들썩하게 하던 이 소송 사건은 격렬한 논쟁을 불러일으켰다. 강블랭 씨에게는 유감스럽게도 모로 부인이 그의 말을 도중에 끊었다. 토론은 장래 법률가가 될 젊은이에게 유익하다는 생각이 들었기 때문에 그는 언짢은 마음으로 자리를 떠났다.

어떤 일도 친구인 로크 영감을 놀래지는 못했다. 로크 영감 얘기가 나오자 포르텔 영지를 방금 사들인 당브뢰즈 씨 얘기가 나왔다. 그러나 징수관은 프레데릭을 한쪽으로 데려가서는 기조 씨의 최근 작품에 대한 의견을 물었다. 모두가 그의 일이 어찌 됐는지 궁금해했다. 브누아 부인은 그의 삼촌 안부를 물으면서 능숙하게 일의 진전을 알아보려 했다. 그 친척분은 잘 계시죠? 더 이상 그에게서 소식이 없네요. 그의 먼 친척이 미국에 있다죠?

프레데릭이 먹을 포타주가 준비되었다고 요리사가 알렸다. 모두들 배려하며 자리를 떠났다. 거실에 단둘이 남게 되자 그의 어머니가 낮은 소리로 물었다.

"어떻게 됐어?"

백부는 그를 매우 다정하게 맞이했지만 자기 심중을 보이지는 않았다.

모로 부인이 한숨을 지었다.

'지금 그녀는 어디쯤 있을까?' 하고 그는 생각했다.

질주하는 마차 속에서 숄에 몸을 감싸고 그 아름다운 머리를 시트에 기댄 채 잠들어 있겠지.

그들이 각자 방으로 올라가던 참에 신 드 라 크루아 여관의 심부름꾼이 쪽지를 가지고 왔다.

"무슨 일이야?"

"델로리에가 만나자네요." 그가 말했다.

"아! 네 학교 친구!" 경멸조로 모로 부인이 말했다. "참 때도 잘 맞춰 왔다, 정말!"

프레데릭은 망설였다. 하지만 우정이 더 강했다. 그는 모자를 집어 들었다.

"어쨌든 너무 오래 있지 마라!" 어머니가 말했다.

2

샤를 델로리에의 아버지는 1818년 사직한 전직 전열 대위 출신으로 결혼하기 위해 노장으로 돌아왔다. 그리고 결혼 지참금으로 겨우 생활 방편이 될 만한 집행관직을 샀다. 오랫동안 겪은 부당함에 성격이 거칠어진 데다 흉터로 고통스러워하는 한편 여전히 나폴레옹 황제를 아쉬워하던 그는 참았던 분노를 식구들에게 퍼부었다. 그의 아들보다 매를 맞고 자란 아이도 드물 것이었다. 아이는 맞으면서도 굽히지 않았다. 남편은 둘 사이를 진정시켜 보려는 아이 엄마를 아들처럼 거칠게 다뤘다. 결국 대위는 아들을 하루 종일 자기 사무실 책상 앞에 매어 둔 채 서류를 베끼게 시켰다. 아들의 오른쪽 어깨가 왼쪽보다 돌출되어 보이는 것은 이 때문이었다.

1833년 재판 소장의 권유로 그는 사무실을 팔았다. 아내는 암으로 세상을 떠났다. 그는 디종으로 이사했다가 트루아에서 복무병 중재자 일을 시작했다. 샤를이 반액 장학금을 얻게 되자 아들을 상스 중등학교에 입학시켰고 거기에서 샤를은 프레데릭을 알게 되었다. 그러나 한 사람은 열두 살이고 또 한 사람은 열다섯 살인 데다가 성격과 출신에서 오는 수많은 차이가 그들을 갈라 놓았다.

프레데릭은 자기 보관함에 온갖 필수품, 누구든 찾는 물건들, 예를 들면 세면도구 같은 것을 두었다. 그는 아침 늦게까지 잤으며 제비들을 바라보는 것과 희곡 읽는 것을 좋아했다. 그리고 집에서의 온화한 생활을 그리워하며 학교 생활이 혹독하다고 느꼈다.

집행관 아들은 학교 생활이 좋았다. 공부를 잘해 이 년이 지나고 3학년으로 월반했다. 그러나 가난 때문인지 싸우기 잘하는 성격 때문인지 소리 없는 적의가 그를 둘러쌌다. 한번은 한 하인이 그를 비렁뱅이 자식이라고 부르자 그가 중세사 수업 시간 중에 하인 멱살을 잡았다. 교사 세 명이 말리지 않았더라면 그 하인을 죽였을지도 모를 일이었다. 프레데릭은 감탄에 차 그를 끌어안았다. 그날 이후 두 사람 사이의 친밀감은 완벽했다. 형의 애정이 동생의 허영심을 부추겼고 델로리에는 자신을 향한 이 같은 헌신을 즐겁게 받아들였다.

방학 중에도 델로리에 아버지는 아들을 학교에 남아 있도록 했다. 우연히 펼친 플라톤 번역판이 델로리에를 열광시켰다. 그때부터 그는 형이상학에 빠져들었다. 젊은 혈기와 해방된 지성의 자부심 덕에 진도는 빨랐다. 그는 주프루아, 쿠쟁, 라로미기예르, 말브랑슈, 스코틀랜드 학자들에 이르기까지도서관에 있던 모든 책들을 섭렵했다. 책을 빌리기 위해 도서관 열쇠를 훔쳐야 될 정도였다.

프레데릭은 좀 더 가벼운 분야에 관심을 두었다. 그는 트루아루아 거리 기둥에 새겨진 그리스도의 가계도와 성당 문을 그렸다. 중세 시대 희곡을 읽은 다음에는 프루아사르, 코민, 피에르 드 레투알, 브랑톰의 논문을 읽었다.

책 속 이미지에 너무도 강렬하게 사로잡힌 그는 그것들을 다시 쓰고 싶은 욕망에 사로잡혔다. 언젠가 프랑스의 월터 스콧이 되는 게 그의 꿈이었다. 델로리에는 가장 폭넓게 적용될 수 있는 방대한 철학 체계를 꿈꿨다.

그들은 쉬는 시간에 운동장 시계탑 밑에 새겨진 교훈 앞에서 이런 이야기를 나누었다. 예배당의 성 루이 수염 앞에서도 같은 이야기를 속삭였고 묘지가 보이는 기숙사에서도 장래를 꿈꾸며 이야기했다. 산책이 있는 날은 맨 뒷줄에 서서 끊임없이 이야기했다.

그들은 학교를 졸업한 다음 무엇을 할 것인가 이야기했다. 우선 프레데릭이 성인이 되면 돌아오는 재산 일부로 함께 긴 여행을 떠날 예정이었다. 그런 다음 파리에 돌아와 같이 일하고 서로 떨어지지 않을 것이었다. 그리고 기분 전환으로 비단이 드리워진 규방에서 공주 같은 여자들과 사랑을 나누거나 이름난 화류계 여성들과 화려한 사랑을 할 것이었다. 이렇게 꿈에 부푼 다음에는 회의가 찾아왔다. 말이 주는 발작적인 즐거움이 지나가면 그들은 깊은 침묵에 빠졌다.

여름날 저녁 포도밭 옆 돌길이나 벌판 중앙 큰길을 함께 걸을 때, 보리가 햇살에 너울거리고 안젤리카 향이 대기 속을 떠돌 때 왠지 가슴이 답답해지며 멍하게 취해서 그들은 땅바닥에 누웠다. 다른 친구들은 술래잡기를 하거나 연날리기를 했다. 자습 감독이 그들을 부르는 소리가 들렸다. 그들은 작은 시냇물이 흐르는 정원을 지나 낡은 벽으로 그늘이 드리운 거리를 따라서 돌아왔다. 텅 빈 거리에 그들의 발자국 소리가 울려 퍼졌다. 철책 문이 열리면 그들은 계단을 올라갔다. 그러면 한바탕 방탕의 순간이 끝나고 난 다음처럼 그들은 서글펐다.

교감 선생님은 그들이 서로를 들뜨게 한다고 말했다. 그러나 프레데릭이 상급 학년에서 공부하게 된 것은 델로리에의 격려 덕분이었다. 1837년 여름 방학에 그는 친구를 집에 데려갔다.

모로 부인은 델로리에가 마음에 들지 않았다. 식욕이 너무 왕성한 데다 일요일 미사에 참석하기를 거부했고 공화주의적 주장을 자주 내세웠기 때문이다. 마침내 그녀는 델로리에가 자기 아들을 불순한 곳에 데려가는 건 아닌지 의심했다. 그녀가 그들 교제를 감시했지만 그럴수록 두 사람은 서로에게 더욱 집착했다. 이듬해 델로리에가 학교를 마치고 파리로 법학 공부를 하러 떠날 때 이별의 순간은 괴로웠다.

프레데릭은 파리에서 친구와 다시 합류할 생각이었다. 이 년 동안 그들은 서로 만나지 못했고, 재회의 기쁨을 나눈 다음 좀 더 편안히 이야기하기 위해 다리 위로 갔다.

빌녹스에서 현재 당구장을 경영하는 대위는 델로리에가 자신이 성인이 될 때까지 후견인으로서 그가 관리한 돈을 요구하자 화가 나 생활비를 끊어 버렸다. 델로리에는 나중에 법과 대학 교수 시험을 치를 생각이었지만 돈이 없어 트루아에 있는 소송 대리인 사무실의 서기장 자리를 승낙했다. 절약해서 살면 4000프랑은 저축할 수 있을 것이었다. 설사 어머니 유산에 한 푼도 손댈 수 없다 하더라도 좋은 자리를 찾을 때까지 삼 년 동안은 자유롭게 일할 수 있었다. 지금으로서는 파리에서 같이 살기로 한 예전 계획은 포기해야 했다.

프레데릭은 고개를 숙였다. 그의 꿈들 중 첫 번째 희망이 깨어져 버린 것이었다.

"기운 내." 대위의 아들이 말했다. "인생은 길어. 우리는 아직 젊고. 너와 합류할 거야! 더 이상 생각하지 마!"

그는 프레데릭의 손을 잡아 흔들며 격려한 다음 그의 기분을 달래 보려고 여행에 대해 물었다.

프레데릭에게는 이렇다 할 이야깃거리가 없었다. 그러나 아르누 부인 생각에 슬픈 마음도 사라졌다. 수줍은 마음에 그녀 얘기는 하지 않았다. 반면 아르누 얘기를 하며 그의 말이나 태도, 관계에 대해 말했다. 델로리에는 아르누와의 관계를 발전시키라고 적극 권했다.

최근에 프레데릭은 아무것도 쓴 것이 없었다. 그의 문학적 견해가 전과는 달라졌다. 그에게는 무엇보다도 정열이 우선이었다. 베르테르, 르네, 프랑크, 라라, 렐리아 그리고 좀 더 평범한 다른 주인공들까지 그를 매료시켰다. 때로는 오직 음악만이 그의 내면의 동요를 대변해 줄 수 있을 것 같았기에 교향곡을 꿈꾸기도 했다. 아니면 사물들 외관에 사로잡혀 그림을 그리고 싶어지기도 했다. 그럼에도 그는 시를 썼다. 델로리에는 그의 시가 매우 아름답다면서도 또 다른 작품을 보여 달라고 하지는 않았다.

델로리에는 더 이상 형이상학에 빠져 있지 않았다. 그는 사회 경제와 프랑스 대혁명에 관심을 쏟았다. 이제 그는 여위고 입이 크며 단호해 보이는 장대 같은 스물두 살 사나이가 되어 있었다. 그날 저녁 그는 질 나쁜 모직 외투를 입고 있었다. 신발은 하얗게 먼지로 덮여 있었는데 프레데릭을 만나기 위해 일부러 빌녹스에서 걸어왔기 때문이다.

이지도르가 그들에게 다가왔다. 모로 부인이 아들이 그만 돌아오기를 바란다는 말과 함께 그의 외투를 전한 것이었다.

"좀 더 있어!" 델로리에가 말했다.

그런 다음 그들은 운하와 강으로 형성된 좁다란 섬에 걸쳐 있는 두 다리를 끝에서 끝까지 계속해서 걸었다.

노장 쪽으로 걸어가자 정면에 약간씩 기운 집들이 보였다. 오른쪽에는 수문 닫힌 나무 풍차 뒤로 교회가 보였다. 왼쪽에는 강기슭을 따라 관목 울타리가 보일 듯 말 듯 정원까지 뻗어 있었다. 파리 쪽으로는 큰 내리막길이 쭉 뻗어 있었고 더 멀리로는 밤안개에 싸인 초원이 펼쳐져 있었다. 밤은 고요했고 희끄무레한 빛으로 차 있었다. 습기 찬 나뭇잎 향이 그들에게까지 풍겨 왔다. 좀 더 멀리 물 떨어지는 소리가 어둠 속 크고 부드러운 물결 소리와 섞여 속삭이듯 들려왔다.

델로리에가 걸음을 멈추고 말했다.

"사람들이 이토록 평안히 잠을 잘 수 있다니, 참 묘해! 조금

있어 봐라! 새로운 89³⁾가 다가온다! 헌법, 헌장, 자질구레한
이론, 거짓말에 모두가 지쳤어! 아! 내게 신문이나 연단이 있
다면 이 모든 걸 다 털어놔 버릴 텐데! 그렇지만 무엇이든 하
려면 돈이 있어야지! 먹고살기 위해 청춘을 낭비해야 하는 술
집 주인 아들로 태어나다니 정말 저주받은 인생이지!"

그를 고개를 숙이고 입술을 깨물면서 얇은 옷 속에서 추위
에 떨었다.

프레데릭이 자기 외투의 절반을 친구 어깨 위에 걸쳤다. 두
사람은 한 외투에 몸을 감싸고 서로 허리를 껴안은 채 나란히
걸었다.

"너 없이 파리에서 어떻게 살아?" 프레데릭이 말했다. 친
구의 씁쓸한 감정에 그에게도 슬픔이 몰려온 것이었다. "나를
사랑하는 여자가 있다면 그녀와 같이 무언가를 할 수 있었을
텐데…… 왜 웃어? 사랑은 양식이고 천재에게는 공기와 같아.
비상한 감동이 걸작을 낳는 거야. 내게 필요한 여자를 찾아 나
서는 일이라면 포기했다! 게다가 그런 여자를 만나게 된다 해
도 날 거절하겠지. 난 낙오자 종족에 속해. 그리고 명주실 아
니면 다이아몬드 장신구 중 어느 쪽인가 안고 죽게 되겠지, 나
도 모르겠어."

그들이 길 위에 사람 그림자가 지는 것을 본 순간 누군가 말
했다.

"안녕들 하세요!"

---

3) 프랑스 대혁명.

인사를 건넨 사람은 헐렁한 밤색 외투를 걸치고 챙 달린 모자 밑으로 뾰족한 코를 드러낸 키 작은 남자였다.

"로크 씨?" 프레데릭이 물었다.

"맞아요!" 그가 말을 이었다.

이 노장 사람은 물가에 있는 자기 정원에서 늑대 덫을 살피고 오는 길이라고 말했다.

"고향에 돌아왔군요? 얼마나 좋아요! 우리 딸이 얘기해 줬어요. 항상 건강하죠? 더 머물 거고?"

프레데릭의 태도에 마음이 불편한 듯 그는 떠났다.

사실 모로 부인은 그와 왕래하지 않았다. 로크 영감은 자기 집 하녀와 동침하고 있었다. 비록 그가 선거 위원이고 당브뢰즈 씨의 관리인이긴 했지만 그를 높이 평가하는 사람은 드물었다.

"앙주 거리에 사는 은행가? 이봐요, 친구. 네가 할 일이 뭔지 알아?" 하고 델로리에가 말했다.

이지도르가 다시 한 번 그들 말을 끊었다. 프레데릭을 데려오라는 명을 받았다는 것이다. 모로 부인이 그가 없어 불안해하고 있었다.

"알았어, 알았어! 갈 거야." 하고 델로리에가 말했다. "외박하지 않을 거야."

하인이 떠나고 나자 그가 덧붙였다.

"로크 영감에게 당브뢰즈 씨 댁에 소개해 달라고 부탁해야 돼. 부잣집 출입보다 유익한 건 없어! 너에겐 검은 예복과 흰 장갑이 있잖아, 그걸 이용해야지! 그 세계로 발을 들여놔야만

해! 그리고 나중에 나를 합류시키면 되잖아. 백만장자라니 생각해 봐! 그는 물론 그 사람 부인 마음에도 들도록 수단을 써. 그 부인의 연인이 되도록 해 봐."

프레데릭이 놀라서 소리쳤다.

"네가 뻔히 다 아는 얘기 하고 있는데? 『인간 희극』에 나오는 라스티냐크를 생각해 봐! 너 성공할 거야, 장담해!"

프레데릭은 델로리에에 대한 믿음이 너무도 커 마음이 흔들렸으며, 아르누 부인은 잊은 채 아니면 그녀를 자신의 장래에 포함시키면서 미소를 지었다.

서기가 덧붙였다.

"마지막으로 충고 하나 하지. 시험에 통과해야 돼! 자격증은 항상 쓸모가 있어. 그리고 솔직히 12세기식 고루한 사상을 품은 가톨릭적이고 악마주의적인 네 시인들은 그만 좀 잊어버려라. 네 절망은 어리석어. 큰 인물은 더욱 힘든 조건에서 출발했어, 미라보를 비롯해서 말이야. 게다가 우리가 헤어져 지낼 시간도 그리 길지는 않을 거야. 내 사기꾼 아버지가 부당하게 취한 돈은 다시 토해 내도록 할 거야. 이제 돌아갈 시각이다, 잘 있어! 저녁 식사 할 돈 100수만 줄 수 있니?" 프레데릭은 그에게 10프랑을 주었다. 아침에 이지도르에게서 받아 쓰고 남은 돈이었다.

강 왼쪽에는 다리에서 40미터 떨어져 있는 나지막한 집들의 창을 통해 불빛이 반짝이고 있었다.

델로리에가 한 집을 알아보고는 모자를 벗으며 과장된 어조로 말했다.

"비너스, 하늘의 여왕이여, 안녕! 가난은 절제의 어머니라지. 그 때문에 우리가 얼마나 수모를 당했는데, 맙소사!"

자신들이 함께했던 모험을 빗댄 말에 유쾌해져 그들은 거리에서 큰 소리로 웃었다.

여인숙에서 음식 값을 지불하고 난 다음 델로리에는 프레데릭을 오텔디외 사거리까지 바래다주었다. 그러고는 오랜 포옹 후 두 친구는 헤어졌다.

3

두 달 후 어느 날 아침 콕에롱 거리에 내린 프레데릭은 즉시 중대한 방문을 감행할 생각을 했다.

우연이 그에게 도움이 되었다. 로크 영감이 서류 뭉치를 그에게 가져와 직접 당브뢰즈 씨에게 전해 달라고 부탁했던 것이다. 그리고 영감은 젊은 동향 사람을 소개하는 봉인되지 않은 편지도 함께 전했다.

모로 부인은 이 같은 처사에 놀란 듯했다. 프레데릭은 이 일로 기쁜 마음을 드러내지 않았다.

당브뢰즈 씨의 본명은 드 앙브뢰즈 백작이었다. 그러나 1825년부터 서서히 그의 귀족 신분과 관련 정당을 버리고 사업 쪽으로 관심을 돌렸다. 그러면서 모든 사무소 정황에 귀를 기울이고 각종 사업에 손을 대며 호기를 노렸고, 그리스 사람처럼 치밀하며 오베르냐 사람처럼 부지런히 움직여 상당한 재산을 긁어모았다. 게다가 그는 레지옹 도뇌르 4등 훈장을 받았고, 오브 지역 의원이자 하원 의원이었으며 언젠가 상원 의원이 될 예정이었다. 그런데 관대하기도 하여 도움, 훈장, 담배 가게와 같은 끊임없는 요구로 장관을 지치게 했다. 그리고 정부에 대한 불만으로 그는 중도 좌파로 기울었다. 패션지들이 모범으로 내세우는 예쁜 당브뢰즈 부인은 자선 모임을 주재했다. 그녀는 공작 부인들 비위를 맞추며 귀족 편의 원한을 진정시켰고 당브뢰즈 씨가 후회할 수 있고 장차 도움을 드릴 수도 있다고 믿도록 했다.

젊은이는 그들 집으로 발길을 옮기며 마음이 혼란스러워졌다.

'예복을 입고 올 걸 그랬나. 다음 주 무도회에 혹시 나를 초대할지도 모르잖아? 내게 뭐라고 할까?'

당브뢰즈 씨가 부르주아에 지나지 않는다는 생각이 들자 그는 마음이 편해졌다. 그리고 마차에서 앙주 거리의 포도 위로 씩씩하게 뛰어내렸다.

그는 두 정문 중 하나를 밀고 들어가서 뜰을 지나 현관 계단을 오른 다음 채색 대리석이 깔린 현관으로 들어갔다.

빛나는 화장 회반죽으로 된 높은 벽 위를, 구리 쇠시리로 장식되고 붉은 카페트가 깔린 이중 계단이 가로질러 쭉 뻗어 있었다. 계단 밑에 놓인 바나나 나무의 넓은 잎사귀가 벨벳 난간을 덮고 있었다. 나뭇가지 모양 샹들리에 둘에는 작은 사슬로 도자기 전구가 매달려 있었다. 난로 환기구에서는 후덥지근하고 무거운 공기가 새어 나왔다. 들리는 소리라고는 현관 맞은편 맨 끝 무기 장식 밑에 놓인 커다란 시계가 똑딱이는 소리 뿐이었다.

종이 울리자 한 하인이 나타나 프레데릭을 작은 방으로 안내했는데, 그곳에는 상자들이 가득 찬 선반과 두 금고가 있었다. 당브뢰즈 씨는 중앙에 놓인 개폐식 책상 앞에서 무언가 쓰고 있었다.

그는 로크 영감의 편지를 훑어보고 나서 칼로 삼베 포장을 뜯고 그 안의 서류들을 검토했다.

멀리서 보면 날씬한 체격 때문에 그는 아직 젊게 보일 수도 있었다. 그러나 성성한 흰머리, 허약한 팔다리, 특히 놀라울 만큼 창백한 얼굴은 노쇠한 체질을 드러냈다. 유리보다 차가워 보이는 그의 청록색 눈에는 냉혹한 에너지가 깃들어 있었다. 광대뼈는 불거졌고 손가락 마디는 굵었다.

마침내 자리에서 일어나, 그는 그들이 서로 아는 사람들, 노장, 그의 학업에 대해 몇 가지 질문을 던졌다. 그러고는 그에게 몸을 숙이며 작별 인사를 했다. 다른 복도로 나온 프레데릭은 뜰 아래쪽 차고 옆에 이르렀다.

검은 말이 매인 파란색 사륜마차가 현관 층계 앞에 정차해 있었다. 마차 문이 열렸다. 한 귀부인이 올라타자 마차는 둔탁한 소리를 내며 모래 위를 굴러가기 시작했다.

프레데릭은 반대쪽에서 오다가 마차와 동시에 정문에 도착했다. 공간이 충분치 않아 그는 기다려야 했다. 젊은 여인은 창밖으로 몸을 내밀어 수위에게 낮은 소리로 말을 건넸다. 소매 없는 보라색 망토를 걸친 그녀의 등만이 보였다. 그러나 그는 장식 끈과 비단술로 장식된 푸른 천이 드리운 마차 내부로 시선을 던졌다. 부인 옷이 그 내부를 가득 메우고 있었다. 쿠션을 댄 작은 상자에서 붓꽃 향과 우아하며 여성적인 향기가 풍겨 나왔다. 마부가 고삐를 늦추자 말이 돌연 말뚝을 스쳐 가면서 모든 것이 사라졌다.

프레데릭은 큰 거리들을 따라 걸어서 돌아왔다.

그는 당브뢰즈 부인을 볼 수 없었던 것이 아쉬웠다.

몽마르트르 거리 조금 위쪽에서 차가 밀려 그는 뒤를 돌아봤다. 맞은편 정면에 대리석 간판이 보였다.

자크 아르누

어째서 그녀를 더 일찍 생각하지 못했을까? 델로리에 때문이었다. 그러면서 그는 상점을 향해 걸어갔다. 그러나 들어가지 않고 그녀가 나타나기를 기다렸다.

높고 투명한 유리창으로 작은 조각품, 데생, 판화, 카탈로그,《라르 앵뒤스트리엘》발행 호 등이 보기 좋게 진열되어 있는 것이 보였다. 편집자 이니셜로 가운데가 장식된 문에는 구독료가 여러 군데 표기되어 있었다. 벽에는 니스로 반들거리는 큰 그림들이 걸려 있었고 가게 안쪽에는 도자기, 청동 제품, 흥미로운 골동품 들이 진열된 벽장용 가구가 두 개 보였다. 작은 계단이 이 가구들을 양쪽으로 나누었는데 계단 위쪽은 양탄자로 된 칸막이로 가려져 있었다. 작센 자기로 된 샹들리에, 바닥에 깔린 녹색 양탄자, 상감 세공된 탁자가 가게라기보다는 살롱 같은 느낌을 풍겼다.

프레데릭은 데생을 살펴보는 척하며 수없이 주저한 다음 마침내 안으로 들어갔다.

한 점원이 칸막이 커튼을 들어 올리고 아르누 씨가 5시 이전에는 돌아오지 않을 거라고 대답했다. 하지만 용건이 있으시면 전해 드릴 수도…….

"아니요! 다시 들를게요." 프레데릭이 천천히 대답했다.

다음 며칠은 집을 찾는 데 시간을 보냈다. 결국 생이아생트 거리에 있는 가구 딸린 아파트 3층 방으로 정했다.

새로 산 공책을 옆구리에 끼고 그는 첫 강의에 갔다. 빨간 교수복을 입은 한 노교수가 강의하는 계단식 강당을 모자를 쓰지 않은 젊은이 300명이 꽉 메우고 있었다. 종이 위에 펜 긋는 소리가 들렸다. 그는 이곳에서 먼지 냄새 나는 교실, 똑같은 강단, 똑같은 권태를 다시 느꼈다! 이 주 동안 수업에 갔으나 아직 3항에 이르기도 전에 그는 민법을 포기했고 『법률상 인간 구분』에 이르러 법률 요강을 포기했다.

그가 기대했던 기쁨은 없었다. 도서관의 책들을 모두 읽어 치우고 루브르의 전시품을 모두 보고 몇 번 연속으로 공연을 보고 나서 그는 끝없는 권태에 빠졌다.

수없이 새로운 원인들로 슬픔은 더해졌다. 자기 세탁물 수를 헤아려야 했고 간호원 같은 모습으로 아침이면 예고 없이 술 냄새에 전 채 투덜거리며 침대를 정리하러 오는 관리인을 견뎌야 했다. 흰 대리석 시계로 장식된 방도 마음에 들지 않았다. 벽은 너무 얇았다. 학생들이 펀치를 만들거나 웃고 노래하는 소리가 들렸다.

홀로 지내기에도 싫증이 나, 그는 옛 학교 친구 중 하나인 밥티스트 마르티농을 찾아 나섰다. 생자크 거리에 있는 고급 하숙방에서 석탄 난로를 쬐며 소송법을 열심히 공부하고 있는 그를 찾아냈다.

그의 맞은편에는 인도풍 원피스를 입은 여자가 양말을 깁고 있었다.

마르티농은 흔히 말하는 상당한 미남이었다. 훤칠한 키에 통통한 볼, 균형 잡힌 얼굴에, 불거진 눈은 푸른색이었다. 부농인 그의 아버지는 아들을 장래 사법관으로 만들 생각이었다. 벌써 신중하게 보이려는 마음에서 그는 얼굴 가장자리에 수염을 빙 둘러 기르고 다녔다.

프레데릭의 근심에 온당한 이유가 있는 것도 아니었고 타당하게 내세울 만한 불행도 없었기에 마르티농은 그의 인생 한탄을 전혀 이해하지 못했다. 마르티농은 매일 빠짐없이 학교에 갔고 수업이 끝나면 뤽상부르 공원을 산책했으며 저녁이면 커피를 반 잔 마셨다. 그리고 일 년 생활비 1500프랑과 직공 처녀의 사랑만으로 완전히 행복해했다.

'대단한 행복이야!' 프레데릭은 내심 탄복했다.

학교에서 그는 시지라는 또 다른 친구를 알게 됐는데 명문가 출신인 그는 몸가짐이 조신해 꼭 아가씨처럼 보였다.

시지는 데생을 했으며 고딕 양식을 좋아했다. 그들은 여러 번 함께 생트 샤펠과 노트르담을 보러 갔다. 그러나 젊은 귀족의 기품 이면에는 빈약한 지성이 감춰져 있었다. 그는 모든 것

에 놀라워했다. 가장 사소한 농담에도 웃음이 넘쳤으며 너무
도 순진해 프레데릭은 처음에 그를 익살꾼으로 여겼다가 나
중에는 멍청한 사람으로 단정하기에 이르렀다.

결국 마음을 터놓고 얘기할 사람은 아무도 없었기에 그는
여전히 당브뢰즈 씨의 초청을 기다렸다.

새해 첫날 당브뢰즈 부부에게 명함을 보냈으나 아무런 답
장도 없었다.

그는 라르 앵뒤스트리엘로 되돌아갔다.

그곳에 들른 것이 세 번째였는데 대여섯 사람 사이에서 말
다툼을 하느라 아르누는 그의 인사에 응답하는 둥 마는 둥 했
다. 프레데릭은 이 같은 무관심에 상처를 받았다. 그는 어떻게
그녀를 만날 수 있을까 이리저리 고심했다.

우선은 그림 구입을 위해 자주 드나들어야겠다는 생각을
했다. 그런 다음 신문 투고란에 대단한 논문을 몇 편 써서 살
짝 보내 볼까 하는 생각도 했는데, 사람들과 관계를 맺을 기회
가 될 것이기 때문이었다. 어쩌면 곧바로 목표를 향해 돌진해
서 사랑을 고백하는 게 낫지 않을까? 그러기 위해 그는 서정
적 어조와 돈호법으로 넘치는 열두 쪽짜리 편지를 썼다. 그러
나 찢어 버리고는 실패에 대한 두려움으로 마비된 채 아무것
도, 아무런 시도도 하지 않았다.

아르누의 상점 위쪽 2층에 매일 저녁 불이 켜진 창문 세 개
가 있었다. 창문 너머로 사람들 그림자가 왔다 갔다 하는 것이
보였다. 특히 그중 하나는 그녀의 그림자였다. 이 창문을 바라
보고 그림자를 지켜보기 위해 그는 아주 멀리서 몸을 도사리

곤 했다.

　어느 날 튈르리에서 어린 여자아이의 손을 잡고 있는 한 흑인 여자와 마주쳤는데 아르누 부인의 흑인 하녀가 생각났다. 다른 사람들처럼 부인도 거기에 올 것이 분명했다. 매번 튈르리를 지나갈 때마다 그녀를 만날 수 있기를 소망하는 마음으로 가슴이 뛰었다. 햇볕이 좋은 날이면 그는 샹젤리제 끝까지 산책을 계속하기도 했다.

　베일을 바람에 날리는 무심해 보이는 여인들이 앉은 사륜마차 행렬이 그의 옆을 지나갔는데 마차가 당찬 말발굽에 가볍게 흔들릴 때마다 에나멜을 칠한 가죽끈이 삐걱거렸다.

　차량이 점점 많아지더니 원형 교차로부터 정체되기 시작하면서 길이 모두 막혀 있었다. 말갈기가 서로 스쳤고 램프도 마찬가지였다. 강철 등자와 은재갈, 구리 고리 들이 여기저기 짧은 바지와 흰 장갑 그리고 마차 문에 새겨진 문장까지 늘어진 모피들 사이로 빛나는 둥근 반점을 이루며 반짝였다. 그는 먼 곳에서 길을 잃은 느낌이었다. 그의 시선은 여자들의 얼굴 위를 여기저기 헤맸다. 그리고 막연하게 닮은 얼굴들과 마주치면 아르누 부인을 떠올렸다. 그는 다른 사람들 사이에 끼어 당브뢰즈 부인의 사륜마차 같은 작은 마차 속에 있는 그녀를 상상해 보았다. 그러나 해가 저물고 있었고 차가운 바람에 먼지 소용돌이가 일었다. 마부들은 고개를 타이 속으로 파묻었다. 바퀴가 더욱 빨리 돌기 시작했다. 쇄석 도로가 삐걱거렸다. 그리고 모든 행렬이 서로 스치며 앞지르거나 멀어지면서 긴 대로를 빠르게 내려간 다음 콩코르드 광장에 이르러 흩어졌다. 튈르리 뒤편 하늘이 청회색을 띠었다. 꼭대기에 보랏빛이 돌던 정원 나무들이 거대한 덩어리 두 개를 이루었다. 가스등이 켜졌다. 그리고 전체가 푸르스름한 빛을 띠던 센 강물이 다리 기둥에 부서지며 은빛 물결무늬를 이루었다.

그는 43수짜리 식권으로 아르프 거리에 있는 식당에 저녁을 먹으러 갔다.

낡은 마호가니 계산대, 얼룩진 냅킨, 때가 낀 은그릇, 벽에 걸린 모자 들을 그는 경멸 어린 시선으로 바라보았다. 주위 손님들도 그와 같은 학생이었다. 그들은 교수며 자기 여자 들에 대한 이야기를 했다. 그는 교수들한테 신경이나 썼던가! 그리고 여자가 있기나 한가! 그들의 왁자지껄한 소동을 피하기 위해 그는 가능한 한 늦게 도착했다. 모든 식탁은 음식 찌꺼기로 덮여 있었다. 사환 두 명은 피로에 지쳐 한쪽 구석에서 자고 있었고 텅 빈 식당에는 음식 냄새, 등잔불 냄새, 담배 냄새가 진동했다.

그런 다음 그는 천천히 거리를 거슬러 올라갔다. 흔들리는 가로등이 진흙탕 위에 떨리는 누르스름한 긴 반사광을 던졌다. 길가에 우산을 든 사람들의 그림자가 지나갔다. 길은 지저분했고 안개가 끼어 있었다. 축축한 어둠이 그를 감싸면서 한없이 가슴속으로 파고드는 듯했다. 그는 회한에 빠져들었다. 강의에 다시 참석했으나 이미 설명이 끝난 과목들에 아무런 지식이 없어, 가장 단순한 것들에도 쩔쩔맸다.

그는 「실비오 어부의 아들」이라는 소설을 쓰기 시작했다.

이야기의 배경은 베네치아였다. 남자 주인공은 그였고 여주인공은 아르누 부인이었다. 그녀 이름은 안토니아라고 했다. 그리고 그녀를 차지하기 위해 그는 몇몇 귀족을 살해했고 도시 일부분을 불태웠으며 몽마르트르 거리에 있는 그녀의 집, 붉은 다마스쿠스산(産) 커튼이 미풍에 흔들리는 발코니 아래에서 노래했다. 자신도 모르게 다른 작품에서 빌린 부분이 너무 많다는 사실을 깨닫자 그는 의욕을 잃고 말았다. 소설 쓰기는 포기했고 무력감은 더욱 심해졌다.

그는 델로리에에게 자기 방에서 같이 지내자고 사정했다. 그들은 프레데릭의 생활비 2000프랑으로 같이 지내기로 결정을 보았다. 무엇이든 더 이상 견딜 수 없는 이 생활보다는 나았다. 델로리에는 아직 트루아를 떠날 수 없었다. 그는 프레데릭에게 기분 전환 겸 세네칼과 왕래할 것을 충고했다.

서기 말에 따르면 세네칼은 수학 과외 교사로, 예리하고 공화주의 신념이 투철한, 미래의 생쥐스트 같은 사람이었다. 프레데릭은 5층에 있는 그의 집을 세 번이나 찾아갔지만 그쪽에서는 단 한 번도 방문하지 않았다. 그는 더 이상 그를 찾아가지 않았다.

기분 전환이나 하려는 마음에서 그는 극장 무도회에 갔다. 북적대는 쾌활한 분위기에 입구에서부터 몸이 얼어붙었다. 거기에다 도미노[4]를 입은 사람과의 한 끼 식대가 상당할 것이며 그건 대단한 모험이라고 상상하면서 금전적 수치에 대한

---

4) 두건 달린 검은 법의.

두려움으로 돌아섰다.

그러나 그의 생각엔 자신은 마땅히 사랑을 받아야만 할 것 같았다! 때로 가슴이 희망에 부풀어 잠에서 깨어 약속 자리에라도 가려는 사람처럼 정성 들여 옷을 입고 파리를 끝없이 배회했다. 자기 앞에서 걸어가거나 마주 걸어오는 여자를 볼 때마다 그는 중얼거렸다. "바로 그녀다!" 매번 새로운 실망이었다. 아르누 부인에 대한 상념에 이러한 갈망은 더욱 굳어졌다. 길을 가다가 우연히 그녀를 만날 수도 있을 것이었다. 그는 그녀에게 다가가게 해 줄 우발적인 난처한 상황, 그녀를 구하게 될 기막힌 위험 들을 상상하곤 했다.

똑같은 권태와 불안한 습관의 반복 속에서 시간은 흘러갔다. 그는 오데옹 극장의 아케이드 밑에서 팸플릿을 훑어보거나 커피숍에 《르뷔 데 되 몽드》를 읽으러 가기도 했고 콜레주 드 프랑스 강의실에 들어가 한 시간 동안 중국어나 정치 경제 수업을 듣기도 했다. 매주 델로리에에게 긴 편지를 썼고, 가끔 마르티농과 저녁을 먹거나 시지를 만나기도 했다.

그는 피아노를 빌려 독일 왈츠곡을 지어 보기도 했다.

어느 날 밤 팔레루아얄 극장에서 박스석에 어느 여자와 함께 앉아 있는 아르누를 보았다. 그녀일까? 박스석 끝에 쳐진 초록색 호박단 차폐막에 가려져 얼굴을 볼 수 없었다. 드디어 막이 오르고 차폐막이 걷혔다. 기다란 몸매에 젊음이 가신, 서른 살쯤 되어 보이는 사람이었는데 웃을 때면 두툼한 입술 사이로 아름다운 이가 보였다. 그녀는 아르누와 친숙하게 얘기를 나누며 부채로 그의 손가락을 두드리곤 했다. 그러자 한 젊은 금발 여자가 마치 방금 울고 난 사람처럼 눈두덩이 조금 부은 채로 두 사람 사이에 앉았다. 그때부터 아르누는 대답 없이 듣기만 하는 그녀에게 이야기를 하면서 몸을 반쯤 그녀 어깨 쪽으로 기울인 채로 있었다. 프레데릭은 옷깃이 납작하게 접힌 어두운 옷을 소박하게 입은 이 여자들이 누군지 알아내려 애썼다.

공연이 끝나자 그는 급히 복도로 나갔다. 그곳은 사람들로 가득했다. 아르누가 두 여자와 팔짱을 낀 채 앞쪽에서 계단을 하나하나 내려오고 있었다.

순간 가스등이 그를 비췄다. 그는 상장(喪章)이 달린 모자를 쓰고 있었다. 혹시 그녀가 죽은 건 아닐까? 이 생각에 너무도 괴로워 그는 다음 날 라르 앵뒤스트리엘로 달려가서 시계 앞에 진열된 판화들 중 하나를 골라 지불하면서 점원에게 아르누 씨 안부를 물었다.

점원이 대답했다.

"아주 잘 지내세요!"

"그럼 부인은?"

"부인도요!"

그는 판화를 가져가는 걸 잊어버렸다.

겨울이 지났다. 봄이 오자 그는 덜 슬펐고 시험 준비를 했다. 그리고 평범하게 시험을 치른 다음 노장으로 떠났다.

그는 어머니의 잔소리를 피하기 위해 트루아에 있는 친구를 보러 가지 않았다. 그러고는 학기가 시작되자 옛집을 떠나 나폴레옹 거리 강변에 방 두 개짜리 집을 얻어 자신이 직접 가구를 사들여 장식했다. 당브뢰즈 부부가 그를 초대하리라는 희망은 더 이상 품지 않았다. 아르누 부인을 향한 열정도 점차 사라지고 있었다.

4

　12월 어느 날 아침 소송법 수업에 가면서 그는 생자크 거리가 평소보다 훨씬 소란스럽다고 느꼈다. 학생들이 카페에서 급히 뛰어나오고, 열린 창문을 통해 이 집에서 저 집으로 서로 불러 댔다. 길 한복판에서 가게 주인들이 불안한 표정으로 서로 바라보았다. 덧문이 닫혔다. 수플로 거리에 이르자 팡테옹 광장 주변에 사람들이 많이 모여 있었다.

　다섯에서 열둘로 불규칙하게 무리를 이룬 젊은이들이 서로 팔을 낀 채 거닐었고 더 많은 사람들이 모여 있는 곳으로 다가가기도 했다. 광장 안쪽에는 작업복 입은 남자들이 철책에 기대어 장광설을 늘어놓는 동안 삼각모를 쓰고 뒷짐을 진 순경들이 포도 위에 무거운 장화 소리를 울리며 벽을 따라 오가고 있었다. 사람들은 한결같이 영문을 모르는 놀란 표정을 짓고 있었다. 모두들 분명히 무언가를 기다리고 있었다. 각자가 곧 터져 나올 것 같은 질문을 억제하는 듯했다.

프레데릭은 루이 13세 시대의 멋쟁이처럼 콧수염과 턱수염을 기른, 산뜻하게 생긴 금발 청년 옆에 서게 되었다. 그에게 소동의 원인을 물었다.

"나도 모르겠어요." 그가 다시 말했다. "저 사람들 역시 모를걸요! 이게 요즘 유행인가 봐요! 웃기는 짓이지!"

그리고 그는 웃음을 터트렸다.

국민병5) 내부에서 모은 투표법 개혁 탄원서에 위만 조사6), 거기에 또 다른 사건들까지 합세해 육 개월 전부터 파리에 알 수 없는 집회가 불거졌다. 이러한 집회가 너무도 잦아 신문은 더 이상 언급도 하지 않았다.

"여기에는 형태와 색깔이 부족해요." 프레데릭 옆 사람이 계속했다. "신사분, 우리는 퇴보했군요. 루이 11세, 심지어 뱅자맹 콩스탕의 훌륭한 시대에도 학생들은 더 활력에 넘쳤지. 세상에, 저들은 양처럼 평화롭고 얼간이같이 어리석어서 식품 장수나 하면 알맞아 보이는군. 이게 바로 소위 청년 학생 연맹이란 말이지!"

그는 '로베르 마케르'로 나왔던 프레데릭 르메트르처럼 크게 팔을 벌렸다.

"학교의 청년 학생 연맹이여, 축복이 있기를!"

그러고는 술집 모퉁이 옆에서 굴 껍질을 뒤적거리던 한 넝

---

5) 프랑스 대혁명 때 만들어진 민병대로서 보안 유지와 정치적 역할을 했다.
6) 유권자 수 증가를 조장하려는 목적으로 1841년 도입되었다.

마주이에게 갑자기 말을 건넸다.

"너 역시 청년 학생 연맹의 일원인가?"

노인은 흰 수염 사이로 붉은 코와 술기에 젖은 바보스러운 두 눈이 두드러진 흉측한 얼굴을 들었다.

"아니! 너는 오히려 여러 사람들 사이에서 두 손 가득히 금을 뿌리는 악당같이 생긴 사람 중 하나로 보이는구나…… 오! 뿌려라, 나의 족장이여, 뿌려라! 알비옹[7]의 보물로 나를 매수해 다오! Are you English?(당신은 영국인인가?) 나는 아르타크세르크세스[8]의 선물을 거절하진 않는다! 관세 동맹에 대해 이야기를 나누자."

프레데릭은 누군가 그의 어깨를 툭 치는 것을 느꼈다. 그는 고개를 돌렸다. 놀랍도록 얼굴이 창백한 마르티농이었다.

크게 한숨을 쉬며 그가 말했다. "그래! 또 폭동이야!"

그는 사태에 연루될까 두려워하며 한탄했다. 특히 비밀 집단에 소속된 듯한 작업복 차림 사람들 때문에 불안해했다.

콧수염을 기른 젊은이가 말했다. "비밀 집단이 있어요? 그건 부르주아들을 겁주기 위한 정부의 상투적인 농담이에요!"

마르티농은 경찰이 무서워 그에게 좀 더 조용히 말하도록 했다.

"아직도 경찰이 있다고 믿어요, 당신? 그런데 내가 경찰 스파이가 아닌지는 어떻게 알죠?"

---

7) 영국의 옛 이름.
8) 그리스인들의 지지를 얻어 내려고 돈을 뿌렸던 페르시아 제국의 왕.

그런 다음 그가 너무도 의미심장한 얼굴로 바라보자 마르티농은 당혹스러워 처음엔 농담을 전혀 이해하지 못했다. 세 사람은 사람들에 떠밀려 복도를 통해 새로운 계단식 강당으로 이어진 작은 계단에 섰다.

곧이어 무리는 저절로 갈라졌다. 몇몇 사람이 모자를 벗어 들었다. 학생들이 두터운 외투에 감싸인 저명한 교수 사무엘 롱들로가 은테 안경을 벗어 들고 천식으로 숨을 몰아쉬며 강의를 하기 위해 조용한 걸음으로 걸어가는 것을 보고 인사했다. 자카리애와 뤼도르프 학파의 적수인 이 사람은 19세기 법학의 영광이었다. 상원 의원이란 새로운 직책에도 그의 태도는 변하지 않았다. 모두가 그가 가난하다는 사실을 알았고 그를 대단히 존경했다.

그러나 광장 안쪽에서 몇몇 사람이 소리쳤다.

"기조9)를 타도하라!"

"프리처드10)를 타도하라!"

"매수된 자들을 타도하라!"

"루이필리프를 타도하라!"

군중은 동요했다. 그리고 닫혀 있던 강당 문에 달라붙으면서 교수가 더 멀리 나아가는 것을 막았다. 그는 곧 세 단 층계 맨 위층에 섰다. 그는 말을 했으나 붕붕거리는 소리가 그의 목소리를 덮었다. 조금 전엔 그를 존경했던 이들이 지금은 그를

---

9) 루이필리프 시대의 장관.
10) 영국 영사로 타히티 여왕을 부추겨 프랑스에 저항하도록 했다.

증오했다. 그가 권력을 대표하기 때문이었다. 그가 말하려고 할 때마다 함성이 터져 나왔다. 그는 학생들이 자기를 따르도록 크게 몸짓했다. 고함이 일제히 그에게 응답했다. 그는 멸시하듯 어깨를 들썩이고는 복도로 접어들었다. 쉽게 빠져나갈 수 있는 자리에 서 있던 마르티농도 이 기회를 이용해 동시에 사라졌다.

"겁쟁이!" 프레데릭이 말했다.

"조심스러운 거지!" 또 한 사람이 말했다.

군중의 박수가 터졌다. 교수의 후퇴가 그들의 승리라고 생각했던 것이다. 창문마다 호기심에 찬 사람들이 나와 바라보았다. 몇몇 사람이 「라 마르세예즈」[11]를 부르기 시작했다. 베랑제[12]의 집으로 가자고 제의하는 사람들도 있었다.

"라피트 집으로!"

"샤토브리앙 집으로!"

"볼테르 집으로!" 금색 콧수염을 기른 젊은이가 소리쳤다.

경관들이 가능한 한 조용하게 말하며 순찰하려 애를 썼다.

"가세요, 여러분, 가세요, 그만 가세요!"

누군가 소리쳤다.

"도살자는 물러가라!"

그건 9월의 소요 이래 흔히 듣는 관용적 폭언이었다. 모두가 이 말을 외쳤다. 사람들은 공공질서의 수호자를 향해 야유

---

11) 프랑스 국가.
12) 공화주의 샹송 작가이자 시인으로 자유주의적 경향 작품으로 사랑받았다.

를 퍼붓고 휘파람을 불었다. 그들의 얼굴이 창백해졌다. 그중 한 명이 그에게 가까이 다가와 코웃음을 치던 한 젊은이를 보고 더 이상 참지 못해 거세게 밀쳐 내자 그는 다섯 발자국 멀리 술집 앞에 내동댕이쳐졌다. 모두가 비켜섰다. 그러나 곧이어 솜뭉치 같은 머리가 방수 모자 밑으로 삐져나온, 마치 헤라클레스처럼 건장한 사람에게 그 자신도 땅바닥에 나동그라졌다.

조금 전부터 생자크 거리 모퉁이에 멈추어 서 있던 그는 들고 있던 넓은 상자를 팽개치고 경관을 향해 덤벼들어 그를 쓰러트리고 위에 올라타 얼굴을 주먹으로 세게 내리쳤다. 다른 경관들이 달려왔다. 그 무서운 청년의 힘이 엄청나, 적어도 그를 말리기 위해 경관 네 명은 있어야 했다. 두 명이 그의 목덜미를 잡아 흔들고 다른 두 명이 팔을 잡아당겼다. 다섯 번째 사람은 무릎으로 그의 허리를 찼다. 그리고 모두가 그를 강도, 살인마, 폭도라고 불렀다. 가슴이 드러나고 옷은 갈기갈기 찢긴 채 그는 결백하다고 항의했다. 어린아이를 구타하는 것을 태연하게 보고만 있을 수는 없었다는 것이다.

"내 이름은 뒤사르디에! 클레리 거리에서 레이스와 최신 유행품을 파는 발랭사르 형제 가게에서 일합니다. 내 상자는 어디 있죠? 내 상자 돌려주세요!" 그는 계속했다. "뒤사르디에……! 클레리 거리. 내 상자!"

그럼에도 그는 평정을 되찾았다. 그리고 태연한 모습으로 데카르트 거리에 있는 처소로 연행되어 갔다. 큰 무리 사람들이 그를 따랐다. 프레데릭과 콧수염을 기른 청년도 점원에 대한 경탄과 당국 폭력에 대한 분노로 가슴이 끓어올라 즉시 뒤를 따랐다.

앞으로 나아갈수록 따르는 사람은 점점 줄었다.

경관들은 가끔씩 사나운 태도로 고개를 돌렸다. 법석 피우기를 좋아하는 사람들에게 더 이상 할 일이 없어지고 호기심 많은 사람들에게 더 이상 볼거리가 없어지자 하나둘씩 떠나가기 시작했다. 마주치는 행인들이 뒤사르디에를 쳐다보면서 큰 소리로 욕을 퍼부었다. 한 노파가 문에 기댄 채 그가 빵을 훔쳤다고 외치기까지 했다. 이러한 부당함에 두 친구는 더욱더 분노가 치밀었다. 마침내 그들은 초소 앞에 도착했다. 남은 사람은 이십여 명뿐이었다. 군인들을 보자 그들은 도망쳐 버렸다.

프레데릭과 그의 동료는 대담하게 방금 감금된 친구의 면회를 요구했다. 보초병이 계속 고집하면 감옥에 넣겠다고 그들을 위협했다. 그들은 책임자를 요구하고 수감자가 그들의 동료라고 주장하면서 법대생 신분과 자기들 이름을 말했다.

그들은 검게 그을린 석고 벽에 붙어 벤치 네 개가 나란히 놓인 장식 없는 방으로 안내되었다. 방 안쪽에서 한 창구가 열렸다. 그러자 헝클어진 머리에 작은 눈, 끝이 네모난 코가 어딘가 충성스러운 개를 연상시켜 강인해 보이는 뒤사르디에의 얼굴이 나타났다.

"우리 몰라?" 위소네가 말했다.

그게 콧수염을 기른 젊은이의 이름이었다.

"그런데……." 뒤사르디에가 더듬거렸다.

"그러니까 더 이상 바보 같은 짓 하지 마." 또 한 사람이 말을 이었다. "네가 우리처럼 법대생이란 걸 알아."

그들이 눈을 깜빡거리는데도 뒤사르디에는 아무런 짐작을 하지 못했다. 그는 심사숙고하는 듯하더니 갑자기 물었다.

"내 상자 찾았어요?"

프레데릭은 풀이 꺾여 눈을 위로 떴다. 위소네가 대답했다.

"아! 네 강의 노트 케이스? 그래, 그래! 안심해!"

그들은 더 요란하게 손짓 발짓을 했다. 뒤사르디에는 마침내 그들이 자신을 돕기 위해 온 것임을 알아차렸다. 그리고 그들에게 해가 될까 두려워 입을 다물었다. 게다가 그는 자신이 학생 신분으로 승격한 것과 이토록 손이 하얀 청년들과 같은 부류가 된 사실에 일종의 수치심을 느꼈다.

"누군가에게 전하고 싶은 말 있어?" 프레데릭이 물었다.

"없어요, 고마워요. 아무에게도 없어요!"

"그렇지만 너희 가족은?"

그는 대답 없이 고개를 숙였다. 그 불쌍한 청년은 사생아였다. 두 친구는 그의 침묵에 놀라, 그대로 서 있었다.

"담배는 있어?" 프레데릭이 말을 이었다.

그는 여기저기 옷을 더듬더니 주머니 구석에서 부서진 파이프 조각을 끄집어냈다. 대는 검은 나무로, 뚜껑은 은으로, 부리는 호박으로 된 아름다운 해포석 파이프였다.

삼 년 전부터 그는 파이프를 멋있게 만드는 작업을 해 왔다. 항상 샤무아 가죽 케이스에 죄어 보관하고 절대 대리석 위에 놓는 일 없이 파이프를 가능한 한 가장 천천히 피우고 매일 저녁 침대 맡에 매달아 놓는 정성을 들였다. 지금은 손톱에 피가 흐르는 손에 놓고 그 파편을 흔들었다. 그리고 고개를 가슴 위에 떨구고 눈동자는 멍하니 커다랗게 뜬 채 형언할 수 없는 슬픈 시선으로, 폐허가 되어 버린 자기 기쁨의 동반자를 물끄러미 바라보았다.

"우리가 그에게 시가를 주면 어떨까?" 시가를 꺼내려는 몸짓을 하며 아주 낮은 소리로 위소네가 말했다.

프레데릭은 창구 옆에 벌써 담배로 가득한 시가 케이스를 내려놓았다.

"가져가! 잘 있어, 용기를 내!"

뒤사르디에는 내민 두 손을 향해 얼른 다가갔다. 두 손을 덥석 잡으며 흐느낌으로 목이 메어 말했다.

"어떻게……? 저에게……! 저에게……!"

두 친구는 그가 고마워하자 몸을 사리고는, 나와서 뤽상부르 공원 앞 카페 타부레로 같이 점심을 하러 갔다.

비프스테이크를 자르며 위소네는 동료에게 자신이 패션 잡지에서 일하고 라르 앵뒤스트리엘을 선전하는 광고를 만든다고 말했다.

"자크 아르누의 상점이군요." 프레데릭이 말했다.

"그 사람 알아요?"

"예! 아니! ……말하자면 그 사람을 봤어요. 만났죠."

그는 무관심한 척하며 위소네에게 그의 부인을 가끔 보는지 물었다. "가끔요." 보헤미안이 대답했다.

프레데릭은 감히 더 이상 질문을 계속하지 못했다. 이 사람은 방금 자기 인생에서 엄청난 자리를 차지한 것이었다. 그는 점심 값을 지불했다. 상대방은 이에 어떤 항의도 없었다. 둘 다 서로에게 호감을 느꼈다. 그들은 서로 주소를 교환했고 위소네가 그에게 플뢰뤼 거리까지 같이 가기를 청했다.

그들이 정원 중앙에 이르자 아르누의 일을 맡아 하는 이 청년은 숨을 죽이고 흉측하게 얼굴을 찡그리며 닭 우는 소리를 냈다. 그러자 근처 모든 수탉들이 길게 꼬끼오 소리로 그에게 응답했다.

"이게 신호예요." 위소네가 말했다.

그들은 보비노 극장 근처, 입구가 좁은 골목길에 있는 어느 집 앞에서 멈추었다. 빛 드는 다락방 창가에 놓인 한련 꽃과 스위트피 사이에 한 젊은 여인이 모자도 쓰지 않은 채 코르셋 차림으로 나타나 두 팔을 빗물받이 홈통 끝에 기댔다.

"안녕, 나의 천사. 안녕, 비비슈[13]." 그녀에게 키스를 보내며 위소네가 말했다.

그는 울타리를 발길로 툭 차서 열고 사라졌다.

프레데릭은 일주일 내내 그를 기다렸다. 점심 식사 하러 가자는 청을 조급하게 기다린다는 의도가 보일까 두려워 감히 위소네 집에 가지 못했다. 그러나 라탱 구를 샅샅이 뒤지듯 돌며 그를 찾았다. 프레데릭은 어느 날 밤 그를 만나서는 나폴레옹 거리에 있는 자기 방에 데려왔다.

이야기는 길었다. 그들은 서로에게 속을 털어놓았다. 위소

---

13) 여인에 대한 애칭.

네는 연극으로 영광과 돈을 얻는 것이 꿈이었다. 그는 통속 희극 몇 편을 만드는 데 같이 일했지만 작품이 선정되지는 않았고 "산더미 같은 계획이 있었으며" 노래를 짓기도 했다. 그는 그 노래들 중 몇 곡을 부르기도 했다. 그러고는 책장에 꽂힌 위고와 라마르틴의 책을 보자 낭만파에 대한 조소를 장황하게 늘어놓았다. 이런 유의 시인들은 양식도 정확성도 없고 특히 프랑스인이 아니다! 그는 자신이 모국어를 잘 안다고 큰소리치고는 장난기 있는 사람들이 진지한 예술을 대할 때의 특징인 공격적인 가혹함과 관습적인 취향으로 몹시 아름다운 문장들에서 허점을 캐냈다.

프레데릭은 자기 취향에 상처를 입었다. 절교하고 싶은 마음이 간절했다. 자신의 행복이 달린 말을 지금 당장 하지 못할 이유가 있을까? 그는 문학도에게 아르누 집에 그를 데려가 줄 수 있는지 물었다.

쉬운 일이었다. 그들은 다음 날로 약속을 잡았다.

위소네는 약속에 나오지 않았다. 다시 한 약속도 세 번 지키지 않았다. 그러더니 어느 토요일 4시쯤 나타났다. 그러나 마차를 탄 김에 우선 칸막이 좌석 이용권을 얻기 위해 테아트르 프랑세 극장에 멈췄고 양복점, 양장점에 들렀으며 이 집 저 집 수위실에 멈춰 메모를 썼다. 드디어 그들은 몽마르트르 거리에 도착했다. 프레데릭은 가게를 가로질러 계단을 올라갔다. 아르누는 책상 앞에 놓인 거울을 통해 그를 보고는 쓰던 손을 멈추지 않고 어깨 너머로 그에게 손을 내밀었다.

뜰로 난 유일한 창문으로 빛이 드는 좁은 방을 꽉 메운 채 사람들 대여섯 명이 서 있었다. 갈색 다마스쿠스 천으로 된 긴 소파가 비슷한 천으로 된 커튼이 쳐진 알코브[14]에 놓여 있었다. 서류로 뒤덮인 벽난로 위에는 청동 비너스 상이 놓여 있고 양쪽에는 분홍색 초가 꽂힌 촛대 두 개가 나란히 놓여 있었다. 오른쪽 서류함 옆에 한 남자가 모자를 쓴 채 소파에 앉아 신문을 읽고 있었다. 벽은 판화와 그림, 진귀한 옛 판화 혹은 자크 아르누를 향한 가장 신실한 우정을 표하는 헌사로 장식된 현대 거장들의 스케치로 꽉 차 있었다.

"여전히 잘 지내시나?" 프레데릭을 돌아보며 그가 말했다.

그러더니 대답을 기다리지도 않고 위소네에게 낮은 소리로 물었다.

"이름이 뭐지, 당신 친구?"

그러고는 높은 소리로 말했다.

"시가 한 대 피우세요, 서류 상자 위 케이스에 있어요."

파리 중심지에 있는 라르 앵뒤스트리엘은 편리한 만남의 장소, 라이벌인 사람들까지도 쉽게 서로 접하는 중립적 공간이었다. 그날은 왕실 초상 화가인 앙테노르 브레브, 데생으로 알제리 전쟁을 대중화하기 시작한 쥘 뷔리외, 풍자 화가 송바즈, 조각가 부르다, 그 밖에 다른 이들이 있었다. 어느 누구도 학생 전형에 부합하지는 않았다. 그들은 모두 단순한 태도로 자유분방하게 이야기를 했다. 신비주의자인 로바리아스는 외설스러운 이야기를 했고 동양 풍경화의 창시자로 유명한 디

---

14) 벽면을 움푹하게 만들어서 침대를 들여놓은 자리.

트메르는 조끼 안에 뜨개질한 웃옷을 입었으며 돌아갈 때는 합승 마차를 탔다.

우선 뷔리외가 사두마차를 타고 가는 모습을 봤다는 옛 모델 아폴로니가 화제에 올랐다. 위소네는 이러한 변신을 그녀가 거느린 기둥서방 몇 명 덕이라고 설명했다.

"이 친구 어떻게 이토록 파리 여자들을 잘 알지!" 아르누가 말했다.

"각하가 먼접니다. 남은 여자들이 있으면 제 몫이고요." 수통을 나폴레옹에게 건네는 척탄병을 흉내 내기 위해 군대식으로 경례하며 보헤미안이 대꾸했다.

그런 다음 아폴로니가 모델을 섰던 그림들 이야기가 나왔다. 그 자리에 없는 동료 화가들에게 비판이 쏟아졌다. 그들의 비싼 그림 가격에 모두 아연해하고 수입이 충분치 않은 것에 불만을 토로하고 있을 때 키는 보통이고 상의 단추는 하나만 채웠으며 눈빛이 날카롭고 조금 정신 나간 듯한 남자가 들어왔다.

"웬 부르주아들이야, 당신들!" 그가 말했다. "그게 무슨 상관이야, 맙소사! 걸작을 만들어 내던 선배들은 돈은 염두에 두지도 않았어. 코레주, 뮈릴로……."

"거기에 펠르랭도 넣어야지." 송바즈가 말했다.

그러나 이런 비꼬는 말에는 아랑곳없이 열을 내어 토론을 계속하자 아르누는 그에게 두 번이나 다시 말할 수밖에 없었다.

"아내가 목요일에 당신이 필요하대요. 잊지 말아요."

이 말에 프레데릭은 아르누 부인을 떠올렸다. 소파 옆 사무실로 그녀 방에 들어가겠지? 손수건을 꺼내려고 아르누가 방금 그 문을 열던 참이었다. 프레데릭은 방 안쪽에 놓인 세면대를 보았다. 그러나 벽난로 구석에서 중얼거리는 소리가 들려왔다. 소파에 파묻혀 신문을 읽던 사람이 내는 소리였다. 175센티미터 키에 약간 처진 눈꺼풀, 희끗희끗한 머리, 위풍당당해 보이는 남자의 이름은 르쟁바르였다.

"도대체 무슨 일이에요, 시투아앵[15]?" 아르누가 물었다.

"또 한 번 정부의 비루한 짓거리가 있었어!"

한 초등학교 교사의 해임 사건이었다. 펠르랭이 미켈란젤로와 셰익스피어를 다시 비교하기 시작했다. 디트메르는 자리를 떴다. 아르누가 그를 붙들어 손에 지폐 두 장을 쥐여 주었다. 그러자 기회라고 생각하고 위소네가 말했다.

"사장님, 선불 좀 해 주실 수는⋯⋯?"

그러나 아르누는 다시 자리에 앉아 푸른 안경을 쓴 지저분한 노인을 꾸짖었다.

"아! 이자크 영감 훌륭하시네요! 가치 없고 쓸모없어진 세 작품. 모두가 나를 무시해요! 이젠 그 작품들을 모르는 사람이 없어요! 그 그림들을 내가 무엇에 쓰겠소? 캘리포니아에나 보낼까요! ⋯⋯꺼져 버려요! 입 다물라고요!"

그림 밑에 옛 대가들 서명을 그려 넣는 일이 이 노인의 전문이었다. 아르누는 그에게 지불하기를 거절하고 거침없이 내쫓았다. 그러고는 태도를 바꾸며 훈장을 달고 볼수염과 흰 넥

---

15) 시민이란 뜻의 불어로 작품 속에서는 르쟁바르를 부르는 별명으로 쓰인다.

타이를 맨 점잔 빼는 한 남자에게 인사했다.

아르누는 팔꿈치를 창문 손잡이에 기댄 채 그에게 다정하게 한참을 이야기하더니 마침내 화를 터트렸다.

"아! 난 중개인 찾기 어렵지 않아요, 백작님!"

귀족이 체념하자 아르누가 그에게 25루이를 지불했다. 그리고 그가 나가자마자 외쳤다.

"이 대영주들, 진력이 나!"

"모두가 비열한 자들이지!" 르쟁바르가 중얼거렸다.

시간이 지날수록 아르누는 더욱 분주해졌다. 그는 기사를 분류하고 편지를 뜯고 청산을 했다. 가게에서 망치질 소리가 들려오자 포장을 살펴보려고 나간 다음 다시 자기 일을 계속했다. 그리고 쉬지 않고 종이 위에 펜을 굴리면서 농담에 응했다. 그는 저녁엔 자기 변호사와 식사를 해야 했고 다음 날엔 벨기에로 떠나야 했다.

다른 사람들은 셰뤼비니의 초상화, 미술 학교의 반원 장식, 다가올 전시회 같은 그날의 화젯거리에 대해 이야기했다. 펠르랭은 학사원을 비난했다. 험담과 토론이 서로 오갔다. 천장이 낮은 방에 사람이 꽉 차 움직이기도 힘들었다. 분홍빛 촛불이 안개 속 햇빛처럼 담배 연기를 비췄다.

소파 옆 문이 열리더니 키가 크고 마른 여인이 방에 들어왔는데 시곗줄에 달린 패물이 검은 호박단 옷에 스치면서 일제히 소리를 냈다.

지난여름 팔레루아얄 극장에서 얼핏 본 적이 있는 여자였다. 몇몇 사람은 그녀 이름을 부르며 악수를 나눴다. 위소네는 드디어 50프랑 정도를 얻어 냈다. 시계가 7시를 알리자 모두가 일어났다.

아르누가 펠르랭에게 남아 있으라고 말하고는 바트나 양을 사무실로 데려갔다.

프레데릭에게는 말소리가 들리지 않았다. 그들은 속삭이듯 이야기했다. 그러나 여자 목소리가 높아졌다.

"일이 성사된 지가 육 개월이에요, 난 계속 기다리고 있고요!"

긴 침묵이 흐른 다음 바트나 양이 다시 나타났다. 아르누가 그녀에게 또 무언가 약속을 했다.

"오! 오! 나중에 결정하자고요!"

"잘 있어요, 행복한 남자!" 나가면서 그녀가 말했다.

아르누는 급히 사무실에 돌아와 화장품을 수염에 바르고 각반을 팽팽하게 하느라 멜빵을 위로 잡아당기고 손을 씻으며 말했다.

"문에 걸 그림이 두 점 필요한데 하나에 250프랑이고 부셰 스타일. 알았죠?"

"알았어요." 얼굴을 붉히며 화가가 말했다.

"됐어요, 그리고 내 아내 잊지 마요!"

프레데릭은 푸아소니에르 거리 높은 곳까지 펠르랭과 함께 걸으며 그에게 가끔 만나러 가도 되는지 물었다. 그는 쾌히 승낙했다.

펠르랭은 진정한 미의 이론을 언젠가 발견한다면 걸작을 만들 수 있으리라는 확신으로 모든 미학 서적들을 탐독하고 있었다. 그는 데생, 석고, 모델, 판화, 상상할 수 있는 모든 보조 자료들에 둘러싸여 있었다. 그리고 탐색하고 고민했다. 그는 날씨, 자기 신경, 아틀리에를 탓했고, 영감을 찾기 위해 거리로 나왔다가 영감을 찾아낸 기쁨에 전율하다 작품을 팽개치고 그보다 아름다운 작품을 꿈꾸었다. 이렇게 영광에 대한 선망으로 괴로워하며 논쟁으로 시간을 흘려보내고 체제, 비평, 예술 분야 규정이나 개혁의 중요성 같은 수도 없는 어리석은 문제들에 신념을 쏟은 탓에 그는 나이 쉰에 아직 미완성한 작품밖에는 남긴 것이 없었다. 상당한 오만 덕에 기세가 꺾이는 일은 없었지만 항상 화가 나 있었고 배우 특유의 인위적이고도 자연스러운 열광 속에 빠져 있었다.

그의 집에 들어서자 커다란 그림 두 폭이 보였는데 맨 바탕 위에 밤색, 빨간색, 파란색이 얼룩을 이룬 것이었다. 그 위에 분필로 그은 선이 스무 번도 더 기운 그물처럼 사방으로 퍼져 있었다. 무슨 그림인지 도통 알 수가 없었다. 펠르랭은 엄지손가락으로 부족한 부분을 가리키면서 두 구성의 주제를 설명했다. 하나는 '느브갓네살[16]의 광기'를, 또 하나는 '네로가 일으킨 로마 화재'를 구현한 것이었다. 프레데릭은 그림에 감탄했다.

그는 머리가 헝클어진 여인들의 나체화, 폭풍으로 둥지가 뒤틀린 나무가 가득한 풍경, 특히 모델을 알 수는 없지만 칼로, 렘브란트, 고야를 떠올리며 붓 가는 대로 그렸다는 그림에

---

16) 고대 이스라엘 왕국을 멸망시킨 바빌론의 왕.

감탄했다. 펠르랭은 이 젊은 시절 작품들에 더 이상 가치를 두지 않았다. 그는 이제 규모가 큰 형식으로 돌아섰다며 페이디아스[17]와 빙켈만[18]의 원리를 웅변적으로 설파했다. 주위 사물 덕에 그의 말에 위력이 한층 더해졌다. 기도대 위에 해골이 놓여 있었고 끝이 굽은 장검과 승복이 있었다. 프레데릭은 승복을 몸에 걸쳐 보았다.

그가 아침 일찍 도착할 때면 너덜너덜해진 태피스트리 천에 가려진 누추한 침대에서 자는 그를 발견하곤 했다. 열심히 연극을 보러 다니느라 펠르랭은 늦게야 잠자리에 들었다. 누더기 입은 노파가 시중을 들었고 싸구려 식당에서 저녁 식사를 했으며 여자도 없이 살았다. 여기저기에서 주워 모은 지식이 그의 역설에 흥미를 더했다. 범속함과 부르주아에 대한 그의 증오는 기발한 서정적 감흥을 띤 조소로 넘쳐 났다. 거장들에 대한 존경이 너무도 커 그는 자신을 거의 그들 수준까지 끌어올렸다.

그러나 그는 왜 아르누 부인 얘기를 전혀 하지 않을까? 그는 그녀 남편을 때로 좋은 사람이라 부르기도 하고 때로 사기꾼이라 부르기도 했다. 프레데릭은 그가 속 이야기를 해 주기를 바랐다.

어느 날 한 데생집을 뒤적거리다 어느 보헤미안의 초상화가 어딘가 바트나 양을 연상시켜, 관심이 생겼기에 그녀에 대

---

17) 그리스 조각가.
18) 독일 미술사가.

해 물었다.

　펠르랭은 그녀가 원래 시골 교사일 거라 생각하고 있었다. 지금 그녀는 가정 교사를 하면서 작은 정기 간행물에 글쓰려 애쓰고 있었다.

　프레데릭 생각에, 아르누를 대하는 태도로 미루어 그녀는 그의 정부인지도 몰랐다.

　"말도 안 돼! 그 사람 여자가 한두 명인가!"

　그러나 자신의 수치스러운 생각에 부끄러워져 빨개진 얼굴을 돌리며 젊은이는 위세 있게 덧붙였다.

　"그 사람 부인도 그에 대한 보복으로 연인을 두었겠네요."

　"천혀! 그녀는 정숙해요!"

　프레데릭은 죄책감을 느끼고 더욱 열심히 상점에 드나들었다.

　상점 위쪽에 걸린 대리석 판 위에 커다란 글씨로 새겨진 아르누 이름이 그에게는 신성한 문자처럼 아주 특별하고 의미심장하게 느껴졌다. 넓은 내리막길은 걷기에 편했고 문은 거의 저절로 열렸다. 매끈한 손잡이는 만지면 부드러웠고 누군가의 영특한 손을 잡는 듯했다. 어느새 그는 르쟁바르처럼 규칙적인 방문객이 되었다.

　매일 르쟁바르는 난롯가 소파에 앉아서《나시오날》을 펴들고는 신문에서 눈을 떼지 않았다. 그러고는 감탄사를 뱉거나 단순히 어깨를 으쓱함으로써 자기 생각을 나타냈다. 가끔씩 그는 녹색 프록코트의 가슴 쪽 단추 사이에 끼워 놓은, 둥글게 말린 손수건으로 이마를 닦았다. 그리고 주름 세운 바지에 장화

형 구두를 신고 긴 넥타이를 맸다. 테두리가 둘러진 모자 때문에 멀리에서도 사람들 사이에 있는 그를 알아볼 수 있었다.

아침 8시에 그는 노트르담 데 빅투아르 거리에서 백포도주를 마시기 위해 몽마르트르 언덕을 내려왔다. 당구 게임 몇 차례로 그의 점심 시간은 3시까지 이어졌다. 그러고는 압생트를 마시러 파노라마 쪽으로 향했다. 아르누 집에서 시간을 보낸 다음 베르무트를 마시기 위해 작은 카페 보르들레로 들어갔다. 그는 아내에게 돌아가는 대신 흔히 가용 광장에 있는 작은 카페에서 홀로 저녁 식사 하기를 더 좋아했다. 그는 "가정식, 자연식!"을 주문했다. 마침내 또 다른 당구장으로 가서 자정까지 새벽 1시까지 가스등이 꺼지고 덧문이 닫힌 다음 기진맥진한 지배인이 그에게 그만 떠나라고 사정할 때까지 머물렀다.

알코올에 대한 애착이 시민 르쟁바르를 이들 장소로 이끄는 것은 아니었다. 그건 그곳에서 정치 얘기를 나누던 그의 옛 습관 때문이었다. 나이가 들면서 기지도 한풀 꺾여 그는 말없이 침울해져 있을 뿐이었다. 그의 심각한 얼굴을 보면 누구든 그가 세상을 머릿속에 굴리고 있다고 생각할 수 있었다. 그의 머리에서는 아무것도 나오지 않았다. 비록 그가 개인 사무실이 있다고 말했지만 아무도, 친구들마저도 그가 무슨 일을 하는지 알지 못했다.

아르누는 그를 무한히 높이 평가하는 듯했다. 어느 날 그가 프레데릭에게 말했다.

"저 사람 아는 게 많지. 아! 대단한 사람이야!"

한번은 르쟁바르가 그의 책상 위에 브르타뉴 지방의 도토 광산에 관련된 서류들을 늘어놓았다. 아르누는 그의 경험에 맡겼다.

프레데릭은 르쟁바르를 좀 더 정중하게 대했고 가끔 그에게 압생트를 대접하기까지 했다. 그가 어리석게 생각되었지만 자주 그와 함께 한 시간을 꼬박 보내기도 했는데 그가 자크 아르누의 친구라는 사실이 유일한 이유였다.

자기 이득에 관한 한 약삭빠른 아르누는 현대 대가들을 데뷔 시절에 밀어준 다음 예술적 모양새를 간직하면서 경제적 이득을 넓히려고 애를 썼다. 그는 예술의 해방을 말하면서도 싸게 손안에 넣을 수 있는 작품을 추구했다. 파리의 모든 사치 산업이 작은 일에는 좋고 큰일에는 해로운 그의 영향에 좌우되었다. 대중의 취향을 만족시키기 위해서라며 그는 재능 있는 예술가들로 하여금 길을 잘못 들게 했으며 강한 자는 뇌물로 부패시켰고 약한 자는 끝까지 이용해 지치게 했으며 평범한 자들은 유명하게 만들었다. 그는 인맥과 자기 신문을 통해 이들을 마음대로 조종했다. 서투른 그림쟁이들은 그의 진열대에 자기 작품이 소개되기를 열망했고 실내 장식업자들은 그의 가게에서 가구 비치의 본보기를 찾았다. 프레데릭은 그를 백만장자인 동시에 예술 애호가이자 행동주의자로 간주했다. 그러나 그의 여러 가지 행동에 놀랐다. 아르누는 거래에 있어 간교했기 때문이다. 그는 파리에서 1500프랑에 산 그림을 독일이나 이탈리아 벽지에 보낸 다음 다시 부치게 해 4000프랑으로 된 계산서를 보이고는 특별히 배려한다며 3500프랑에 되팔았다. 화가들과의 거래에서 쓰는 흔한 수법 중 하나는 그림을 판화로 출판해 준다는 구실로 원화의 축소판을 사례금 조로 요구하는 일이었다. 그는 항상 축소판을 팔았고 판화는 단한 번도 제작되는 일이 없었다. 착취당한다고 불평하는 사람들에게는 배를 툭 치는 것으로 대답했다. 게다가 아주 능숙하기까지 해서 시가를 나눠 주고 모르는 사람에게도 말을 놓았으며 어떤 작품이나 한 사람에게 열광했다. 그럴 때면 거기에 빠져, 아무 일에도 신경 쓰지 않고 바삐 뛰어다니며 편지를 쓰고 광고를 냈다. 속을 터놓고 싶을 때면 순진하게 부당한 자기 행동을 그대로 이야기했다.

한번은 미술 신문을 창간하는 동료를 골탕 먹이기 위해 성대한 파티를 열고 프레데릭에게 면전에서 파티 시작 시각 바로 전에 초대를 취소하는 편지를 써 달라고 사정했다.

"명예 훼손은 아니야, 알죠?"

그러자 젊은이는 감히 이 부탁은 거절하지 못했다.

다음 날 위소네와 아르누의 사무실로 들어가면서 프레데릭은 계단으로 난 문 사이로 치맛자락이 사라지는 것을 보았다.

위소네가 말했다. "죄송합니다! 여자분이 계신 줄 알았으면⋯⋯."

아르누가 말했다. "아! 집사람이야. 지나가다 용무가 있어 들렀대요."

"네?" 프레데릭이 말했다.

"당연하지! 집으로 갈 거예요, 집으로."

주위를 둘러싼 사물들의 매력이 갑자기 사라졌다. 그가 막연히 주위에 퍼져 있다고 느꼈던 것들이 방금 사라졌다. 아니면 그곳에 처음부터 없었던 것이다. 그는 무한한 놀라움에 사로잡혔다. 마치 배신당할 때의 고통과도 같았다.

아르누는 서랍을 뒤지며 미소를 지었다. 그를 비웃는 걸까? 점원이 축축한 종이 뭉치를 책상 위에 놓았다.

상인이 큰 소리로 외쳤다. "아! 광고지! 저녁 식사 하려면 아직도 멀었네!"

르쟁바르는 모자를 집어 들었다.

"왜요, 가시려고요?"

"7시예요!" 르쟁바르가 말했다.

프레데릭은 그를 따랐다.

그는 몽마르트르 거리 모퉁이에서 고개를 돌려 2층 창문을 바라보았다. 어떤 애정을 담아 그 창문을 그토록 자주 바라보곤 했었는지를 생각하며 자신이 애처로워 내심 웃었다. 그녀는 도대체 어디에 사는 걸까? 이제 어떻게 그녀를 만나지? 그 어느 때보다도 무한한 그의 욕망 주위에서 고독이 다시 눈을 떴다!

"그거 마시러 갈 거요?"

"뭐요?"

"압생트!"

유혹을 물리치지 못하고 프레데릭은 카페 보르들레로 이끌려 갔다. 그의 동료는 팔꿈치를 괸 채 물병을 바라보았고, 그는 여기저기 둘러보았다. 펠르랭이 길을 지나가는 모습이 보이자 그는 창문을 급히 두들겼다. 화가가 자리에 앉기도 전에 르쟁바르는 그에게 왜 라르 앵뒤스트리엘에 더 이상 오지 않는지 물었다.

"거기 다시 가느니 차라리 죽지! 그 사람 짐승이야, 속물, 미천한 인간, 기괴한 사람!"

이 욕설에 프레데릭의 화가 가라앉았다. 그러나 아르누 부인을 조금은 비하하는 것 같아 그는 상처를 받았다.

"그 사람이 어쨌는데?" 르쟁바르가 물었다.

펠르랭은 발로 바닥을 두드리고는 대답 대신 거세게 숨을 내쉬었다.

자신은 그동안 무지한 그림 애호가들을 겨냥해 즉석 초상화나 대가들의 모방품을 그리는 떳떳지 못한 작업을 해 왔다. 이런 일이 치욕스러워 보통 그는 입을 다물었다. 그러나 "아르누의 더러운 짓거리"에 너무 화가 났다. 그는 자초지종을 털어놨다.

프레데릭도 그때 옆에 있어 아는 일이지만 아르누의 주문에 따라 그린 그림 두 점을 가지고 갔다. 그러자 화상(畵商)은 비평을 늘어놨다! 구성, 색채, 데생, 특히 데생이 좋지 않다고 트집을 잡았다. 요컨대 어떤 가격에도 살 수 없다는 것이었다. 그런데 빚 갚을 날짜는 다가오고 해서 그는 그림을 유태인 이자크에게 넘겼다. 이 주 후에 아르누 자신이 그 그림을 어떤 스페인 사람한테 2000프랑에 팔았다.

"한 푼도 에누리 없이! 파렴치하기 짝이 없어! 이런 일을 수없이 많이 한다니까요, 세상에! 언젠가는 중죄 재판소에서 보게 될 거요."

"좀 과장이시네요!" 소심한 목소리로 프레데릭이 말했다.

"뭐! 과장이라고!" 테이블을 주먹으로 내리치며 화가가 소리쳤다.

이런 과격한 반응에 젊은이는 평정을 되찾았다. 물론 아르누가 더 배려하는 태도를 보일 수도 있었다. 그러나 만일 아르누가 그 그림을 형편없다고 생각했다면…….

"형편없다! 까놓고 얘기해요! 그 그림에 대해서 알아요? 그림이 당신 직업입니까? 그런데, 이봐요. 나, 난 이런 거 인정 안 해요, 아마추어들!"

"아! 저하곤 상관없는 일이에요!" 프레데릭이 말했다.

"그럼 그 사람 편들어서 도대체 무슨 이득이 있어요?" 펠르랭이 차갑게 말을 이었다.

젊은이는 더듬거렸다.

"그래도…… 친구니까요."

"내 대신 그 친구 포옹이나 하시오! 얘기 끝났소!"

그런 다음 화가는 물론 자기가 마신 음료에 대한 언급도 없이 분개하며 자리를 떴다.

아르누를 변호하면서 프레데릭은 깨달았다.

스스로의 웅변에 도취된 그는 친구들에게 비방당해서 지금 버림받은 채 홀로 일하는 영리하고 선량한 이 사람에 대한 애정에 사로잡혔다. 그를 당장 다시 보고 싶은 묘한 욕구를 그는 뿌리치지 않았다. 십 분 후에 그는 상점 문을 열고 들어섰다.

아르누는 점원과 함께 그림 전시회를 위한 거창한 광고물을 만드는 중이었다.

"이런! 무슨 일로 다시 오셨나?"

아주 단순한 질문에 프레데릭은 당황했다. 그리고 뭐라고 대답할지 몰라 혹시 푸른 가죽으로 된 작은 수첩을 못 봤는지 물었다.

"여자들 편지를 넣어 두는 수첩?" 아르누가 말했다.

프레데릭은 아가씨처럼 얼굴을 붉히며 아니라고 반박했다.

"그럼 자네가 지은 시가 들어 있나?" 화상이 응수했다.

그는 늘어놓은 견본들을 다루며 그 형태와 색깔, 테두리 장식에 대해 논의했다. 프레데릭은 점점 더 그가 생각에 잠긴 모습, 특히 광고물 위로 왔다 갔다 하는 그의 두 손이 신경에 거슬렸다. 약간 맥없어 보이는 손톱이 납작한 두꺼운 손. 드디어 아르누가 일어섰다. 그리고 "다 됐어."라고 말하며 허물없이 프레데릭의 턱에 손을 댔다. 이런 친근함은 마음에 들지 않았다. 그는 뒤로 물러섰다. 그러고는 이게 마지막이라고 생각하며 사무실 문턱을 넘었다. 아르누 부인마저도 남편의 천박함 때문에 격이 떨어져 보였다.

그는 그 주에 델로리에가 다음 목요일, 파리에 도착한다는 편지를 받았다. 그러자 더 견고하고 더 고양된 이 애정에 그는 혼신을 다해 매달렸다. 이 정도 남자라면 모든 여자들을 합친 만큼 가치가 있었다. 더 이상 르쟁바르도 펠르랭도 위소네도 그 누구도 필요 없을 것이었다. 친구가 더욱 편하게 지낼 수 있도록 그는 철제 간이침대를 샀고 소파도 하나 더 샀으며 침구는 반으로 나누었다. 목요일 아침 델로리에를 마중 나가려고 옷을 입고 있으려니 문을 두드리는 소리가 들렸다. 아르누가 들어왔다.

"한마디만! 어제 제네바에서 누가 내게 좋은 송어 한 마리를 보냈어요. 올 거라 믿어요, 오후 7시 정각에······ 슈아쥘 거리 24번지, 잊지 마요!"

프레데릭은 주저앉지 않을 수 없었다. 무릎이 후들거렸다. 그는 몇 번이나 중얼거렸다. "드디어! 드디어!" 그런 다음 양복점, 모자점, 신발 가게에 편지를 썼다. 그러고는 세 쪽지를 각각 서로 다른 심부름꾼을 통해 전하도록 했다. 문 열쇠가 돌아가더니 수위가 어깨에 짐 가방을 메고 나타났다.

델로리에를 보자 프레데릭은 남편에게 들킨 부정한 여자처럼 떨기 시작했다.

델로리에가 말했다. "도대체 무슨 일이니? 너 내 편지 받았을 거 아냐?"

프레데릭은 거짓말할 기력도 없었다.

그는 팔을 벌려 친구를 포옹했다.

그러자 서기는 자기 이야기를 했다. 그의 아버지는 아들의 후견인 계정은 십 년마다 소멸되는 거라며 돌려주려 하지 않았다. 그러나 소송에서 이긴 델로리에는 드디어 어머니의 전체 유산인 7000프랑을 받아 냈고 한 치 오차도 없이 낡은 지갑에 넣어 가지고 왔다.

"불행에 대비한 비상금이야. 내일 아침부터 이 돈을 예치하고 일자리 찾을 생각을 해야 돼. 오늘은 완전한 휴가다. 온통 네 차지다, 친구야!"

"아! 주저하지 마! 너에게 오늘 저녁 뭔가 중요한 일이 있다면······." 프레데릭이 말했다.

"저런! 나는 지독히 형편없는 오만한 녀석이겠지……."

우연히 던진 이 형용사가 모욕적인 암시처럼 프레데릭의 가슴 복판을 찔렀다.

수위는 난로 옆 탁자 위에 갈비찜, 닭고기찜, 대하, 디저트, 그리고 보르도산 포도주 두 병을 가져다 놓았다. 이토록 훌륭한 접대에 델로리에는 감동했다.

"나를 왕처럼 대접하는구나, 허!"

그들은 과거와 미래에 대해 이야기를 나누었다. 그리고 가끔씩 감동에 젖어 서로 잠시 바라보면서 탁자 너머로 손을 잡았다. 그러나 심부름꾼이 새 모자를 가져왔다. 델로리에는 모자 속에서 정말 번쩍번쩍 빛이 난다고 큰 소리로 말했다.

"네가 결혼하는 줄 알겠다." 델로리에가 말했다.

한 시간 후에 세 번째 사람이 나타나 커다란 검은 가방에서 윤이 나는 에나멜 부츠 한 켤레를 꺼냈다. 프레데릭이 신발을 신어 보는 동안에 신발 상인은 시골 사람 신발을 비웃듯 쳐다보았다.

"이쪽 분은 필요한 거 없으세요?"

"없습니다." 끈 달린 낡은 신발을 의자 밑으로 들이밀며 서기가 대답했다.

이러한 모욕에 프레데릭은 어색해졌다. 그는 사실대로 말하지 못하고 머뭇거렸다. 마침내 돌연 생각이 난 것처럼 그는 소리쳤다.

"아! 빌어먹을, 잊고 있었어!"

"무슨 일이야?"

"오늘 저녁 시내에서 저녁 식사 약속이 있어!"

"당브뢰즈 집에서? 왜 편지에는 아무 얘기 하지 않았어?"

당브뢰즈가 아니고 아르누 집에서라고 했다.

델로리에가 말했다. "내게 미리 알렸어야지! 하루 늦게 왔을 거 아냐."

프레데릭이 대뜸 말했다. "그럴 수 없었어! 오늘 아침 방금 전에야 초대받았어."

그리고 잘못을 만회하고 친구가 이 일을 잊어버리도록 헝클어진 짐 가방 줄을 풀고 장롱에 물건들을 정리했다. 그에게 자기 침대를 내주고 자신은 장작을 쌓아 둔 골방을 쓰겠다고 했다. 그러고는 4시가 되자 외출 준비를 하기 시작했다.

"아직 시간 있잖아!" 친구가 말했다.

마침내 그는 옷을 차려입고 떠났다.

'저게 바로 부자들이지!' 델로리에는 생각했다.

그리고 생자크 거리에 있는 그가 아는 작은 식당으로 저녁 식사를 하러 갔다.

프레데릭은 계단에서 몇 번씩 걸음을 멈추었다. 그만큼 그의 가슴은 세차게 뛰었다. 장갑 한쪽이 너무 꼭 끼어 실밥이 터졌다. 찢어진 부분을 셔츠 소매 밑으로 밀어넣고 있자니 뒤에서 올라오던 아르누가 그의 팔을 잡고 안으로 들어갔다.

중국풍으로 장식된 대기실 천장에는 초롱들이 매달려 있었고 구석은 대나무로 장식되어 있었다. 응접실을 지나가면서 프레데릭은 호랑이 가죽에 부딪혀 비틀거렸다. 촛불은 켜져 있지 않았지만 맨 안쪽 규방에는 램프 두 개가 타고 있었다.

마르트 양이 와서 엄마가 옷을 입는 중이라고 알렸다. 아르누가 아이를 입술까지 들어 올려 뽀뽀했다. 그런 다음 지하실에 가서 직접 포도주 몇 병을 고르기 위해 프레데릭을 아이와 함께 남겨 두었다.

아이는 몽트로 여행 때보다 많이 자라 있었다. 긴 갈색 곱슬머리는 맨팔 위로 내려와 있었다. 무용수 치마보다도 부푼 원피스 밑으로 분홍빛 장딴지가 보였다. 그리고 귀여운 모습 전체에서 꽃다발처럼 신선한 향기가 풍겨 나왔다. 아이는 아저씨 칭찬에 애교스럽게 답하고 깊은 두 눈으로 그를 응시했다. 그러고는 가구 사이로 미끄러지듯 빠져나가 고양이처럼 사라졌다.

그는 더 이상 마음의 동요를 느끼지 않았다. 종이 레이스로 싸인 둥근 등에서 흘러나오는 우유색 불빛에 자주색 비단이 드리운 벽 색깔이 부드러워 보였다. 커다란 부채 모양 격자 가리개 사이로 난로 속 석탄이 보였다. 시계 옆에는 은자물쇠가 달린 작은 상자가 놓여 있었다. 사적인 물건들이 여기저기 늘어놓여 있었다. 작은 소파 중간에는 인형이, 등받이에는 숄이 걸쳐져 있었다. 작업대 위에 놓인 뜨갯감에 꽂힌 상아 바늘 두 개는 끝이 밑쪽으로 향한 채 늘어져 있었다. 그곳에는 온통 평화롭고 정숙하며 친밀한 분위기가 넘쳤다.

아르누가 돌아왔다. 그리고 또 다른 문으로 아르누 부인이 들어왔다. 그는 어둠에 둘러싸여 처음엔 머리 밖에는 구별할 수 없었다. 그녀는 검은 벨벳 옷을 입고 있었고, 머리에 꽂은 빗에는 붉은 비단 망으로 된 알제리의 긴 끈이 빗에 묶여 왼쪽 어깨에 늘어져 있었다.

아르누가 프레데릭을 소개했다.

"오! 저 선생님 잘 기억해요." 그녀가 대답했다. 그러자 손님들이 거의 모두 동시에 도착했다. 디트메르, 로바리아스, 뷔리외, 작곡가 로장발트, 시인 테오필 로리스, 위소네의 동료 예술 비평가 두 명, 제지업자 한 명, 마지막은 저명한 피에르폴 맹시위로 고전 회화의 마지막 대표자인 그는 자신의 영광과 함께 팔십 년 세월과 뚱뚱한 배를 씩씩하게 고수하고 있었다.

모두들 식당으로 자리를 옮길 때 아르누 부인이 그의 팔을 잡았다. 펠르랭 자리가 남아 있었다. 아르누는 그를 착취하면서도 좋아했다. 게다가 펠르랭의 사나운 입심이 두려워 그를 달래기 위해《라르 앵뒤스트리엘》에 과한 찬사와 함께 그의 초상화를 실었다. 돈보다는 명예에 민감한 펠르랭은 숨을 헐떡이며 8시쯤 나타났다. 프레데릭은 두 사람이 오래전에 화해했으리라고 짐작했다.

초대된 손님들, 요리들 모두가 마음에 들었다. 식당 벽은 중세 시대 담화실처럼 무두질한 가죽으로 씌워져 있었다. 네덜란드식 선반이 긴 담뱃대 걸이 앞에 세워져 있었다. 탁자 위에는 색색의 보헤미아 유리컵이 꽃과 과일 사이에서 마치 정원 등불처럼 빛났다.

열 가지 겨자 중 선택을 해야 했다. 그는 다스파치오[19], 카레, 생강, 코르시카의 티티새, 로마의 라자뉴[20]를 먹었고 진기한

---

19) 스페인의 차가운 수프.
20) 이탈리아식 파이.

포도주, 토카이[21], 립프라올리[22]를 마셨다. 아르누는 손님들을 성대하게 맞이하는 데 확실히 우쭐해했다. 그는 식료품을 생각해 우편 마차의 모든 운전자 비위를 맞추었고 그에게 소스 비법을 알려 주는 유명 레스토랑의 요리사들과도 친분을 유지했다.

그러나 특히 담화가 프레데릭의 흥미를 돋우었다. 디트메르의 중동 이야기가 그의 여행 취미를 자극했고 로장발트의 오페라 이야기는 연극계에 관한 호기심을 채워 줬다. 위소네는 어떻게 겨울 한 철 내내 네덜란드 치즈만으로 생활했는지를 생생하게 이야기했는데 그의 쾌활함 덕에 가난에 찌든 보헤미안 생활이 재미있어 보였다. 그리고 로바리아스와 뷔리외의 피렌체파에 대한 토론을 들으며 걸작을 식별하는 눈을 키우는 동시에 그림에 대한 시야를 넓히게 되었다. 그가 열광에 빠지는 자신을 억제하려고 애쓰고 있을 때 펠르랭이 큰 소리로 외쳤다.

"흉측한 현실 거론은 그만두시죠! 현실이란 도대체 뭡니까? 어떤 사람은 검정색으로, 어떤 사람은 남색으로, 수많은 사람들은 어리석은 것으로 봅니다. 미켈란젤로보다 사실감이 결여된 화가는 없지만 그보다 강한 건 없어요! 외면적 사실에 신경 쓰는 건 현대가 지닌 천박함의 표시예요. 이대로 계속되다가는 예술이 시적인 면에서 종교보다 떨어지고 흥미 면

---

21) 헝가리산 포도주.
22) 라인산 포도주.

에서는 정치보다 못한 로캉볼[23] 같은 게 될 겁니다. 하찮은 작품들로는 온갖 기교를 다 부려도 당신들은 예술의 목적,(그래요, 예술의 목적!) 우리에게 보편적 열광을 불러일으키는 예술의 목적에 도달하지 못할 겁니다. 예를 들면 바솔리에의 그림들을 보세요. 예쁘고 아담하고 깔끔하고 무겁지 않아요! 주머니에 넣을 수 있고, 여행할 때도 가져갈 수 있죠! 공증인들은 생각이 3수짜리밖에 안 되는 이런 그림을 2만 프랑에 삽니다. 그러나 사상이 없는 것 중 위대한 것은 없어요! 위대함 없이는 아름다움도 없고요! 올림포스는 산이죠! 가장 훌륭한 유적은 영원히 피라미드일 겁니다. 세련된 취미보다는 충만함이, 거리보다는 사막이, 미용사보다는 야만인이 낫죠!" 이런 얘기를 들으며 프레데릭은 아르누 부인을 바라보았다. 이야기는 불길 속 첫덩이처럼 그의 마음속에 떨어지고 사랑과 합쳐져 하나가 되었다.

그는 그녀와 같은 방향, 그녀에게서 세 자리 떨어진 곳에 앉아 있었다. 가끔씩 그녀는 딸아이에게 몇 마디 건네려고 머리를 돌리며 몸을 약간 수그렸다. 그때 웃음 짓는 볼에 보조개가 파였는데 이 때문에 얼굴에 더욱 미묘한 선량함이 깃들었다.

식사 후 술이 나올 차례가 되자 그녀는 사라졌다. 대화는 매우 자유분방해졌다. 그중에서도 아르누가 빛을 발했는데, 프레데릭은 이 남자들의 파렴치함에 놀랐다. 그러나 그들도 여자에게 관심을 쏟는다는 사실에 자신과 그들 사이에 어떤 대

---

23) 마을의 일종.

등한 관계가 성립되는 것 같아 그는 자신이 생겼다.

거실에 돌아온 그는 태연하게 보이도록 탁자 위에 널린 앨범들 중 하나를 집어 들었다. 당대 거장들의 삽화와 그들이 써놓은 산문, 시구 혹은 단순한 서명이 가득 채워져 있었다. 유명한 이름들 사이사이 모르는 이름도 많았고 기묘한 생각들이 모두 바보스러운 형식으로 표현되어 있었다. 이 모두가 다소간 직접적으로 아르누 부인에 대한 찬사를 담은 내용이었다. 옆에 자기도 한 구절 쓰라면 두려웠을 것이다.

그녀는 안방으로 가서 프레데릭이 벽난로 위에서 보았던 은 자물쇠가 달린 작은 상자를 가져왔다. 르네상스 시대 제품이었는데 남편의 선물이었다. 아르누의 친구들은 상자에 대해 칭찬을 늘어놨고 그녀는 감사 표시를 했다. 아르누는 측은한 기분에 손님들 앞에서 부인에게 입을 맞추었다.

그런 다음 모두가 여기저기 몇 사람씩 모여 이야기를 했다. 맹시위는 난로 옆 소형 소파에 아르누 부인과 함께 앉았다. 그녀는 그의 귀에 몸을 기울이고 있었는데 두 사람 머리가 서로 닿았다. 프레데릭은 명성과 흰 머리를 얻기 위해서라면, 요컨대 저런 친밀함 속으로 들어갈 수 있도록 밀어줄 무언가를 위해서라면 귀머거리, 불구자, 추한 사람이 된다 해도 받아들였을 것이다. 그는 자기 젊음에 화가 나고 괴로웠다.

그러나 그가 서 있던 거실 구석으로 그녀가 다가와, 손님들 중 아는 사람이 있는지 그림을 좋아하는지 언제부터 파리에서 공부했는지 물었다. 그녀 입에서 나오는 모든 말이 프레데릭에게는 새로운 것, 그 사람만이 가진 유일한 것처럼 느껴졌다. 그는 머리끈 술 장식 끝이 맨어깨를 스치는 것을 주의 깊게 바라보았다. 그는 자기 영혼을 이 여성스러운 육체의 하얀 빛 속에 파묻은 채 눈을 떼지 못했다. 그러면서도 그는 그녀를 정면으로 좀 더 높이 바라보려고 감히 눈을 들지는 못했다.

로장발트가 아르누 부인에게 노래 한 곡 불러 달라며 그들 대화를 멈추었다. 그가 전주곡을 쳤고 그녀는 기다렸다. 그녀가 입술을 열자 맑고 길게 늘인 목소리가 대기 속에 울렸다.

프레데릭은 이탈리아 가사를 전혀 이해하지 못했다.

노래는 교회 성가처럼 장중한 리듬으로 시작되어 점점 활기차지면서 몇 번 세찬 고음을 낸 다음 갑자기 낮아졌다. 그리고 멜로디가 여유 있고 느릿하게 움직이며 사랑스럽게 다시 시작되었다.

그녀는 팔을 내려뜨리고 시선은 허공에 둔 채 건반 옆에 서 있었다. 때때로 악보를 읽기 위해 잠시 이마를 앞으로 내밀며 눈을 껌뻑거렸다. 그녀의 콘트랄토 목소리는 저음에서 소름 끼치도록 비통한 어조를 띠었다. 그때 눈썹이 긴 아름다운 얼굴이 어깨 한쪽으로 기울었다. 가슴이 부풀어 오르고 두 팔은 양쪽으로 벌어지고 장식음이 새어 나오던 목은 대기의 입맞춤에 취한 듯 부드럽게 뒤로 젖혀졌다. 그녀는 날카로운 음을 세 번 부르고 다시 내려왔다가 또 한 번 높은 음을 불렀다. 그리고 잠시 사이를 둔 다음 곡조를 길게 끌며 끝을 맺었다.

로장발트는 피아노를 떠나지 않고 자신을 위해 연주를 계속했다. 가끔씩 손님들 중 떠나는 사람이 있었다. 11시가 되어 마지막 손님들이 떠나자 아르누는 배웅한다는 핑계로 펠르랭과 함께 집을 나왔다. 그는 저녁 식사 후에 한차례 돌지 않으면 병이 날 것 같다고 말하는 부류였다.

아르누 부인은 대기실에 배웅을 나왔다. 디트메르와 위소네가 그녀에게 인사를 하자 그녀는 손을 내밀었다. 그녀는 프레데릭에게도 손을 내밀었다. 마치 그녀 손이 피부의 미세한 세포까지 파고드는 것만 같았다.

그는 사람들과 헤어졌다. 혼자 있을 필요가 있었다. 가슴이 뛰었다. 손을 내민 이유는? 무심한 동작이었을까 아니면 격려의 의미였을까? "설마! 내가 미쳤지!" 게다가 뭐가 중요해, 이제 그녀를 마음대로 만날 수 있고, 그녀의 공기 속에서 살 수 있을 텐데.

거리는 텅 비어 있었다. 가끔씩 무거운 짐수레가 포도를 뒤흔들며 지나갔다. 창문이 닫힌 회색 벽 집들이 늘어서 있었다. 그는 그녀를 보지도 못하고 그녀가 이 세상에 산다는 사실을 의심조차 해 보지도 않은 채 사는, 이 벽 뒤에 잠들어 있는 모든 인간들을 경멸스럽게 생각했다!

그는 더 이상 주변이나 공간, 그 어떤 것도 의식하지 않았다. 신발 뒤꿈치로 땅을 치고 지팡이로 가게 덧문을 두드리며 목적도 없이 미친 듯 홀린 듯 계속 앞을 향해 걸어갔다. 습기 찬 공기가 감돌았다. 그는 부둣가에 와 있는 자신을 발견했다.

나란히 두 줄을 이룬 가로등 불이 끝없이 빛나고 있었다. 길고 붉은 불꽃이 깊은 물속에서 흔들거렸다. 물은 청회색이었고 좀 더 밝은 하늘은 강 양쪽에 쌓인 어둠 덩어리에 받쳐져 있는 것 같았다. 보이지 않는 건물들 때문에 어둠이 더욱 짙었다. 빛나는 안개가 저 멀리 지붕 위로 떠돌았다. 모든 소리는 다 같이 붕붕거리는 소리 하나로 녹아들었다.

그는 퐁뇌프 다리 중간에서 멈추어 모자를 벗고 가슴은 열어젖힌 채 공기를 들이마셨다. 눈앞에서 요동치는 물결처럼 마음 깊은 곳에서 그를 뒤흔드는 다정함이 밀려오며 마르지 않는 무언가가 솟구치는 것을 느꼈다. 교회 종이 마치 그를 부르는 목소리처럼 천천히 1시를 알렸다.

그러자 그는 사람이 더욱 고양된 세계로 들어갔을 때 느끼는 영혼의 전율과도 같은 감동에 사로잡혔다. 뭔지 알 수 없는 엄청난 힘이 내면에 느껴졌다. 그는 자신이 위대한 화가가 될지 아니면 위대한 시인이 될지 진지하게 생각했다. 그리고 그림 쪽으로 결정했는데 이 직업이 필연적으로 그를 아르누 부인과 이어 줄 것이기 때문이었다. 그는 마침내 자기 천직을 찾아냈던 것이다! 이제 그의 인생 목적은 명료했고 미래는 확실했다.

그가 문을 다시 닫았을 때 자기 방 옆 불 꺼진 어두운 골방에서 코 고는 소리가 들렸다. 친구였다. 그는 더 이상 생각하지 않았다. 거울 속에 자기 모습이 비쳤다. 잘생긴 얼굴이었다. 그는 잠시 그대로 자신을 바라보았다.

5

　다음 날 정오가 되기 전에 그는 화구 상자와 화구를 샀다. 펠르랭이 그에게 개인 교습을 해 주기로 해서 프레데릭은 도구들 중 부족한 것은 없는지 봐 달라고 그를 집에 데려왔다.

　델로리에는 돌아와 있었다. 한 젊은이가 소파 하나를 차지하고 있었다. 서기가 그를 가리키며 말했다.

　"바로 그 친구야! 여기! 세네칼!"

　이 젊은이는 프레데릭 마음에 들지 않았다. 짧게 깎은 머리 때문에 이마가 더욱 넓어 보였다. 냉혹하고 차가운 빛이 회색 눈동자 속에 비쳤다. 긴 검정색 외투와 전체적인 모습에서 교육자와 사제 냄새가 났다.

　우선 최근 일들 중 로시니의 「스타바」[24]에 대한 얘기가 나

---

24) 성모 애도 성가.

왔다. 세네칼은 질문을 받자 자기는 절대 극장에 가지 않는다고 선언했다. 펠르랭은 화구 상자를 열었다.

"이게 전부 네 거야?" 서기가 물었다.

"물론이지!"

"저런! 별나네!"

그러고는 수학 가정 교사가 루이 블랑[25]의 책을 뒤적거리는 탁자 위로 몸을 수그렸다. 세네칼은 자신이 가져온 그 책을 낮은 소리로 읽었다. 펠르랭과 프레데릭은 함께 팔레트, 칼, 튜브를 살펴보았다. 그러다가 그들은 아르누 집에서의 만찬 얘기를 하기에 이르렀다.

세네칼이 말했다. "화상 말이야? 정말 대단하신 분이야!"

"왜죠?" 펠르랭이 물었다.

세네칼이 대답했다.

"비열한 정치 수법으로 돈을 버는 사람이니까!"

그는 교화적인 일에 전념하는 왕족 일가 모습이 묘사된 유명한 석판화 얘기를 시작했다. 루이필리프는 법전을, 여왕은 미사 책을 들고 있었다. 공주들은 수를 놓고 느무르 공작은 검을 차고 있었다. 주앵빌 씨는 그의 어린 동생들에게 지도를 보여 주고 있었다. 판화 안쪽에는 두 칸으로 나누어진 침대가 보였다. '훌륭한 가족'이라는 제목이 붙은 그림은 부르주아들에게는 더없는 즐거움이지만 애국자들에게는 불행이라는 것이었다. 마치 자신이 판화 작가인 양 화난 어조로 펠르랭은 모든

---

25) 계급 투쟁을 부인하며 평화적 사회주의를 주창한 사상가.

의견이 다 가치 있다고 대답했다. 세네칼은 반박했다. 예술은 오직 민중을 선도하는 데 목적을 두어야 했다. 고결한 행동을 이끄는 주제들만이 재현되어야 했다. 그 외의 것들은 해롭다고 했다.

펠르랭이 소리쳤다. "그렇지만 어떻게 그리느냐에 따라 다르죠! 나는 걸작들을 만들 수 있어요!"

"딱하게도! 그럴 권리는 없을 텐데……."

"뭐라고요!"

"아니요! 선생님, 내가 배척하는 일에 내 관심을 쏟도록 할 권리는 없다는 말이에요! 어떤 이득도 끌어내기 어렵지만 고심한 작품들, 예를 들면 비너스나 다른 풍경 같은 작품들이 왜 필요하죠? 그런 작품들 속에는 민중을 위한 교훈이 보이지 않아요! 차라리 대중의 불행을 보여 주세요! 대중의 희생에 우리가 열광하도록 해 주세요! 아! 세상에, 주제가 없는 건 아니죠. 농장, 작업장……."

펠르랭은 이 말에 분개해 말을 더듬거리다가 논점을 찾았다고 생각하면서 물었다.

"몰리에르는 인정하세요?"

세네칼이 말했다. "그럼요! 나는 그를 프랑스 대혁명의 선구자로 찬미합니다."

"아! 대혁명! 기가 막힌 예술이지! 그보다 비참한 시대는 없었지!"

"더 위대한 시대는 없었죠, 선생님!"

펠르랭은 팔짱을 끼고 그를 똑바로 바라보며 말했다.

"당신, 굉장한 국민병으로 보이는데요!"

토론에 익숙한 상대는 대답했다.

"난 국민병이 아니에요! 그리고 당신만큼 국민병을 증오합니다. 그렇지만 그런 원칙들이 대중을 부패시켜요! 게다가 그런 건 정부에 이익이 될 뿐이죠. 그 같은 한 떼 허풍쟁이들과의 공모가 없다면 정부가 그렇게 막강해질 수는 없을겁니다."

세네칼의 의견에 분개한 화가는 화상을 변호했다. 그는 나아가 자크 아르누가 친구들에게 헌신적이며 아내를 사랑하는 진정 관대한 사람이라고 주장했다.

"오! 오! 만일 그에게 상당한 돈을 준다면 부인을 모델로 세우는 것도 거절하지 않을걸요."

프레데릭의 얼굴이 창백해졌다.

"그 사람이 당신한테 잘못한 거 있어요?"

"나한테? 아니요! 그 사람이 카페에 친구와 함께 있는 걸 한 번 본 적 있어요, 그게 전부예요."

세네칼의 말은 사실이었다. 그러나 그는 매일 《라르 앵뒤스트리엘》의 광고에 비위가 상했다. 그에게 아르누는 민주주의를 해치는 세계의 대표자였다. 엄격한 공화주의자인 세네칼은 모든 종류의 우아함을 부패로 의심했다. 그는 우아함에 대한 어떤 필요도 느끼지 못했으며 불굴의 청렴결백한 기질을 지녔다.

대화가 다시 시작되기는 힘들어 보였다. 화가는 곧 자기 약속을, 가정 교사는 자기 학생들을 떠올렸다. 그들이 떠나자 오랜 침묵 끝에 델로리에는 프레데릭에게 아르누에 대한 여러 가지 질문을 했다.

"나중에 나 소개시켜 줄 거지, 친구?"

"물론이지." 프레데릭이 말했다.

그런 다음 그들은 생활 문제를 생각했다. 델로리에는 한 공증인 사무실에서 어려움 없이 서기보 자리를 찾았고 법대에 등록했으며 필요한 책들을 구입했다. 그리고 그들이 그처럼 꿈꾸던 생활이 시작되었다.

젊음의 아름다움이 있어 그들 생활은 매력적이었다. 델로리에 편에서 재정적 약속에 대한 어떠한 얘기도 없었기 때문에 프레데릭은 그 문제를 거론하지 않았다. 그는 모든 지출을 부담했고 장롱을 정리했으며 집안일을 했다. 그러나 만일 수위에게 잔소리할 일이 생기면 중등학교 시절처럼 보호자와 형 역할을 계속하는 서기가 처리했다.

둘은 하루 종일 헤어져 있다가 저녁이면 다시 만났다. 각자 난로 옆 자기 자리에 앉아 할 일을 했다. 그리고 얼마 지나지 않아 하던 일을 멈추었다. 끝없이 속마음을 터놓거나 공연히 즐거워했다. 가끔 그을린 램프나 보이지 않는 책 때문에 분쟁이 일었지만 웃음으로 풀어져 버리는 잠깐 동안의 불화로 끝났다.

골방 문을 연 채 그들은 각자 침대에 누워 멀리서 수다를 떨었다.

아침이면 셔츠 차림으로 테라스를 산책했다. 해가 떠오르고 있었고 가벼운 안개가 강 위에 떠 있었다. 옆 꽃 시장에서는 날카롭게 외치는 소리가 들려왔다. 그들의 파이프 담배 연기는 아직 푸석푸석한 눈을 상쾌하게 해 주는 맑은 공기 속에서 소용돌이쳤다. 그들은 공기를 들이마시며 커다란 희망이 퍼져 나가는 것을 느꼈다.

비가 오지 않는 일요일이면 그들은 함께 외출했다. 서로 팔짱을 끼고 거리를 걸었다. 항상 똑같은 생각을 동시에 떠올리거나 주위 세계에는 아랑곳없이 이야기에 빠졌다. 델로리에는 사람들을 지배하는 수단으로 부를 꿈꿨다. 그는 밑에 비서 세 명을 두고 일주일에 한 번씩 성대한 정치 만찬을 열어 동시에 많은 사람들을 움직이며 숱한 화제를 뿌리고 싶어 했다.

프레데릭은 긴 캐시미어 의자에 누워 분수의 물 흐르는 소리를 들으면서 흑인 시동들 시중을 받을 무어풍 궁전을 상상했다. 결국에는 꿈의 세계가 너무도 뚜렷해져 마치 그것들을 잃어버린 것처럼 그는 슬퍼졌다.

프레데릭이 말했다. "이런 얘기 해서 무슨 소용이 있어. 꿈이 이루어질 날은 결코 없을 테니 말이야!"

"누가 알아?" 델로리에가 말을 이었다.

그는 민주주의적 소신이 있음에도 프레데릭에게 당브뢰즈 집안에 출입하도록 권했다. 프레데릭은 그런 시도에 반대했다.

"까짓것! 다시 찾아가! 널 초대할 거야!"

3월 중순쯤 그들은 액수가 꽤 큰 계산서 몇 장 중에서 그들에게 저녁 식사를 배달하는 식당 주인이 보낸 것을 받았다. 돈이 부족해 프레데릭은 델로리에에게 100에퀴를 빌렸다. 이 주후 그는 또다시 돈을 빌렸고 서기는 아르누 가게에서 지출하는 비용에 대해 그를 나무랐다.

사실 그는 전혀 조심하지 않았다. 세 벽면의 중앙을 차지하는 베네치아와 나폴리 풍경화 그리고 또 콘스탄티노플 풍경화 한 점, 알프레드 드 드뢰의 승마 주제 그림들, 벽난로 위 여기저기에 놓인 프라디에 작품들, 피아노 위《라르 앵뒤스트리엘》정기 간행물들, 방바닥 구석구석에 놓인 판지 상자까지 집 안에 꽉 들어차 있어 책 한 권 놓거나 팔꿈치를 움직이기도 힘들었다. 프레데릭은 그림 그리는 데 이 모든 게 필요하다고 주장했다.

그는 펠르랭 집에서 작업을 했다. 그러나 펠르랭은 신문이 알리는 모든 장례식과 사건 들을 보러 가는 습관이 있어 자주 집을 비웠기 때문에 프레데릭은 아틀리에에서 몇 시간을 온통 홀로 보냈다. 생쥐들 발소리만이 들리는 넓은 작업실의 고요함, 천장에서 비치는 불빛 그리고 난로의 붕붕거리는 소리까지 모든 것이 그를 우선 지적인 안락감에 빠지게 했다. 그러면 그의 시선이 작업 중인 작품을 떠나 칠이 벗겨진 벽을 향한 다음 선반의 골동품 사이를 지나 쌓인 먼지가 마치 다 해진 벨벳처럼 보이는 토르소들을 따라갔다. 모든 길이 다시 제자리로 이끄는 숲 한복판에서 길을 잃은 여행자처럼 모든 사념의 깊은 곳에서 그는 끊임없이 아르누 부인의 추억을 다시 찾았다.

그는 그녀 집에 가는 날을 정했다. 이층집 문 앞에 이르러 벨을 누르기 전에 망설였다. 발자국 소리가 다가오고 문이 열렸다. 그리고 "부인은 외출하셨는데요."라는 말에 마음의 짐을 내려놓은 듯 해방감을 느꼈다.

그러나 그는 그녀를 만났다. 첫 번째는 그녀가 부인 세 명과 함께 있을 때였다. 또 다른 날 오후에는 마르트 양의 습자 선생님이 찾아왔다. 게다가 아르누 부인이 접대하는 남자들 때문에 그녀를 만날 기회가 없었다. 그는 조심스러운 마음에서 다시 찾아가지 않았다.

그렇지만 목요일 만찬에 초대받기 위해 매주 수요일 규칙적으로 라르 앵뒤스트리엘에 들르는 일은 거르지 않았다. 그러고는 르쟁바르보다 오래, 판화를 바라보거나 신문을 읽는 척하면서 마지막까지 머물렀다. 마침내 아르누가 그에게 말했다. "내일 저녁 시간 있소?" 말이 끝나기도 전에 그는 응했다. 아르누는 그를 애정으로 대하는 듯했다. 그에게 포도주를 감별하는 기술, 구운 멧도요 스튜 만드는 법을 알려 주었다. 프레데릭은 가구, 하인, 집, 거리, 아르누 부인에 관계된 모든 것을 좋아하며 온순하게 그의 충고를 따랐다.

저녁 식사 동안 그는 거의 말이 없었다. 그는 그녀를 바라보았다. 그녀의 오른쪽 관자놀이 옆에 검은 점이 있었다. 가운데 가르마 타진 앞머리는 남은 머리채보다 검었고 항상 가장자리가 약간 촉촉해 보였다. 가끔씩 그녀는 두 손가락으로 그 머리를 어루만졌다. 그는 그녀 손톱 각각의 모양을 알았고, 그녀가 문 옆을 지날 때 들리는 비단 치맛단이 스치는 소리에 무한한 즐거움을 느꼈다. 몰래 그녀 손수건 향내를 맡기도 했다. 그녀의 빗, 장갑, 반지 들이 그에게는 특별했고 예술품처럼 소중했으며 거의 사람처럼 생명이 있는 듯 느껴졌다. 모든 것이 그의 마음을 사로잡았고 사랑의 정열은 더욱 커져만 갔다.

그는 자기 사랑을 델로리에에게 감출 수가 없었다. 아르누 부인 집에서 돌아올 때면 그녀 얘기를 하려고 무심코 실수한 것처럼 델로리에를 깨웠다.

골방의 물통 옆에서 자던 델로리에는 길게 하품했다. 프레데릭은 그의 침대 발치에 앉았다. 우선 저녁 식사를 시작으로 경멸이나 애정의 표적이 보이는 수많은 세세한 것들을 이야기했다. 예를 들면 한번은 그녀가 그의 팔을 거절하고 디트메르의 팔을 빌려서 섭섭했다는 것이다.

"아! 정말 어리석지!"

또 한번은 그녀가 그를 '친구'라고 불렀다고 했다.

"성큼 다가가, 그러면!"

"그런데 감히 그렇게 못 하겠어." 프레데릭이 말했다.

"그럼 더는 생각하지 마! 잘 자."

델로리에는 벽 쪽으로 돌아누워 잠이 들었다. 청춘기 극도의 나약함으로 보이는 이런 사랑을 그는 전혀 이해하지 못했다. 자기의 친밀함만으로는 부족한 듯해 그는 일주일에 한 번씩 그들 공통의 친구들과 함께 모이면 어떨까 생각했다.

그 친구들은 토요일 9시쯤 도착했다. 여러 색 줄무늬가 있는 알제리풍 커튼 세 장이 정성스럽게 쳐져 있었다. 램프와 촛불 네 개에 불이 켜져 있었다. 탁자 중앙에는 파이프 담배로 가득 찬 통이 맥주병과 찻주전자, 럼주병과 소형 과자 사이에 놓여 있었다. 그들은 영혼의 불멸성에 대해 토론하기도 하고 교수들을 서로 비교하기도 했다.

어느 날 밤 위소네가 소매가 너무 짧은 외투를 걸친, 당황한 표정의 키 큰 젊은이를 소개했다. 작년에 경찰서에서 위소네와 프레데릭이 석방을 요구했던 젊은이였다.

그는 싸움 도중 잃어버린 레이스 상자를 돌려주지 못해 주인으로부터 도둑으로 몰렸고 법정에 보낸다는 협박까지 받았다. 지금은 운송 회사 직원으로 일하고 있었다. 그날 아침 위소네는 어느 거리 모퉁이에서 뒤사르디에와 마주쳤는데 그가 감사하는 마음에 함께 왔던 '또 한 사람'을 만나기를 원해서 그를 데리고 왔다는 것이었다.

그는 프레데릭에게 되돌려 줄 희망으로 조심스럽게 간직한 아직 꽉 찬 담배 케이스를 내밀었다. 모두들 그에게 또 오라고 했다. 그는 빠짐없이 참석했다.

모두가 서로 뜻이 통했다. 우선 정부에 대한 그들의 증오는 두말할 여지 없는 공통된 의견이었다. 오직 마르티농만이 루이필리프를 변호하려 애썼다. 모두가 신문에서 흔히 보는 상투어로 그를 비난했다. 파리의 성벽 건설, 9월 법[26] 제정, 프리처드, 기조 경에 대한 한결같은 비난에 혹시 자신이 누군가를 모욕하게 되면 어쩌나 하는 마음에 마르티농은 입을 다물었다. 중등학교 시절 칠 년 동안 그는 한 번도 벌받아 본 일이 없었고 법대에서는 교수들 비위를 맞출 줄 알았다. 평소에는 두꺼운 담황색 외투를 입고 신발을 진흙으로부터 보호하는 덧신을 신는 그가 어느 날 저녁 깃 있는 벨벳 조끼에 흰 넥타이, 금줄을 단 결혼 예복 차림으로 나타났다.

그가 당브뢰즈의 집에서 나온 사실을 알자 놀라움은 더했

---

26) 언론 탄압에 관한 법.

다. 사실 은행가 당브뢰즈는 마르티농의 아버지에게서 상당한 규모의 임야 중 일부를 사들였다. 마르티농 영감이 아들을 그에게 소개하자, 당브뢰즈가 두 사람 모두 저녁에 초대했던 것이다.

"송로 요리가 많았겠네?" 델로리에가 물었다. "다른 방으로 자리 옮길 때 그 사람 부인 허리 껴안았어, 격식에 맞춰서[27]?"

그러자 화제가 여자 문제로 옮겨졌다. 펠르랭은 아름다운 여자가 있다는 사실을 인정하지 않았다.(그는 차라리 호랑이를 선호했다.) 게다가 인간 암컷은 미학적 서열에서 열등한 존재라고 했다.

"당신을 매혹하는 게 특별히 사상적으로는 여성을 격하하는 겁니다. 내 말은 가슴, 머리……."

"그렇지만 긴 검은 머리에 커다란 검은 눈은……." 프레데릭이 항의했다.

위소네가 소리쳤다. "오! 뻔한 얘기! 풀밭 위 안달루시아 여인은 신물이 나! 고대적인 것? 사양합니다! 요컨대, 이봐, 농담하는 거겠지! 창녀가 밀로의 비너스보다 재미있어! 골족[28]처럼 살자고! 빌어먹을! 갈 수만 있다면 오를레앙 공의 섭정 시대[29]로! '흘러라 맛 좋은 포도주여. 여인들이여, 감히 미소 지으라!' 갈색 머리에서 금발로 가야죠! 당신 의견도 그렇습니까, 뒤사르디에 영감?"

---

27) Sicut Decet. 델로리에는 이 부분을 라틴어로 말했다.
28) 솔직, 쾌활, 자유분방한 기질을 가리킨다.
29) 이 시기의 퇴폐한 풍속을 가리킨다.

뒤사르디에는 대답이 없었다. 모두가 그의 취향을 알고 싶어 재촉했다.

얼굴을 붉히며 그가 말했다. "나, 나는 한 사람만을 사랑했으면 좋겠어요, 항상!"

너무도 진지한 대답이 나오자 어떤 사람은 그러한 순진함에 놀라기도 하고 또 어떤 사람은 그 말 속에서 그들 영혼의 숨겨진 갈망을 발견해서인지 한동안 침묵이 흘렀다.

세네칼은 벽난로 가에 맥주 컵을 내려놓고 매춘은 압제이고 결혼은 부도덕이므로 자제하는 게 상책이라고 독단적으로 선언했다. 델로리에는 여자를 유희 대상 이외의 다른 존재로 생각하지 않았다. 시지는 여자에 대한 갖가지 두려움에 차 있었다.

헌신적인 할머니 밑에서 자란 시지는 이 젊은이들과의 자리가 불순한 장소처럼 매력적이기도 하고 소르본 대학처럼 교육적이기도 하다고 생각했다. 그에게 교훈을 주는 데 인색한 사람은 없었다. 그는 아주 열성적이었고 매번 속이 괴로우면서도 담배를 피우려고까지 했다. 프레데릭은 그를 보살폈다. 프레데릭은 그의 넥타이 색조와 짧은 외투에 달린 모피, 특히 장갑처럼 얇고 깨끗하고 섬세한 부츠에 감탄했다. 그의 마차가 길 아래에서 기다리고 있었다.

어느 날 저녁 그가 떠나고 나자 눈이 내렸다. 세네칼은 그의 마부를 동정하기 시작했다. 그러고는 노란 장갑[30]과 경마 기

---

30) 상류 계급을 이른다.

수 클럽을 탄핵했다. 그에게는 이 부류 사람들보다 노동자 한 사람이 더욱 가치가 있었다.

"나, 나는 적어도 일해! 가난하니까!"

"그렇게 보여." 마침내 프레데릭이 참지 못하고 말했다.

과외 교사는 이 말을 듣고 그에게 원한을 품게 되었다.

그러나 르쟁바르가 세네칼을 조금 안다고 말하자 프레데릭은 아르누의 친구에 대한 예의를 생각해 세네칼에게 토요일 모임에 와 달라고 했고 두 애국자의 만남은 유쾌했다.

그러나 두 사람은 서로 달랐다.

(두골이 뾰족한) 세네칼은 체계만을 중시했다. 반대로 르쟁바르는 사실을 사실로만 보았다. 르쟁바르가 주로 염려하는 것은 라인 강의 경계선 문제였다. 그는 포술을 잘 안다고 주장했고 이공 대학의 재단사에게 옷을 맞춰 입었다.

첫날 과자를 대접하자 그는 이런 건 여자들에게나 알맞다며 멸시하듯 어깨를 으쓱했다. 이후에도 그는 거의 무뚝뚝하기만 했다. 토론이 어느 고조에 이르면 그는 중얼거렸다. "오! 유토피아는 그만, 꿈은 그만!" 예술에 있어서 (여러 아틀리에를 드나들고 가끔 배려하는 마음에서 그곳에서 펜싱 교습을 해 주기도 하지만) 그의 식견은 전혀 탁월한 정도는 아니었다. 그는 마라와 볼테르의 스타일을 비교했고 "신실함이 깃든" 폴란드에 대해 바트나 양이 쓴 서정시를 들어 그녀와 스탈 부인[31]을 비교했다. 여하튼 르쟁바르는 모두를, 특히 이 시투아앵이 아르누

---

31) 프랑스의 유명한 여성 작가.

와 가까웠기 때문에 델로리에를 진력나게 했다. 그런데 서기는 유익한 사람들을 만날 수 있지 않을까 하는 희망으로 아르누 집에 출입하기를 열망했기에 "언제 거기 데려가 줄 거야?" 하고 묻곤 했다. 그러나 아르누는 너무 일이 많거나 여행 중이었고 저녁 식사 모임이 곧 끝나갈 시각이라 그럴 필요가 없어지곤 했다.

만일 친구를 위해 자기 목숨을 내놓아야 한다면 프레데릭은 그렇게 했을 것이다. 그러나 자신이 최대한 돋보이도록 신경을 써 언행과 옷차림에 주의를 하며 라르 앵뒤스트리엘에 갈 때는 항상 나무랄 데 없이 장갑까지 끼는 그였기에, 델로리에의 낡은 검정색 양복과 검찰 총장 같은 행색 그리고 자만에 찬 말이 아르누 부인을 불쾌하게 해서 자기 명예를 해치고 부인 옆에서 자기 가치를 격하할까 프레데릭은 두려웠다. 다른 일은 인정할 수 있었지만 이것은 그를 몇 배 더 난감하게 할 것이 분명했다. 서기는 그가 약속을 지킬 마음이 없음을 감지했다. 프레데릭의 침묵은 극심한 모욕으로 느껴졌다.

델로리에는 절대적으로 프레데릭을 이끌어 그가 그들의 젊은 시절 이상에 따라 성장하는 것을 지켜보고 싶었다. 그래서 프레데릭의 나태함은 반항처럼 배신처럼 그를 격분시켰다. 게다가 프레데릭은 아르누 부인 생각으로 가득 차, 자주 그녀의 남편 이야기를 했다. 델로리에는 바보의 습관처럼 말끝마다 남편 이름을 붙이는 견딜 수 없이 상투적인 언사를 매일 수 없이 반복하기 시작했다. 프레데릭이 문을 두드리면 "들어오세요, 아르누!"라고 대답했다. 식당에서는 "아르누처럼" 브리

치즈를 주문했다. 밤에는 악몽 꾼 시늉을 하며 "아르누! 아르누!"하고 소리쳐 친구를 깨웠다. 드디어 어느 날 지친 프레데릭이 애처로운 목소리로 그에게 말했다.

"아르누 얘기 좀 그만해!"

서기가 대답했다.

"절대 안 돼! 항상 그 모습! 어디에도 그 모습! 뜨겁거나 차거나 아르누 모습……."

"그만해!" 주먹을 들어 올리며 프레데릭이 소리쳤다.

그는 다시 조용히 말했다.

"나한테 힘든 문제인 거 잘 알잖아."

"아! 미안해……." 아주 깊이 고개를 숙이며 델로리에가 말했다. "이제부터 아가씨 신경을 건드리지 말아야지, 다시 한번 미안, 용서해!"

이런 식으로 농담이 끝을 맺었다.

그러나 삼 주 후 어느 저녁 델로리에가 말했다.

"그런데 오후에 그 사람 봤어, 아르누 부인!"

"대체 어디서?" "팔레[32]에서, 공증인 발랑다르와 함께 있던데. 갈색 머리에 중간 키 아니야?"

프레데릭은 고개를 끄덕였다. 그는 델로리에의 말을 기다렸다. 최소한의 찬사에도 아낌없이 속을 털어놓고 그를 끌어안을 생각이었다. 그러나 한쪽은 여전히 침묵했다. 드디어 참지 못한 프레데릭이 무관심한 표정을 지으며 그녀를 어떻게

---

32) 재판소.

생각하는지 물었다.

뗄로리에는 그녀가 "괜찮지만, 대단한 건 없다."라고 느꼈다고 말했다.

"아! 그렇게 생각하는구나." 프레데릭이 말했다.

8월이 되었다. 두 번째 시험 기간이었다. 보통은 시험 과목 준비에 보름이면 충분했다. 프레데릭은 자기 능력을 의심치 않아 소송법 첫 네 부와 형법 첫 세 부, 형사 소송 몇몇 글과 퐁슬레의 주석이 달린 민법 일부를 단숨에 독파했다. 시험 전날 뗄로리에가 프레데릭에게 시킨 요점 복습이 아침까지 이어졌다. 그리고 마지막 십오 분까지 이용해 길을 가면서도 계속 질문했다.

여러 시험이 동시에 치러졌기 때문에 현관에는 많은 사람이 있었는데, 위소네와 시지도 와 있었다. 시험을 보는 친구들이 있으면 모두들 찾아왔다. 프레데릭은 관례상 입는 검은 가운을 걸친 다음 다른 학생 세 명과 뒤를 따르는 청중과 함께 커다란 방으로 들어갔다. 방에는 커튼 없는 창으로 햇살이 비쳤고 벽을 따라 긴 의자가 나란히 놓인 방 중앙에는 초록색 융단을 씌운 탁자를 기준으로 수험생과 시험관이 양쪽으로 나뉘어 있었다. 시험관들은 모두 붉은 가운을 입고 어깨에는 흰 담비 견장을 달았고 머리에는 챙 없는 금줄 장식 모자를 썼다.

프레데릭은 끝에서 두 번째 순서였는데 좋지 않은 자리였다. 관례와 계약의 차이에 대한 첫 번째 질문에 그는 뒤바꿔 대답했다. 사람 좋은 교수가 말했다. "당황하지 말고 침착히 하세요!" 그러고는 대답이 불분명했던 쉬운 질문 두 개를 한

다음 마침내 네 번째 질문을 던졌다. 프레데릭은 시작부터 형편없었기에 기가 죽어 있었다. 청중석 그의 맞은편에 있던 델로리에가 아직 희망이 있다는 신호를 했다. 두 번째 형법 질문에 그가 한 대답은 나쁘지 않았다. 그러나 비밀 증서로 된 유서에 관한 세 번째 질문 이후 시험관의 한결같은 냉엄한 태도에 프레데릭은 한층 더 불안해졌다. 위소네는 박수를 치려는 사람처럼 두 손을 모으는 한편, 델로리에는 몇 번이나 어깨를 으쓱했다. 드디어 소송 절차에 답할 차례가 왔다! 제삼자 이의 신청에 관한 것이었다. 자기 이론과 반대되는 의견이 거슬린 교수는 노골적인 어조로 물었다.

"본인 생각입니까, 선생! 민법 1351조항 원칙을 어떻게 이 특출한 공격 방식과 양립시킬 수 있죠?"

프레데릭은 밤을 새운 탓에 무척 머리가 아팠다. 덧문 사이로 들어오는 햇빛이 그의 얼굴을 내리쳤다. 그는 의자 뒤에 서서 몸을 좌우로 흔들며 콧수염을 잡아당겼다.

"대답 기다리잖아요!" 프레데릭의 행동에 짜증이 난 듯 금줄 모자를 쓴 사람이 말을 이었다.

"학생 수염에서 답을 찾진 못할 텐데요!"

이러한 빈정거림이 청중의 웃음을 자아냈다. 흐뭇해진 교수는 기분이 풀렸다. 그는 소환장과 즉결 재판 소송 사건에 대해 두 가지 더 질문하고 나서 됐다는 뜻으로 머리를 수그렸다. 공개 심사는 끝났다. 프레데릭은 현관으로 돌아갔다. 집행관이 즉시 다른 사람에게 넘겨주기 위해 그의 가운을 벗기는 동안 친구들이 시험 결과에 대해 서로 상반된 의견으로 완전히 얼을 빼며 그를 둘러쌌다. 곧이어 낭랑한 목소리가 홀 입구에서 결과를 공표했다. "세 번째 학생은…… 낙제입니다!"

위소네가 말했다. "떨어졌어! 가자!"

그들은 이마에는 승리의 광채가 눈에는 미소가 어린 채 감격으로 얼굴이 상기된 마르티농을 수위실 앞에서 만났다. 그는 방금 마지막 시험을 무사히 치르고 난 참이었다. 논문 완성만 남아서 보름 후면 학사 학위를 받을 예정이었다. 그의 가족이 장관을 한 사람 알고 있었고 그의 앞에는 '눈부신 장래'가 열려 있었다.

"저 친구, 그래도 너를 이기는구나." 델로리에가 말했다.

자신이 실패한 일을 바보들이 해내는 장면을 보는 것보다 치욕적인 일은 없었다. 화가 난 프레데릭은 그런 건 염두에도 없다고 대답했다. 자기 포부는 더 높다고 했다. 그리고 위소네가 떠나려고 하자 프레데릭은 그를 한쪽으로 데리고 가 말했다.

"그 사람들 집에서 오늘 얘기 한 마디도 하지 말아 줘요, 알겠죠!"

다음 날 아르누가 독일로 여행을 떠났기 때문에 비밀을 지키기는 쉬웠다.

그날 저녁 서기는 집으로 돌아와 친구가 묘하게 변한 것을 느꼈다. 그는 발끝으로 빙빙 돌기도 하고 휘파람을 불기도 했다. 이러한 기분 변화에 한쪽은 놀라워했다. 프레데릭은 어머니 집에 가지 않을 거라고 선포했다. 방학 동안에 일할 계획이라는 것이었다.

아르누가 여행을 떠난다는 소식을 듣고 그는 기쁨에 휩싸였다. 방문 도중 방해받을 염려 없이 그 집에 마음대로 드나들 수 있었다. 완전히 안전하다는 생각이 그에게 용기를 주었다. 마침내 그녀와 멀리 있지도, 헤어져 있지도 않을 것이었다! 쇠사슬보다 강한 무엇이 그를 파리에 묶어 놓았다. 내면의 목소리가 그에게 떠나지 말라고 소리쳤다.

쉬운 일은 아니었다. 그는 어머니에게 편지를 써 난관을 해결했다. 우선 과목 변경으로 인한 낙제 소식을 알렸다. 우연적이고 불공정한 결과인 데다가 유명한 변호사들 모두가(그는 그들의 이름을 말했다.) 시험에 낙제했었다고 썼다. 그러나 그는 11월에 재시험을 볼 생각이었다. 그런데 시간이 없으니 올해는 집에 돌아가지 않을 계획이라는 것이었다. 그는 삼 개월 분 용돈 이외에 매우 유익하다는 법학 과외비로 250프랑을 보내 달라고 했다. 이 모든 말은 후회와 위로, 응석과 효심의 맹세로 둘러서 썼다.

다음 날 아들을 기다리던 모로 부인은 이중으로 슬펐다. 그녀는 아들의 실패를 묻어 두고 그에게 "그래도 오너라."라고 대답했다. 프레데릭이 양보하지 않자 불화가 터졌다. 그럼에도 그는 주말에 과외 비용과 함께 삼 개월분 용돈을 받았다. 그리고 이 돈은 옅은 회색 바지와 하얀 펠트 모자, 손잡이가 금으로 된 가는 단장을 사는 데 쓰였다.

이 모든 것이 다 갖추어지자 프레데릭은 '혹시 이발사같이 보이지는 않을까?' 하고 생각했다.

그러고는 크게 망설였다.

아르누 부인 집에 갈지 정하려고 그는 공중에 동전을 세 번

던졌다. 매번 예시는 긍정적이었다. 숙명이었다. 그는 마차를 타고 슈아죌 거리로 향했다.

재빠르게 계단을 올라가 초인종 줄을 잡아당겼다. 종이 울리지 않자 그는 쓰러질 것 같았다.

그는 무거운 빨간색 비단술을 격하게 흔들었다. 낭랑한 종소리가 울리다 서서히 사라졌다. 아무 소리도 들리지 않았다. 프레데릭은 두려웠다.

그는 문에 귀를 대어 보았다. 숨소리 하나 들리지 않았다! 열쇠 구멍으로 들여다봤지만 대기실 벽지의 종이꽃 사이로 두 갈대 끝이 보일 뿐이었다. 마침 발길을 돌리려는 순간 그는 생각을 바꾸었다. 이번에는 작고 가볍게 두드려 보았다. 문이 열렸다. 헝클어진 머리에 안색이 새빨갛고 무뚝뚝해 보이는 아르누가 문간에 나타났다.

"어! 웬일이에요? 들어와요!"

그는 프레데릭을 안방도 자기 방도 아닌 식당으로 데려갔다. 탁자 위에는 잔 두 개와 샹파뉴산 포도주 한 병이 놓여 있었다. 그는 퉁명스러운 어조로 물었다.

"나한테 부탁할 일 있어요, 친구?"

"아니요! 아무것도! 아무것도 없어요." 방문 구실을 찾으며 젊은이가 더듬거렸다.

마침내 프레데릭은 위소네에게서 그가 독일에 있다고 듣고 소식을 물으러 왔다고 말했다.

"전혀!" 아르누가 말을 이었다. "모든 말을 다 비뚤어지게 듣다니 그 친구 경솔하기는!"

마음의 동요를 감추기 위해 프레데릭은 식당에서 이리저리 거닐었다. 그러다 의자 다리에 부딪히면서 그 위에 놓여 있던 양산을 떨어뜨렸다. 상아 손잡이가 부러졌다.

"이런! 부인의 양산을 부러뜨려 어떡하죠!" 프레데릭이 소리쳤다.

이 말에 화상은 고개를 들고는 묘한 미소를 지었다. 프레데릭은 그녀 얘기를 할 기회를 놓치지 않고 조심스럽게 덧붙였다.

"부인을 볼 수 있을까요?"

그녀는 자기 고향 편찮으신 어머니 곁에 있다고 했다. 언제 돌아오는지는 감히 물어보지 못했다. 그는 그저 그녀 고향이 어디인지만 물었다.

"샤르트르지요! 놀랐어요?"

"저요? 아니요! 왜요? 전혀요!"

그러고는 서로 더 이상 아무 말이 없었다. 아르누는 담배 한 가치를 만들어 피우며 탁자 주위를 돌았다. 프레데릭은 난로 옆에 서서 벽, 선반, 바닥을 바라보았다. 아름다운 영상들이 기억 속에서, 아니 눈앞을 줄지어 지나갔다. 마침내 그는 자리를 떴다.

공처럼 둥글게 말린 신문 조각이 대기실 바닥에 떨어져 있었다. 도중에 멈춘 낮잠을 계속하기 위해서라며 아르누가 그것을 집어 들어 발꿈치를 들고 초인종 속에 쑤셔 넣었다. 그러고는 그에게 악수를 하며 말했다.

"부탁인데 수위에게 내가 없다고 얘기해 줘요!"

그리고 그의 등 뒤로 세차게 문을 닫았다.

프레데릭은 계단을 하나하나 내려왔다. 그는 이 첫 번째 시도의 실패로 앞으로의 희망도 비관하게 되었다. 그리하여 세 달 동안의 권태가 시작되었다. 아무 할 일이 없었고 무료함에 슬픈 마음은 더해 갔다.

그는 자기 방 발코니에서 강변 사이로 흐르는 강물을 몇 시간이고 바라보았다. 강변에는 하수구 자국으로 여기저기 검은 얼룩이 져 있었으며 세탁할 때 주로 이용하는 배 한 척이 매여 있었고 아이들이 진흙탕에서 새끼 푸들을 데리고 장난을 치고 있었다. 그의 시선은 왼쪽 노트르담 돌다리와 현수교 세 개에 둔 채 항상 오조름 기슭 쪽으로 몽트로 항구의 보리수만큼 오래된 나무 숲 쪽으로 향했다. 생자크 탑, 시청, 생제르베, 생루이, 생폴이 혼잡한 지붕들 사이로 마주 보였다. 바스티유 광장의 기념주가 동쪽에서 넓은 금별처럼 반짝였고 저쪽 반대편 끝에서는 튈르리 돔이 하늘에 무거운 푸른 덩어리를 둥글게 떠받치고 있었다. 그쪽 뒤편에 분명히 아르누 부인의 집이 있었다.

그는 방으로 돌아와 긴 의자에 누워 지리멸렬한 상념에 빠져들었다. 작품, 행동 계획, 미래의 비약. 그러다 자기 자신에게서 벗어나기 위해 밖으로 나갔다.

그는 발길 닿는 대로 라탱 구를 향해 걸었다. 평소에 그토록 혼잡하던 곳이 이 시기에는 학생들이 집으로 떠나고 없어 텅 비어 있었다. 정적에 싸여 더 길어 보이는 학교의 커다란 벽은 한층 더 우울하게 느껴졌다. 새장 속에서 새가 날개를 파닥이는 소리, 물레 소리, 구두 수선공의 망치 소리 같은 평화로운 소음이 들려왔다. 옷 장수들이 거리 중앙에서 별 소용도 없이 눈으로 각 창문을 살피며 손님을 기다렸다.

한적한 카페 안쪽에서는 계산대를 보는 여자가 물이 가득 찬 작은 물병들 사이에서 하품을 했다. 열람실 신문은 가지런히 정돈되어 있었고 세탁소의 다림질 작업장에는 빨래가 무더운 바람 속에 하늘거렸다. 그는 가끔씩 고서 장수 진열대에서 발길을 멈췄다. 보도를 스치며 내려오는 합승 마차 쪽으로 고개를 돌리기도 했다. 그리고 뤽상부르 공원에 이르러 그는 더 이상 멀리 가지 않았다.

가끔씩 기분 전환이라도 해 볼까 하는 마음에 큰 거리로 나가 보기도 했다. 습하고 신선한 기운이 풍겨 나오는 어두운 골목길을 지나 텅 빈 광장에 이르면 햇빛이 눈부시고 기념물들은 길 위에 톱니 같은 검은 그림자를 던졌다. 그러나 마차와 가게가 다시 보이기 시작하고 사람들 물결에 정신이 없어졌다. 특히 일요일이면 바스티유에서 마들렌까지 먼지투성이이고 끊임없이 웅성거리는 속에서 천박한 얼굴들, 어리석은 말〔言〕, 땀이 흐르는 이마에 바보 같은 만족감이 서린 인파를 보며 그는 구역질을 느꼈다! 그러나 자신은 이 사람들보다 가치 있다고 의식하자 그들을 바라보는 피곤함이 덜해졌다.

그는 매일 라르 앵뒤스트리엘에 갔다. 그는 아르누 부인이 언제 돌아오는지 알아보려고 그녀 어머니의 상태를 자세하게 물었다. 아르누의 대답은 한결같았다. "계속 나아지고 있소." "아내가 딸과 함께 다음 주면 돌아올 예정이오." 그녀가 돌아오는 날이 늦춰질수록 프레데릭의 불안도 커지자, 그처럼 지극

한 마음을 측은히 느낀 아르누는 대여섯 번 저녁을 대접했다.

프레데릭은 이같이 둘이서 보낸 오랜 시간을 통해 화상이 그리 재기가 넘치는 사람이 아니라는 사실을 깨달았다. 아르누가 그에 대한 마음이 식은 것을 알아차렸을 수도 있었다. 이제 프레데릭이 그를 저녁 식사에 초대해 답례를 할 차례가 되었다.

일을 잘 치르기 위해 그는 80프랑에 새 양복 모두를 고물 장수에게 팔았다. 이 돈에 그에게 남아 있던 100프랑을 합쳐 아르누를 저녁 식사에 초대하러 갔다. 르쟁바르도 와 있었다. 그들은 트루아프레르프로방소[33]로 갔다.

시투아옝은 먼저 외투를 벗은 다음 두 사람이 공손하게 맡길 것이라 믿고 메뉴를 적었다. 그런데 자신이 직접 주방에 가서 주방장에게 지시를 했고 구석구석을 모두 아는 술 창고에 내려갔으며 주인을 불러 꾸지람을 줬지만 음식, 포도주, 서비스 그 어느 것에도 만족할 수 없었다. 매번 새로운 요리와 포도주가 나올 때마다 첫입에 포크를 내려놓거나 술잔을 멀리 밀어 놓았다. 그러고는 팔을 쭉 뻗은 채 냅킨 위에 팔꿈치를 괴고 파리에서는 더 이상 저녁 식사를 할 수 없다고 외쳤다. 결국 자기 입맛에 맞을 만한 음식으로 무엇을 주문할지 몰라 '단순히' 기름에 볶은 강낭콩을 주문했다. 이 요리도 절반 정도밖에 성공적이지 않았지만 그를 조금은 진정시키는 듯했다. 그런 다음 그는 한 종업원과 프로방소의 옛 종업원들 이야

---

33) 그 당시 파리의 유명한 레스토랑.

기를 했다. "앙투안은 어떻게 지내지? 외젠이란 남자는? 항상 아래층에서 서빙하던 테오도르는? 그 시절에는 굉장히 훌륭한 음식과 다시 보기 힘든 부르고뉴 와인이 있었는데!"

그러고 나서 화제는 아르누가 절대 확실하다고 믿고 투자한 교외 땅값으로 옮아갔다. 기다리는 동안 그는 이자만큼 손해를 보고 있었다. 어느 가격에도 팔려고 하지 않으니, 르쟁바르는 그에게 구매자를 찾아 줄 심산이었다. 그러면서 두 사람은 디저트를 마칠 때까지 연필로 계산을 했다.

그들은 소몽 골목 2층에 있는 작은 카페로 커피를 마시러 갔다. 프레데릭은 선 채로, 두 사람이 맥주잔을 수없이 비우며 벌이는 끝없는 당구 게임을 지켜봤다. 그리고 그의 사랑에 도움이 될 만한 어떤 사건이 생기지 않을까 하는 막연한 희망에 이유도 없이 소심하게 또 어리석게 부풀어서 자정까지 머물렀다.

도대체 언제 그녀를 다시 볼 수 있을까? 프레데릭은 실망했다. 그러나 11월 말 어느 날 저녁 아르누가 말했다.

"드디어 집사람이 어제 돌아왔소!"

다음 날 5시에 그는 그녀 집에 갔다.

그는 병세가 위중했던 어머니의 완쾌를 축하하는 말로 대화를 시작했다.

"천만에요! 누가 그래요?"

"아르누!"

그녀는 가볍게 "아." 하는 소리를 내고는 처음에 상당히 염려되는 상태였지만 지금은 나았다고 덧붙였다.

그녀는 난로 옆 융단으로 된 안락의자에 앉아 있었다. 그는 모자를 무릎 위에 놓은 채 소파에 앉아 있었다. 대화를 이어 가기가 힘들었다. 그녀는 매 순간 입을 다물었다. 그는 자기 감정을 토로할 길이 없었다. 그러나 그가 골치 아픈 소송을 공부한다고 불평하자 그녀가 머리를 숙이며 갑자기 생각에 잠긴 채 대답했다. "그래요…… 이해해요…… 사건들……!"

그는 심지어 다른 일은 전혀 염두에 없이 그녀가 무슨 생각을 하는지 알고 싶어 가슴이 탔다. 해가 지면서 그들 주위에 어둠이 짙어 갔다.

그녀는 외출할 일이 있다고 일어선 다음 테두리가 없는 벨벳 모자와 가장자리에 회색 다람쥐 털이 달린 소매 없는 검은 망토를 입고 나타났다. 그는 용기를 내어 그녀와 동행하겠다고 말했다.

앞이 잘 보이지 않았다. 날씨는 추웠고 짙은 안개가 끼어 집이 흐릿해 보이면서 대기 중에 역한 냄새가 풍겼다. 프레데릭은 공기를 기쁘게 들이마셨다. 옷 솜 너머로 그녀 팔의 형태를 느낄 수 있었고 단추가 두 개 달린 샤무아 장갑을 낀, 키스로 덮고 싶은 그녀의 작은 손은 그의 팔에 기대어 있었기 때문이다. 길바닥이 미끄러워 그들은 약간 휘청거렸다. 그는 두 사람 모두 구름 한가운데에서 바람에 흔들리는 듯 느꼈다.

큰 거리의 불빛이 그를 다시 현실로 돌려세웠다. 마침 좋은 기회였고 시간은 촉박했다. 리슐리외 거리에 이르면 사랑을 고백하리라고 자신에게 시간을 주었다. 그러나 곧바로 도자기 가게 앞에서 그녀는 딱 멈추며 그에게 말을 건넸다.

"다 왔어요, 감사합니다! 전처럼 목요일에 오실 거죠?"

만찬은 다시 시작되었다. 그리고 아르누 부인을 만날수록 그의 무력감은 더해 갔다.

이 여인을 바라보면 마치 향이 너무 강한 향수를 뿌린 것처럼 그는 무기력해졌다. 이것은 그의 기질 깊은 곳까지 침투해 거의 세상을 느끼는 일반적 방식, 삶의 새로운 양식이 되었다.

가스등 불빛 아래에서 마주치는 창녀들, 꾸밈음을 내는 여가수들, 달리는 말 위의 여자 곡마사들, 거리를 걷는 부르주아 여인들, 창가에 선 바람난 젊은 여공들, 모든 여인들이 닮았던 강렬한 대조를 이루든 그녀를 생각나게 했다. 그는 가게를 쭉 따라 캐시미어와 레이스 그리고 귀고리에 늘어뜨린 보석을 바라보면서 이 모든 것이 그녀 허리에 둘려 있고 상체에 매달려 있으며 검은 머리카락에서 반짝이는 빛을 내는 모습을 상상했다. 가게 밖 진열대에 놓인 활짝 핀 꽃은 그녀가 지나가다 고를 수 있도록 하기 위해서 있는 것 같았다. 구둣방 진열대 테두리에 놓인 백조털 달린 작은 비단 실내화는 그녀 발을 기다리는 듯했다. 모든 길이 그녀 집으로 향했고 마차는 그녀 집에 더욱 빨리 데려다 주기 위해 정차해 있는 듯했다. 파리는 그녀를 따랐고 이 대도시는 온갖 목소리로 거대한 오케스트라처럼 그녀 주위에서 울려 퍼졌다.

그가 식물원에 갈 때면 종려나무가 그를 먼 나라로 이끌었다. 그들은 함께 단봉낙타를 타서, 코끼리 등 위 텐트 밑에서, 파란 군도 사이에 떠 있는 요트 선실에서 혹은 부서진 원주 조각에 부딪혀 풀 속을 비틀거리며 걷는 방울 달린 노새 등에 나란히 타서 여행했다. 가끔 그는 루브르 박물관의 오래된 그림들 앞에서 멈춰 섰다. 사라진 세기에서도 그의 사랑이 그를 포옹하여 그는 그림 속 인물들 대신 그녀를 상상했다. 그녀는 원뿔형 모자를 쓰고 납빛 유리문 뒤에서 무릎을 꿇고 기도했다. 카스티야 혹은 플랑드르의 여성주인 그녀는 빳빳한 둥근 주름 동정과 고래 뼈가 넣어진 치마의 불룩한 장식 주름을 펼치고 앉아 있었다. 그런 다음 원로원들 사이로 오스트리아 깃털로 된 양산에 받쳐져 수단 드레스를 입고 커다란 계단 몇 단을 내려왔다. 또 어느 때는 후궁의 쿠션 위에 노란 비단 바지를 입은 그녀를 꿈꾸었다. 모든 아름다운 것, 별의 반짝임, 어떤 곡조, 어떤 구절이나 윤곽이 갑자기 자기도 모르게 그녀를 생각나게 했다.

그녀를 애인 삼아 보려는 시도에 어떤 노력도 소용없으리라는 사실은 확실했다.

어느 날 저녁 디트메르가 도착해 그녀 이마에 입을 맞추었다. 로바리아스도 그와 똑같이 하며 말했다.

"괜찮죠, 친구의 특권에 따라서?"

프레데릭은 더듬거리며 말했다.

"우리들 모두 친구 아닌가요?"

"모두가 다 오랜 친구는 아니죠!" 그녀가 응답했다.

그건 미리 그를 간접적으로 밀쳐 내는 것이었다.

그렇다면 뭘 할 수 있을까? 그녀에게 사랑한다고 말할까? 분명히 좋은 말로 그를 돌려보내거나 화를 내면서 집에서 쫓아낼 것이었다. 그런데 그녀를 다시는 보지 못할 끔찍한 운보다는 차라리 온갖 고통이 나았다.

그는 피아니스트의 재능, 병사의 상처가 부러웠다. 그녀의 관심을 끌고 싶다는 염원에서 위험한 병에 걸리기를 희망하기도 했다.

한 가지 사실이 그를 놀라게 했는데 아르누에게 질투심이 느껴지지 않는다는 점이었다. 그는 그녀를 옷을 입은 모습 이외의 다른 모습으로는 상상할 수 없었는데 그만큼 그녀의 정숙함은 당연하게 생각되었고 육체적 관계는 신비의 그늘 속으로 물러났다.

그러나 그는 그녀와 함께 사는 행복, 그녀를 너라고 부르고 그녀의 양쪽으로 갈라진 머리를 오랫동안 쓰다듬거나 바닥에 무릎을 꿇은 채 그녀의 허리를 두 팔로 껴안고 두 눈 속 영혼을 들이마시는 행복을 생각했다! 이를 위해서는 운명을 전복해야만 했다. 행동으로 결단을 내릴 능력은 없어 신을 저주하고 스스로 비겁함을 비난하면서, 죄수가 독방에서 빙빙 돌듯 그는 자기 욕망 속에서 맴돌았다. 늘 번뇌로 숨이 막혔다. 몇 시간씩 꼼짝도 안 하고 있거나 눈물을 터뜨렸다. 어느 날 그가 더 이상 참아 낼 기력이 없자 델로리에가 말했다.

"빌어먹을! 도대체 무슨 일이야?"

프레데릭은 신경과민이라고 말했다. 델로리에는 그 말을 전혀 믿지 않았다. 그처럼 고통스러워하는 모습에 다시 애정이 되살아나 델로리에는 친구를 위로했다. 그와 같은 남자가 기가 꺾이다니 얼마나 어리석은가! 아직 청춘 시대를 즐겨라, 그러나 나중에 보면 시간 낭비임을 알 거다.

"프레데릭, 친구인 나에게 이런 모습을 보여 주다니 대접이 너무 극진하다! 나는 한결같던 옛날의 청년을 다시 원해! 그가 내 마음에 들었거든! 자, 담배 한 대 피우고, 친구! 좀 훌훌 털고 일어나, 너 때문에 속상하다!"

프레데릭이 대답했다. "맞아. 나 미쳤어!"

서기가 말을 이었다.

"아! 늙은 트루바두르[34]인 네가 슬픈 이유를 알지! 가슴속 깊은 사랑? 인정해! 까짓것! 하나를 잃고 넷을 얻는다! 정숙한 여자들하고 못 다한 사랑을 다른 여자들로 채우는 거야. 여자들을 소개해 줄까? 알함브라[35] 거기 재미있나 봐, 가자! 원하면 네 친구들도 불러. 르쟁바르도 괜찮아!"

프레데릭은 시투아영을 초대하지 않았다. 델로리에는 세네칼을 부르지 않았다. 그들은 뒤사르디에와 위소네, 시지를 데려갔다. 다섯 명이 같이 탄 마차가 그들을 알함브라 입구에 내려 주었다.

무어풍 긴 회랑 둘이 좌우로 뻗어 있었다. 맞은편 집 담벽이 안쪽 전체를 차지했고 네 번째 면(레스토랑 쪽)에는 색유리로 된 고딕식 칸막이가 있었다. 악사들이 연주하는 단 위에는 중국식 지붕이 쳐져 있었다. 주위 바닥은 아스팔트였고 기둥에 매달린 베네치아식 등불이 멀리에서 카드리유 추는 사람들 머리 위로 여러 빛깔의 불꽃 화관처럼 보였다. 여기저기 놓

---

34) 중세 남프랑스의 음유 시인을 통틀어 이른다.
35) 당시 샹젤리제 근처에 문을 연 대중 무도장.

인 받침대 위에는 돌 수반이 있었고, 거기에서 가느다란 물줄기가 솟아올랐다. 나뭇잎들 사이로 석고상들, 유성 도료가 칠해져 끈적이는 헤베[36]상이나 큐피드상이 보였다. 갈퀴로 정성스럽게 긁어 깨끗한, 샛노란 모랫길이 수없이 나 있어서 정원이 실제보다 훨씬 커 보였다.

학생들이 애인과 함께 산책을 했다. 의류점에서 일하는 점원들은 손가락 사이에 지팡이를 들고 으스대며 걸었다. 고등학교 학생들은 고급 담배를 피웠고 늙은 독신자들은 염색한 수염을 빗으로 빗어 내렸다. 영국인들, 러시아인들, 남미 사람들, 터키 모자를 쓴 동양인 세 명이 있었다. 창녀들, 바람난 여직공들 그리고 젊은 여자들이 보호자나 연인, 금화를 구할 수 있을까 하는 희망 아니면 단지 춤추는 즐거움에 그곳에 모여들었다. 녹회색, 파란색, 버찌색 튜닉 드레스가 흑단 나무와 라일락 사이를 지나면서 휘날렸다. 거의 모든 남자들이 바둑판무늬 옷을 걸쳤고 몇몇은 쌀쌀한 저녁 공기에도 흰 바지를 입었다. 가스등이 켜졌다.

패션 잡지, 소극장과 연관이 있는 위소네는 여자들을 많이 알았다. 그는 손가락 끝으로 그녀들에게 키스를 보냈고 가끔씩 친구들을 떠나 그녀들과 얘기하러 갔다.

델로리에는 그의 이러한 거동에 질투심을 느꼈다. 그는 담황색 무명옷을 입은 키 큰 금발 여자에게 서슴지 않고 다가갔다. 그녀는 무뚝뚝한 기색으로 그를 살펴본 뒤 말했다. "아니,

---

36) 청춘의 여신.

신뢰가 안 가! 선생님." 그러고는 뒤돌아갔다.

그는 뚱뚱한 갈색 머리 여자를 상대로 다시 시작했는데 말을 꺼내자마자 순경을 부른다고 위협하면서 펄쩍 뛰는 것으로 보아 제정신이 아닌 것 같았다. 델로리에는 애써 웃음을 지었다. 그러고는 가로등 밑에 홀로 떨어져 앉은 작은 여인을 발견하고는 그녀에게 카드리유를 추자고 제안했다.

원숭이 같은 모습으로 연단 위에 앉은 악사들은 격렬하게 현을 긁고 연주했다. 지휘자는 선 채로 기계적으로 박자를 맞추었다. 자리가 꽉 차 서로 부딪혀도 사람들은 즐거워했다. 모자 끈이 풀어져 넥타이를 스쳤고 부츠가 치마 밑으로 들어가기도 했다. 이 모든 것이 일제히 장단에 맞춰 튀어 올랐다. 델로리에는 작은 여인을 그에게 바짝 끌어당겨 캉캉의 황홀함에 취해 커다란 꼭두각시처럼 카드리유를 열렬히 췄다. 시지와 뒤사르디에는 산책을 계속했다. 젊은 귀족은 젊은 여자들을 힐끗거렸는데 회사원의 권고에도 이런 여자들 집에는 권총을 든 남자들이 '항상 옷장 속에 숨어 있다가 약속 어음을 받아 내려고 튀어나온다.'라는 상상을 하며 감히 말을 걸지 못했다.

그들은 프레데릭 옆으로 왔다. 델로리에는 더 이상 춤을 추지 않았다. 모두가 저녁 시간을 어떻게 끝낼까 생각하는데 위소네가 소리쳤다.

"어! 다마에기 후작 부인!"

들창코에 굵게 말린 검은 머리가 개의 두 귀처럼 양볼을 따라 늘어진 창백한 여자는 팔꿈치까지 오는 장갑을 끼고 있었다. 위소네가 그녀에게 말했다.

"우리가 당신 집에서 조촐한 동양식 연회를 열어야 할 것 같은데? 이 프랑스 기사들을 위해서 네 몇몇 친구들 좀 모아 봐! 자, 뭐가 문젠데? 당신의 에스파냐 귀족을 기다리려고?"

안달루시아 여자는 고개를 숙였다. 친구의 검소한 습관을 아는지라 다과회를 연다 해도 그가 인색하게 굴 것이 마음에 걸렸기 때문이다. 결국 그녀가 돈 얘기를 꺼내자 시지가 지갑에 있던 전 재산 나폴레옹화 다섯 개를 내놓았다. 일은 결정이 났다. 그러나 프레데릭은 이미 그 자리에 없었다.

아르누의 목소리를 들었다고 생각한 순간 여자 모자가 보이자 그는 재빨리 근처 숲으로 들어갔다.

바트나 양이 아르누와 단둘이 있었다.

"실례합니다! 제가 방해했나 봐요?"

"전혀!" 화상이 대꾸했다.

프레데릭은 그들 대화의 마지막 말로 미루어, 아르누가 바트나 양과 급한 일로 할 얘기가 있어 알함브라로 달려왔다는 사실을 알았다. 아르누는 완전히 안심이 되지는 않는 듯했는데 그녀에게 불안한 표정으로 말했기 때문이다.

"확실해요?"

"그럼요! 당신을 사랑한대요! 못 말릴 사람!"

그러자 그녀는 빨간 나머지 핏빛을 띠는 두꺼운 입술을 내밀며 뾰로통해졌다. 그러나 기지와 사랑이 넘치고 육감적이며 금빛 반점들로 반짝이는 그녀의 엷은 갈색 눈은 아름다웠다. 두 눈이 마치 등불처럼 그녀의 마르고 약간 누런 안색에 밝은 빛을 던졌다. 아르누는 그녀의 뾰로통한 모습을 즐기는 듯했다. 그는 말을 하며 그녀 쪽으로 몸을 기울였다.

"당신은 친절한 사람이에요, 뽀뽀해 줘요!"

그녀는 그의 두 귀를 잡고 이마에 키스했다.

이때 춤이 멈췄다. 그리고 지휘자 대신 밀랍처럼 하얗고 몹시 살찐 한 잘생긴 젊은이가 나타났다. 그는 그리스도처럼 길고 검은 머리에 커다란 금빛 종려나무가 수놓인 하늘색 벨벳 조끼를 입고 있었다. 공작처럼 거만하고 칠면조처럼 바보 같은 모습이었다. 청중에게 인사를 하고 나서 그는 짤막한 노래를 부르기 시작했다. 시골 사람의 수도 여행을 이야기하는 내용이었는데 노르망디 저지대 사투리로 술 취한 사람 흉내를 냈다.

아! 나는 너를 보고 웃었지, 웃었지.
이 요란한 파리에서!

후렴을 마치자 청중은 열광적으로 발을 굴렀다. '표현이 풍부한 가수' 델마르는 이 열기가 지나가도록 그대로 두기에는 너무도 약삭빨랐다. 그는 재빨리 기타를 건네받아 「알바니아 여인의 오빠」라는 연가를 구슬프게 불렀다.

노랫말을 듣자 프레데릭은 배의 기통 사이에서 누더기 차림 남자가 불렀던 노래 가사가 생각났다. 그의 두 눈이 자신도 모르는 사이 눈앞에 펼쳐진 드레스 자락을 뚫어지게 바라보고 있었다. 한 소절이 끝날 때마다 긴 간격이 있었는데 그럴 때면 물결 소리 같은 바람 소리가 들려왔다. 바트나 양은 연단을 가린 쥐똥나무 가지를 손으로 걷고는 마치 푹 빠져든 사람처럼 콧구멍을 벌리고 눈썹을 모은 채 가수를 뚫어지게 바라보았다.

아르누가 말했다. "그래! 당신이 왜 오늘 저녁 알함브라에 있는지 알겠어! 델마르가 마음에 드는 거죠, 친구."

그녀는 아무 고백도 하려고 하지 않았다.

"아! 부끄러워하기는!"

그리고 프레데릭을 가리키며 물었다.

"이 사람 때문이에요? 그렇다면 당신이 틀린 거예요. 이보다 더 조심스러운 청년은 없을걸요!"

친구를 찾아다니던 나머지 사람들이 정자로 들어왔다. 위소네가 그들을 소개했다. 아르누는 시가를 나누어 주고 일동에게 소르베를 샀다.

바트나 양은 뒤사르디에를 보자 얼굴을 붉혔다. 그녀는 곧 일어나 그에게 손을 내밀면서 물었다.

"저 기억 안 나세요, 오귀스트 씨?"

"저 여자분을 어떻게 알아요?" 프레데릭이 물었다.

"같은 상점에서 일했어요." 그가 대답했다.

시지가 그의 소매를 잡아끌고 함께 나갔다. 그가 나가자마자 바트나 양이 그의 성격을 칭찬하기 시작했다. '선량함의 정령'이라고 덧붙이기까지 했다.

그러고는 델마르 이야기가 나왔다. 그는 풍자 희극 배우로서 극장에서 성공할 수도 있었다. 그리고 셰익스피어, 검열,

문체, 대중, 포르트생마르탱 극장 수입, 알렉상드르 뒤마, 빅토르 위고, 뒤메르상이 뒤섞여 화젯거리가 되었다. 아르누는 몇몇 유명한 여배우를 알았다. 젊은이들은 이야기를 들으려고 몸을 바짝 기울였다. 그러나 요란한 음악 소리가 그의 말소리를 덮어 버렸다. 카드리유나 폴카가 끝나자마자 모두들 탁자로 몰려와 종업원을 부르는가 하면 웃어 대기도 했다. 맥주병과 탄산수병이 터지는 모습이 나뭇잎 사이로 보이고 여자들이 암탉처럼 소리를 질렀다. 가끔씩 두 남자가 서로 싸우려고 했고 도둑이 한 명 붙잡혔다.

빠른 박자로 춤추는 사람들이 산책로를 가득 메웠다. 그들이 숨을 헐떡이고 웃음을 지으며 상기된 얼굴로 빙빙 돌고 도는데 연미복 자락이며 치맛자락도 빙빙 돌며 펄럭였다. 트럼본 소리가 더욱 커지고 리듬도 더욱 빨라졌다. 중세식 회랑 뒤쪽에서 타닥타닥 소리가 들리더니 폭죽이 터졌다. 불꽃이 빙빙 돌기 시작하고 다색 폭죽 섬광이 한순간 정원 전체를 비췄다. 그러고는 마지막 섬광에 수많은 사람들이 크게 한숨을 쉬었다.

불꽃은 사라졌다. 화약 기운이 공기 중에 조금 떠다녔다. 사람들 무리에 섞여 한 걸음씩 걷던 프레데릭과 델로리에는 어느 광경을 보고 걸음을 멈추었다. 마르티농이 우산 보관소에서 잔돈을 돌려받고 있었다. 그 옆에 못생겼지만 멋지게 차려입은 쉰 살가량 여자가 있었다.

델로리에가 말했다. "저 녀석 생각보다 단순하지 않아. 그런데 시지는 어디 있지?"

뒤사르디에가 작은 카페를 가리켰다. 그곳에서 중세 기사의 후손은 분홍 모자와 펀치 잔을 앞에 두고 앉아 있었다.

오 분 전부터 보이지 않던 위소네가 순간 다시 나타났다.

한 젊은 여자가 그를 '내 작은 고양이'라고 부르며 그의 팔에 매달려 있었다.

그가 말했다. "천만에! 안 돼! 사람들 앞에서는 안 돼! 차라리 남작이라고 불러! 그래야 내가 좋아하는 루이 13세와 부드러운 부츠를 신은 기사가 된 느낌이 들지! 그래, 여러분. 옛 애인인데! 친절하죠?"

그는 그녀 턱을 만졌다.

"이분들께 인사해! 모두 프랑스 상원 의원의 아들들이야! 대사로 임명받으려고 이렇게 교류하는 거야!"

"당신 정말 미쳤어요!" 바트나 양이 한숨을 내쉬었다.

그녀는 뒤사르디에에게 그를 집까지 데려다 주라고 부탁했다.

아르누는 그들이 멀어지는 것을 지켜본 다음 프레데릭에게 물었다.

"바트나 양이 마음에 들어요? 그런데 이 문제에 있어서 당신은 솔직하지 않죠? 아무래도 숨겨 놓은 애인이 있는 것 같은데?"

프레데릭은 얼굴이 하얗게 질리면서 숨기는 게 없다고 단언했다.

"당신에게 애인이 있는지 어떤지 모르겠어." 아르누가 대꾸했다.

프레데릭은 어떤 이름이든 대고 싶은 마음이었다. 그러나 이야기가 '그녀'에게 전해질 수도 있었다. 그는 사실대로 여자가 없다고 말했다.

화상은 그를 나무랐다.

"오늘 저녁 기회가 좋잖아요! 모두들 여자 하나씩 찾아서 함께 떠나는데 왜 다른 사람들처럼 하지 않아요?"

"글쎄, 그럼 그쪽은요?" 그가 계속하자 조바심이 난 프레데릭이 말했다.

"아! 나! 이봐요! 나는 다르지! 나는 내 여자 곁으로 돌아가야지!"

그는 이륜마차를 불러 타고 사라졌다.

두 친구는 걸어서 갔다. 동풍이 불었다. 두 사람 모두 말이 없었다. 델로리에는 한 신문사 국장 앞에서 빛을 발하지 못해 아쉬워했고, 프레데릭은 슬픔에 빠져들었다. 그러더니 프레데릭이 싸구려 댄스홀은 어리석어 보인다고 말했다.

"누구 잘못이니? 네가 아르누 때문에 우리를 놔두고 가지만 않았어도!"

"말도 안 돼, 내가 뭘 하든 전혀 소용없었을 거야."

그러나 서기는 소신이 있었다. 무언가를 얻기 위해서는 그것을 강하게 원하기만 하면 된다는 것이었다.

"그렇지만 너만 해도 조금 전에……."

암시하는 바를 뚝 자르면서 델로리에가 말했다. "난 신경 안 써! 내가 여자들 때문에 애를 먹을까!"

그는 여자들의 교태나 어리석음을 비판했다. 요컨대 여자들이 마음에 들지 않는다는 것이었다.

"거드름 피우지 마!" 프레데릭이 말했다.

델로리에는 입을 다물었다. 그러더니 갑자기 말했다.

"내가 처음 지나가는 여자에게 '시도'해 볼 테니까 100프랑 내기할래?"

"좋아, 동의해!"

처음 지나간 여자는 흉측한 거지였다. 그들이 우연에 실망하고 있을 때 리볼리 거리 한복판에 작은 상자를 손에 든 키 큰 여자가 보였다.

델로리에는 아케이드 밑에서 그녀에게 다가갔다. 그녀는 갑자기 튈르리 쪽으로 방향을 돌린 다음 곧이어 카루젤 광장으로 들어섰다. 그러고는 좌우로 시선을 돌리더니 마차를 따라 달렸다. 델로리에는 그녀를 붙잡았다. 그는 생기 있는 몸짓으로 말을 하며 그녀와 나란히 걸었다. 그녀가 그와 팔짱을 끼었고 그렇게 그들은 부둣가를 따라 계속 걸었다. 그러고는 샤틀레의 높은 지역에 이르러 적어도 이십 분 동안 당직을 맡은 두 선원처럼 보도를 왔다 갔다 했다. 그러더니 갑자기 상주 다리, 꽃 시장, 나폴레옹 거리를 가로질렀다. 프레데릭이 그들 뒤에 나타났다. 델로리에는 방해가 되니 자기처럼 하기만 하면 될 거라고 그를 이해시켰다.

"이제 얼마 남았어?"

"100수짜리 동전 두 개."

"충분하네! 잘 가!"

짓궂은 장난이 성공하자 프레데릭은 어이가 없었다. 그는 생각했다. '나를 놀리는 건가. 내가 다시 올라간다면?' 델로리에는 그가 자기 사랑을 부러워한다고 생각할지도? '마치 내 사랑이 그것보다 백배는 더 귀하고 숭고하고 강하지 않다는 것처럼!' 어떤 분노가 그를 부추겼다. 그는 아르누 부인 집 앞에 이르렀다.

그녀 방에 바로 난 바깥 창문은 하나도 없었다. 그러나 그는 마치 그렇게 바라보면 벽을 무너뜨릴 수라도 있는 것처럼 건물 벽을 응시했다. 지금 그녀는 아름다운 검은 머리를 베개 레이스 위로 늘어뜨린 채 입술은 반쯤 열고 머리는 팔을 베고 조용히 쉬겠지.

아르누 얼굴이 떠올랐다. 그는 이 환영에서 멀어지기 위해 도망쳐 갔다. 델로리에의 충고가 생각났다. 그 말이 끔찍하게 느껴져 그는 거리를 배회했다.

누군가 다가오면 그는 그 얼굴을 분간하려 애를 썼다. 가끔씩 한 줄기 빛이 다리 사이를 지나 포도에 거대한 사분원을 그렸다. 그러자 등에 바구니를 지고 손에 등불을 든 한 남자가 나타났다. 여기저기 어디에선가 바람에 굴뚝 연통이 흔들렸다. 까마득히 멀리서 들려오는 소리가 머릿속 윙윙 소리와 합쳐져 점점 커졌다. 대기 속에 희미한 카드리유 후렴부가 들려오는 것 같았다. 이 같은 도취 상태로 계속 걸어 나가 그는 어느새 콩코르드 다리 위에 서 있었다.

그러자 지난겨울의 그 저녁이 떠올랐다. 그때 처음으로 그녀 집에서 나오면서 걸음을 멈춰야 할 만큼 희망으로 가슴이 뛰었더랬다. 지금 그 희망은 모두 사라져 버리고 없었다.

어두운 구름이 달을 스치고 지나갔다. 그는 우주의 광대함과 삶의 초라함, 만물의 허무함에 대한 상념에 빠져 달을 바라보았다. 이빨이 부딪쳤다. 반은 잠이 든 채 안개에 젖고 눈물로 범벅이 되어 그는 삶을 끝장내지 못할 이유가 있을까 하고 생각했다. 한 발자국이면 족했다! 그는 이마 무게에 이끌렸다. 그러자 물 위에 뜬 자기 시체가 보였다. 프레데릭은 몸을 기울였다. 난간이 약간 넓었다. 그 위로 애써 뛰어넘지 않은 것은 피로에 지쳐 있었기 때문이다.

두려운 마음이 들었다. 그는 거리로 다시 돌아가 벤치 위에 쓰러졌다. 경관들이 '결혼식 파티를 한 것이라' 믿고 그를 깨웠다.

그는 다시 걷기 시작했다. 배가 무척 고픈데 식당은 모두 닫혀 있어 중앙 시장 선술집으로 밤참을 먹으러 갔다. 아직 너무 이르다는 생각이 들어 8시 15분까지 시청 주변을 거닐었다.

델로리에는 이미 오래전에 여자를 돌려보내고 방 한가운데 탁자에서 뭔가 쓰고 있었다. 4시쯤 시지가 들어왔다.

그는 어젯밤 뒤사르디에 덕분에 한 여자를 알게 되었다고 했다. 그가 마차로 그녀와 남편을 집 앞까지 바래다주었고 그녀는 그에게 만날 약속을 했다. 그렇지만 돌아와 보니 그녀 이름을 알지도 못했다.

"뭘 어쩌겠소?" 프레데릭이 말했다.

그러자 귀족은 다른 이야기, 바트나 양과 안달루시아 여자 그리고 다른 모든 여자들에 대해 이야기했다. 한참 빙빙 돌리던 그는 마침내 찾아온 목적을 털어놨다. 친구의 신중함을 믿고 일의 진행을 도와주었으면 해서 들렀다는 것이었다. 이 일이후로 자신은 완전히 한 남자가 될 거라고 했다. 프레데릭은 청을 거절하지 않았다. 그는 누구와 관련된 것인지는 입을 다물고 이 얘기를 델로리에에게 전했다.

서기는 그에게 "이제 아주 좋아 보인다."라고 말했다. 그는 자기 충고가 잘 받아들여지자 기분 좋아 했다.

맨 첫날 그가 유혹한 상대는 클레망스 다비우 양이었는데 군복에 금자수 놓는 일을 하는 그녀는 매우 온순하고 갈대처럼 날씬하며 항상 놀란 듯 푸른 눈이 커다란 여성이었다. 서기는 그녀의 순진함을 이용해 자신이 훈장을 받았다고 믿게 했다. 단둘이 있을 때에는 외투에 붉은 리본을 달았지만 밖에서는 사장을 모욕하지 않기 위해서라며 리본을 달지 않았다. 게다가 그녀와는 거리를 두었고 파샤[37]처럼 사랑받으면서 농담조로 그녀를 '민중의 소녀'라고 불렀다. 매번 그녀는 그에게 작은 오랑캐꽃 다발을 가져다주었다. 프레데릭은 그런 사랑은 원하지 않았다.

그러나 그들이 팽송이나 바리요 같은 레스토랑 별실에 가기 위해 팔짱을 낄 때면 그는 묘한 슬픔을 느꼈다. 프레데릭은 자신이 일 년 전부터 매주 목요일 슈아죌 댁으로 저녁 식사를 하러 가기 전 손톱 손질을 할 때마다 얼마나 델로리에를 고통스럽게 했는지 알지 못했다.

어느 날 저녁 그들이 막 집을 나서는 것을 발코니에서 바라보는데 멀리 아르콜 다리 위에 위소네가 보였다. 보헤미안이

---

37) 터키의 고관을 이른다.

그를 부르는 몸짓을 했다. 프레데릭이 6층 계단을 내려오자 그는 말했다.

"용건은 이거예요. 다음 주 토요일 24일이 아르누 부인 생일이에요."

"뭐라고요, 그녀 이름이 마리 아닌가요?"[38]

"앙젤이기도 해요, 중요한 건 아니고! 생클루 별장에서 축하 파티를 할 건가 봐요. 당신한테 알리라고 해서요. 3시에 신문사에서 차가 기다리고 있을 거예요! 알았죠! 방해해서 미안해요! 자, 난 일이 너무 많아서!"

프레데릭이 채 돌아서기도 전에 문지기가 그에게 편지를 전해 주었다.

당브뢰즈 부처는 24일 토요일 모로 씨를 저녁 식사에 초대하게 된 것을 영광으로 생각합니다.

'너무 늦었어.' 그는 생각했다.

어쨌든 편지를 델로리에에게 보여 주자 그는 소리쳤다.

"아! 드디어! 그런데 기분 좋은 얼굴이 아니네. 왜 그래?"

조금 망설인 후에 프레데릭은 같은 날 또 다른 초대를 받았다고 말했다.

"부탁인데 슈아쥘 댁을 포기해라. 어리석은 짓은 관둬! 마

---

38) 프레데릭은 마리라는 종교적 이름에 맞는 날짜를 생일로 짐작하고 있던 것이다.

음에 걸리면 내가 대신 답장 쓸게."

서기는 정식으로 초대에 응하는 편지를 썼다.

그는 사교계를 자기 욕망의 척도로만 보았기 때문에 그 세계를 수학적 법칙에 따라 움직이는 인위적 창조물로 상상했다. 시내에서의 만찬, 요직에 있는 사람들과의 만남, 예쁜 여자의 미소가 하나에서 하나를 끌어내는 연역 작용으로 엄청난 결과를 가져올 수 있다고 믿었다. 파리의 여느 살롱들은 마치 원료를 가져다가 백배 가치 있는 것으로 만드는 기계들과 같았다. 그는 외교관에게 조언을 하는 고급 창녀, 책략으로 이루어진 부자와의 결혼, 죄수의 수호신, 강자의 손아귀에 있을 때 순종하는 우연의 존재를 믿었다. 그가 당브뢰즈 집안과의 관계를 그토록 유익하다고 생각하며 너무도 조리 있게 말하자 프레데릭은 어떻게 해야 할지 몰랐다.

아르누 부인 생일이라 선물을 준비하지 않을 수도 없었다. 실수를 만회하기 위해 그는 당연히 양산을 생각했다. 그는 작은 상아 손잡이에 무늬가 새겨졌으며 비둘기색 비단으로 된 중국산 마르키즈[39]를 찾아냈다. 그러나 가격이 175프랑이었고 다음 석 달분 생활비를 담보 잡혀 빚으로 사는 상황에서 그에게는 한 푼도 여유가 없었다. 그럼에도 그 물건을 꼭 사고 싶었기에 내키지 않았지만 델로리에에게 도움을 청했다.

델로리에는 가진 돈이 없다고 대답했다.

"돈이 필요해. 정말이야!" 프레데릭이 말했다.

___

39) 어느 방향으로도 기울일 수 있는 손잡이가 연결된 양산.

그리고 상대방이 똑같은 변명을 되풀이하자 그는 화를 냈다.

"너도 가끔은…….."

"뭐?"

"아니야!"

서기는 알아들었다. 그는 비상금에서 요구한 돈을 빼 줬다. 그는 마지막 동전 한 푼까지 세어 주고 나서 얘기했다.

"영수증은 필요 없어, 너한테 얹혀사니까!"

프레데릭은 애정 어린 말로 수없이 항의하며 그의 목을 끌어안았다. 델로리에는 반응 없이 차가운 모습이었다. 그러고 다음 날 피아노 위 양산을 보고는 말했다.

"아! 이것 때문이었어!"

"저걸 보낼까 하고." 프레데릭이 힘없이 말했다.

우연이 그를 도왔다. 그는 저녁에 당브뢰즈 부인에게서 숙부가 돌아가셨기 때문에 그와 인사할 기회는 나중으로 미루어야겠다고 양해를 구하는, 검은 테가 둘러진 쪽지를 받았다.

그는 2시에 벌써 신문사에 도착했다. 아르누는 신선한 바람을 쏘이고 싶은 욕구에 프레데릭을 기다렸다 자기 마차에 태워 데려가지 못하고 전날 떠나 버렸다.

매년 새잎이 돋을 무렵 그는 며칠 계속, 아침이면 집을 나와 들판을 가로질러 오래 산책하고 농가에서 우유를 마시며 마을 여자들과 시시덕거리고 수확에 대해 이것저것 물으며 채소 밑동을 손수건에 담아 가져갔다. 그리고 그토록 염원하던 별장을 샀다.

프레데릭이 점원에게 말을 하고 있으려니 바트나 양이 나타났다. 그녀는 아르누를 만나지 못해 난감해했다. 점원은 아르누가 어쩌면 시골에 이틀은 더 머물지도 모르니 "그곳에 가 보세요."라고 충고했다. 그녀는 갈 수 없었다. "편지를 쓰시든 가요."라고 충고하니 그녀는 편지가 분실될까 염려했다. 프레데릭은 자신이 편지를 전해 주겠다고 나섰다. 그녀는 재빨리 편지를 쓴 다음 아무도 없는 데에서 편지를 전해 달라고 간청했다.

사십 분 후에 그는 생클루에 도착했다.

집은 다리에서 백 보 정도 떨어진 언덕 중턱에 있었다. 정원 벽은 두 줄로 늘어선 보리수나무에 가려져 있고 넓은 잔디밭이 강기슭까지 펼쳐져 있었다. 쇠 격자문이 열려 있어 프레데릭은 안으로 들어갔다.

아르누는 풀밭에 누워 한 배에서 태어난 새끼 고양이들과 놀고 있었다. 그는 놀이에 무한정 빠져 있는 듯했다. 바트나 양 편지에 그는 정신을 차렸다.

"빌어먹을, 빌어먹을! 정말 귀찮아! 그녀가 옳아. 가 봐야 되겠는데."

그러고는 주머니에 편지를 쑤셔 넣은 다음 프레데릭에게 영지를 보여 주며 즐거워했다. 마구간, 창고, 부엌 모두 보여 줬다. 응접실은 오른쪽에 있었는데 파리를 향한 쪽에는 참으리 무늬가 있는 격자형 베란다가 있었다. 그들 머리 위에서 꾸밈음 소리가 터져 나왔다. 아르누 부인이 혼자인 줄 알고 마음껏 노래를 부르고 있던 것이다. 그녀는 음계와 비브라토, 아르페지오 연습을 했다. 허공에 떠 있는 듯한 긴 음도 있었고 폭포 물방울처럼 급하게 떨어지는 음도 있었다. 그녀 목소리는 덧문을 지나 커다란 침묵을 가르며 푸른 하늘로 올라갔다.

이웃인 오드리 부부가 찾아오자 그녀는 갑자기 멈췄다.

그리고 그녀 자신이 현관 앞 층계에 나타났다. 프레데릭은 계단을 내려오는 그녀의 발을 바라보았다. 발등이 드러나는 적갈색 샌들을 신었는데, 비스듬히 걸쳐진 가죽끈 세 개가 양말 위에서 금색 격자무늬를 그렸다.

손님들이 도착했다. 변호사 르포쇠 씨를 제외하고 모두가 목요일 손님들이었다. 각자 선물을 가져왔다. 디트메르는 시리아의 스카프를, 로장발트는 연가집을, 뷔리외는 수채화를, 송바즈는 풍자 자화상을, 그리고 펠르랭은 보기 흉한 판타지를 담은 죽음의 무도를 평범한 솜씨로 그린 목탄화를 가져왔다. 위소네는 선물을 가져오지 않았다.

프레데릭은 선물을 주려고 마지막까지 기다렸다.

그녀가 매우 감사해하자 그가 말했다.

"그런데…… 이거 빚을 갚는 거예요! 제가 정말 죄송하게 도……."

그녀가 말했다. "무슨 빚이요? 무슨 말씀인지 모르겠는데."

"식사하죠!" 그의 팔을 잡으며 아르누가 말했다. 그러고는 귓속말했다. "당신 정말, 약삭빠른 데라곤 없어!"

푸른색이 칠해진 식당보다 기분 좋은 곳은 없었다. 식당 한쪽 끝에 물의 요정 석상이 엄지발가락을 조개 모양 물받이에 담고 있었다. 열린 창문으로 정원 전체가 보였는데 사 분의 삼은 헐벗은 스코틀랜드 노송으로 둘러싸인 긴 잔디밭 위에 여기저기 꽃무리가 들쑥날쑥 솟아 있었다. 강 저편에는 넓은 반원을 그리며 불로뉴 숲, 뇌이, 세브르, 뫼동이 펼쳐져 있었다. 정면 쇠 격자문 앞에 작은 돛단배 하나가 한 방향으로 곧장 지나가고 있었다.

그들은 우선 서로 눈앞 경치에 대한 얘기를 나눈 다음 전체 경관에 대해 얘기했다. 토론이 시작되자 아르누는 하인에게 9시 30분에 사륜마차에 말을 매어 두라고 지시했다. 회계원이 오라는 편지를 보냈다는 것이었다.

"나도 함께 올라갈까?" 아르누 부인이 말했다.

"물론이지!" 그는 그녀에게 정중하게 인사를 하며 덧붙였다.

"부인, 당신 없이 살 수 없다는 거 잘 아시잖소!"

모두가 남편이 그토록 모범적이라고 부인을 부러워했다.

"아! 내가 혼자가 아니니까 그렇죠!" 딸을 가리키며 조용히 그녀가 말했다.

그러고는 그림 얘기가 시작되어 아르누가 상당한 고액으로 팔려는 루이스달에 대한 말이 나왔다. 그러자 펠르랭은 런던의 유명한 사울 마티아스가 지난달 2만 3000프랑에 그림을 사겠다고 했다는 게 사실인지 물었다.

"물론 사실이지!"

그러고는 프레데릭을 향해 말했다.

"지난번 알함브라에서 데리고 다니던 그 사람이야, 단언하건대 내 의사와는 상관없었어. 영국인들은 재미가 없으니까!"

프레데릭은 바트나 양의 편지가 여자 문제에 관한 거라고 의심하면서 도망갈 정당한 방법을 찾아내는 아르누 씨의 여유에 감탄했었다. 그런데 또 완전히 쓸모도 없는 새로운 거짓말을 하는 모습에 프레데릭의 두 눈이 휘둥그레졌다.

화상은 꾸밈없는 태도로 덧붙였다.

"당신 친구라던 그 키 큰 젊은이 이름이 뭐죠?"

"델로리에입니다."

아르누는 친구에 대한 잘못을 만회하기 위해 그가 특출하게 영리한 사람이라고 칭찬했다.

"아! 정말이오! 그런데 또 한 사람, 운송 회사 직원만큼 친절해 보이지 않던데."

프레데릭은 뒤사르디에를 저주했다. 그녀는 자신이 하층민 출신 사람들과 친교를 맺는다고 생각할 것이었다.

그러고는 수도 환경 미화, 새 구역들이 화제에 올랐다. 오드리 영감은 큰 투기자들 얘기를 하면서 당브뢰즈 씨 이름을 올렸다.

프레데릭은 자기 가치를 발휘할 기회를 놓치지 않고 그를 안다고 말했다. 그러나 펠르랭이 상인들을 맹렬히 비난하기 시작했다. 초를 팔거나 돈을 팔거나 차이가 없다는 것이었다. 이어서 로장발트와 뷔리외는 도자기 얘기를 하고 아르누는 오드리 부인과 정원 가꾸는 얘기를 했다. 옛 농담을 좋아하는 송바즈는 오드리 씨를 놀리며 즐거워했다. 배우 이름을 따라 그를 오드리라고 부르고 이마에 개처럼 돌기가 있으니 그가 개 그림 전문 화가인 오드리의 자손임에 틀림없다고도 말했다. 심지어 머리를 만져 보려 하자 상대는 가발을 써서 안 된다고 막았다. 이렇게 해서 후식 시간은 웃음판으로 끝이 났다.

담배를 피우며 보리수 밑에서 커피를 마시고 정원을 몇 차례 돈 다음 모두가 강변을 산책하러 갔다.

일동은 생선 가게에서 뱀장어를 썻고 있던 어부를 보고 발을 멈췄다. 마르트 양은 생선을 보고 싶어 했다. 어부는 풀밭 위에 생선 상자를 쏟았다. 아이는 생선을 잡으려고 무릎을 꿇은 채 즐거워 웃기도 하고 겁이 나 소리를 지르기도 했다. 생선이 모두 못쓰게 되자 아르누는 생선 값을 지불했다.

그러고 나서 그는 보트로 산책하자고 제안했다.

수평선 한쪽 빛이 희미해지기 시작하면서 맞은편 하늘에는 오렌지 색깔이 넓게 퍼져 갔다. 완전히 어두워진 언덕 꼭대기에는 붉은빛이 더욱 선명했다. 아르누 부인은 이 불길 같은 빛을 뒤에 받으며 커다란 돌 위에 앉아 있었다. 다른 사람들은 여기저기 거닐었고 위소네는 둑 밑에서 물수제비뜨기를 했다.

모두의 조심스러운 충고에도 아르누는 낡은 보트를 가져와 손님들을 태웠다. 그러나 배가 곧 가라앉아 모두들 내려야만 했다.

인도 사라사 커튼이 온통 드리워진 응접실 벽 쪽에 놓인 수정 장식 촛대에는 벌써 불이 켜져 있었다. 오드리 노부인은 소파에서 잠이 들어 있었고 다른 사람들은 르포쇠 씨가 변호사 일에서 얻은 영광에 대한 장광설을 듣고 있었다. 아르누 부인은 홀로 십자형 창문 옆에 서 있었다. 프레데릭은 그녀에게 다가갔다.

그들은 거론 중인 화제에 대해 이야기를 나누었다. 그녀는 웅변가들을 찬미했다. 그는 작가의 영광이 더 좋았다. 그렇지만 자신이 대중을 직접 뒤흔들고, 나아가서는 자신의 모든 감정을 그들 영혼 속에 전달하는 더 큰 즐거움을 느껴야 한다고 그녀가 말을 이었다. 야망이 거의 없는 프레데릭은 이러한 승리에 집착하지 않았다.

그녀가 말했다. "어째서요? 야망이 조금은 있어야지요!"

그들은 십자형 창문 벽의 움푹 들어간 자리에 나란히 섰다. 그들 앞에 은빛으로 얼룩진 거대한 검은 베일처럼 어둠이 내렸다. 두 사람이 하찮은 얘기를 하지 않은 것은 이번이 처음이었다. 그는 심지어 그녀가 무엇을 싫어하고 무엇을 좋아하는지도 알게 되었다. 그녀는 어떤 향수는 싫어했고 역사 서적을 좋아했으며 꿈을 그대로 믿었다.

그는 사랑 문제를 거론했다. 그녀는 열정적인 사랑의 파탄에 동정을 하지만 위선적인 비열한 행동에는 반감을 느꼈다. 이러한 곧은 기질은 균형 잡힌 아름다운 얼굴과 너무도 잘 어울려 그녀 모습 전체가 이러한 기질에서 오는 것만 같았다.

그녀는 가끔씩 그에게 시선을 멈추며 미소를 지었다. 그럴 때면 그녀 시선이 물속 깊이 내려오는 강렬한 햇빛처럼 그의 영혼 깊숙이 파고드는 것 같았다. 그는 아무 계산 없이, 보답에 대한 기대도 없이 절대적으로 그녀를 사랑했다. 고백의 열기와도 같은 이 말 없는 격정 속에서 그는 그녀의 이마를 키스로 뒤덮고 싶었다. 그러나 내부에서 이는 한 줄기 바람이 그를 자신 밖으로 밀어냈다. 그것은 자기희생의 열망, 즉각적인 헌신의 욕구였다. 그리고 충족시킬 수 없었기에 이 열망은 더욱 컸다.

그는 다른 사람들과 함께 떠나지 않았다. 위소네도 마찬가지였다. 그들은 마차로 돌아갈 예정이었다. 아르누가 장미를 꺾으려고 정원으로 내려갔을 때 사륜마차가 현관 계단 밑에서 기다리고 있었다. 꽃다발이 실로 묶여 줄기가 고르지 않게 비죽 튀어나오자 그는 서류로 가득 찬 주머니를 뒤져 아무거나 하나를 집어 꽃을 감쌌다. 튼튼한 핀으로 다발을 고정한 다음 다정함이 넘치는 모습으로 아내에게 내밀었다.

"자! 여보, 당신을 잊고 있어서 미안해!"

그러나 그녀는 작게 비명을 질렀다. 그녀는 제대로 꽂히지 않은 핀에 상처를 입어 자기 방으로 올라갔다. 십오 분 가까이 그녀를 기다렸다. 마침내 나타난 그녀는 마르트를 안아 올려 마차 안으로 몸을 던졌다.

"꽃다발은?" 아르누가 물었다.

"아니! 아니! 필요 없어요!"

프레데릭은 꽃다발을 가져오려고 뛰어나갔다. 그녀가 소리 쳤다.

"그럴 필요 없어요!"

그러나 꽃이 바닥에 떨어져 있어 방금 포장지에 다시 쌌다면서 프레데릭이 곧 꽃을 가져왔다. 그녀는 꽃다발을 좌석 옆 가죽 주머니에 쑤셔 넣었다. 마차는 출발했다.

옆에 앉은 프레데릭은 그녀가 몹시 떨고 있는 것을 알아챘다. 다리를 지나서 아르누가 왼쪽으로 돌자 그녀는 소리쳤다.

"아니! 틀렸어요! 저기, 오른쪽으로요!"

그녀는 신경이 곤두서 있는 듯했다. 모든 것에 예민한 반응을 보였다. 마침내 마르트가 잠들자 그녀는 꽃다발을 꺼내 문

밖으로 내던졌다. 다른 한 손으로 절대 말하지 말라는 시늉을 하면서 프레데릭의 팔을 잡았다.

그러고는 손수건을 입에 댄 채 꼼짝하지 않았다.

다른 두 사람은 마부석에 앉아서 인쇄와 구독에 대해 얘기를 나누었다. 주의 없이 마차를 몰던 아르누는 불로뉴 숲 한복판에서 길을 잃었다. 그러다 마차는 작은 길로 빠져 들었다. 말은 천천히 달렸다. 나뭇가지가 마차 지붕을 스쳤다. 어둠 속에서 프레데릭에게는 아르누 부인의 두 눈만이 보였다. 마르트는 그녀 무릎 위에 뉘여 있었고 그는 아이 머리를 받쳤다.

"아이 때문에 피곤하시죠!" 어머니가 말했다.

그가 대답했다.

"아뇨! 아, 아닙니다!"

먼지가 서서히 일었다. 오퇴유를 지나고 있었다. 모든 집 문이 닫혀 있었다. 여기저기 가로등이 벽 귀퉁이를 비췄다. 그러고는 어둠이 계속되었다. 한번은 그녀가 우는 모습이 보였다.

회한 때문일까? 욕망? 도대체 뭘까? 그가 알지 못하는 이 슬픔이 자기 일처럼 신경 쓰였다. 지금 두 사람 사이에는 새로운 관계, 일종의 공모 의식이 있었다. 가능한 한 가장 부드러운 목소리로 그는 그녀에게 말했다.

"어디 불편하세요?"

"예, 조금." 그녀가 대답했다.

마차는 달렸다. 담장 밖으로 뻗어 나온 인동덩굴과 고광나무가 어둠 속에서 나른한 향기를 뿜었다. 풍성하게 주름 잡힌 드레스가 그녀의 발을 덮고 있었다. 그들 사이에 누운 이 작은 어린아이 몸을 통해 그녀 전체와 교류하는 느낌이었다. 그는 아이에게 몸을 기울여 예쁜 갈색 머리를 가르고는 이마에 살짝 입을 맞추었다.

"당신은 좋은 분이세요!" 아르누 부인이 말했다.

"왜죠?"

"아이들을 좋아하니까요."

"모든 아이는 아니죠!"

그는 더 이상 아무 말도 덧붙이지 않았지만 그녀 쪽으로 왼손을 내밀어 크게 벌린 채로 두었다. 그녀도 그처럼 할지 모르니 그녀의 손과 맞닿을 수도 있겠다고 생각하면서. 그러다 수치심이 들어 손을 다시 집어넣었다.

곧이어 포장도로가 나왔다. 차는 더욱 빨리 달렸고, 가스등이 점점 늘어났다. 파리였다. 위소네는 가르드푀블 앞에서 내렸다. 프레데릭은 현관에 도착하기를 기다려 내렸다. 그런 다음 슈아죌 거리 모퉁이에 몸을 숨겼다가 아르누가 천천히 큰 거리를 향해 길을 다시 올라가는 것을 바라보았다.

그다음 날부터 그는 전력을 다해 공부하기 시작했다.

그는 판사들 얼굴이 하얗게 질리고 숨 가쁜 청중이 법정 칸막이를 뒤흔드는 속에서 벌써 네 시간 전부터 말을 하며 모든 증거를 요약하고 새로운 증거를 발견하며 매 구절, 매 단어, 매 행동마다 그의 등 뒤에 매달린 단두대 칼이 들린다고 느끼며, 어느 겨울 저녁 중죄 재판소에서 변호를 끝낸 자기 모습을 상상했다. 그다음에는 그의 적수들을 멍하게 할 정도로 열변을 토하며 그들을 반격해서 압도하고, 위력과 음악적 억양이 넘치는 목소리로 조소적이고 비장하며 격렬하고 장엄하게 전 국민의 구원을 입술에 담은 웅변가로서 의회 연단에 선 자신을 상상했다. 그녀는 열광의 눈물을 베일로 감추며 청중 한가운데 어딘가에 있을 것이었다. 그런 다음 그들은 다시 만날 것이었다. 그리고 그녀가 "아! 훌륭해요!"라고 그녀의 가벼운 손으로 그의 이마를 어루만지며 말해 준다면 낙담, 비방, 모욕조차도 그를 흔들지 못할 것이었다.

이러한 영상들이 등대처럼 그의 삶 저편에서 섬광을 냈다. 그의 정신은 격정 속에서 더욱 활기차고 강해졌다. 8월까지 그는 은둔 생활을 했다. 그리고 마지막 시험에 통과했다.

12월 말쯤 두 번째 시험을, 2월에 세 번째 시험을 앞두고 학습 내용을 그에게 반복하여 숙달시키는 데 그토록 힘을 들였던 델로리에는 그의 열성에 놀라워했다. 그러자 옛 희망이 되살아났다. 십 년 후에 프레데릭이 국회 의원이 되어야만 했다. 십오 년 후에는 장관이 안 될 것도 없지 않을까? 곧 그가 물려받을 유산으로 우선 신문사를 세울 수 있었다. 이건 시작이었다. 그다음은 두고 볼 일이었다. 델로리에 자신은 법대 교수 자리를 꿈꾸었다. 그는 박사 논문 심사를 너무도 뛰어나게 통과해 교수들의 칭찬을 받았다.

프레데릭은 사흘 후에 논문 심사를 통과했다. 그는 휴가를 떠나기 전에 토요일 모임을 종결하기 위해 파티를 열자는 생각을 했다.

모임에서 그는 쾌활한 모습이었다. 아르누 부인은 지금 샤르트르에 계신 어머니 곁에 있었다. 그렇지만 그는 그녀를 곧 만날 것이었고 그녀의 연인이 되고야 말 것이었다.

델로리에는 그날 오르세 변호사 간담회에서 연설을 하여 대단한 박수갈채를 받았다. 그는 절제했지만 얼큰히 취했고 디저트 차례에 와서는 뒤사르디에에게 말했다.

"넌 정직해, 넌! 내가 부자가 되면 관리인으로 임명할게."

모두가 행복했다. 시지는 법률 공부를 계속할 예정이었다. 마르티농은 검사 대리로 발령이 날 지방에서 연수를 계속할 계획이었다. 펠르랭은 '혁명의 정수'를 구현하는 대작에 착수할 결심이었다. 위소네는 다음 주에 델라스망 극단 단장에게 희곡 기획안을 발표해야 했는데 성공을 의심치 않았다.

"희곡 구성은 나에게 맡겨지거든! 부지런히 뛰어서 사랑의 열정엔 정통하고 재치는 내 전문이니까!"

그는 펄쩍 뛰어서 물구나무를 서더니 탁자 주위를 얼마 동안 돌아다녔다.

이런 장난도 세네칼을 유쾌하게 해 주지는 못했다. 한 귀족 아들을 때렸다는 이유로 그는 방금 하숙집에서 쫓겨난 참이었다. 점점 더 가난에 시달리며 그는 사회 질서를 원망하고 부자들을 저주했다. 갈수록 큰 환멸과 슬픔, 혐오감에 빠져드는 르쟁바르의 품에 파고들어 그는 심정을 털어놨다. 시투아앵은 지금 예산 문제로 관심을 돌려 알제리에서 수많은 돈을 잃고 있다고 카마랴[40]를 비난했다.

---

40) 왕의 측근들을 가리키는 말로 이들은 왕에게 흔히 투명하지 않으면서 좋지 않은 영향력을 행사했다.

작은 카페 알렉상드르에 들르지 않고는 잠들지 못한다는 이유로 11시에 그는 사라졌다. 다른 사람들은 좀 더 늦게 자리를 떴다. 프레데릭은 위소네에게 작별 인사를 하면서 아르누 부인이 전날 돌아오기로 되어 있다는 사실을 알았다.

그는 운송 관련처에 가서 좌석을 그다음 날로 바꾸고 저녁 6시쯤 그녀의 집으로 갔다.

부인이 돌아오는 날이 일주일 연기됐다고 수위가 말했다. 프레데릭은 혼자 저녁을 먹고 여기저기 큰 거리를 거닐었다.

스카프 모양 분홍색 구름이 지붕 너머로 퍼져 있었다. 가게 차양이 걷히기 시작하고 살수차가 먼지 위에 비처럼 물을 뿌렸다. 그러자 금은 제품 사이 긴 거울에 꽃다발이 비치는 카페에서 열린 문 사이로 풍겨 나오는 향기에 갑자기 신선한 공기가 뒤섞였다. 사람들은 천천히 걷고 있었다. 한 무리 남자들이 포도 한복판에서 이야기하고 있었다. 눈빛은 부드럽고 한더위의 무력감이 피부에 스며 얼굴이 동백꽃 빛깔로 물든 여자들이 지나갔다. 뭔가 거대한 것이 퍼져 집을 감쌌다. 파리가 이처럼 아름다워 보인 적은 없었다. 그의 미래도 끝없이 사랑으로 가득 찬 세월의 연속일 것만 같았다.

그는 포르트생마르탱 극장 앞에서 포스터를 바라보느라 걸음을 멈추었다. 그러고는 할 일이 없어 표를 샀다.

옛 요정극을 상연 중이었다. 관객은 드물었다. 맨 꼭대기 창에서는 햇빛이 네모난 작은 파란색으로 잘리고, 계단참 석유등은 한 줄기 노란빛을 이루었다. 무대는 작은 종, 징, 긴 옷, 삼각모 그리고 재담이 섞인 중국 노예 시장이었다. 막이 내리자 그는 홀로 휴게실을 서성거렸다. 대로변 현관 층계 밑에 흰 말이 두 마리 매여 있으며 마부가 짧은 바지 차림으로 고삐를 잡고 있는 녹색 사륜마차를 보고 그는 경탄했다.

그가 다시 자리로 돌아오자 2층 발코니 첫 번째 관람석에 신사 숙녀 한 쌍이 들어왔다. 희끗희끗한 턱수염이 가늘고 얼굴은 창백하며 4등 훈장을 단 남편은 외교관 특유의 차가운 인상이었다.

적어도 이십 년은 젊어 보이는 그의 부인은 크지도 작지도 예쁘지도 못나지도 않았으며 둘둘 만 영국식 머리에 상체가 평평한 드레스 차림으로, 넓은 검은 레이스 부채를 들고 있었다. 이런 계절에 이런 부류 사람들이 극장에 온 것은 어떤 우연이나 머리를 맞대고 지내는 저녁 시간의 권태로움 때문이라고 추측할 수 있었다. 부인은 부채를 깨물었으며 남편은 하품했다. 프레데릭은 어디서 이 얼굴을 본 것 같은데 기억이 나지 않았다.

다음 막간에 복도를 지나가다가 그는 두 사람과 마주쳤다. 그가 슬며시 인사를 하자 당브뢰즈 씨가 그를 알아보고 다가와 용서받을 수 없는 무심한 자기 행동에 대해 사과했다. 서기의 충고에 따라 그에게 보냈던 명함 몇 장에 대한 암시였다. 그러면서도 프레데릭이 아직 법대 2학년이라고 착각하면서 시기를 혼동하고 있었다. 그러고서 그는 시골로 떠나는 프레데릭을 부러워했다. 자신도 휴식이 필요하지만 일이 있어 파리를 떠날 수가 없다는 것이었다.

당브뢰즈 부인은 남편 팔에 기댄 채 고개를 약간 숙여 인사했다. 정신적 우아함이 깃든 그녀의 얼굴은 조금 전 슬픈 표정과는 대조적이었다.

"여기에도 괜찮은 기분 전환 거리는 많죠!" 하는 남편의 말에 그녀는 대꾸했다. "이 연극은 정말 바보 같은걸요! 그렇지 않아요?"

그러자 세 사람은 그대로 서서 연극과 새로운 희곡 작품에 대해 이야기를 나누었다.

시골 부르주아 여인들의 찌푸린 얼굴에 익숙한 프레데릭은 지금껏 어떤 여인에게서도 이처럼 여유 있는 모습, 세련되면서도 순진한 사람들에게는 순간적인 호의로 느껴지는 간결함을 본 적이 없었다.

그들은 휴가에서 돌아오는 대로 만나자고 했다. 당브뢰즈 씨는 로크 영감에게 안부를 전해 주길 당부했다.

프레데릭은 집에 돌아와 이러한 대접을 받았다는 얘기를 델로리에에게 전했다.

서기가 말했다. "좋았어! 어머니한테 휘둘리지 말고 곧장 돌아와!"

그가 도착한 다음 날 점심 식사 후에 모로 부인은 아들을 정원으로 데리고 갔다.

그녀는 아들이 직업을 얻게 되어 기쁘다고 말했다. 그들은 생각만큼 부자가 아니었기 때문이다. 토지에서 나오는 이익은 적었고 소작료도 많지 않았다. 심지어 마차까지 팔아야 했다. 마침내 그녀는 상황을 설명했다.

과부가 되고 얼마 지나지 않아 곤경에 빠져 있을 때 약삭빠른 로크 씨가 그녀에게 돈을 빌려 줬는데 자기 의사와는 무관하게 지불 기한이 연장되곤 했다. 그러다 갑자기 그가 돈을 요구하러 찾아왔다. 그녀는 프렐에 있는 농가를 그에게 헐값에 넘김으로써 요구 조건을 들어줬다. 십 년 후에 플롱에 있는 한 은행가가 파산함으로써 그녀의 자본도 물거품이 되었다. 로크 영감이 다시 찾아오자, 저당 잡히는 것이 두렵기도 하고 아들 장래에 유리한 외관을 보존하기 위해서 그녀는 또다시 그의 말을 들었다. 그러나 이제는 빚을 모두 청산했다. 요컨대 그들에게 수익 약 1만 프랑이 남아 있었고 그중 2300프랑이 그의 소유였는데 그것이 그의 전 재산이었다.

"말도 안 돼!" 프레데릭이 소리쳤다.

그녀는 그것이 사실이라는 뜻으로 머리를 끄덕였다.

그렇지만 숙부가 그에게 무언가를 남길지도?

확실한 건 아무것도 없었다!

그리고 두 사람은 말없이 정원을 돌았다. 마침내 그녀는 아들을 품에 끌어안고 눈물로 목 메는 소리로 말했다.

"아! 불쌍한 아들! 나 역시 많은 꿈을 포기해야 했어!"

그는 커다란 아카시아 나무 그늘 밑 벤치에 앉았다.

그녀는 소송 대리인 푸르아랑 씨 밑에 서기로 들어가라고 충고했다. 그가 프레데릭에게 자기 사무실을 넘길 것이라고 덧붙였다. 프레데릭이 잘만 운영하면 사무실을 다시 팔 수 있을 것이고 좋은 방책을 찾을 수도 있었다.

프레데릭은 더 이상 듣지 않았다. 그는 울타리 너머 맞은편 정원을 기계적으로 바라보고 있었다.

열두 살쯤 되어 보이는 붉은 머리 여자아이가 혼자 정원에 있었다. 아이는 마가목 열매로 만든 귀고리를 달았다. 끈 달린 회색 마직 웃옷 사이로 햇볕에 그을려 약간 금빛이 도는 어깨가 드러나 보였다. 하얀 치마는 잼 자국으로 얼룩져 있었다. 예민하면서도 가냘픈 전체적인 모습 속에 어린 야생 동물 같은 매력이 있었다. 아이는 낯선 사람을 보고 놀란 듯 물뿌리개를 손에 든 채 해맑은 청록색 눈동자로 그를 쏘아보며 갑자기 멈춰 섰다.

모로 부인이 말했다. "로크 씨 딸이야. 얼마 전 자기 하녀와 정식으로 결혼을 해서 딸을 입적했지."

6

파산에 빈털터리에 파멸!

그는 충격으로 멍해진 듯 벤치에 앉아 있었다. 그는 운명을 저주했고 누군가를 박살 내고 싶었다. 그리고 절망의 늪을 더 깊이 파려는 듯 어떤 모욕과 불명예가 내리누르는 것을 느꼈다. 프레데릭은 아버지 유산이 언젠가 1만 5000리브르에 이를 거라 생각해 간접적으로 이 사실을 아르누 부처에게 알렸다. 이제 그는 어떤 이득을 바라고 그들 집에 드나든 허풍쟁이, 우스운 사람, 보잘것없는 건달로 여겨질 것이었다! 그리고 아르누 부인, 이제 그녀를 어떻게 다시 볼 수 있을까?

게다가 연 수입 3000프랑으로 그건 완전히 불가능한 일이었다! 언제까지나 5층에 살면서 문지기를 하인으로 두고 살 수도 없었고 끝이 바랜 하찮은 검은 장갑과 지저분한 모자, 일 년 내내 똑같은 외투 차림으로 나타날 수도 없었다. 안 돼! 안 돼! 절대로! 그러나 그녀가 없는 삶은 견딜 수 없었다. 재산 없이도 많은 사람들이 잘 살았고, 특히 델로리에는 그중 한 사람이었다. 범속한 데 중요성을 부여하는 자신이 비겁했다. 어쩌면 가난이 그의 능력을 몇백 배로 늘릴 수 있었다. 그는 다락방에서 일하는 위대한 사람들을 생각하면서 힘을 냈다. 아르누 부인 같은 영혼을 지닌 사람이면 이런 광경에 감동하고 측은해할 것이 분명했다. 이렇게 해서 어쨌든 이 재난은 행복이었다. 보물을 드러내는 지진처럼 재난이 그의 숨은 재능을 들춰낼지도 몰랐다. 이 세상에서 이러한 부유함이 빛을 발할 수 있는 곳은 단 하나뿐이었다. 파리! 그의 생각에 예술, 학문 그리고 사랑(펠르랭이 말했듯이 신의 세 얼굴이다.)은 유일하게 수도를 통해서만 가능했다.

저녁에 그는 어머니에게 파리로 돌아가겠다고 선언했다. 모로 부인은 놀라워하며 화를 냈다. 제정신이 아닌, 말도 안 되는 소리였다. 자기 충고를 따르는 것이, 말하자면 그녀 곁에 머물며 법률 사무소에서 일하는 것이 나았다. 프레데릭은 이런 제안에 모욕을 느껴 "하!" 하며 어깨를 으쓱했다.

그러자 부인은 다른 방도를 취했다. 부드러운 목소리에 작은 흐느낌도 덧붙여 자기 고독과 노화, 자신이 치른 희생을 이야기하기 시작했다. 이제 그가 자기를 버릴 테니 더욱 불행하다고 했다. 그러고는 그녀 여생이 얼마 남지 않았다는 말을 돌려 말했다.

"세상에, 조금만 참아! 곧 자유로워질 테니까!"

세 달 동안 이러한 한탄이 하루에도 스무 번씩 되풀이되었다. 동시에 그는 가정 생활의 섬세함에 점점 매료되었다. 더욱 부드러운 침대와 찢기지 않은 냅킨을 쓰는 것이 기분 좋았다. 결국 지치고 화가 나며 안락함이라는 끔찍한 힘에 지고 만 그는 프루아랑의 사무실로 이끌려 갔다.

그에게서는 수완도 재능도 보이지 않았다. 그때까지 그를 지방의 자랑이 될 대단한 재능을 지닌 젊은이로 간주해 왔던 이들에게 그는 이제 공공연한 실망이 되었다.

처음에 그는 '아르누 부인에게 알려야 해.' 하는 생각으로 일주일 동안 열광적인 편지와 간결하면서도 고상한 문체로 된 짧은 편지를 구상했다. 그러나 자기 상황을 고백해야 한다는 두려움에 주저했다. 그러고는 남편에게 쓰는 것이 나을 거라 생각했다. 아르누는 세상을 잘 알기 때문에 그를 이해할 수도 있었다. 마침내 보름 동안 주저한 끝에 결론을 내렸다.

'그래! 그 사람들을 다시 만나서는 안 돼! 나를 잊어버리기를! 적어도 그녀 추억 속에 실망스러운 기억으로는 남지 않을 거야! 내가 죽었다고 믿겠지, 나를 아쉬워할 지도 모르고…… 어쩌면.'

극단적인 결단에 별 고통이 느껴지지 않자 그는 다시는 파리에 가지 않기로, 심지어 아르누 부인의 소식조차 묻지 않기로 다짐했다.

그러나 가스등 냄새와 합승 마차의 소란까지도 그리웠다. 그녀가 했던 모든 말, 목소리, 두 눈이 생각났다. 이윽고 스스로를 죽은 사람이라 생각하고 더 이상 아무것도 하지 않았다, 완전히.

아침이면 그는 아주 늦게야 일어나서 짐마차가 지나가는 것을 창문으로 바라보았다. 처음 육 개월이 특히 끔찍했다.

그러다 어떤 날은 자신에게 화가 났다. 그럴 때면 그는 나갔다. 겨울 동안 센 강물에 절반이 침수된 초원으로 갔다. 포플러 가로수가 초원을 가르고 여기저기 작은 다리가 있었다. 그는 노란 낙엽을 밟으며 안개를 들이마시고 도랑을 건너뛰며 저녁까지 떠돌았다. 동맥이 세차게 뛸수록 격한 행동을 하고 싶은 충동을 느꼈다. 미국에서 사냥꾼이 되거나 동양에서 한 군주의 시중을 들거나 선원이 되어 배를 타고 싶은 생각이 들기도 했다. 그러고는 델로리에에게 보내는 긴 편지에 자신의 이런 우울한 심정을 토로하곤 했다.

델로리에는 두각을 나타내려 애를 쓰고 있었다. 그에게는 친구의 비겁한 행동과 영원한 푸념이 어리석어 보였다. 곧이어 그들의 서신 왕래도 거의 소용없게 되었다. 프레데릭은 자기 숙소에 사는 델로리에에게 모든 가구를 주었는데 프레데릭의 어머니가 가끔 가구에 대해 물었다. 어느 날 그가 마침내 사실을 얘기해서 어머니가 그를 나무라고 있던 참에 편지가 왔다.

그녀가 물었다. "무슨 일이니? 너 떨고 있잖아?"

"아무 일 아니야!" 프레데릭이 대답했다.

델로리에는 세네칼을 집에 들인다고 그에게 전했다. 보름 전부터 그들은 함께 살고 있었다. 그러니까 세네칼은 지금 아르누 집에서 가져온 물건들 사이로 몸을 쭉 뻗고 누워 있었다! 그가 물건들을 팔 수도 있고 그것들에 대해 한마디씩 품평하거나 농담할 수도 있었다. 프레데릭은 영혼 깊숙이 상처 받은 느낌이었다. 그는 자기 방으로 올라갔다. 죽어 버리고 싶은 심정이었다.

어머니가 그를 불렀다. 정원에 나무를 심는 데 조언을 구하기 위해서였다.

이 영국풍 정원은 가운데가 나무 울타리로 나뉘어 있었다. 반절은 로크 영감 소유였는데, 그에게는 강변 쪽에 야채를 심은 또 다른 정원이 있었다. 사이가 좋지 않은 두 이웃은 같은 시각에 정원에 나오는 것을 피했다. 그러나 프레데릭이 돌아온 후부터 영감은 전보다 자주 정원을 거닐었고 모로 부인의 아들에게 정중함을 잃지 않았다. 영감은 그를 대신해 작은 도시에 사는 것을 불평했다. 어느 날은 당브뢰즈 씨가 그의 소식을 물었다는 얘기를 했다. 또 한번은 귀족 출신 어머니가 그 신분을 아이에게 세습할 수 있는 샹파뉴 지방 관습에 대해 이야기했다.

"어머니 성이 드 푸방이니까 그 시절에 선생은 성주였을 텐데. '상관없어!' 하고 말해도 소용없어요. 그래도 이름이란 건 중요해요!" 그는 교활한 표정으로 프레데릭을 바라보며 덧붙였다. "법무 장관에게 달린 일이긴 하지만."

귀족 신분에 대한 이러한 야망은 묘하게 그의 모습과 어울리지 않았다. 영감은 키가 작아 커다란 밤색 외투 밑으로 상체가 더욱 길어 보였다. 모자를 벗으면 극도로 날카로운 코 때문에 거의 여성적으로 보이는 얼굴이 드러났다. 노란색 머리는 가발을 연상케 했다. 인사할 때는 몸을 깊이 수그리고, 벽을 스치는 습관이 있었다.

50세까지 그는 얼굴은 마마 자국투성이고 그와 동갑이며 로렌 지방 출신인 카트린의 시중을 받고 사는 데 만족했다. 그러나 1834년쯤 파리에서 "여왕 같은 풍모"에 얼굴은 양처럼 순해 보이는 아름다운 금발 여자를 데려왔다. 곧이어 그녀가 커다란 귀고리를 늘어뜨리고 으스대며 다니는 모습이 보였고, 엘리자베트 올랭프 루이즈라는 여자아이가 출생하자 모든 것이 설명됐다.

다들 질투가 난 카트린이 아이를 미워할 것이라 생각했지만 그녀는 반대로 아이를 사랑했다. 그녀는 세심한 정성과 애정으로 아이를 보살폈는데, 친어머니 자리를 차지해 아이가 엄마를 싫어하게 하기 위해서였으며 이 기도는 쉽게 이루어졌다. 엘레오노르 부인은 상점에서 수다 떠는 일을 더 좋아해 완전히 아이에게 소홀했기 때문이다. 결혼식 다음 날부터 그녀는 군수 집에 찾아가는가 하면 하녀들에게도 편하게 말을 놓지 않았고 아이에게는 품위 있는 어조로 엄격하게 보여야 한다고 생각했다. 그녀는 아이 수업에 참관했다. 늙은 시청 관료 선생은 어떻게 해야 할지 알 수 없었다. 학생은 반발하다가 어머니에게 뺨을 얻어맞았다. 그러고는 자기를 항상 옳다고 해 주는 카트린 품을 찾아 울음을 터트렸다. 그럴 때마다 두 여자는 싸웠고 로크 씨는 중간에서 싸움을 말리곤 했다. 그는 아이에 대한 애정 때문에 결혼했기 때문에 아이를 괴롭히는 걸 원치 않았다.

평소에 소녀는 레이스 달린 바지에 누더기가 다 된 흰 드레스를 입었다. 그러나 큰 축제일이 오면 사생아인 그녀와 자기 아이가 노는 것을 원치 않는 부르주아들에게 보란 듯이 공주처럼 차려입고 나갔다.

그녀는 항상 정원에서 혼자 지냈다. 그네를 타거나 나비를 쫓아다녔고 풍뎅이가 장미나무에 달려드는 것을 지켜보느라 갑자기 멈춰 서기도 했다. 이런 습관 때문인지 얼굴에는 대담하면서도 몽상적인 표정이 어려 있었다. 게다가 그녀는 마르트와 키가 같아 프레데릭은 두 번째 만났을 때부터 벌써 이렇게 말했다.

"뽀뽀해도 될까요, 아가씨?"

아이는 고개를 들고 대답했다.

"좋아요!"

그러나 나무 울타리가 그들을 갈라놓았다.

"그 위로 올라서야 되겠군." 프레데릭이 말했다.

"아니요, 나 좀 들어 올려 주세요!"

그는 울타리 너머로 몸을 숙여 아이를 들어 올려 두 볼에 입을 맞추었다. 그러고는 같은 방식으로 다시 내려놓았고 다음 번에도 이런 일이 똑같이 되풀이되었다.

그녀는 네 살짜리 어린아이만큼이나 거리낌 없이 친구가 다가오는 소리를 듣자마자 달려오거나, 나무 뒤에 숨어서 그를 놀라게 하려고 강아지 짖는 소리를 내기도 했다.

그는 모로 부인이 외출 중이던 어느 날 그녀를 자기 방에 올라오도록 했다. 그녀는 모든 향수병을 열어 놓고 머리에 포마드를 잔뜩 발랐다. 그러고는 스스럼없이 침대에 기다랗게 누웠다.

"내가 아저씨 부인이라고 상상하고 있어." 그녀가 말했다.

이튿날 그는 그녀가 눈물을 흘리는 모습을 보았다. '자기 죄를 슬퍼하는 것'이라고 고백했고 그가 이유를 알려고 하자 그녀는 눈을 내리뜨며 대답했다.

"더 이상 물어보지 마!"

첫 번째 영성체가 다가왔다. 아침에 그녀를 고해시키러 데려갔다. 그러나 고해와 영성체도 그녀를 더 얌전하게 하지는 못했다. 때로 그녀는 정말로 화를 냈다. 그럴 때면 그녀를 달래기 위해 프레데릭을 부르곤 했다.

그는 산책에 자주 그녀를 데려갔다. 그는 걸으면서 몽상에 잠기고 그녀는 밀밭 가에 핀 개양귀비를 땄다. 그리고 그가 평소보다 슬퍼 보일 때면 다정한 말로 위로하려고 했다. 사랑을 빼앗긴 그의 마음은 이 같은 어린아이의 우정에 매달렸다. 그는 그녀에게 그림을 그려 주고 이야기를 들려줬으며 책도 읽어 주기 시작했다.

그는 당시 유명한 시와 산문을 모은 『낭만주의 연대기』로 시작했다. 그리고 나이는 잊어버릴 만큼 영특한 아이에게 매료되어서 연속적으로 『아탈라』, 『생마르스』, 『가을 낙엽』을 읽어 주었다. 그러나 어느 날 밤(르 투르뇌르가 번역한 『맥베스』를 들은 날 밤) 그녀는 소리 지르며 잠에서 깨어났다. "핏자국! 핏자국!" 그러면서 이빨을 부딪치며 온몸을 떨었고 공포에 질린 눈으로 오른손을 응시한 채 손을 문지르며 말했다. "아직도 핏자국이 있어!" 마침내 의사가 도착해 격한 감정은 피하라고 처방을 내렸다.

부르주아들은 이 사건을 그녀 품행의 불길한 전조로밖에는 보지 않았다. 그들은 '모로 댁 아들'이 아이를 나중에 배우로 만들려 한다고 말했다.

얼마 안 있어 또 다른 사건이 화제에 올랐는데, 백부 바르텔르미가 방문한 것이었다. 모로 부인은 그에게 자기 침실을 내주었고 고기를 금하는 날에도 고기를 대접하는 정성을 보였다.

노인은 별로 다정하지 않았다. 끝없이 르아브르와 노장을 비교했는데 그의 생각에 노장 공기는 무겁고 빵은 질이 나쁘며 거리는 포장이 잘 되어 있지 않고 음식은 평범하며 주민은 게을렀다. "이곳 경기는 정말 형편없어!" 그는 고인이 된 동생의 사치스러운 생활 방식을 비판하면서 자신은 연 수입 2만 7000프랑이 나오는 재산을 모았다고 말했다. 마침내 일주일이 지났고 그는 떠나기 전 마차 발판에 서서 마음이 놓이지 않는 말을 했다.

"항상 편안하게 사는 걸 보니 좋구나."

"너한테는 한 푼도 안 줄 거야!" 집 안으로 들어오며 모로 부인이 말했다.

노인은 그녀 간청에 따라 왔을 뿐이었다. 일주일 동안 그녀 편에서 어쩌면 너무 노골적으로 입을 열기를 부추겼는지도 몰랐다. 그녀는 그런 식으로 행동한 것을 후회하며 고개를 숙이고 입술을 깨문 채 소파에 앉아 있었다. 프레데릭은 맞은편에 앉아 어머니를 바라보았다. 오 년 전 몽트로에서 돌아왔을 때처럼 두 사람은 말없이 있었다. 이러한 우연의 일치에 생각이 미치자 그는 아르누 부인이 생각났다.

그때 창문 밑에서 채찍 소리가 나더니 그를 부르는 소리가 들렸다.

로크 씨가 자기 합승 마차에 홀로 타고 있었다. 그는 포르텔에 있는 당브뢰즈 씨 댁에서 하루 종일 지낼 예정이었는데 친절하게도 프레데릭을 그곳에 데리고 가겠다고 했다.

"나하고 같이라면 초대장은 필요 없으니 안심하세요!"

프레데릭은 응하고 싶은 마음이었다. 그러나 자신이 노장에 눌러앉은 사실을 어떻게 설명할 것인가? 마땅한 여름 양복도 없는 데다가 어머니는 뭐라 하실까? 그는 거절했다.

그때 이후로 그 이웃 사람은 전처럼 호의적인 모습을 보이지 않았다. 루이즈는 많이 자랐고 엘레오노르 부인의 병세는 위중했다. 아들 장래를 생각해 그런 부류 사람들과의 왕래를 두려워하던 모로 부인은 그들 관계가 소원해진 것을 대단히 기뻐했다.

그녀는 아들에게 재판소 서기 자리를 사 주고 싶어 했다. 프레데릭은 이 생각에 크게 반대하지는 않았다. 이제 그는 미사에 어머니를 동행했고 저녁이면 트럼프도 하는 등 시골 생활에 익숙해져 가면서 거기에 점점 빠져들었다. 사랑조차도 이제는 음울한 부드러움, 권태로운 매력으로 여겨졌다. 자신의 고통을, 편지에 쏟아 넣고 독서로 풀고 산책 다니며 사방으로 퍼뜨린 결과 그것은 거의 고갈되었다. 아르누 부인은 그에게 그 무덤조차 알지 못하는 죽은 사람과도 같았다. 그만큼 이 애정은 평온하고 체념적으로 변했다.

1845년 12월 12일 아침 9시쯤 요리사가 그의 방에 편지를 가져다주었다. 주소의 굵은 글씨는 낯선 필체였다. 잠에 취해 있던 프레데릭은 편지를 급하게 뜯어 보지 않았다. 마침내 그는 읽었다.

르아브르 3구 치안 재판소.
귀하,
당신의 백부 모로 씨가 '유언 없이' 돌아가셨으므로…….

유산이었다!
마치 벽 뒤에 불이라도 난 것처럼 그는 맨발에 잠옷 차림으로 침대 밖으로 뛰어내렸다. 자기 눈을 의심하고 아직 꿈꾸는 것이라 생각하며 손으로 얼굴을 만져 보고 사실인지 확인하려고 창문을 활짝 열었다.

눈이 와 있었다. 온 지붕이 하얗게 덮여 있었다. 전날 저녁 부딪혀 비틀거렸던 빨래 통도 보였다.

그는 세 번 연속 편지를 읽었다. 더 확실할 수는 없었다! 백부의 전 재산! 연금 2만 7000리브르! 아르누 부인을 다시 볼 수 있다는 생각에 미친 듯한 기쁨으로 가슴이 뛰었다. 비단으로 싼 선물을 들고 그녀 곁, 그녀 집에 있는 자기 모습이 뚜렷한 환영 속에 보였다. 그런가 하면 문밖에는 그의 이륜마차, 아니 사륜마차가 정차해 있었다! 밤색 제복 입은 하인이 모는 검은 사륜마차이리라. 그에게는 자기 말이 땅을 걷어차는 소리와 재갈 사슬 소리, 그들이 입을 맞추며 내쉬는 숨소리가 서로 뒤섞여 들렸다. 매일 끝없이 이어지는 이런 생활이 자기 집, 자기 저택에서 그들을 맞이할 것이었다. 식당은 붉은 가죽으로, 안방은 노란 비단으로, 사방에 작은 소파! 그리고 기가 막힌 선반들! 중국 도자기! 양탄자! 이러한 영상들이 너무도 혼란스럽게 다가와 그는 현기증을 느꼈다. 그러자 어머니 생각이 났다. 그는 편지를 그대로 손에 든 채 내려갔다.

모로 부인은 감정을 억제하려 애썼다. 그러나 곧 쓰러질 듯한 기색이었다. 프레데릭은 그녀를 두 팔로 안고 이마에 입을 맞추었다.

"훌륭하신 어머니. 이제 마차를 다시 사 올 수 있어. 그러니 웃으세요. 더 이상 울지 말고, 행복해야 돼!"

십 분 후에 이 소식은 마을 구석구석까지 퍼졌다. 그러자 브누아 씨, 강블랭 씨, 샹비옹 씨, 친구들 모두가 달려왔다. 프레데릭은 델로리에게 편지를 쓰기 위해 잠시 빠져나왔다. 또다른 방문객들이 찾아왔다. 오후 시간은 축하 인사를 받느라 지나갔다. 사람들은 '매우 병세가 심각한' 로크 씨 부인은 잊어버렸다.

저녁에 단둘이 남게 되자 모로 부인은 아들에게 트루아에 변호사 사무실을 열도록 충고했다. 다른 데보다 고향에서 알려져 있으니 여기에서 더 쉽게 성공할 수 있다는 말이었다.

"아! 너무해!" 프레데릭이 소리쳤다.

이제 막 행복을 손안에 넣었는데 그걸 다시 가져가려 하는 것이었다. 그는 파리에서 살겠다는 단호한 결심을 분명히 알렸다.

"거기서 뭐 하려고?"

"아무것도!"

모로 부인은 그의 태도에 놀라 장래 무엇이 될 심산인지 물었다.

"장관요!" 프레데릭이 대답했다.

농담이 아니라 외교 쪽으로 나아갈 생각이고 그가 한 공부며 기질이 그쪽으로 이끈다고 단언했다. 우선 당브뢰즈 씨 후원으로 참사원에 들어갈 것이었다.

"그러니까 그분을 잘 알아?"

"물론이지! 로크 씨를 통해서요!"

"이상하구나." 모로 부인이 말했다.

그의 말은 그녀가 오래전에 품었던 가슴속 꿈을 불러일으켰다. 그녀는 내심 그의 생각에 승복하고 더 이상 다른 얘기는 하지 않았다.

급한 마음대로라면 프레데릭은 그 순간 즉시 떠났을 것이다. 하지만 다음 날 합승 마차의 전 좌석이 예약되어 있었기에 그는 그다음 날 저녁 7시까지 시달려야 했다.

교회 종이 세 번 길게 울렸을 때 그들은 저녁 식사를 하기 위해 자리에 앉았다. 그러자 하녀가 들어와 엘레오노르 부인이 방금 세상을 떠났다고 알렸다.

어찌 되었든 이 죽음은 누구에게도 아이에게조차도 불행은 아니었다. 이 일이 아이에게 후일 더 좋을 수 있었다.

두 집이 가까이 붙어 있어 요란하게 오가는 소리, 말소리가 들려왔다. 시체가 가까이 있다는 생각이 그들 이별에 음산한 분위기를 던졌다. 모로 부인은 두세 번 눈물을 닦았다. 프레데릭은 가슴이 아파 왔다.

식사가 끝나자 카트린이 잠시 그를 불러 세웠다. 아가씨가 무슨 일이 있어도 그를 만나기를 원한다고 했다. 그를 정원에서 기다린다는 것이었다. 그는 나가서 울타리를 건너뛰고 나무에 약간씩 부딪히면서 로크 씨 집으로 향했다. 3층 창문에 불이 켜져 있었다. 그러자 어둠 속에서 사람 형체가 나타나더니 속삭였다.

"저예요."

상복을 입어서인지 그녀는 평소보다 훨씬 커 보였다. 그는 무슨 말부터 꺼내야 할지 몰라 한숨을 쉬며 그녀의 두 손을 잡는 데 그쳤다.

"아! 불쌍한 루이즈!"

그녀는 대답 없이 그를 하염없이 바라보기만 했다. 프레데릭은 마차를 놓칠까 걱정이었다. 멀리서 마차 소리가 들리는 듯해서 그는 이야기를 끝내려고 물었다.

"카트린 말로는 네가 무언가……."

"네, 맞아요! 당신께 얘기하려고 했던 것은……."

이 '당신'이라는 말에 그는 놀랐다. 그녀가 또다시 입을 다물자 그가 다그쳤다.

"그래서, 뭐?"

"모르겠어요. 잊어버렸어요! 떠난다는 게 사실이에요?"

"그래, 조금 후에."

그녀는 되물었다.

"아! 조금 후에요……? 아주……? 우리 다시는 못 만나나
요?"

흐느낌으로 그녀의 목이 메었다.

"잘 가요! 안녕! 저에게 작별 키스를 해 주세요!"

그리고 그녀는 세차게 그를 끌어안았다.

2부
(상)

1

　　그가 안쪽 자기 자리에 앉자 합승 마차는 말 다섯 필에 이끌려 흔들거렸고 그는 도취감에 휩싸였다. 마치 궁전 설계사처럼 그는 미리 자기 인생을 정리했다. 그리고 그 삶을 섬세함과 빛으로 가득 채웠다. 하늘을 찌를 듯한 삶이었다. 그 속에 넘쳐흐르는 사물들 모습이 눈앞에 아른거렸다. 너무도 깊이 그것들을 응시한 나머지 외부 사물들은 사라졌다.

　　수르됭 언덕 밑에 이르자 얼마만큼 왔는지가 보였다. 기껏해야 5킬로미터를 달렸다! 그는 화가 났다. 길을 바라보려고 작은 창문을 내렸다. 마부에게 정확히 얼마 후면 도착하는지 몇 번씩 물었다. 그러다 안정을 되찾고 눈을 뜬 채 그대로 앉아 있었다.

　　마부석에 매달린 등불에 말 엉덩이가 비춰졌다. 그 너머로는 하얀 파도처럼 물결치는 다른 말들의 갈기만이 보였다. 말의 숨결에 마차 양쪽에서 안개가 피어올랐다. 쇠사슬이 울리고 창틀 속 유리가 흔들렸다. 무거운 마차는 똑같은 보조로 보도 위를 달렸다. 헛간 벽 혹은 외딴 여인숙이 여기저기 보였다. 마을을 지날 때 가끔씩 빵집 화덕이 타는 듯한 불빛을 던졌고 말의 기괴한 그림자가 맞은편 집의 담벼락 위를 달렸다. 역사에 도착해 말을 풀었을 때 한순간 커다란 침묵이 흘렀다. 누군가가 짐을 덮은 방수포 밑에서 걸어다녔고 어느 집 문 앞에서는 한 여자가 손으로 촛불을 가린 채 서 있었다. 이윽고 마부가 발판 위로 뛰어오르자 마차는 다시 떠났다.

모르망에 이르자 1시 15분을 알리는 소리가 들렸다.

그는 생각했다. '그러니까 오늘이야. 바로 오늘, 조금 후면!'

차츰차츰 그의 희망과 추억, 노장, 슈아죌 거리, 아르누 부인, 어머니 모두가 하나로 뒤섞였다.

둔탁한 나무판자 소리에 그는 잠에서 깨었다. 샤랑통 다리를 건너는 중이었다. 파리였다. 그때 옆의 두 사람이, 한 사람은 챙 달린 모자를 벗고 또 한 사람은 스카프를 푼 다음 모자를 쓰고 이야기를 나누었다. 벨벳 외투 차림으로 뚱뚱하고 얼굴이 붉은 첫 번째 사람은 도매상이었다. 두 번째 사람은 의사 진료를 받으려고 수도에 온 모양이었다. 밤새 그를 불편하게 하지는 않았는지 염려된 프레데릭은 자진해서 그에게 용서를 구했다. 그만큼 그의 마음은 행복으로 관대해져 있었다.

역 부두는 범람해 있을 것이 틀림없어, 마차는 그대로 계속 직진했다. 들판이 다시 시작되고 멀리 높은 공장 굴뚝에서 연기가 솟았다. 그러고는 이브리 방향으로 접어들었다. 한 오르막길을 올라가자 갑자기 팡테옹이 보였다.

　울퉁불퉁한 평야는 어렴풋이 폐허처럼 보였다. 성곽 벽은 수평으로 불룩한 모양이었다. 포장이 안 된 보도 위에는 가지 없는 작은 나무들이 못이 가득 박힌 오리목으로 울타리 쳐져 있었다. 화학제품 공장들이 나무 상인의 작업장과 번갈아 늘어서 있었다. 농가에서 볼 수 있는 반쯤 열린 높은 문짝 사이로, 가운데 더러운 물구덩이가 있고 오물로 가득한 끔찍한 뜰 내부가 보였다. 소 피처럼 빨갛게 칠을 한 여러 술집의 2층 창과 창 사이에는 화관 속에 X 자를 이루는 당구의 큐 두 대가 그려져 있었다. 반쯤 지어진 누추한 시멘트 집이 여기저기 버려져 있었다. 그러고는 양편으로 집이 계속 나타났다. 집들의 헐벗은 외관 위에 가끔씩 담배 소매점을 표시하는 거대한 양철 담배가 눈에 띄었다. 산원 간판에는 모자를 쓴 불법 산파가 레이스 달린 누빈 이불에 싸인 갓난애를 살살 흔드는 모습이 그려져 있었다. 광고지들이 벽 귀퉁이를 가렸고 이중 사 분의 삼은 찢긴 채 마치 누더기처럼 바람에 흔들렸다. 작업복 차림 노동자들이 지나가고 맥주 통을 실은 이륜마차, 세탁부 짐마차, 푸줏간 이륜 포장마차가 지나갔다. 가랑비가 내렸다. 날씨는 추웠고 하늘은 창백했지만 그에게는 태양과도 같은 두 눈동자가 짙은 안개 너머로 빛났다. 마차는 바리케이드에 이르러 오랫동안 멈추었다. 계란 장수와 마차꾼, 양떼들로 북새통을 이루었기 때문이다. 보초병은 외투에 달린 두건을 뒤로 늘어뜨린 채 몸을 덥히려고 초소 앞을 왔다 갔다 했다. 세관원이 마차 지붕 위 좌석에 올라타자 작은 나팔의 팡파르가 울려 퍼졌다. 수레 가로장이 흔들리기 시작하고 수레 끄는 줄이 바람에 펄럭이며 마차는 전속력으로 큰길을 내려왔다. 긴 채찍 가닥이 습기 찬 대기 속에서 철썩 소리를 냈다. 마부는 크게 소리쳤다. "이랴! 이랴! 우!" 그러자 청소부들이 비켜섰고 길 가던 사람들은 뒤로 물러섰다. 진흙이 마차 창에 튀어 오르고 자갈 실은 마차, 이륜마차, 합승 마차가 지나쳐 갔다. 마침내 식물원 철책 문이 나타났다.

노란 센 강은 거의 교각까지 닿았다. 강가에는 신선한 바람이 불었다. 프레데릭은 사랑의 묘한 향기와 신비스러운 지성이 살아 숨 쉬는 듯한 파리의 좋은 공기를 음미하며 혼신을 다해 들이마셨다. 첫 번째 삯마차가 지나가는 것을 보자 감동으로 가슴이 저려 왔다. 짚을 쌓아 놓은 술집 입구, 통을 맨 구두닦이, 커피 볶는 기계를 흔드는 식품 가게 점원까지도 모두 좋았다. 여자들이 우산을 쓰고 종종걸음으로 지나갔다. 그들 얼굴을 보려고 그는 몸을 기울였다. 아르누 부인이 우연히 외출 중일 수도 있었기 때문이다.

즐비한 상점들을 지나가면서 사람들이 점점 많아지고 소리도 점점 커졌다. 생베르나르, 투르넬, 몽트벨로 강변을 지나 나폴레옹 강변을 달렸다. 그는 자기 집 창문을 보려 했으나 너무 멀었다. 그러고는 퐁뇌프 다리 위로 센 강을 다시 지나 루브르까지 갔다. 생토노레, 크루아데프티샹 그리고 뒤불루아 거리를 지나 코크에롱 거리에 이르러 마차는 호텔 뜰로 들어갔다.

즐거움을 더욱 오랫동안 음미하기 위해 프레데릭은 가능한 한 느리게 옷을 입었고 심지어 몽마르트르 거리까지 걸어서 갔다. 조금 후에 대리석 문패 위에서 사랑하는 이름을 다시 볼 생각에 그는 미소를 지었다. 눈을 들었다. 진열장도 그림도 아무것도 없었다!

그는 슈아죌 거리로 달려갔다. 아르누 부처는 거기에 살고 있지 않았다. 한 이웃 여자가 수위실을 대신 지키고 있어서 그는 수위가 오기를 기다렸다. 마침내 수위가 나타났지만 예전 사람이 아니었다. 이 사람은 전혀 주소를 모른다고 했다.

프레데릭은 카페에 들어가 점심 식사를 하면서 상업 연감을 뒤졌다. 아르누라는 이름이 삼백 개 있었지만 자크 아르누는 없었다! 도대체 어디에 살까? 펠르랭은 알 게 틀림없었다.

그는 푸아소니에르 거리 맨 위쪽에 있는 그의 작업실로 갔다. 문에는 초인종도 쇠고리도 없어서 그는 주먹으로 세게 두드리며 소리쳐 불렀다. 공허만이 대답했다.

그다음에는 위소네를 생각했다. 그런데 그 사람을 어디에서 찾을 수 있을까? 플뢰뤼 거리에 있는 그의 애인 집에 한 번 같이 간 적이 있었다. 플뢰뤼 거리에 이르러 프레데릭은 아가씨 이름을 모른다는 사실을 깨달았다.

그는 경찰국에 가서 물었다. 계단에서 계단으로, 사무실에서 사무실로 헤매고 다녔다. 정보 안내실은 닫혀 있었다. 한 경찰이 그에게 다음 날 다시 들르라고 말했다.

그런 다음 그는 눈에 보이는 모든 그림 가게로 들어갔다. 아르누 씨는 더 이상 그림 장사를 하지 않았다.

마침내 의기가 꺾여 지치고 고통스러웠던 그는 호텔로 되

돌아와 잠자리에 들었다. 이불을 덮고 눕자 문득 한 생각이 머리를 스쳐서 그는 기쁜 마음에 껑충 뛰었다.

"르쟁바르! 미리 생각 못 했다니 나도 어리석지!"

다음 날 아침 7시부터 그는 노트르담데빅투아르 거리에 있는, 평소 르쟁바르가 백포도주를 마시던 술집 앞에 도착했다. 가게는 아직 닫혀 있었다. 그는 주변을 한 바퀴 돈 다음 삼십 분 후에 다시 찾아갔다. 르쟁바르가 방금 나갔다고 말했다. 프레데릭은 길로 뛰어나갔다. 멀리서 그의 모자를 본 것 같았다. 영구차 한 대와 장례 차들이 길을 막았다. 혼잡함이 가시고 나니 그의 모습도 사라지고 없었다.

다행히 시투아앵이 매일 11시 정각에 가용 광장 작은 식당에서 점심 식사를 한다는 사실이 생각났다. 참고 기다리면 될 일이었다. 증권 거래소에서 마들렌, 그리고 마들렌에서 짐나즈까지 끝없이 거닌 다음 11시 정각에 그곳에서 르쟁바르를 찾을 거라 확신하면서 가용 광장 식당에 들어갔다.

"모르는데요!" 건방진 말투로 싸구려 식당 주인이 말했다.

프레데릭이 계속 묻자 그가 대답했다.

"그 사람 더 이상 몰라요, 선생!" 위엄 있게 눈썹을 치켜세우고 머리를 흔드는 모습이 뭔가 석연치 않아 보였다.

그러나 마지막으로 만났을 때 시투아앵은 작은 카페 알렉상드르를 얘기했더랬다. 프레데릭은 브리오슈 하나를 삼키고 이륜마차에 올라타며 마부에게 생트주느비에브 근처 어디에 알렉상드르라는 카페가 있는지 물었다. 마부는 프랑부르주아 생미셸 거리에 있는 이름이 똑같은 카페에 그를 내려 주었다.

그가 "실례지만 르쟁바르 씨는요!" 하고 묻자 극도로 친절한 미소를 지으며 카페 주인이 대답했다.

"그 사람 아직 못 봤는데요, 선생님." 그러면서 그는 계산대에 앉은 아내에게 공모의 눈길을 보냈다.

그리고 시계를 보며 말했다.

"십 분 후, 늦어도 십오 분 후에는 올 거예요, 그러기를 바라요. 셀레스탱, 빨리 메뉴 가져와! 뭘 드시겠어요?"

필요한 건 아무것도 없었지만 프레데릭은 럼주 한 잔을 삼켰다. 그런 다음 버찌주 한 잔, 다음에는 퀴라소 한 잔, 찬 그로그, 뜨거운 그로그를 마셨다. 그는 오늘 일자 《시에클》을 샅샅이 읽고 또 읽었다. 구석구석 빠짐없이 《샤리바리》의 풍자화를 살폈다. 마침내 광고 기사를 외울 정도였다. 이따금 길 위에 신발 소리가 울렸다. 그다! 누군가의 모습이 창유리에 비친 다음 항상 그냥 지나쳐 갔다.

지루함을 달래기 위해 프레데릭은 자리를 바꿨다. 구석에 앉았다가 오른쪽으로, 그러다 다시 왼쪽으로 옮겼다. 그러고는 팔을 늘어뜨린 채 의자 한복판에 앉았다. 고양이가 벨벳 의자 등을 살짝 밟았다가 쟁반 위에 떨어진 시럽을 핥으려고 갑자기 튀어 올라 프레데릭은 소스라쳐 놀랐다. 참기 어려운 네 살 난 그 집 아이는 계산대 발판에서 딸랑이를 흔들며 놀았다. 키 작고 약간 창백한 인상에 이가 빠진 아이어머니는 바보 같은 웃음을 지었다. 르쟁바르는 뭘 하는 걸까? 프레데릭은 한없는 고뇌에 빠져 그를 기다렸다.

이륜마차의 포장 위에 우박 같은 비가 쏟아졌다. 모슬린 커튼 사이로 목마보다 정지된 듯 길에 서 있는 불쌍한 말이 보였다. 엄청나게 불어난 갯물이 두 바퀴살 사이로 흘렀으며 마부는 무릎 덮개를 둘러쓰고 졸았다. 그러나 자기 손님이 도망갈까 두려워 강이 흐르듯 빗물이 흘러내리는 젖은 모습으로 가끔씩 문을 반쯤 열어 보곤 했다. 만일 시선이 물건을 좀먹을 수 있다면 프레데릭은 너무 주시한 나머지 시계를 닳아 없어지게 했을 것이다. 그러나 시계에는 이상이 없었다. 알렉상드르라는 사람은 "곧 올 거예요! 자! 곧 올 거예요!"하고 반복하며 이리저리 거닐었다. 그리고 그를 기분 전환 시키려고 연설하거나 정치 얘기를 했다. 심지어 도미노 놀이를 제안할 만큼 프레데릭의 비위를 맞추려 했다.

정오부터 기다리던 프레데릭은 마침내 4시 30분이 되자 더 이상 기다리지 않겠다면서 불쑥 일어났다.

영문을 모르겠다는 듯 카페 주인이 대답했다. "무슨 일인지 모르겠어요. 르두 씨가 오지 않은 건 처음이에요!"

"뭐라고요, 르두 씨요?"

"물론이죠, 선생!"

"나는 르쟁바르라고 했는데요!"화가 난 프레데릭이 소리쳤다.

"아! 정말 미안해요! 선생이 실수한 거겠죠! 안 그래요, 알렉상드르 부인, 이분이 르두 씨라고 말했지?"

그리고 종업원을 불러 물었다.

"나처럼 자네도 직접 들었지?"

어쩌면 주인에게 복수하기 위해서인지 종업원은 미소를 짓는 데 그쳤다.

프레데릭은 허비한 시간에 화가 나고 시투아영 일로 분개하면서도 신의 도래처럼 그의 출현을 기원하고 그를 가장 깊은 지하 창고에서라도 잡아끌어 내리라 다짐하며 차를 타고 다시 큰 거리로 향했다. 마차 안에 있으니 신경이 곤두서 그만 마차를 보내 버렸다. 생각이 혼란스러웠다. 그러다가 그 바보 녀석이 말해 준 모든 카페 이름이 마치 불꽃이 터지듯 한꺼번에 머릿속에 떠올랐다. 카페 가스카르, 카페 그랭베르, 카페 알부, 작은 카페 보르들레, 아바네, 아브레, 뵈프아라모드, 맥줏집 알망드, 메르 모렐. 그는 차례차례 이곳을 모두 들렀다. 그러나 한곳에서는 르쟁바르가 방금 나갔다고 하고 다른 한 곳에서는 어쩌면 그가 올지도 모른다고 했다. 세 번째에서는 육 개월 전부터 그를 보지 못했다고 했다. 또 다른 곳에서는 그가 어제 토요일에 먹을 양고기를 주문했다고 했다. 끝으로 카페 보티에 문을 열면서 프레데릭은 사환과 마주쳤다.

"르쟁바르 씨 알아요?"

"뭐라고요, 선생님, 그분을 아느냐고요? 제가 그분 시중을 들었는데요. 지금 위층에 계세요. 저녁을 끝내는 중이시고요!"

그러자 냅킨을 팔에 건 주인이 직접 그에게 다가왔다.

"르쟁바르 씨 찾으세요? 방금 여기 계셨는데."

프레데릭은 욕설을 내뱉었다. 그러나 카페 주인은 그를 틀림없이 부트빌랭에서 찾을 수 있을 거라고 장담했다.

"확실해요! 사업 때문에 누구하고 약속이 있어서 평소보다 조금 일찍 떠났어요. 다시 말하지만 그를 부트빌랭에서 찾을 수 있을 거예요. 생마르탱 거리 92번지, 왼쪽 뜰 안쪽에 있는 두 번째 계단으로 올라가서 2층 오른쪽 문입니다!"

마침내 그는 당구대 너머 가게 뒤편 구석, 자욱한 담배 연기 속에서 고개를 숙인 채 생각에 잠겨 맥주잔을 앞에 두고 홀로 앉아 있는 르쟁바르를 찾아냈다.

"아! 당신을 얼마나 찾아다녔는지!"

르쟁바르는 태연하게 그에게 손가락 두 개만을 내민 다음 마치 바로 어제 만난 것처럼 의회 개회 얘기를 했다.

프레데릭은 가능한 한 가장 자연스러운 태도로 그의 말을 끊고 물었다.

"아르누 씨는 잘 계세요?"

대답하는 데 시간이 걸렸다. 르쟁바르는 술로 목을 축였다.

"예, 괜찮아요!"

"지금 어디 살아요, 도대체?"

시투아앵이 놀란 표정을 지으며 대답했다. "그게…… 파라디푸아소니에르 거리에요."

"몇 번지요?"

"37번지. 그런데 당신 좀 이상하군요."

프레데릭은 일어섰다.

"아니, 벌써 떠나려고요?"

"예, 예. 용무, 할 일이 있다는 걸 잊었어요! 잘 있어요!"

프레데릭은 마치 따뜻한 바람에 실린 듯 꿈에서처럼 놀랍도록 여유로운 마음으로 카페에서 아르누 집으로 갔다.

곧이어 그는 3층 문 앞에 서 있었다. 벨을 누르자 하녀가 나왔다. 두 번째 문이 열리자 아르누 부인이 난로 옆에 앉아 있는 것이 보였다. 아르누가 펄쩍 뛰어 그를 포옹했다. 세 살쯤 된 남자아이가 그녀 무릎에 앉아 있었다. 엄마만큼 키가 큰 딸은 벽난로 맞은편에 서 있었다. "꼬마 신사를 소개합니다." 아들의 겨드랑이를 잡아 올리며 아르누가 말했다. 그러고는 몇 분 동안 그를 공중에 아주 높게 던져 올렸다가 팔로 받으며 장난을 했다.

"아이 죽이겠어! 아! 세상에! 그만해요!" 아르누 부인이 외쳤다.

그러나 아르누는 위험하지 않다고 큰소리치며 계속했다. 심지어 아이를 쓰다듬으며 고향인 마르세유 사투리를 썼다. "아! 예쁜 비둘기 새끼, 내 작은 나이팅게일!" 그러고는 프레데릭에게 왜 그토록 오랫동안 연락이 없었는지 시골에서 무엇을 했는지 어떻게 다시 왔는지 물었다.

"이보게, 나는 지금 도자기상이라오. 그쪽 얘기 좀 들어 봅시다!"

프레데릭은 긴 소송, 어머니 건강을 핑계로 둘러댔다. 주의를 끌기 위해 특히 어머니 건강을 강조했다. 요컨대 이번에는 아주 파리에 정착하게 되었다고 말했다. 과거가 문제될까 두려워 유산 얘기는 하지 않았다.

커튼은 가구와 같은 무늬가 짜인 밤색 모직이었다. 긴 베개에 베개 두 개가 서로 나란히 기대어 있었고 작은 주전자가 숯불 위에서 끓었다. 램프가 서랍장 끝에 놓여 있어 실내가 어두웠다. 아르누 부인은 두꺼운 푸른색 메리노 실내 가운을 입고 있었다. 시선은 불을 향한 채 한 손은 아이 어깨를 잡고, 또 한 손으로는 아이 웃옷을 풀고 있었다. 아이는 내의 차림으로 카페 알렉상드르의 아이처럼 머리를 긁으며 울었다.

프레데릭은 기쁨으로 가슴이 떨릴 거라 예상했었다. 그러나 환경이 바뀌면 사랑의 정열도 시든다. 아르누 부인을 처음 그녀를 알았던 곳이 아닌 다른 데서 만나자 그녀가 무엇인가를 잃어버린 듯하고 막연히 쇠퇴한 것 같다는, 요컨대 예전 같지 않다는 느낌을 받았다. 자기 마음이 너무도 잔잔한 데 그는 놀랐다. 그는 옛 친구들, 특히 펠르랭 소식을 물었다.

"그 친구 자주 안 만나요." 아르누가 말했다.

그녀가 덧붙였다.

"우리는 더 이상 옛날처럼 사람들을 초대하지 않아요!"

그를 더 이상 초대하지 않겠다는 경고인가? 그러나 아르누는 늘 그렇듯이 다정한 태도로 불쑥이라도 찾아와 자기들과 저녁 식사를 함께하지 않았던 것을 나무랐다. 그리고 왜 자신이 사업을 바꿨는지 설명했다.

"요즘 같은 몰락의 시대에 어쩌겠소? 위대한 회화는 유행이 지났어요! 게다가 어떤 것에든 예술을 부여할 수가 있는 거니까. 알다시피 난 미를 사랑합니다! 언젠가 한번 공장에 데리고 갈게요."

그러고는 즉시 2층에 있는 자기 가게에서 몇몇 제품을 보여 주려 했다.

큰 접시, 수프 그릇, 접시와 대야가 바닥에 어지러이 있었다. 욕실과 화장실 벽에는 르네상스풍 신화를 모티프로 삼은 그림이 그려진 넓은 타일이 발려 있었고, 천장에 가까운 이중 선반 중간에는 아이스크림 그릇, 화분, 나뭇가지 모양 큰 촛대, 작은 화분, 흑인이나 퐁파두르풍 양 치는 소녀를 나타낸 울긋불긋한 커다란 상이 있었다. 춥고 배가 고팠던 프레데릭은 아르누 설명에 진력이 났다.

그는 카페 앙글레로 달려가 호화스러운 저녁 식사를 하며 생각했다.

'고통 속에서 거기 살 때가 나았지! 그녀는 나를 거의 알아보지도 못했어! 기가 막힌 속물이야!'

그리고 갑작스레 기운을 되찾아 이제부터 자기 일만 생각하리라 다짐했다. 마음이, 팔꿈치를 기대고 있는 탁자만큼이나 냉혹하게 느껴졌다. 그러니까 이제 두려움 없이 사교계 한복판에 뛰어들 수 있었다. 당브뢰즈 부처가 생각났다. 그들을 이용할 생각이었다. 그다음에는 델로리에가 떠올랐다. "아! 정말, 할 수 없지!" 심부름꾼을 통해 그에게 다음 날 같이 점심 식사를 할겸 팔레루아얄에서 만나자는 편지를 보냈다.

델로리에에게는 행운이 크게 따라 주지 않았다.

그는 「유서법에 관하여」라는 박사 논문으로 교수 자격 시험에 응하였다. 시험에서 그는 이 법률을 최대한 제한해야 한다고 주장했다. 그의 반대편 응시자[41]가 부추겨, 시험관들은 반응도 없는 가운데 허튼소리를 많이 하게 되었다. 그러고는 강의 주제로 '시효'가 선정되었다. 델로리에는 한심한 이론을

---

41) 교수 자격 시험에서 응시자가 찬반 양편으로 갈라져 토론에 임했다.

펼쳤다. 오래된 이의 신청서도 새로운 이의 신청서와 똑같이 제출되어야 한다. 31세가 되면 권리 증서 없이도 재산권을 주장할 수 있는데[42] 소유주가 자기 재산을 포기하려 하겠는가? 이건 정직한 사람이 받는 안전함을 부자가 된 도둑 상속자에게 주는 것이나 마찬가지다. 독재이며 힘의 남용인 이 법의 확장으로 많은 부당함이 인정되고 있다! 심지어 그는 이렇게 외치기까지 했다.

"이 법을 폐지합시다. 그러면 프랑크족은 골족을 괴롭히지 않을 것이며 영국인은 아일랜드인을, 양키는 아메리칸 인디언을, 터키인은 아라비아인을, 백인은 흑인을, 폴란드는……."

시험관이 그의 말을 중단했다.

"됐어요! 됐어! 후보자의 정치적 의견은 필요 없습니다. 나중에 다시 응시하세요!"

델로리에는 재응시를 원치 않았다. 그러나 이 불운의 민법 3권 20절이 실패의 원인이 되었다. 그는 민중 민법과 자연법 기초로 간주된 시효에 대해 중요한 책을 구상 중이어서 뒤노, 로제리위, 발뷔, 메를랭, 바제유, 사비니, 트로플롱 그리고 또 다른 상당한 분량의 독서에 빠져 있었다. 이 일에 좀 더 자유롭게 몰두하기 위해 그는 서기장 자리를 그만두고 과외 교사와 논문 집필 수입으로 살아가고 있었다. 그리고 변호사 간담회 회합에서 그의 신랄함으로 보수파와 젊은 기조파 이론가

---

42) 민법상 정해진 기간 동안 어떤 재산을 소유하면 권리 증서가 없어도 소유자가 된다. 델로리에는 이 법을 공격하는 것이다.

들을 오싹하게 했다. 그 결과 그는 어느 집단에서나 됨됨이에 대한 의혹이 약간 섞인 일종의 유명세를 누렸다.

그는 옛날 세네칼 것과 같이 속에 붉은 플란넬을 댄 투박한 짧은 외투를 걸치고 약속에 나왔다.

지나가는 사람이 많아 눈치도 보이고 해서 그들은 오랫동안 포옹을 나누지 못했다. 그들은 기뻐서 히죽히죽 웃고, 눈에는 눈물을 글썽이며 팔짱을 끼고 베푸르까지 갔다. 그러고는 단둘이 있게 되자마자 델로리에가 외쳤다.

"아! 빌어먹을, 이제야 편안히 살겠군."

프레데릭은 즉각 자기 재산에 합류하는 이런 태도가 달갑지 않았다. 그의 친구는 두 사람을 위해 너무도 기뻐했지만 프레데릭 개인을 위해서는 충분히 고려하지 못했다.

그런 다음 델로리에는 시험에 실패한 이야기를 했는데 자신에 대해서는 태연하게, 다른 사람에 대해서는 신랄한 어조로 말했고 점차적으로 자기 일, 생활 이야기를 했다. 모든 것이 마음에 들지 않았다. 높은 자리를 차지한 사람들 중 바보 같거나 비루하지 않은 사람은 단 한 사람도 없었다. 그는 컵이 깨끗이 씻기지 않았다고 종업원에게 화를 냈다. 프레데릭이 별로 대수롭지 않다고 나무라자 그가 말했다.

"내가 일 년에 6000, 8000프랑씩 버는 선거권자, 어쩌면 피선거권 자격까지 있는 저런 별난 작자들 때문에 거북해하기라도 해야 하는 것처럼! 아! 아니, 절대 싫어!"

그러고는 유쾌하게 덧붙였다.

"그런데 내가 자본주의자 앞, 벼락부자 앞에서 얘기하고 있다는 사실을 잊었네. 넌 벼락부자니까!"

그리고 상속 문제를 다시 거론하면서 자기 생각을 늘어놓았다. 방계 상속은(비록 이 혜택을 받고 있긴 하지만 그 자체가 부당했다.) 언젠가 있을 혁명 때 폐지될 것이었다. "정말 혁명이 일어날까?" 프레데릭이 물었다.

"믿어도 좋아! 더 이상 계속될 수 없어! 사람들은 몹시 고통받고 있어! 가난 속에 있는 세네칼 같은 사람을 보면……." 그가 대답했다.

'항상 세네칼 얘기군.' 프레데릭은 생각했다.

"그 외에 뭐 새로운 소식 있어? 아르누 부인 아직 좋아하니? 지나간 일이지, 응?"

프레데릭은 뭐라 대답할지 몰라 머리를 숙이며 눈을 감았다.

델로리에는 아르누의 잡지가 지금은 위소네에게 넘어갔는데 그가 신문을 변화시켰다고 말했다. 이름도 '라르'로 바뀌었는데 "문학 협회이자 자본금은 4만 프랑이며 한 주당 100프랑 나가는 주식회사"였고 각 주주에게는 자기 원고를 들이밀 수 있는 권리가 있었다. "신인들 작품을 출판하고 재능과 천재성이 있는 사람들에게 흔히 있는 고통스러운 위기감을 덜어 주기 위해서라는 등…… 웃기는 얘기지!" 그러나 자기도 뭔가 할 만한 게 있는데 방금 말한 신문의 어조를 강화하는 일이었다. 그러다가 돌연 편집자는 그대로 두고 연재소설을 계속 약속하면서 구독자들에게 정치 신문을 제공하겠다는 계획이었다. 투자액이 엄청나지는 않을 듯했다.

"자, 어떻게 생각해! 투자할 생각 있어?"

프레데릭은 제안을 거절하지는 않았다. 그러나 자기 일이 해결되기를 기다려야 한다고 했다.

"그치만 네가 필요한 게 있으면……."

"괜찮아!" 델로리에가 말했다.

그런 다음 그들은 벨벳이 깔린 창틀에 팔꿈치를 기대고 시가를 피웠다. 햇빛이 비쳤다. 바람이 부드러웠고 새들은 떼를 지어 날아올라 정원에 내려앉았다. 비에 씻긴 청동상과 대리석상들은 눈부시게 반짝이고 있었다. 앞치마를 두른 하녀들이 의자에 앉아 잡담을 나누었고 끊임없이 졸졸 흐르는 분수물 소리에 섞여 아이들 웃음소리가 들려왔다.

델로리에의 고통에 프레데릭의 마음이 동요했다. 그러나 프레데릭은 혈관을 흐르는 포도주 영향으로 반은 잠이 들고 둔해진 상태가 되어 얼굴에 정면으로 불빛을 받으며 열과 수분에 취한 식물처럼 바보 같을 정도로 과하게 기분 좋은 안락을 느꼈다. 눈을 반쯤 감고 델로리에는 막연히 먼 곳을 바라보았다. 그의 가슴이 부풀어 올랐고 그는 말을 하기 시작했다.

"아! 카미유 데물랭이 저기 연단 위에 올라서서 민중을 바스티유로 몰았을 때가 더 아름다웠어! 그때는 모두가 정말 살아 있었지. 자기 주장을 펴고 자기 능력을 증명할 수 있었어! 일개 변호사가 장군에게 명을 내리고 부랑아들이 왕을 쓰러뜨렸지, 그런데 지금은……."

그는 입을 다물었다가 갑자기 말했다.

"까짓것, 미래는 거대해!"

그러고는 무거운 마음을 창문을 두드려 쏟아 내며 바르텔르미의 시구를 읊었다.

다시 나타날 것이다, 무시무시한 의회
사십 년 후 당신의 머리는 이 때문에 흔들리네,
힘찬 걸음으로 두려움 없이 걷는 거인.

"그다음은 모르겠어! 그런데 시각이 늦었네, 그만 갈까?"
그는 길을 가면서 계속 자기 이론을 펼쳤다.

프레데릭은 그의 말은 듣지 않은 채 가게 진열대에서 천이
며 이사에 적당한 가구들을 살폈다. 그러다 어쩌면 아르누 부
인에 대한 상념 때문인지 골동품상 진열대에 있는 도자기 접
시 세 개 앞에서 걸음을 멈추었다. 접시는 금속 광택에 노란
아라베스크가 있었는데 개당 100에퀴였다. 그는 접시를 따로
놓아두도록 일렀다.

"내가 너라면 차라리 은제품을 사겠다." 델로리에가 말했
다. 호사스러움에 대한 이러한 취향에서 그가 부유하지 않은
태생이라는 걸 간파할 수 있었다.

프레데릭은 혼자가 되자마자 유명한 포마데르 상점으로 가
서 바지 세 개, 양복 두 벌, 모피 외투 그리고 조끼 다섯 개를
주문했다. 그런 다음 신발 집, 셔츠 가게, 모자 가게에 갔고 어
디에나 빨리 서둘러 달라고 부탁했다.

사흘 후 저녁 르아브르에서 돌아오자 주문한 물건이 모두
와 있었다. 빨리 걸쳐 보고 싶은 다급한 마음에 즉시 당브뢰즈
부처를 방문하기로 마음먹었다. 그러나 시각이 너무 일렀는

데, 겨우 8시였다.

'다른 사람들 집에 갈까?' 그는 생각했다.

아르누는 홀로 거울 앞에서 면도를 하고 있었다. 그는 재미있는 곳으로 데리고 가겠다고 제안했다. 프레데릭이 당브뢰즈 씨 이름을 꺼내자 아르누는 말했다.

"아! 잘됐군요. 거기서 그 사람 친구들을 보게 될 거요. 그러니까 갑시다! 재미있을 거예요!"

프레데릭이 핑계를 대며 거절하려니까 아르누 부인이 그의 목소리를 알아듣고 칸막이 너머로 인사를 건넸다. 딸이 아프고 자신도 몸이 좋지 않다고 했다. 숟가락이 컵에 부딪히는 소리 그리고 흔히 환자 방에서 물건을 조심스럽게 움직일 때 나는 가벼운 소리가 들려왔다. 그리고 아르누가 아내에게 외출하겠다는 인사를 하려고 들어갔다. 그는 이유를 늘어놨다.

"중요하다는 거 알잖아! 가야 돼, 내가 필요하다고. 다들 나를 기다려."

"가세요, 가. 재미있게 놀다 오세요!"

아르누가 마차를 불러 세웠다.

"팔레루아얄! 몽팡시에 갤러리 7번지."

그리고 쿠션 위에 쓰러지며 말했다.

"아! 내가 얼마나 지쳤는지! 죽을 지경이에요. 그래도 당신한테는 얘기할 수 있어요, 당신한테는."

그는 프레데릭 귀에 대고 은밀히 속삭였다.

"난 중국인들의 구릿빛 붉은색을 내 보려고 해요."

그리고 그에게 유약이 무엇이고 약한 불이 무엇인지 설명했다.

슈베 상점에 도착하자 그는 커다란 바구니를 받아 들어 마차에 싣게 했다. 그러고는 자신의 "가련한 아내"에게 줄 포도와 파인애플, 여러 가지 진기한 간식거리들을 고른 다음 이튿날 아침 일찍 배달해 달라고 부탁했다.

그다음 그는 의상 대여업자 집에 갔다. 그들이 지금 가는 곳은 무도회였다. 아르누는 푸른색 짧은 벨벳 바지, 같은 천 상의, 빨간 가발을 집었다. 프레데릭은 도미노를 골랐다. 그리고 그들은 라발 거리에 있는 색등 밝혀진 어느 삼층집 앞에서 내렸다.

계단 밑에서부터 바이올린 소리가 들려왔다.

"나를 도대체 어디로 데려가는 거예요?" 프레데릭이 물었다.

"좋은 여자 집에! 무서워할 거 없어요!"

제복 입은 시동 하나가 그들에게 문을 열어 주었고, 그들은 짧고 긴 외투와 숄이 의자에 겹겹이 쌓여 던져진 대기실로 들어갔다. 그때 루이 15세식 용기병 복장을 입은 여자가 그곳을 지나갔다. 그녀는 로자네트 브롱 양으로, 집주인이었다.

"어떻게 됐어?" 아르누가 물었다.

"잘됐어!" 그녀가 대답했다.

"아! 고마워, 내 천사!"

그는 그녀에게 입을 맞추려 했다.

"조심해! 바보! 화장 망가지면 어떡해!"

아르누는 프레데릭을 소개했다.

"안에서 마음껏 즐기세요, 선생님. 환영합니다!"

그녀는 뒤에 있는 문을 열고 나서 과장된 어조로 소리쳤다.

"설거지꾼 아르누 씨 그리고 그의 친구 왕자님이십니다!"

프레데릭은 우선 불빛에 눈이 부셨다. 비단, 벨벳, 드러난 어깨, 파스텔 초상화와 루이 16세풍 수정 등롱이 걸린 노란 비단 벽 사이에서 푸른 나무 뒤 오케스트라 소리에 맞춰 흔드는 색깔들 한 무리만이 보였다. 반투명한 전구가 든 키 큰 램프들은 구석 콘솔 위에 놓인 꽃바구니를 내려다보고 있었는데 흡사 눈덩이 같았다. 그리고 정면에 좀 더 작은 두 번째 방 너머 세 번째 방에는 머리맡에 베네치아 거울이 달린 나선형 기둥 침대가 있었다.

춤이 끝났고 아르누가 머리에 바구니를 이고 걸어왔을 때 환성과 요란스러운 박수갈채가 터졌다. 중앙에는 먹을 것이 쌓여 있었다. "샹들리에 조심해요!" 프레데릭은 눈을 들었다. 라르 앵뒤스트리엘을 장식하던 오랜 작센 도자기 샹들리에였다. 옛날 일들이 머리를 스쳐갔다. 그러나 약식 복장 보병 하나가 신병에게서 볼 수 있는 전형적인 멍청한 모습으로 놀라움을 표시하고자 두 팔을 벌리며 그 앞에 섰다. 프레데릭은 얼굴이 달라 보일 정도로 극히 뾰족한 검은 콧수염을 붙인 옛 친구 위소네를 알아보았다. 보헤미안은 반은 알자스 사투리로, 반은 흑인 말로 횡설수설하고 프레데릭을 대령님이라 부르며 축하의 말을 늘어놓았다. 이 모든 사람들 탓에 당황한 프레데릭은 뭐라 대답해야 할지 몰랐다. 활로 보면대를 두드리자 남녀 무용수들이 자리에 와 섰다. 그들은 예순 명 정도 되었는데 여자들은 대부분 농촌 여인이나 후작 부인 차림이었고 거의가

장년층인 남자들은 마차꾼, 하역 인부 혹은 선원 차림이었다.

　프레데릭은 벽 옆으로 비켜서서 이들이 카드리유 추는 광경을 바라보았다. 베네치아 총독처럼 긴 자주색 비단옷을 입은 한 잘생긴 노인이 녹색 윗도리에 메리야스로 된 짧은 바지와 금색 박차가 달린 부드러운 부츠 차림의 로자네트 양과 춤을 추었다. 바로 앞 한 쌍은 끝이 올라간 장검을 찬 알바니아 사람과 우유처럼 희고 메추라기처럼 통통하며 블라우스에 붉은색 끈으로 조인 웃옷을 걸친 눈이 푸른 스위스 여자였다. 오페라 극장의 단역 배우인 한 금발 여자는 무릎까지 닿는 머리카락을 돋보이게 하려고 원시인처럼 입고 있었다. 밤색 속옷 위에다 허리에 두르는 간단한 가죽옷, 유리 팔찌 그리고 공작 깃 다발이 높이 솟은 번쩍거리는 왕관을 쓰고 있던 것이다. 그녀 앞에서, 기이할 정도로 헐렁하고 괴상한 검은 옷을 입은 프리처드가 팔꿈치로 코담배 갑 위를 치며 박자를 세고 있었다. 달빛 같은 은색과 하늘색 옷을 입은 작은 목자 와토는 자기 지팡이로, 포도 관을 쓰고 왼쪽 허리에는 표범 가죽을 둘렀으며 위에 금색 리본 달린 반장화를 신은 바쿠스 여사제의 지팡이를 부딪쳤다. 건너편에는 짧은 분홍색 벨벳 상의를 걸친 폴란드 여인이 하얀 모피로 테두리를 두른 분홍색 작은 부츠를 신고서 긴 담회색 스타킹 위로 얇은 페티코트를 흔들었다. 한 손으로 흰 옷을 들어 올리고 다른 한 손으로는 빵모자를 붙들고 아주 높이 뛰어오르던 배 나온 성가대원 사십 대 남자에게 그녀는 미소를 지었다. 그러나 여왕이자 별은 대중 무도회의 유명한 댄서 룰루 양이었다. 지금은 부자가 된 그녀는 검정 단색 벨벳 상의 위에 넓은 레이스 장식 깃을 달았다. 분홍 비단 바지는 엉덩이에 붙고, 캐시미어 스카프로 쥔 솔기를 따라 작은 동백꽃 생화가 허리에 달려 있었다. 들창코에 약간 부은 창백한 그녀 얼굴은 헝클어진 가발 위에 남자용 회색 펠트 모자가 씌워지면서 오른쪽 귀 위쪽이 주먹으로 내리친 모양으로 접혀서 더욱 거만해 보였다. 그녀가 튀어 오를 때 다이아몬드 버클 달린 무도화가 옆에 서 있던 중세 갑옷 입은 키 큰 남작 코에 거의 닿을 뻔했다. 손에 금으로 된 검을 쥐고 등에는 백조 날개 둘을 단 천사도 있었는데, 왔다 갔다 하면서 자기 기사 루이 14세를 시시각각 잃어버리고 춤은 전혀 분간하지 못해서 방해만 되었다.

이 사람들을 바라보며 프레데릭은 따돌림 당한 듯 언짢아졌다. 그는 또다시 아르누 부인을 떠올리면서 그녀에게 좋지 않은 일을 꾸미는 데 가담했다고 느꼈다.

카드리유가 끝났을 때 로자네트 양이 그에게 다가왔다. 그녀는 조금 숨을 헐떡였다. 거울처럼 빛나는 스카프가 턱 밑에서 조금씩 들렸다.

그녀가 물었다. "저기, 선생님. 춤 안 추세요?"

프레데릭은 그는 춤을 못 춘다며 사과의 말을 했다.

"정말이요! 하지만 저와 함께라면 괜찮을걸요."

한쪽 엉덩이에 중심을 두고 다른 쪽 무릎은 약간 굽힌 채 진주로 된 둥근 칼자루 끝부분을 왼쪽 손으로 어루만지며, 반은 사정하는 듯 반은 놀리는 듯 그녀는 잠시 그를 바라보았다. 마침내 "그럼, 이만!"이라고 말하고는 몸을 돌려 사라졌다.

프레데릭은 자신이 불만스럽고 무엇을 할지 몰라 무도회 장을 떠돌기 시작했다.

그는 벽에는 연푸른색 들꽃 다발 무늬 비단이 둘려 있고 천장에는 금색 나무 테두리 안에, 파란 하늘에서 나타난 사랑의 신들이 솜털 모양 구름 위에서 장난치는 그림이 있는 규방으로 들어갔다. 오늘날 로자네트 같은 사람들에게는 하찮은 것에 지나지 않는, 이러한 우아함에 그는 눈이 부셨다. 그는 모든 것에 감탄했다. 거울 테두리를 장식하는 인조 나팔꽃, 벽난로 커튼, 터키풍 소파 그리고 분홍 비단으로 덮은 위에 하얀 모슬린을 씌우고서 움푹 파인 벽에 놓아둔 텐트 장식. 침실에는 구리 조각으로 세공된 검은색 가구들이 놓여 있었고 타조 깃 덮개를 씌운 커다란 침대가 백조 깃털로 덮인 단상 위에 놓여 있었다. 바늘꽂이에 꽂힌 보석 머리핀, 쟁반 위에 굴러다니는 반지, 금테 둘린 큰 메달, 작은 상자 들이 세 줄 사슬에 매달린 보헤미아의 항아리에서 흘러나오는 빛을 받아 어둠 속에 떠올랐다.

그곳은 바로 마음을 사로잡는 장소였다. 젊은 혈기에서 갑자기 끓어오르는 반항심에 자신도 언젠가 이런 것들을 즐기리라 다짐하자 한결 대담해졌다. 더 이상 아무도 없는 응접실 입구로 돌아와 보니 사람이 조금 전보다 늘어 있었다.(모든 것이 빛의 입자 속에서 술렁였다.) 자세히 보려고 눈을 깜박거리고 거대한 입맞춤이 사방에 퍼진 듯 돌고 도는 여인들의 부드러운 향내를 들이마시며, 그는 서서 카드리유 추는 사람들을 바라보았다.

그런데 문 맞은편 가까이에 펠르랭이 있었다. 왼쪽 팔을 가슴에 얹고 오른손으로 모자와 찢어진 흰 장갑을 든 그는 성장 차림이었다.

"이런, 당신 못 본 지 오랜만인데! 도대체 어디에 있었나요? 여행 중이었어요, 이탈리아로? 흔히들 그러듯 이탈리아로요? 소문처럼 그렇게 놀랍지는 않죠? 아무래도 좋고! 조만간 당신 스케치를 가져와 봐요."

그러고 나서 대답을 기다리지도 않고 예술가는 자기 이야기를 하기 시작했다. 결정적으로 '선(線)'이 얼마나 바보스러운지를 깨닫고 난 후 그는 상당히 진보했다. 그는 한 작품 속에 사물의 특성과 다양성을 담는 게 중요하지 미와 통일성을 지나치게 염려할 필요는 없다고 말했다.

"자연 속에 모든 게 있기 때문이죠, 그러니까 모든 게 정당하고 모든 게 조형적이에요. 단지 느낌을 포착하는 게 문젭니다. 내가 비밀을 발견한 거예요!" 그를 팔꿈치로 치며 되풀이했다. "난 비밀을 발견했어요, 아시겠어요! 러시아 마부와 춤추는 저 키 작은 스핑크스 머리 여자를 보세요. 분명하고 건조하고 동적이지 않죠. 모든 요소가 평평하고 톤은 거칠죠. 눈 밑에는 남색, 볼에는 주색 반점, 관자놀이에는 흑갈색을 싹싹!" 그는 마치 허공에 붓질하듯 엄지손가락을 휘둘렀다. "반면 저쪽 뚱뚱한 여자는 말이죠." 한 생선 장수를 가리키며 그가 계속했다. "목에 금십자가를 달고 버찌색 드레스 위에 세모꼴 한랭사 숄을 등에 두른 여자요. 모든 요소가 둥글어요. 콧구멍은 보닛 테처럼 납작하고 양 입술 끝은 치켜져 있고 턱은 처졌으며 온통 뚱뚱하고 흐릿하며 수북하고 고요하며 환하죠. 진정 루벤스랄까! 그러고 보면 그녀들은 모두 완벽해요! 그러니까 전형이라는 게 어디에 있겠어요?" 그는 흥분했다. "아름다운 여자란 무엇인가? 미란 무엇인가! 아! 아름다움이 무엇인지 내게 말해 줄⋯⋯." 프레데릭은 콩트르당스를 추는 모든 사람들에게 축복을 내리고 있는 염소 같은 옆모습에 광대처럼 차려입은 사람이 궁금하다며 그의 말을 끊었다.

"아무도 아니에요! 세 아이를 둔 홀아비예요. 자기 아이들은 옷도 제대로 입히지 않은 채 팽개쳐 두고 인생을 클럽에서 보내면서 하녀와 자죠."

"그러면 저 사람, 대법관 차림으로 창가에서 퐁파두르 후작 부인에게 말하고 있는 사람은요?"

"'후작 부인'이라고요? 저 사람은 방다엘 부인인데 짐나즈 극장에서 배우였고 총독으로 분장한 팔라조 백작의 애인이에요. 둘이 함께한 지 이십 년 됐어요. 이유는 모르죠. 예전에는 저 여자 눈이 몹시 아름다웠어요! 그녀 옆에 있는 사람은 데르비니 대위라고 하는데 나폴레옹 근위대 노병이죠. 재산이라고는 명예 훈장과 연금밖에 없는데 바람난 젊은 여공들 결혼식 때는 삼촌 역할을 하고 결투를 중재하기도 하면서 시내에서 저녁을 해결하죠."

"건달이에요?" 프레데릭이 말했다.

"아니요! 정직한 사람이에요!"

"아!"

예술가는 그에게 또 다른 사람들 이름을 가르쳐 주었다. 몰리에르의 의사처럼 커다란 검은 사직 가운 사이로 모든 장신구를 보여 주려고 위에서 밑까지 열어젖힌 남자를 보고 말했다.

"이 사람은 유명세가 없어 분노에 찬 의사 데로지예요. 의학 포르노 책을 썼고 상류 사회에서는 아첨꾼으로 조심스럽게 처신하죠. 이 여인들은 그를 좋아합니다. 그와 그의 아내는 (회색 드레스를 입은 마른 성주 부인이오.) 여러 공공장소와 그 밖에 다른 곳들을 빠짐없이 돌아다녀요. 살림이 어려운데도 손님을 초대하고 그가 홀로 시를 읊는 예술적 다과회가 있어요. 가만!"

실제로 의사는 그들에게 다가왔다. 곧 세 사람은 살롱 입구에서 한 이야기 그룹을 형성했고, 거기에 위소네, 그다음엔 원시 여인으로 분장한 여자의 애인이자 프랑수아즈 1세식 짧은 외투 밑으로 아주 빈약한 몸매를 드러낸 젊은 시인, 끝으로 성벽 주변을 서성이는 터키인으로 변장한 재치 있는 청년이 합류했다. 그러나 노란 장식 줄이 달린 그의 웃옷은 왕진 치과 의사의 등 위에서 수없이 여행한 듯하고 주름 잡힌 빨간 통바지는 몹시 색이 바랬으며 뱀장어처럼 감긴 타타르식 두건은 너무도 초라했기에, 요컨대 그의 의상 전체가 너무도 생생하게 비참해 보여서 여자들은 혐오감을 감추지 않았다. 의사는 '여자 하역 인부'로 분장한 자기 애인을 칭송하는 것으로 자기 초라함을 위로했다. 이 터키인은 은행가 아들이었다.

카드리유 두 차례 막간에 로자네트는 금단추가 달린 밤색 옷을 입은 작고 통통한 노인이 소파에 앉아 있던 벽난로 쪽으로 갔다. 높이 맨 하얀 넥타이 위로 두 볼이 처졌지만 아직 푸들 털처럼 자연스럽게 굽슬거리는 금빛 머리 때문에 그는 장난기 어려 보였다.

그녀는 그의 얼굴 가까이 몸을 수그린 채 그의 말을 들었다. 그런 다음 그에게 시럽 한 잔을 주었다. 초록색 블라우스의 커프스 밑으로 길게 내려오는 레이스 소매에 둘러싸인 손보다 예쁜 것은 없었다. 그 영감은 다 마시고 나자 그녀 손에 입을 맞추었다.

"그런데 오드리 씨잖아요, 아르누의 이웃 사람이요!"

"이제 이웃은 아니죠!" 펠르랭이 웃으며 말했다.

"뭐라고요!"

'롱쥐모의 마부'가 그녀의 허리를 안자 왈츠가 시작되었다. 그러자 응접실 주위에 앉아 있던 모든 여자들이 차례차례 재빨리 일어났다. 그리고 그녀들의 치마, 스카프, 모자가 돌기 시작했다.

여자들이 매우 가까이서 돌아 프레데릭에게는 그들 이마의 땀방울까지도 보였다. 리듬이 점점 더 빨라지고 규칙적으로 변하면서 어지러운 회전 동작이 그의 마음에 어떤 도취감을 불러일으켰고, 각기 다른 영상들을 떠올리는 한편 똑같이 눈부신 매력을 발산하며 모두가 지나갔다. 권태로운 듯한 자세로 몸을 맡긴 채 도는 폴란드 여자는 둘이 함께 썰매를 타고 눈 덮인 평원을 달리며 그녀를 가슴에 안고 싶은 욕구를 불러일으켰다. 상체는 꼿꼿하게 눈은 내려뜬 채 왈츠를 추는 스위스 여자의 발걸음 밑에는 호숫가 별장에서 조용히 보내는 쾌락의 시간이 펼쳐졌다. 그런 다음 갈색 머리를 뒤로 젖힌 '바쿠스의 여사제'는 천둥치는 날씨에 아스라이 북소리가 들려오는 협죽도 숲 속에서의 불타는 애무를 문득 꿈꾸게 했다. 너무 빠른 박자에 숨이 찬 '여자 생선 장수'는 웃음을 터트렸다. 포르슈롱에서 그녀와 함께 술을 마시며, 옛 시절처럼 손으로 그녀의 스카프를 흐트려 놓고 싶었다. 가벼운 발가락이 겨우 바닥을 스치는 하역 인부는 유연한 팔다리와 심각한 얼굴 속에 과학처럼 정확하고 새처럼 유동적인 현대적 사랑의 모든 세련미를 지닌 듯했다. 로자네트는 주먹 쥔 손을 허리에 대고 돌았다. 수선화가 꽂힌 그녀 가발은 옷깃 위에서 튀어 오르며 주위에 붓꽃 향기를 내뿜었다. 매번 프레데릭 앞을 돌 때마다 금으로 된 박차 끝으로 그를 붙잡을 뻔했다. 왈츠 마지막 음조에 바트나가 나타났다. 그녀는 머리에 알제리풍 터번을 두르고 이마에는 피아스트르 화폐를 잔뜩 붙였으며 눈가는 검게 화장하고 은박으로 장식한 밝은색 치마 위에 검은 캐시미어 외투를 입었다.

그녀 뒤에서, 전에 알함브라 가수로 있던 키 큰 젊은이(그녀는 이 사람과의 관계를 더 이상 감추지 않았다.)가 단테 고전 의상을 걸치고 들어왔다. 이름은 오귀스트 델라마르인데 처음엔 자기를 앙테노르 델라마르라 했었고, 다음엔 델마, 그다음엔 벨마르 그리고 마침내 델마르가 되었다. 명성이 더해 감에 따라 이렇게 바꾸고 완벽하게 수정했던 것이다. 그는 연극이 하고 싶어 싸구려 댄스홀을 떠났고 「어부 가스파르도」로 앙비귀 극장에 데뷔하여 막 명성을 얻은 참이었다.

위소네는 그를 보자 얼굴을 찌푸렸다. 희곡을 거절당한 이후로 그는 배우들을 증오했다. 이런 자들(특히 이 사람)의 허영심이 얼마나 대단한지 상상 못 할 정도라고 했다! "얼마나 젠체하는지, 자, 보세요!"

로자네트에게 가볍게 인사하고 나서 델마르는 벽난로에 기대었다. 그는 한 손은 가슴에 얹고 왼쪽 발은 앞으로 내밀며 눈은 위를 향한 채 망토에 달린 두건 위로 금빛 월계관을 쓰고 여자들을 매혹하기 위한 시정 가득한 눈빛으로 꼼짝하지 않고 서 있었다. 사람들이 멀리서 그의 주위를 둥글게 둘러쌌다.

그러나 바트나는 로자네트를 오랫동안 포옹한 다음 위소네에게 가서 그녀가 출판하기를 바라는 교육적 작품을 문체 면에서 다시 봐 달라고 부탁했다. 『젊은이들의 화환』이라는 문학과 윤리에 관한 에세이집이었다. 문학가는 협력을 약속했다. 그러자 그녀는 그가 관계하는 신문에 그의 친구에 대한 좋은 평을 좀 써 줄 수 없는지에 덧붙여 나중에 그에게 배역을 줄 수는 없는지 부탁했다. 위소네는 그 말에 펀치 마시는 것도 잊었다.

펀치 만드는 사람은 아르누였다. 그는 빈 쟁반을 든 백작 시동을 거느리고 의기양양하게 사람들에게 펀치를 따라 주었다.

그가 오드리 씨 앞을 지나려 하자 로자네트가 그를 멈춰 세웠다.

"그런데 그 일은?"

그는 약간 얼굴을 붉혔다. 마침내 영감에게 말했다.

"이 친구가 말하기를 감사하게도 당신이……."

"아니요! 이웃끼리! 별거 아니에요."

그러자 당브뢰즈 씨 이름이 불렸다. 낮은 목소리로 얘기를 주고받아 프레데릭에게 그들 말소리가 희미하게 들렸다. 그는 로자네트와 델마르가 함께 이야기하던 벽난로 맞은편 구석으로 갔다. 그 뜨내기 배우는 연극 무대 같은 데서 멀리서 바라봐야 이상적인 얼굴로, 손은 두껍고 발은 큰 데다 턱이 육중해 보였다. 그는 가장 유명한 배우들을 헐뜯고 시인들을 깎아내려 논하며 이야기 속에 자신에게조차 분명치 않은 말들을 끼워 "내 목소리, 내 몸, 내 능력" 그리고 "우아함"이나 "유사성과 동질성" 같은 말들 하기를 좋아했다.

로자네트는 가볍게 머리를 끄덕이며 그의 말을 들었다. 양쪽 볼연지 밑으로 그녀의 감탄이 피어나는 것이 보였고 무언가 축축한 것이 형언하기 어려운 밝은색 눈 위로 베일처럼 지나갔다. 어떻게 저런 남자가 그녀를 매료할 수 있을까? 프레데릭은 화가 나 그를 내심 더욱 경멸했다. 어쩌면 그가 자신에게 불러일으키는 부러움을 불식하기 위해서인지도 몰랐다.

바트나 양은 이제 아르누와 있었다. 그녀는 큰 소리로 웃으며, 오드리 씨가 눈을 떼지 못하는 자기 여자 친구에게 가끔씩 눈길을 던졌다.

이윽고 아르누와 바트나가 사라지자 영감은 로자네트에게 조그만 소리로 얘기하러 왔다.

"그래, 알았어요! 이제 그만 됐어요."

그리고 그녀는 프레데릭에게 부엌에 아르누 씨가 있는지 보고 와 달라고 부탁했다.

반절쯤 채워진 무수한 컵들이 케이블 위를 덮었다. 그리고 냄비, 솥, 가자미 냄비, 프라이팬 들이 지글거렸다. 아르누가 친숙한 어조로 하인들을 지시하며 레물라드 소스를 휘젓고 소스 맛을 보며 하녀와 농담했다.

그가 말했다. "다 됐어. 그녀에게 얘기해요! 음식을 내놓을 테니까."

춤이 끝나자 여자들은 자리에 금방 다시 앉았고 남자들은 서성였다. 응접실 중앙 창문에 달린 커튼 하나가 바람에 부풀었다. 그리고 '스핑크스'로 분장한 여자가 모든 사람의 시선은 아랑곳없이 바깥 공기에 땀으로 젖은 팔을 내밀었다. 로자네트는 어디에 있을까? 프레데릭은 멀리 규방과 침실까지도 찾아다녔다. 몇몇 사람들이 혼자 있고 싶어 혹은 둘씩 그곳에 피신해 있었다. 어둠 속에 속삭이는 소리가 뒤섞였다. 수건 밑으로 작은 웃음소리가 새어 나왔고 가슴 부분에서 부채가 다친 새의 날갯짓처럼 느리고 부드럽게 흔들리는 것이 힐끗 보였다.

그는 온실로 들어가면서 넓은 칼라듐 이파리 아래, 분수 옆 직물 소파 위에 배를 깔고 누워 있는 델마르를 보았다. 로자네트는 옆에 앉아 그의 머리카락 사이로 손을 넣고 있었다. 그들은 그렇게 서로 바라보았다. 그 순간 아르누가 다른 쪽, 새장 쪽으로 들어왔다. 델마르는 단숨에 일어나 돌아보지 않고 조용히 나갔다. 문 옆에서 멈춰 부용꽃을 따 단춧구멍에 끼우기까지 했다. 로자네트는 얼굴을 수그렸다. 옆모습을 바라보던 프레데릭은 그녀가 울고 있음을 알았다.

"저런! 무슨 일이야, 도대체?" 아르누가 물었다.

그녀는 대답 없이 어깨를 으쓱했다.

"저 사람 때문이야?" 그가 다그쳤다. 그녀는 그의 목을 끌어안고 이마에 입을 맞춘 다음 천천히 말했다.

"항상 당신 사랑하리란 거 잘 알잖아. 더 이상 생각하지 말고 저녁 먹으러 가자!"

촛대 마흔 개가 달린 구리 샹들리에가 식당을 밝혔고 벽면에는 틈이 보이지 않을 정도로 오래된 도자기들이 가득 걸려 있었다. 가장자리 쪽에는 강렬한 불빛이 수직으로 내리 떨어지면서 걸쭉한 수프로 가득한 접시들이 놓인 탁자 중앙을 차지한 거대한 가자미가 전채 요리와 과일 사이에서 한층 더 하얗게 보였다. 여자들이 치마, 소매 그리고 스카프를 추스르느라 옷 스치는 소리를 내며 서로 다가앉았다. 남자들은 선 채로 탁자 구석에 자리를 잡았다. 펠르랭과 오드리 씨는 로자네트 옆에 앉았고 아르누는 그 맞은편에 앉았다. 팔라조와 그의 여자 친구는 방금 떠난 뒤였다.

그녀가 말했다. "즐거운 여행 되시기를! 시작하죠!"

성가대 소년처럼 입은 익살스러운 남자가 크게 성호를 그으며 '식전 기도'를 했다.

여자들 특히 딸을 정숙한 여자로 키우려는 여자 생선 장수는 화를 냈다. 아르누 역시 종교를 존중해야 한다고 생각해서 "그런 걸 좋아하지 않았다."

닭 모양 장식이 달린 독일 시계가 2시를 알리자 뻐꾸기라는 단어에 대한 많은 농담이 오갔다.

여러 가지 화제가 연이어 오갔다. 험담, 일화, 허풍, 내기, 사실 같은 거짓말, 있을 수 없는 주장, 그러다 이야기는 곧 개별적인 대화로 변했다. 포도주가 돌았고 요리가 계속 나왔으며 의사가 고기를 잘랐다. 사람들은 멀리서 서로에게 오렌지나 병마개를 던졌으며 다른 사람과 얘기하려고 자기 자리를 뜨기도 했다. 로자네트는 그녀 뒤에서 움직이지 않고 선 델마르를 자주 돌아보았다. 펠르랭은 수다를 떨었고 오드리 씨는 웃고 있었다. 바트나 양은 혼자서 쌓아 올린 가재 요리를 거의 다 먹었다. 딱딱한 껍질이 그녀의 긴 이빨 사이로 부딪히면서 소리를 냈다. 피아노 의자(날개 단 그녀가 앉을 수 있는 유일한 장소였다.) 위에 앉은 천사는 조용히 끊임없이 먹었다.

성가대 소년이 놀라 되풀이해 말했다. "대단한 식성이네! 대단한 식성이야!"

스핑크스는 브랜디를 마셨고 목청을 다해 소리쳤으며 악마처럼 소란을 피웠다. 갑자기 그녀의 두 볼이 부풀어 오르더니 치밀어 오른 피에 숨이 막혀 참지 못하고 손수건을 입에 대었다. 그런 다음 수건을 탁자 밑에 버렸다.

프레데릭이 그 모습을 보았다.

"아무것도 아니에요!"

그리고 집으로 돌아가 쉬어야 한다는 그의 충고에 그녀는 천천히 대답했다.

"아! 무슨 소용이죠? 이거든 다른 일이든! 인생은 그렇게 즐겁지 않아요!"

그러자 마치 가난과 절망의 세계 전체에서 초라한 침대 옆 석탄 풍로, 차가운 수돗물이 머리 위로 흐르는, 가죽 앞치마 걸친 모르그[43] 시체들을 본 것처럼 얼음 같은 차가운 슬픔에 휩싸여 몸을 떨었다.

한편 위소네는 원시 여자 발치에 쪼그리고 앉아, 배우 그라소를 흉내 내기 위해 쉰 목소리로 고함쳤다.

"잔인하게 굴지 마오, 오, 셀뤼타! 이 조그마한 가족 파티는 매력적이야! 나를 기쁨으로 취하게 해 다오, 나의 사랑들! 즐겁게 놉시다! 즐겁게!"

그리고 그는 여자들 어깨에 입을 맞추기 시작했다. 그의 콧수염에 찔려 그녀들은 몸을 소스라쳤다. 그런 다음 그는 접시를 머리에 조금씩 부딪치며 깰 생각을 했다. 다른 사람들도 그를 따라했다. 거센 바람에 슬레이트가 날아가듯 도자기 조각이 날렸다. 여자 하역 인부가 소리쳤다.

"어려워 마세요! 공짜예요! 이것들을 만든 분이 우리에게 그냥 줄 테니까요!"

모든 시선이 아르누에게 쏠렸다. 그가 대꾸했다.

"아! 계산서에 따라서예요, 미안하지만!" 분명 로자네트의 연인이 아니거나 혹은 더 이상은 아니라는 인상을 주고 싶어서였는지 모른다.

그러다 화가 난 두 사람이 고함치는 소리가 들렸다.

"바보!"

"악당!"

"소원대로 해 주지!"

---

43) 파리의 신원 불명 시체 수용소.

"소원대로 해 주지!"

중세 기사와 러시아 마부가 서로 다투었다. 마부가 갑옷을 입으면 용감해질 필요가 없다고 주장하자 또 한쪽이 이 말을 모욕으로 간주했다. 그들이 서로 싸우려고 하자 모두들 말렸다. 대위는 소동 중에 자기 말을 들려주려고 애썼다.

"여러분, 제 말 좀 들어 보세요! 한마디만! 나에겐 경험이 있어요!"

로자네트는 칼을 컵에 부딪쳐, 침묵을 끌어내기에 이르렀다. 투구를 쓴 기사에게, 다음에는 긴 털 달린 보닛을 쓴 마부에게 차례로 말을 건넸다.

"우선 그 냄비부터 벗어요! 내가 더워요! 그리고 당신, 저기 늑대 머리를 벗어 놓으시고. 제 말에 따르시겠어요, 좀! 내 견장을 좀 보세요! 라 마레샬[44]이라고요!"

그들은 명령에 따랐다. 그리고 모두가 박수를 치며 외쳤다.

"라 마레샬 만세! 라 마레샬 만세!"

그러자 그녀는 얼음 통에서 샴페인병을 들고 위에서 내민 잔에 부었다. 탁자가 너무 넓어서 손님들, 특히 여자들은 발꿈치로 서거나 의자 살 위에 오른 채 그녀 옆에 섰는데 모자와 벗은 어깨, 내민 팔, 앞으로 기운 몸은 잠시 동안 피라미드 모양을 이루었다. 그러자 피에로와 아르누가 방 양쪽 구석에서 각자 병마개를 따서 술을 얼굴에 뿌렸고 이 속에서 포도주의 긴 줄기는 빛을 발했다. 문을 열어 두었던 새장 속 작은 새들

---

44) 여장군이란 뜻.

이 놀라 샹들리에 주위를 날고 창문과 가구에 부딪히며 방 안으로 몰려들었다. 머리에 앉은 몇몇 새들은 머리 한가운데에 꽂은 커다란 꽃처럼 보였다.

악사들은 떠났다. 피아노를 대기실에서 살롱으로 옮겼다. 바트나가 피아노 앞에 앉아 성가대 소년이 두드리는 탬버린 소리에 맞춰 말이 땅을 걷어차듯 건반을 두드리며 박자를 더 잘 맞추려고 허리를 좌우로 흔들며 격렬하게 카드리유를 연주했다. 라 마레샬은 프레데릭을 무도장으로 끌어냈고 위소네는 옆으로 재주넘기를 했다. 여자 하역 인부는 광대처럼 몸을 자유자재로 휘었고 피에로는 오랑우탄 흉내를 냈고 원시 여자는 팔을 벌린 채 배가 출렁거리는 모양을 흉내 냈다. 마침내 모두들 지쳐 그만두었다. 그리고 창문을 열었다.

신선한 아침 공기와 밝은 햇빛이 들어왔다. 탄성이 일었다가 조용해졌다. 노란 불꽃이 가끔씩 촛농 받이에 불꽃을 일으키며 흔들거렸다. 리본, 꽃 그리고 진주 들이 바닥에 어지럽게 깔려 있었다. 펀치와 시럽 자국으로 콘솔이 더럽혀져 있었다. 벽지도 얼룩졌고 의상은 구겨졌으며 먼지투성이였다. 땋은 머리는 어깨에 늘어졌다. 그리고 깜박거리는 붉은 눈꺼풀과 땀으로 화장이 지워진 창백한 얼굴이 드러났다.

욕실에서 막 나온 것처럼 신선한 라 마레샬은 볼은 분홍빛에 눈은 반짝였다. 그녀는 가발을 멀리 벗어 던졌다. 머리카락이 덥수룩한 털처럼 그녀 주위에 떨어지면서 옷 중에 바지밖에 보이지 않았는데 우스우면서도 귀여워 보였다.

열이 나 이빨을 딱딱 부딪치던 스핑크스는 숄이 필요했다.

로자네트는 숄을 찾으러 방으로 달려갔다. 스핑크스가 뒤따라가자 그녀는 재빨리 코앞에서 문을 닫아 버렸다.

터키인은 오드리 씨가 나가는 걸 보지 못했다고 큰 소리로 말했다. 이 빈정대는 말에 응수하는 사람은 아무도 없었는데 그만큼 모두는 피곤했다.

이윽고 사람들은 모자와 외투에 몸을 감싸고 마차를 기다렸다. 7시 종이 울렸다. 천사는 여전히 식당에서 버터와 정어리 스튜를 앞에 두고 앉아 있었다. 그 옆에서 여자 생선 장수가 그녀에게 인생살이에 대해 충고하면서 담배를 피웠다.

드디어 마차가 왔고 손님들은 떠났다. 지방 통신사에 고용된 위소네는 점심 식사 전에 쉰세 개 신문을 읽어야 했다. 원시 여자는 극단에서 연습이 있었고 펠르랭은 모델을 만날 약속이 있었다. 성가대 소년은 약속이 셋이나 있었다. 그러나 소화 불량 증세가 시작된 천사는 일어설 수가 없었다. 중세 남작이 그녀를 마차까지 데려다 주었다.

"날개 조심해!" 여자 하역 인부가 창문에서 소리쳤다.

층계참에 이르자 바트나 양이 로자네트에게 말했다.

"잘 있어, 친구! 정말 좋은 파티였어."

그러고는 그녀 귀에 입을 대고 속삭였다.

"그 사람 붙잡고 있어!"

"상황이 호전될 때까지는." 라 마레샬이 등을 돌리며 천천히 대답했다.

아르누와 프레데릭은 올 때처럼 함께 돌아갔다. 도자기상 안색이 너무도 어두워 프레데릭은 그가 몸이 불편한 건 아닌가 했다.

"나요? 전혀요!"

그는 콧수염을 입에 물고 눈썹을 찌푸렸다. 프레데릭은 사업 때문에 고민하는 거냐고 그에게 물었다.

"전혀 아니오!"

그러고는 갑자기 물었다.

"그 사람 알죠, 오드리 영감!"

그러고는 원한 섞인 표정으로 이어 말했다.

"그 사람 부자예요, 늙은 망나니!"

그런 다음 아르누는 그의 공장에서 오늘 굽기를 마쳐야 하는 도자기 얘기를 했다. 그는 그 과정을 보고 싶었지만 기차가 한 시간 후에 떠날 예정이었다.

"그런데 아내한테 인사하러 가야지."

'아! 이분의 아내!' 프레데릭은 생각했다.

머리 뒤쪽에 견디기 힘든 고통을 느끼며 잠자리에 들었다. 그리고 목이 말라 물 한 병을 다 마셨다.

또 다른 갈증이 그에게 찾아왔다. 여자, 사치 그리고 파리 생활에 속한 모든 것에 대한 갈증이. 마치 배에서 내리는 사람처럼 그는 약간 어지러웠다. 그리고 막 잠이 들 때 환영 속에서 여자 생선 장수의 드러난 어깨, 여자 하역 인부의 허리, 폴란드 여자의 종아리, 원시 여자의 머리카락이 스쳐 지나가고 또 스쳐 지나가는 것을 보았다. 그런 다음 무도회에서는 보지 못했던 검은 눈 두 개가 나타났다. 나비처럼 가볍고 횃불처럼 이글거리는 두 눈이 왔다 갔다 하면서 떨리다가 처마까지 올라갔다 그의 입까지 내려왔다. 프레데릭은 헛되이 누구 눈인지 알아보려 안간힘을 썼다. 그러나 벌써 그는 꿈속에 빠져들었다. 그는 아르누 옆 끌채가 있는 곳에 앉아 있는 듯했다. 그리고 라 마레샬이 자기 위에 타고 앉아 황금 박차로 그의 배를 가르는 것 같았다.

2

프레데릭은 룅포르 거리 모퉁이에서 작은 집을 찾아내어, 마차, 말, 가구를 한꺼번에 사들이고 응접실 양쪽 구석에 놓을 화분 두 개를 아르누 가게에서 샀다. 이 방 뒤쪽에 또 한 개 방과 사무실이 있었다. 델로리에를 거기에 묵게 할까 생각도 했다. 그러나 그렇게 되면 그녀 미래의 연인을 어떻게 맞아들일 수 있을까? 친구가 있으면 방해가 될 것이었다. 응접실을 넓히기 위해 그는 칸막이벽을 부수고 사무실은 흡연실로 이용했다.

그가 좋아하는 시인들의 시집과 여행기, 지도첩, 사전도 샀다. 수없는 계획이 있었기 때문에 그는 점원들에게 독촉하고 상점을 뛰어다니고 하루빨리 누리고 싶은 마음에서 흥정도 하지 않고 여러 물건들을 모두 가져왔다.

가게 주인들 계산서에 따르면 3만 7000프랑이 넘는 상속세를 제외하고도 프레데릭은 앞으로 4만 프랑 정도를 지불해야 했다. 그의 재산이 토지였기 때문에 빚을 해결하고 얼마간 쓸 돈을 마련하기 위해 그는 르아브르의 공증인에게 토지 일부를 팔아 달라고 편지를 썼다. 그런 다음 마침내 '사교계'라는 이 막연하고 눈부신, 형언할 수 없는 곳을 알고자 하는 마음에서 당브뢰즈 씨에게 편지를 보내 그를 맞아 줄 수 있는지 물었다. 당브뢰즈 부인은 다음 날 그의 방문을 희망한다고 대답했다.

그날은 손님을 초대하는 날이었다. 뜰에 마차들이 정차해 있었다. 하인 둘이 입구 차양 밑에서 서둘러 그를 맞이하고 세 번째 하인이 계단 위에서 그를 안내했다.

그는 대기실과 두 번째 방을 지난 다음 창문이 높은 커다란 살롱을 지났다. 이 방의 웅장한 벽난로 위에는 반원형 시계와 나란히 금빛 수풀 같은 초꽂이 두 다발이 솟아 있는 기괴한 사기 단지 두 개가 놓여 있었다. 에스파냐풍 그림들이 벽에 걸려 있었고 무거운 양탄자 휘장이 장엄하게 드리우고 있었다. 그리고 소파, 콘솔, 탁자, 제정 시대풍 모든 가구에서 위엄 있고 외교적인 분위기가 풍겨 나왔다. 프레데릭은 즐거워 자기도 모르게 웃음 지었다.

마침내 그는 타원형 방에 도착했다. 벽이 분홍색 자단으로 둘렸으며 예쁜 가구들로 꽉 찬 방이었는데 정원으로 난 유일한 유리창으로 빛이 들어왔다. 당브뢰즈 부인은 난로 옆에 있었는데 열두 명 정도가 그녀 주위를 빙 둘러싸고 있었다. 그녀는 상냥하게 그에게 앉으라고 권했지만 그를 만난 지가 벌써 오래전이라는 사실에 놀라지도 않는 모습이었다.

그가 들어갔을 때 모두들 쾨르 신부의 능변을 칭찬하던 중이었다. 그런 다음 어떤 시중꾼이 도둑질 이야기를 꺼내며 하인들의 부도덕을 한탄했다. 그러고는 잡담이 이어졌다. 소메리 노부인은 감기에 걸렸고 튀르비조 양은 결혼했으며 몽샤롱 일족은 1월 말 전에는 돌아오지 않을 예정이고 브르탕쿠르 집안 사람들도 마찬가지다, 요즘 사람들은 시골에 늦게까지 머무른다 등등. 주위를 둘러싼 호화스러운 사물들 때문에 화제의 빈곤함이 더욱 두드러졌지만 목적도 연관도 활력도 없이 이야기하는 방식보다는 덜 어리석었다. 그러나 그중에는 전직 장관, 대교구 사제, 고위 정부 관리 두세 명 등 인생 경험이 많은 사람들도 있었다. 그들은 가장 평범하고 상투적인 말을 하는 데 그쳤다. 몇몇은 지체 높은 집안의 피로한 노부인을 연상시켰고 또 어떤 사람은 간사한 중개상 같은 모습이었다. 자기 아내의 할아버지처럼 보이는 노인들이 부부 동반으로 왔다.

당브뢰즈 부인은 이들을 모두 기품 있게 맞이했다. 환자 이야기가 나오면 고통스러운 듯 눈살을 찌푸렸고 무도회나 파리 이야기가 나오면 즐거운 표정을 지어 보였다. 그녀는 당분간은 무도회나 파티를 즐길 수 없을 거라고 말했는데, 남편의 조카인 고아 한 명을 기숙 학교에서 데리고 나올 참이기 때문이었다. 그녀의 헌신적인 태도에 모두가 감탄했다. 진정 한 가정의 어머니로서 처신하는 태도라고 했다.

프레데릭은 그녀를 주의 깊게 바라보았다. 불투명하고 팽팽한 얼굴은 잘 보존된 과일처럼 신선했다. 돌돌 말린 영국식 머리는 비단보다 섬세했고 두 눈은 빛나는 하늘빛이었으며 몸가짐 전체에는 세련미가 있었다. 방 안쪽 이인용 소파 위에 앉은 그녀는 약간 마른 긴 손을 돋보이게 하려는 듯 손가락 끝을 올려 일본 차폐막을 장식한 붉고 작은 술을 어루만졌다. 그녀는 청교도 여자처럼 깃이 높은 회색 물결무늬 옷을 입고 있었다.

프레데릭은 그녀에게 올해 포르텔에 갈 건지 물었다. 당브뢰즈 부인은 아무것도 모르지만 어쨌든 노장은 지루할 거라는 생각은 하고 있었다고 했다. 손님이 점점 많아졌다. 양탄자 위를 스치는 옷자락 소리가 끊이지 않았다. 부인들은 의자 가장자리에 앉아 비웃는 소리를 작게 지르고 두세 마디 하다가 오 분쯤 지나면 딸과 함께 돌아갔다. 곧이어 대화를 잇기가 불가능해지자 프레데릭이 일어섰고 당브뢰즈 부인은 그에게 말했다.

"매주 수요일에 오실 거죠, 모로 씨?" 이 한마디로 그때까지 보여 준 무관심을 만회하려는 것 같았다.

그는 만족했다. 그리고 거리에 나오자 크게 공기를 들이마셨다. 그리고 조금 덜 가식적인 장소가 그리워지던 참에 라 마레샬 집을 방문해야 한다는 사실이 생각났다.

대기실 문은 열려 있었다. 털이 긴 아바나산 복슬강아지가 달려왔다. 누가 소리쳤다.

"델핀! 델핀! 펠릭스 씨예요?"

그는 그대로 서 있었다. 두 마리 작은 개는 여전히 짖어 댔다. 마침내 로자네트가 맨발에 가죽 실내화를 신은 채 레이스 달린 하얀 모슬린 실내복을 걸치고 나타났다.

"아! 미안해요, 선생님! 미용사인 줄 알았어요. 잠깐만요! 다시 올게요!"

그는 식당에 혼자 있었다.

덧문은 닫혀 있었다. 프레데릭은 그날 밤의 소동을 생각하면서 그곳을 살펴보았다. 그러자 탁자 중앙에 놓인 구겨지고 지저분하며 더럽고 낡은 남성용 펠트 모자가 눈에 띄었다. 도대체 누구 것일까? 모자는 부끄러움도 없이 지저분한 자기 모습을 보이며 이렇게 말하는 듯했다.

'어쨌든 난 신경 안 써! 내가 주인이야!'

라 마레샬이 다시 나타나 모자를 집어 온실 문을 열고 그 안에 집어던지고 문을 다시 닫았다.(다른 문들도 동시에 열렸다 닫혔다.) 그러고는 프레데릭에게 부엌을 지나 화장용 방으로 들어오라고 했다.

그곳이 정신적 중심부로서 집에서 가장 자주 드나드는 장소라는 걸 알 수 있었다. 커다란 이파리 무늬가 그려진 인도 사라사 천이 벽과 소파 그리고 탄력 좋은 소파를 장식했다. 흰 대리석 탁자 위에 넓은 파란색 사기 대야 두 개가 일정한 간격으로 놓여 있었다. 그 위 수정 선반에는 작은 병, 솔, 빗, 화장품 스틱, 분통 들이 널려 있었다. 큰 거울 속에 난로 불꽃이 비쳤다. 욕조 밖에 시트가 늘어져 있고 아몬드 페이스트와 안식향나무 냄새가 풍겨 나왔다.

"어질러져 있어서 죄송해요! 오늘 저녁은 시내에서 식사하거든요."

그러더니 그녀는 발뒤꿈치로 돌면서 작은 개들 중 하나를 밟을 뻔했다. 프레데릭은 개들이 매력적이라고 말했다. 그녀는 개를 둘 다 들어 올려 그 검은 코끝을 그에게까지 내밀었다.

"자, 웃어 봐. 아저씨한테 뽀뽀해야지."

옷깃에 털이 달린 지저분한 외투를 걸친 남자가 갑자기 들어왔다.

그녀가 말했다. "펠릭스 씨. 다음 주 일요일에는 늦지 않으시겠죠."

남자는 그녀 머리를 매만졌다. 그러고는 그녀의 친구들 소식을 전하기 시작했다. 마담 드 로슈긴, 마담 드 생플로랑탱, 마담 롱바르, 모두가 당브뢰즈 저택에서 본 것 같은 귀부인들이었다. 그런 다음 그는 연극 이야기를 했다. 저녁에 앙비귀 극장에서 대단한 공연이 있다는 것이었다.

"가실래요?"

"아니요, 집에 있을래요."

델핀이 나타나자, 그녀는 허락도 없이 나갔느냐고 나무랐다. 한쪽은 '시장에서 오는 길'이라고 말했다.

"그러면 장부 가져와! 잠깐 실례해도 괜찮죠?"

그리고 장부를 작은 목소리로 읽으며 로자네트는 각 항목을 지적했다. 계산이 틀렸다는 것이었다.

"4수 돌려 줘!"

델핀은 돈을 돌려주었다. 로자네트는 그녀를 내보낸 다음 한탄했다.

"아! 세상에! 이런 사람들 때문에 이렇게 애를 먹다니!"

프레데릭은 이런 불평이 거슬렸다. 그에게 다른 또 한 집을 생각나게 했고 두 집을 유감스럽게도 똑같은 수준으로 묶는 것 같았다.

델핀이 다시 와서 라 마레샬의 귀에 대고 뭔가 속삭였다.

"아, 아니! 싫어!"

델핀이 다시 나타났다.

"부인, 계속 고집하는데요."

"아! 정말 지겨워! 밖으로 쫓아내!"

그 순간 검은 옷을 입은 늙은 여자가 문을 밀었다. 프레데릭은 아무것도 듣지도 보지도 못했다. 로자네트가 그녀를 보자마자 방으로 달려 들어갔기 때문이다.

그녀는 볼이 빨개진 채 다시 나타나 말없이 소파에 앉았다. 눈물이 볼 위로 흘러 내렸다. 그러고는 젊은이 쪽을 돌아보며 온순하게 물었다.

"이름이 뭐죠?"

"프레데릭입니다."

"아! 페데리코! 이렇게 불러도 괜찮아요?"

그리고 그녀는 그를 애교 어린, 거의 사랑에 빠진 모습으로 바라보았다. 그러고는 바트나 양을 보더니 갑자기 기뻐서 탄성을 질렀다.

여자 예술가는 정각 6시에 만찬을 열어야 했기 때문에 낭비할 시간이 없었다. 그녀는 피로한 듯 숨을 헐떡였다. 우선 그녀는 가방에서 종이에 싼 시곗줄을, 다음에는 여러 가지 구입한 물건들을 꺼냈다.

"주베르 거리에 36수짜리 스웨덴 장갑이 있는데 아주 멋있어! 네 염색소에서는 일주일 더 있어야 한대. 레이스는 다시 들르겠다고 했어. 뷔뇨는 선불을 받았고. 이게 전부인 것 같은데? 총 185프랑 주면 돼!"

로자네트는 서랍에서 나폴레옹 금화 열 개를 찾으러 갔다. 둘 다 잔돈이 없어 프레데릭이 대신 주었다.

"갚을게요." 15프랑을 가방에 쑤셔 넣으며 바트나가 말했다. "그런데 당신은 고약한 사람이에요. 이제 좋아하지 않아요, 지난번에 나한테 한 번도 춤추자고 안 했잖아요! 아! 로자네트, 볼테르 거리 어느 가게에서 박제해서 액자에 끼워 넣은 정말 예쁜 벌새를 봤는데. 내가 너라면 사겠어. 네 생각은 어때?"

그리고 그녀는 델마르에게 몸에 꼭 끼는 중세식 상의를 만들어 주려고 탕플 거리에서 산 낡은 분홍 비단을 펼쳤다.

"그 사람 오늘 왔지?"

"아니!"

"이상하네!"

그러고는 잠시 후에 물었다.

"오늘 저녁에는 어디 가?"

"알퐁신 집에." 로자네트가 말했다.

이는 그녀가 저녁 시간을 보내는 여러 대안 중 세 번째였다.

바트나 양이 다시 말을 이었다.

"몽타뉴 노인[45]에 관한 새로운 소식 있어?"

---

45) 로자네트의 정식 애인인 오드리 영감을 가리킨다.

그러나 로자네트가 갑자기 눈을 깜빡거리며 입을 다물라는 신호를 했다. 그러고는 프레데릭에게 아르누를 곧 만날 건지 물어보려고 그를 대기실까지 배웅했다.

"그 사람한테 오라고 전해 주세요. 물론 부인은 없는 데서요!"

층계 위쪽에는 덧신 한 쌍 옆에 우산이 벽에 기대 있었다.

로자네트가 말했다. "바트나의 고무장화예요. 발이 굉장하죠? 내 친구 대단해요."

그리고 멜로드라마에 어울릴 만한 어조로 단어의 마지막 철자를 굴리며 말했다.

"저 여자 조심하세요!"

이렇게 그녀가 속을 터놓고 이야기하자 대담해진 프레데릭은 그녀 목에 입을 맞추려 했다. 그녀는 차갑게 말했다.

"오! 하세요! 돈 드는 거 아니니까!"

라 마레샬이 곧 자기 정부가 될 것을 확신하면서 프레데릭은 그곳을 나오면서 유쾌해했다. 이 욕망은 또 다른 욕망을 불러일으켰다. 일종의 원한이 남았음에도 그는 아르누 부인이 다시 보고 싶었다.

게다가 로자네트 일로 그곳에 가야 했다.

그는 생각했다. (6시가 울렸던 것이다.) '그런데 지금 아르누가 틀림없이 집에 있을 텐데.'

그는 방문을 다음 날로 미루었다.

그녀는 첫날과 똑같은 자세로 앉아 아이 셔츠를 꿰매고 있었다. 발치에는 사내아이가 나무로 된 동물 장난감을 가지고 놀고 있었다. 마르트는 좀 더 떨어진 곳에서 글씨를 쓰고 있었다.

그는 아이들 칭찬으로 이야기를 시작했다. 그녀는 어머니들이 흔히 하는 어리석은 과장은 전혀 없이 대답했다.

실내는 조용한 분위기였다. 아름다운 햇빛이 창문으로 흘러 들어와 가구 모서리를 반짝였고 창문 옆에 앉은 부인 목덜미 쪽 애교머리를 비추어 그녀의 호박색 피부를 금빛으로 물들였다. 그가 말했다.

"삼 년 만에 아주 커 버렸는데, 아가씨! 마차 안에서 내 무릎에 누워 잠들었던 일 기억나? 언젠가 저녁 생클루에서 돌아오면서?" 마르트는 기억하지 못했다.

아르누 부인의 눈이 묘하게 슬픈 빛을 띠었다. 그들 공통의 추억을 얘기하지 말라는 뜻일까?

흰자위가 빛나는 아름답고 검은 그녀 눈이 약간 무거운 눈꺼풀 밑에서 조용히 움직였다. 그녀의 깊은 눈동자 속에 무한한 선량함이 깃들어 있었다. 그는 그 어느 때보다도 강한, 무한한 사랑에 다시 사로잡혔다. 그를 마비시키는 명상과도 같은 것에 그는 저항했다. 어떻게 자신을 돋보일 수 있을까? 어떤 방법으로? 여러 가지 생각을 했지만 돈보다 나은 방법이 없는 것 같았다. 그는 날씨 얘기를 하면서 파리가 르아브르보다 춥지 않다고 말했다.

"거기에 있었어요?"

"예, 일이 있어서요…… 집안 문제…… 상속 때문에요."

"아! 정말 잘됐어요." 꾸밈없이 너무도 기뻐하는 기색으로 말을 하자 그는 대단한 도움이라도 받은 것처럼 감동했다.

그러나 그녀는 남자라면 뭔가를 해야 하는데 무슨 일을 하고 싶은지 물었다. 그는 자기가 한 거짓말이 생각나서 국회 의원 당브뢰즈 씨 도움으로 참사원에서 일하고 싶다고 말했다.

"그분 아시나 봐요?"

"이름만요."

그런 다음 그녀는 작은 소리로 물었다.

"지난번 남편이 당신을 무도회에 데리고 갔죠?"

프레데릭은 아무 말도 하지 않았다.

"제가 알고 싶었던 게 그거예요, 고마워요."

그러고는 그의 가족과 고향에 대해 몇 가지 조심스러운 질문을 했다. 거기 그렇게 오래 머물면서 고맙게도 그들을 잊어버리지 않았다고 말했다.

그가 대답했다. "그런데…… 제가 잊어버릴 수 있었을까요? 그럴 거라 생각하세요?"

아르누 부인이 자리에서 일어섰다.

"저희에게 다정하고 든든한 애정을 쏟아 주신다고 생각해요. 안녕히 가세요…… 잘 가요!"

그러면서 그녀는 솔직하고 의연한 태도로 그에게 손을 내밀었다. 격려나 맹세의 뜻이 아닐까? 프레데릭은 살아 있는 것이 즐거웠다. 그는 노래 부르고 싶은 충동을 참았다. 누군가에게 자선을 베풀고 하사하며 적선하고 싶은 욕구를 느꼈다. 도와줄 사람이 없는지 그는 주위를 두리번거렸다. 도움이 필요해 보이는 사람은 아무도 없었다. 그러자 그의 나약한 희생 정신은 사라졌다. 그는 멀리까지 가서 자선을 베풀 기회를 찾을 사람은 아니었다.

그런 다음에는 친구들 생각이 떠올랐다. 맨처음 생각한 사람이 위소네였고 두 번째는 펠르랭이었다. 신분이 낮은 뒤사르디에는 당연히 떠올랐다. 시지에게는 자기 재산을 좀 보여 주자는 생각이 들어 즐거웠다. 그래서 그는 네 사람 모두에게 오는 일요일 11시 정각에 집들이에 초청하는 편지를 보냈다. 그리고 델로리에에게 세네칼을 데려오도록 부탁했다.

과외 교사는 평등 원칙에 해를 끼치는 일이라 생각하여 상을 주려 하지 않았다는 이유로 세 번째 기숙 학교에서도 쫓겨났다. 그는 기계 제작소에서 일하고 있었으며 델로리에와는 육 개월 전부터 떨어져 지냈다.

두 사람은 갈라질 때 서로 아쉬워하지 않았다. 세네칼은 동거 생활 마지막 즈음, 하나같이 애국자이고 근면하며 선량한 노동자들을 집에 맞아들였다. 그러나 그 모임이 변호사에게는 진절머리가 났다. 게다가 친구의 사상은 싸움의 무기로서는 탁월했지만 마음에는 들지 않았다. 후일 대변동이 일어나면 기반을 닦고자 마음먹었기 때문에 그가 자기를 끌어 주기를 기대하며 야망을 생각해 비위를 맞추면서 입을 다물었다.

세네칼의 신념에는 사욕이 없었다. 매일 저녁 일을 마치면 그는 다락방으로 돌아와, 책에서 자기 꿈을 정당화해 줄 무언가를 찾았다. 그는 『사회 계약론』에 벌써 주석을 달았고 《엥데팡당트》[46]를 읽었다. 마블리, 모렐리, 푸리에, 생시몽, 콩트, 카

---

46) 생시몽주의에 기반한 사회주의 잡지.

베, 루이 블랑, 수많은 사회주의 작가들, 인류를 위해 획일적이고 단순한 병영 생활 수준을 요구하는 사람들, 인류를 사창가에서 즐기도록 하거나 작업대에서 일에 몰두시키려는 사람들을 알았다. 그는 이 모든 것을 합하여 소작지와 방적 공장이라는 이중적 양상을 지닌 정결한 민주주의의 이상을 세웠다. 이것은 라마교 주교와 느브갓네살보다 전능하며 절대적이고 신성한 사회에 봉사하기 위해서만 개인이 존재한다는 일종의 미국적 스파르타였다. 그는 이러한 사상이 곧 미래를 지배할 것이라는 사실을 의심치 않았다. 그리고 그것에 적대적이라 생각되는 모든 것에 기하학자의 추론력과 조사관의 성실성으로 공격을 가했다. 귀족 칭호, 십자 훈장, 투구의 깃털 장식, 하인 제복, 심지어 지나치게 떠벌리는 명성까지도 그를 분개시켰는데 가난에 연구 생활이 가세해 날이 갈수록 모든 경의나 탁월함에 대한 그의 본질적인 증오심을 자극했기 때문이다.

"내가 그 사람한테 예의 차릴 만큼 빚진 거 있어? 내가 필요하면 그쪽에서 오면 되잖아!"

델로리에는 그를 억지로 끌고 갔다.

그들의 친구는 침실에 있었다. 블라인드와 이중 커튼, 베네치아 거울, 부족한 것이 없었다. 프레데릭은 벨벳 상의를 입고 안락의자에 몸을 뒤로 젖힌 채 터키 담배를 피웠다.

세네칼은 유흥 모임에 끌려 나온 위선적인 신앙가처럼 어두웠다. 델로리에는 집 전체를 한눈에 훑어본 다음 프레데릭에게 낮은 소리로 인사했다.

"각하! 인사드립니다!"

뒤사르디에는 그의 목을 끌어안았다.

"그러니까 이제 부자가 된 거죠? 아! 잘됐어요, 정말 잘됐어요!"

시지가 모자에 상장을 달고 나타났다. 할머니가 돌아가신 후로 그는 상당한 재산을 누리고 있었는데 즐기기보다는 남들과 구별되는 것, 남과 다른 것, 요컨대 그의 말을 빌리면 "특징적인 것"에 신경을 썼다.

정오가 되자 모두가 하품을 했다. 프레데릭은 누군가를 기다리고 있었다. 아르누 이름을 듣자 펠르랭은 얼굴을 찌푸렸다. 그가 예술을 포기한 다음부터 펠르랭은 그를 배신자로 간주했기 때문이다.

"그 사람 없이는? 어떻게 생각해요?"

모두가 찬성이었다.

긴 각반을 찬 하인이 문을 열자 금으로 장식된 높은 참나무 주추와 그릇으로 가득한 식기장이 두 개 보였다. 난로 위에는 나란히 포도주가 데워지고 있었고 굴 요리 옆에는 새 칼날이 번쩍거렸다. 얇은 유리의 우윳빛 속에 마음을 끄는 부드러움 같은 것이 있었고 들새 요리와 과일, 진귀한 것 들이 식탁을 가득 메웠다. 이러한 배려도 세네칼에게는 쓸모없는 것이었다.

그는 먼저 집에서 만든 (가능한 한 가장 단단한) 빵을 원했다. 그리고 빵 얘기가 나온 김에 뷔장세 살인 사건[47]과 식량 위기 이야기를 했다.

---

47) 대기근 때 마을에서 일어났던 폭동과 관련된 일이다.

농업을 좀 더 보호했더라면 모든 것을 경쟁과 무질서, "불간섭, 묵인"에 일임하지 않았더라면 이런 일은 일어나지 않았을 것이었다! 바로 이런 식으로 돈의 봉건 제도가 형성되는 것이었고, 이는 이전의 봉건 제도보다 악질적이었다! 결국 민중은 진저리가 나, 피의 공고 숙청이나 저택 습격으로 자본가들에게서 자기들 고통을 보상받을 것이었다.

프레데릭 눈앞에 소매를 걷어부친 남자들 한 떼가 당브뢰즈 부인의 커다란 살롱에 밀물처럼 몰려와 창으로 거울을 깨는 모습이 섬광처럼 지나갔다.

세네칼은 계속했다. 턱없이 적은 월급으로 볼 때 노동자들, 특히 아이가 있는 노동자들은 노예나 흑인, 천민보다도 불행했다.

"맬서스 학파의 어떤 영국 의사가 충고하듯 목을 졸라매는 걸로 이 불행에서 헤어나야 할까?"

그러고는 시지를 향하여 물었다.

"우리는 가증스러운 맬서스의 충고에 따라야 할까요?"

증오는 물론 맬서스의 존재조차 모르던 시지는 그래도 상류 계급이 많은 불행한 사람들을 돕고 있고…… 하고 대답했다.

"아! 상류 계급!" 빈정거리며 사회주의자가 말했다.

"우선 상류 계급이란 건 없어요. 사람은 마음에 의해서만 상류가 되는 겁니다! 우리는 적선을 바라는 게 아닙니다, 아시겠어요! 평등, 생산의 공정한 분배를 원하는 겁니다."

그가 요구하는 건 병사가 대위가 되듯 직공이 자본가가 되는 것이었다. 동업 조합 대표들은 적어도 견습생 수를 제한함으로써 노동자 과잉을 막았고 축제와 깃발로 우애를 유지한다고 했다.

위소네는 시인으로서 깃발이 아쉬웠다. 펠르랭도 마찬가지였는데 그는 카페 다뇨에서 푸리에주의자들 얘기를 들으며 깃발에 애착하게 되었다. 그는 푸리에가 위대한 인물이라고 선포했다.

델로리에가 말했다. "말도 안 되는 소리! 국가 붕괴를 신이 내린 복수의 결과로 보는 늙은 바보야! 마치 생시몽과 그의 교회가 프랑스 대혁명을 증오하는 관계와 같은 거지. 가톨릭주의를 재건하려는 수많은 어릿광대들!"

시지는 어쩌면 더 분명히 알기 위해서 아니면 자신에 대해 좋은 인상을 주기 위해 조용히 말하기 시작했다.

"박식한 두 분은 그러면 볼테르와 같은 의견이 아닌가요?"

"이 사람, 좋을 대로 생각하시오!" 세네칼이 응수했다.

"뭐라고요? 나는 생각하기를……."

"천만에요! 그는 민중을 좋아하지 않았어요!"

그런 다음 대화는 최신 사건들로 옮겨졌다. 스페인 결혼[48], 로슈포르의 횡령, 생드니 성당의 새로운 참사회 등 사건들로 세금이 배가 될 것이라는 얘기가 나왔다. 그러나 세네칼에 따르면 세금은 이미 충분히 내고 있었다. "그리고 이게 다 뭐 때문인데? 박물관 원숭이들에게 궁전을 세워 주려고, 우리 광장에서 찬란한 군 수뇌부들을 분열 행진시키려고 아니면 성의

---

48) 스페인 여왕이 두 딸을 각각 이탈리아 공작, 프랑스 백작과 혼인시킨 사건.

하인들에게 중세 예법을 지키게 하려고겠지!"

시지가 말했다. "《모드》에서 읽었는데 생페르디낭 축제 때 열린 튈르리 궁전 무도회에서 모두가 긴 장화에 큰 깃털이 달린 투구 차림으로 가장했다는데요."

"정말 한심하지!" 혐오감으로 어깨를 으쓱하며 사회주의자가 말했다.

펠르랭이 소리쳤다. "그리고 베르사유 박물관! 얘기 좀 해 봅시다. 이 바보들이 들라크루아 작품은 줄이고 그로 작품은 늘렸어요! 루브르에서는 너무도 훌륭하게 모든 그림을 복원하고 문지르고 만지작거려서 십 년 후에는 하나도 남아 있지 않을 거예요. 카탈로그의 오류로 말하면 독일 사람 하나가 그에 대해 책 한 권을 쓸 정도예요. 외국인들은 장담하건대 우리한테 관심도 없어요!"

"그래요, 우리는 유럽의 웃음거리예요." 세네칼이 말했다.

"예술이 왕권에 종속되어 있으니까요."

"보통 선거가 없는 한……."

"잠깐만요!" 이십 년 전부터 모든 미술전에서 거부당한 예술가는 권력에 대해 분개하고 있던 것이다. "아! 제발 우리 좀 내버려 두었으면. 나, 나는 아무것도 바라지 않아요! 단지 의회가 예술의 이익에 대한 법을 제정해야만 한다는 겁니다. 미학 강좌를 설립하고, 바라건대 미술가이면서 철학가인 교수라면 많은 사람을 집결할 수 있을 겁니다. 위소네, 당신 신문에 이에 관해 한마디 할 수 없을까요?"

"신문은 자유롭습니까? 우리는 자유로워요?" 델로리에가 격렬하게 말했다. "강 위에 배 한 척을 띄우는 데 서식 스물여덟 종류를 거쳐야 한다고 생각하면 식인종과 함께 살고 싶은 생각마저 들어요! 정부는 우리를 집어삼키고 있어요! 모든 게 그들 소유예요. 철학, 법, 예술, 하늘의 공기. 그리고 헌병의 군화와 성직자의 수단 아래 프랑스는 무력해져 신음합니다!"

미래의 미라보는 이렇게 실컷 화풀이를 했다. 마침내 그는 잔을 들고 일어나, 주먹을 허리에 대고 번득이는 눈빛으로 외쳤다.

"나는 특권, 독점, 지침, 위계질서, 권력, 국가 같은 소위 현 질서의 완전한 붕괴를 위해 건배한다!" 그리고 더 큰 소리로 "이처럼 부숴 버리기를!" 하고 외치며 잔굽이 멋진 술잔을 탁자에 던져 산산조각 냈다.

모두들, 특히 뒤사르디에가 열렬히 박수를 쳤다.

부정한 광경을 보면 그는 가슴이 뛰었다. 그는 바르베스[49]를 걱정했다. 그는 쓰러진 말을 구하기 위해 마차 밑으로 몸을 던지는 부류였다. 그의 지식은 책 두 권에 한정되었는데『왕들의 죄』와『교황청의 비밀』이 그것들이었다. 그는 입을 벌린 채 큰 기쁨 속에서 변호사 말을 듣다가 마침내 더 이상 참지 못하고 말했다.

"내가 루이필리프를 비판하는 건 그가 폴란드인들을 버렸다는 사실 때문이에요!"

위소네가 말했다. "잠깐! 우선 폴란드는 존재하지 않아요.

---

49) 공화주의자. 음모로 여러 번 투옥된 적 있다.

그건 라파예트가 발명한 거죠! 진짜 폴란드인들은 포니아토 프스키[50]와 함께 익사했기 때문에 일반적으로 폴란드인이라 고 할 때는 생마르소 가문 사람들을 말하는 거죠." 한마디로 "그는 그런 걸 더 이상 믿지 않았다.", "그런 것에서 벗어났 다."라는 것이었다. 낭트 칙령 폐지와 '성 바르텔르미의 낡은 농담'은 바다뱀 같은 것이라 했다.

세네칼은 폴란드인을 옹호하지 않고 이 문인의 마지막 말 을 지적했다. 뭐라 해도 우리는 민중을 옹호한 교황을 비방했 다면서 그는 신성 동맹을 '민주주의의 여명이자 신교도 개인 주의에 대항하는 위대한 평등주의 운동'이라고 명명했다.

프레데릭은 이 생각에 약간 놀랐다. 시지는 이러한 얘기가 지루했던 모양인지 당시 많은 관심을 끌던 짐나즈 활극 이야 기를 꺼냈다.

세네칼은 이런 종류 공연에 서글픔을 느꼈다. 그런 볼거리 는 프롤레타리아 처녀들을 부패시켰다. 그걸 본 이후 그들이 거만하게 사치하며 과시하는 것을 볼 수 있었다. 그는 롤라 몬 테즈[51]를 모욕한 바바리아 학생들을 칭찬했다. 루소처럼 그는 국왕의 첩보다는 석탄 장수 아내를 더 존중했다.

"당신은 송로[52]를 조롱하는군요." 위소네가 위엄 있게 응수 했다.

그는 로자네트를 위해 이런 여자들을 옹호했다. 이어 그가

---

50) 라이프치히 전투에서 항복하지 않고 익사한 폴란드 귀족.
51) 바이에른 왕 루이 11세의 애첩.
52) 비싸서 누구나 누릴 수 있는 것이 아니라는 뜻이다.

로자네트의 무도회와 아르누 의상 이야기를 하자 "그 사람 상황이 위태롭다고들 하던데?" 하고 펠르랭이 말했다.

화상은 벨빌에 있는 자기 토지 때문에 얼마 전 소송을 치렀다. 현재 그는 자기와 비슷한 다른 익살꾼들과 함께 브르타뉴 저지대에서 도토 회사 일을 하고 있었다.

뒤사르디에는 더 잘 알고 있었다. 그의 사장 무시노 씨가 은행가 오스카 르페브르에게 알아본 결과 아르누는 어음을 몇 번 연장했고 재정 상태가 별로 탄탄하지는 않은 걸로 보인다고 했다.

디저트가 끝났다. 모두들 라 마레샬의 응접실처럼 벽에 노란색 피륙이 발라진 루이 16세식 살롱으로 자리를 옮겼다.

펠르랭은 차라리 신(新)그리스 양식을 고르지 그랬냐고 나무랐다. 세네칼은 벽의 피륙에 대고 성냥을 그었다. 델로리에는 아무 말도 하지 않았다. 그러나 서재에 들어가자 그는 소녀의 도서실이라며 비평했다. 서재에는 현대 작가들 작품 대부분이 진열되어 있었다. 그들 작품 얘기를 하는 것은 불가능했다. 위소네가 즉시 작가들 개인 일화를 이야기하기 시작해, 삼류 작가는 찬양하고 일류 작가는 헐뜯으며 현대 문학의 퇴폐를 한탄하고 그들 얼굴, 품행과 의상에 대해 비평했기 때문이었다. 짤막한 시골 가요 한 곡 속에 19세기 모든 서정시에 있는 것보다 많은 시정이 들어 있다고 그는 말했다. 또 발자크는 과대평가되었고 바이런은 위상을 실추했으며 위고는 연극을 전혀 이해하지 못한다는 것이었다.

세네칼이 말했다. "그런데 왜 우리 시인 노동자들 작품은 없죠?"

문학에 관심이 있던 시지는 프레데릭의 책상 위에서 "흡연가의 생리, 낚시꾼의 생리, 세관원의 생리 같은 새로운 생리학 작품들"을 보지 못한 것에 놀라워했다.

그들 말이 너무도 거슬려 프레데릭은 어깨를 떠밀어 모두 밖으로 내쫓고 싶었다. '바보 같은 생각이지!' 그러고는 뒤사르디에를 한쪽으로 불러 뭔가 필요한 건 없는지 물었다. 그 정직한 젊은이는 매우 감동했다. 그는 회계원 월급으로 부족한 것은 없다고 말했다.

그러고 나서 프레데릭은 델로리에를 자기 방으로 데려와 책상에서 2000프랑을 꺼내며 말했다.

"자, 받아! 이건 내 옛날 빚이야."

변호사가 말했다.

"그런데…… 신문은! 위소네한테 얘기했던 거 너도 잘 알잖아."

프레데릭이 "지금은 약간 곤란해서."라고 대답하자 상대편은 언짢은 미소를 지었다.

식사 후 리쾨르에 이어 맥주를 마신 다음 그로그를 마셨다. 그리고 파이프를 다시 피웠다. 저녁 5시가 되자 모두들 떠났다. 그들은 말없이 나란히 걸었다. 뒤사르디에는 프레데릭의 대접이 완벽했다고 말했다. 모두들 수긍했다.

위소네는 점심이 조금 무거웠다고 말했다. 세네칼은 실내장식이 경박스러웠다고 비판했다. 시지도 같은 생각이라고 했다. 전혀 특징이 없다는 것이었다.

펠르랭이 말했다. "내 생각엔 나한테 그림 한 점 주문했으면 좋았을 텐데."

델로리에는 바지 주머니 속 지폐를 쥐며 아무 말도 하지 않았다.

프레데릭은 홀로 집에 있었다. 친구들을 생각하자 자신과 그들 사이에 컴컴한 커다란 도랑이 있는 듯 느껴졌다. 그들에게 손을 내밀었지만 그의 솔직한 마음에 그들은 대답해 주지 않았다.

그는 아르누에 대한 펠르랭과 뒤사르디에의 말이 생각났다. 꾸며낸 말이나 중상이 아니었을까? 그런데 왜? 그에게 파산하여 눈물을 흘리며 가구를 파는 아르누 부인의 모습이 떠올랐다. 밤새도록 이 모습에 시달리던 그는 다음 날 그녀를 만나러 갔다.

그가 들은 말을 어떻게 전해야 할지 몰라 아르누가 여전히 벨빌 토지를 소유하고 있는지 지나가는 말처럼 물었다.

"예, 지금도요."

"지금 브르타뉴에 있는 도토 회사에 관계하신다죠?"

"맞아요."

"공장은 잘되시는 거죠?"

"글쎄…… 그럴 거예요."

그리고 그가 주저하자 그녀는 물었다.

"대체 무슨 일이에요? 무서워요!"

그는 어음 연장 이야기를 했다. 그녀는 고개를 떨구며 말했다.

"그럴 줄 알았어."

사실 아르누는 토지를 파는 대신 더 좋은 투자를 위해 땅을 담보로 큰 돈을 빌렸다. 그런 다음 팔려고 했지만 구매자를 찾지 못하자 이를 만회할 수 있으리라 생각해서 공장을 세웠던 것이다. 비용이 견적을 초과하게 되었다. 그녀도 그 이상은 몰랐다. 그는 모든 질문을 피하고 계속 "잘되고 있다."라고만 대답했다.

　프레데릭은 그녀를 안심시키려 애를 썼다. 아마도 이건 일시적인 문제일 뿐이다. 게다가 자신이 무슨 소식을 접하게 되면 그녀에게 알릴 것이었다.

　"오! 네, 그렇게 해 주세요!" 가련하게 탄원하는 모습으로 그녀는 두 손을 모으며 말했다.

　그러니까 그도 그녀에게 뭔가 유익한 사람이 될 수 있었다. 이제 드디어 그녀 삶에, 그녀 마음속에 자리할 수 있었다!

　아르누가 나타났다.

　"저녁 식사에 동행해 주러 오다니 고맙기도 해라."

　프레데릭은 아무 말도 하지 않았다.

　아르누는 사소한 얘기를 몇 마디 한 다음 오드리 씨와 약속이 있어 아주 늦게 들어올 거라고 아내에게 알렸다.

　"그 사람 집에서요?"

　"물론이지."

　계단을 내려오면서 그는 라 마레샬이 시간이 있어 둘이 함께 물랭루즈에서 사치스러운 파티를 할 계획이라고 말했다. 그는 항상 속 얘기를 털어놓을 사람이 필요했기에 문 앞까지 프레데릭을 데리고 갔다.

집 안으로 들어가는 대신 그는 3층 창문을 살펴보며 보도를 서성거렸다. 갑자기 커튼이 열렸다.

"아! 브라보! 오드리 영감은 이제 떠났어요. 잘 가요!"

그러니까 오드리 영감이 그녀를 부양하고 있었다는 건가? 프레데릭은 이제 어떻게 생각해야 할지 알 수 없었다.

그날 이후 아르누는 예전보다 친밀하게 다가왔다. 그는 프레데릭을 자기 정부 집 저녁 식사에 초대하곤 했고, 얼마 안 가 프레데릭은 동시에 두 집을 드나들게 되었다.

로자네트 집에서는 즐길 수 있었다. 밤에 클럽에서 나오거나 공연 구경이 끝난 후에는 그곳에 들렀다. 차를 한잔 하고 빙고 게임을 했다. 일요일에는 문자 수수께끼 놀이를 했다. 누구보다도 시끄러운 로자네트는 네 발로 기거나 나이트캡을 괴상하게 쓰거나 하는 우스꽝스러운 짓을 벌이는 재치가 남달랐다. 지나가는 사람들이 창문으로 볼 수 있도록 딱딱한 모자를 쓰고 긴 담뱃대로 담배를 피우며 티롤 산악 지방 노래를 흥얼거렸다. 오후에는 할 일이 없어 페르시아 천 조각 속 꽃을 오려내 직접 창유리에 붙이거나 강아지 두 마리를 분칠로 범벅 하거나 원뿔형 훈향을 태우기도 하고 자기 운수를 점치면서 시간을 보냈다. 한번 무엇이 갖고 싶으면 참지 못하는 성격이어서 마음에 드는 골동품이 생기면 그 때문에 잠을 이루지 못하고 서둘러 가서 사거나 다른 물건과 교환하고 천을 낭비하거나 보석을 잃어버리고 생각 없이 돈을 썼는데, 그녀라면 극장 칸막이 좌석을 위해서 내의라도 팔았을 것이다. 책을 읽다가 모르는 말이 있으면 프레데릭에게 묻고 대답은 듣지도 않았다. 연달아 질문하면서 또 다른 생각으로 급히 건너뛰기 때문이었다. 기뻐서 가슴을 조이다가도 어린아이처럼 화를 내거나, 난로 앞 방바닥에 앉아 고개를 숙이고 두 손으로 무릎을 안은 채 겨울잠을 자는 뱀보다 생기 없이 꿈속에 잠겼다. 그가 보는 앞에서 서슴없이 옷을 입고, 느릿느릿 비단 양말을 걷어 올린 다음 떨고 있는 물의 요정처럼 몸을 뒤로 젖히고 물을 듬뿍 떠 세수를 했다. 웃을 때 드러나 보이는 하얀 이빨, 반짝이는 눈, 그녀의 아름다움과 쾌활함은 프레데릭을 황홀하게 했고 그의 신경을 자극했다.

아르누 부인을 찾아가면 그녀는 거의 언제나 아이에게 책을 읽어 주거나, 피아노 음계 연습을 하는 마르트의 의자 뒤에서 있었다. 그녀가 바느질을 할 때면 가끔씩 가위를 집어 주는 일이 그에게는 큰 행복이었다. 그녀의 모든 움직임에는 고요한 위엄이 있었다. 작은 두 손은 적선하고 눈물을 씻어 주기 위해 만들어진 것 같았다. 천부적으로 약간 낭랑하지 않은 목소리에는 미풍처럼 가벼운 부드러운 억양이 있었다.

그녀는 문학에는 전혀 열광하지 않았지만, 단순하면서도 날카로운 말에서 오는 기지로 사람들을 매료했다. 그녀는 여행과 숲 속 바람 소리 그리고 빗속을 모자 없이 거니는 것을 좋아한다고 했다. 프레데릭은 그녀가 조금씩 마음의 문을 연다고 생각하며 이런 얘기를 즐겁게 들었다.

두 여인과의 왕래는 그의 삶에 있어 마치 음악 두 곡과도 같았다. 하나는 쾌활하고 격정적이며 재미있었고 또 하나는 위엄 있고 거의 종교적이었다. 두 음악은 동시에 울리면서 항상 커지다가 점점 섞였다. 아르누 부인의 손끝이 그를 스치기만 해도 또 한 사람 모습이 즉시 그의 욕망 앞에 떠올랐는데 이는 이쪽과의 기회가 조금은 더 가까웠기 때문이다. 한편 로자네트와 함께 있을 때 감동하는 일이 있으면 즉시 그에게는 자신의 유일한 사랑이 떠올랐다.

이러한 혼동은 두 집이 비슷하기 때문이기도 했다. 예전에 몽마르트르 거리에서 보았던 궤 중 하나가 지금은 로자네트의 응접실을 장식했고 또 하나는 아르누 부인 살롱에 있었다. 두 집의 식탁 세트 또한 같았고 심지어 안락의자에 널린 벨벳 빵모자까지도 같았다. 수많은 작은 선물, 차폐막, 상자, 부채들이 정부 집에서 아내의 집으로 왔다 갔다 했다. 아르누가 이쪽에 주었던 것을 저쪽에 주려고 거리낌 없이 다시 가져갔기 때문이다.

라 마레샬은 프레데릭과 함께 있을 때 그의 좋지 않은 행동을 비웃곤 했다. 어느 일요일 저녁 식사 후에 그녀는 그를 문 뒤쪽으로 데리고 가더니 아르누가 분명히 아이들에게 가져다 주려고 방금 식탁에서 감춰 외투 속에 넣어 둔 과자 봉투를 그에게 보여 주었다. 아르누 씨의 장난은 파렴치에 가까웠다. 세관을 속이는 것은 하나의 의무였고 절대로 돈을 내고 공연을 보러 가지는 않았다. 이등석 표로 항상 일등석에 끼려 했으며 수영을 갈 때는 종업원의 팁 주머니 속에 10수짜리 동전 대신 바지 단추를 넣는다고 아주 재미난 듯 이야기하곤 했다. 그래도 라 마레샬은 여전히 그를 사랑했다.

그런데 어느 날 그에 대해 이야기하면서 그녀는 말했다.

"아! 그 사람은 골치 아파! 정말! 지겨워! 물론 할 수 없지. 다른 사람 찾아봐야지!"

프레데릭은 '다른 사람'은 이미 찾았고 그 사람이 오드리 씨라고 생각한다고 했다.

로자네트가 말했다. "근데 그게 어때서요?"

그리고는 울먹이는 목소리로 말을 이었다.

"그런데 그 사람한테 바라는 거 정말 별거 아니에요, 그런데도 안 해 줘요, 안 해 줘. 그 사람이 약속한 것만 해도, 아! 그건 다른 얘기지."

그는 그녀에게 전에 말한 도토 광산의 수익 사 분의 일을 약속했지만 어떤 이득도 없었고 육 개월 전부터 약속한 캐시미어 숄도 마찬가지였다.

프레데릭은 즉시 그녀에게 이 숄을 사 줄까 생각했지만 아르누가 이런 행동을 본보기로 보이는 거라 생각하고 화를 낼 수도 있었다.

그러나 그는 좋은 사람이었다. 그의 부인조차 그렇게 말했다. 그러나 너무도 엉뚱했다! 매일 사람들을 집으로 데려와 저녁 식사를 대접하는 대신 지금은 식당에 데리고 갔다. 금줄, 추시계, 가재도구같이 아무 쓸모없는 것들을 사들였다. 아르누 부인은 복도에서 작은 주전자, 발 보온기, 사모바르[53] 등 엄청난 양으로 구입한 물건들을 프레데릭에게 보여 주었다. 마침내 어느 날 그녀는 자기 불안감을 털어놨다. 아르누가 그녀

---

53) 러시아 주전자.

에게 당브뢰즈 씨의 이서인에게 발행된 어음에 서명하도록 했다는 것이다.

한편 프레데릭은 자신에 대한 일종의 명예 의식으로서, 문학 집필 계획을 아직 품고 있었다. 그는 펠르랭과 이야기를 나눈 뒤 미학사를 쓸 생각을 했다. 그다음에는 프랑스 대혁명의 여러 다른 시대를 희곡으로 옮기고, 델로리에와 위소네에게서 간접적으로 영향을 받아 대작 희곡을 쓰고자 했다. 일에 몰두해 있다가도 자주 한 여자 혹은 또 다른 여자의 얼굴이 눈앞에 어른거렸다. 그녀를 보고 싶은 욕구에 대항하다가 얼마 지나지 않아 포기하곤 했다. 그러고는 아르누 부인 집에서 돌아오는 길에 더 큰 슬픔을 느꼈다.

어느 날 아침 그가 난로 구석에서 우울함을 되새길 때 델로리에가 들어왔다. 세네칼의 선동적인 언사가 그의 주인을 불안하게 해서 그는 또다시 일자리를 잃은 상태라는 것이었다.

"날 보고 어쩌라고?" 프레데릭이 말했다.

"아무것도! 너 돈 없는 거 알아, 그렇지만 당브뢰즈 씨나 아르누를 통해 일자리를 찾아 주는 건 괜찮잖아?"

아르누 공장에 기술자가 필요할 것이었다. 프레데릭에게 기발한 생각이 떠올랐다. 세네칼이 프레데릭에게 남편의 부재를 알려 주거나 편지를 가져다주고 장차 다가올 수많은 일에 도움을 줄 수 있었다. 남자 사이에 이런 도움을 주고받는 일은 보통이었다. 그는 근거도 없이 그를 고용할 방법을 찾아내리라 생각했다. 우연이 그에게 도움이 되었다. 그건 좋은 징조였고 기회를 잡아야 했다. 무관심한 척하면서 그는 해 볼 만하니 자신이 알아서 하겠다고 대답했다.

　그는 즉시 착수했다. 아르누는 제조 과정에서 애를 먹고 있었다. 그는 중국 동빛을 원했는데 굽는 과정에서 색깔이 날아갔다. 갈라진 도기 틈을 막기 위해 그는 찰흙에 석회를 섞었다. 그러나 대부분은 깨져 버렸고 초벌구이에 입힌 채색 유약이 끓어올랐으며 커다란 판은 휘어졌다. 이러한 실패를 좋지 않은 제조 시설 때문이라 보고 그는 또 다른 제조기와 건조기를 만들고자 했다. 프레데릭은 그가 말한 붉은색을 찾아낼 수 있는 매우 유능한 사람을 발견했다고 그에게 알렸다. 아르누는 좋아 펄쩍 뛰었지만 얘기를 듣고 나더니 아무도 필요 없다고 대답했다.

　프레데릭은 일류 수학자인 동시에 기술자이자 화학자 그리고 회계사로서 세네칼의 탁월한 지식을 칭찬했다.

　도자기 업자는 그를 만나는 데 동의했다.

　두 사람은 보수 문제로 다투었지만 프레데릭의 개입으로 일주일 만에 타협점을 찾아내기에 이르렀다.

　그러나 공장이 크레유에 있었기 때문에 세네칼은 그에게 아무런 도움이 될 수 없었다. 이러한 아주 단순한 생각이 마치 재난처럼 그의 사기를 꺾었다.

　그는 아르누가 자기 아내에게서 멀어질수록 그녀와의 희망은 커질 거라 생각하고 로자네트를 끊임없이 변호했다. 그동안 그녀에게 아르누가 저지른 잘못을 하나하나 밝히고 지난번의 막연한 위협, 그녀가 그를 구두쇠라고 비난한 사실조차 숨기지 않은 채 캐시미어 얘기까지 했다.

아르누는 그 말에 움찔해(게다가 불안을 느껴) 캐시미어 숄을 로자네트에게 가져다주면서 프레데릭 앞에서 불평을 늘어놓았느냐고 나무랐다. 그녀가 약속한 사실을 수도 없이 상기시켰잖느냐고 하자 그는 너무 바빠 잊어버렸다고 둘러댔다.

그다음 날 프레데릭은 그녀를 찾아갔다. 2시에 라 마레샬은 아직도 잠자리에 있었다. 침대맡 조그만 원탁 앞에 앉아 델마르가 푸아그라 한쪽을 먹어 치우고 있었다. 그녀가 멀리서 소리쳤다. "나 그거 받았어요, 받았다고요!" 그러고는 그의 귀를 잡고 이마에 키스를 하더니 무척 고마워하며 프레데릭에게 말을 놓고 심지어 그를 침대 위에 앉히려고까지 했다. 그녀의 부드러운 예쁜 눈이 반짝반짝 빛났고, 촉촉한 입술은 빙그레 미소를 짓고 있었다. 통통한 두 팔이 소매 없는 잠옷 사이로 그대로 드러났다. 가끔씩 하얀 고급 마직 사이로 단단한 그녀 몸의 곡선이 느껴졌다. 그 사이에 델마르는 눈이 휘둥그레져 있었다.

"아, 정말, 친구. 사랑하는 친구……!"

그 이후에도 마찬가지였다. 프레데릭이 들어가자마자 그녀는 입 맞추기 쉽게 쿠션 위에 올라섰다. 그를 아이, 사랑하는 이라고 부르고 단춧구멍에 꽃을 꽂아 주며 넥타이를 바로잡아 주었다. 이러한 배려는 델마르가 자리에 있을 때 한층 더했다.

가까워지려는 교섭일까? 프레데릭은 그렇게 생각했다. 친구를 속이는 것으로 말하면 지금까지 그의 부인을 항상 정숙하게 대했기에 그의 정부와는 그러지 않아도 될 권리가 있었다. 그는 자신이 그래 왔기 때문에 아니면 어이없는 자기 나약함을 정당화하기 위해서라도 그 사실을 과장하려고 했다. 그러나 자신이 어리석었다. 이제 라 마레샬과 관계를 진전하리라 단호하게 결단을 내렸다.

그리하여 어느 오후 그는 서랍장 앞에서 몸을 수그린 그녀에게 다가가 거의 노골적인 동작을 취했다. 그녀는 얼굴이 붉어진 채 몸을 세웠다. 그는 곧이어 다시 시작했다. 그러자 그녀는 자신은 아주 불행하지만 그게 자신을 경멸할 이유는 아니라며 눈물을 흘렸다.

그는 되풀이했다. 그녀는 시종 웃는 또 다른 태도를 취했다. 그는 과장하며 똑같은 태도로 응수하는 게 꾀바른 행동이라 생각했다. 그러나 그녀가 그의 신실함을 믿기에는 그의 거동이 너무 쾌활했다. 그들 사이의 친교가 모든 심각한 감정을 토로하기에는 장애가 되었다. 마침내 어느 날 그녀는 다른 여자의 찌꺼기는 받아들이지 않는다고 대답했다.

"다른 여자?"

"물론이죠! 아르누 부인이나 만나러 가세요!"

프레데릭이 그녀 얘기를 자주 한 탓이었다. 아르누에게도 역시 똑같은 괴벽이 있었다. 결국 그녀는 항상 이 여자를 칭찬하는 소리에 진저리를 냈다. 그녀의 비난은 복수와도 같은 것이었다.

프레데릭은 이 일로 그녀에게 앙심을 품었다.

게다가 그녀는 심하게 그의 신경을 건드리기 시작했다. 때로는 경험자를 자처했는데 따귀를 때리고 싶은 마음을 불러일으킬 정도로 회의적인 웃음을 띠며 사랑에 대고 악담하는 것이었다. 십오 분 후에는 사랑이 세상에서 유일하다는 식이었다. 그리고 마치 누군가를 껴안듯 팔짱을 끼며 도취된 듯 눈을 반쯤 감은 채 중얼거렸다. "오! 맞아요, 좋아요! 너무 좋아요!" 그녀 속마음을 알아내기는 불가능했다. 예를 들면 때로는 아르누를 놀리다가도 그에게 질투를 느끼기도 하는 것 같아 그녀가 그를 사랑하는지 알 수가 없었다. 바트나에게도 마찬가지였다. 때로는 하찮은 인간이라고, 때로는 자기 최고의 친구라고 불렀기 때문이다. 끝으로 그녀 모습 전체, 틀어 올린 머리에까지 뭔가 도발적이며 형언할 수 없는 것이 있었다. 그는 특히 그녀를 정복하고 지배하고 싶은 욕망에 그녀를 원했다.

`어떻게 하면 좋을까? 그녀는 흔히 두 문 사이로 살짝 모습을 보이며 "바빠요. 저녁에 봐요!"라고 속삭이고는 아무 격식 없이 그를 돌려보내곤 했다. 그렇지 않으면 사람들 열두 명에게 둘러싸인 모습을 보기가 일쑤였다. 둘만 있을 때는 내기라도 한 것처럼 방해물이 줄지어 나타났다. 저녁 식사에 초대하면 항상 거절했고 한번은 승낙해 놓고 나오지 않았다.

교묘한 술책이 떠올랐다.

뒤사르디에에게서 펠르랭이 자신을 비난한 사실을 들어서 알고 있기에 그에게 여러 차례 포즈를 서야 할 라 마레샬의 실물 크기의 초상화를 주문하자는 생각을 했다. 그가 단 한 번의 포즈에도 빠지지 않고 참석하면 늘 그렇듯 화가의 나태함에 그들이 단둘이 있을 기회가 쉽게 생길 수 있었다. 이렇게 해서 그는 로자네트에게 사랑하는 아르누에게 보여 줄 그녀의 초상화를 주문하도록 권유했다. 그녀는 수락했다. 큰 살롱 중앙

특별석에 걸린 자기 초상화 앞에 몰려든 사람들 형상이 떠오른 데다가 신문이 그녀에 대해 떠들어 델 테니 자신이 단숨에 부상하리라는 생각이 들었기 때문이다.

펠르랭은 이 제안을 흔쾌히 승낙했다. 이 초상화가 그를 대가로 세워 줄 걸작이 될 수도 있었다.

그는 자신이 아는 모든 대가들 초상화를 머릿속에 하나하나 떠올린 다음 결국 베로네세풍으로 장식한 티치아노 양식으로 결정했다. 그리하여 인위적인 음영은 피하고 몸을 균일한 톤으로 비추고 장식을 돋보이게 하는 순수한 광선을 생각했다.

그는 상상했다. '만일 그녀에게 두건 달린 외투에 분홍 실크 드레스를 입힌다면? 오, 아니야! 모자 달린 외투는 천박해! 차라리 아주 선명한 회색 바탕에 푸른색 벨벳 옷을 입힐까? 뒤에 붉은 커튼을 드리우고 검은 부채를 들고 옷에는 하얀 레이스 깃 장식을 달게 할 수 있겠지?'

이렇게 이리저리 궁리하면서 그는 매일 구상을 넓혀 갔고 스스로 그 생각에 경탄했다.

로자네트가 프레데릭과 첫 번째 포즈를 위해 그의 집에 왔을때 펠르랭은 가슴이 뛰었다. 그는 그녀를 방 중앙 연단 위에 세웠다. 그리고 햇빛을 불평하고 작업실을 아쉬워하며 우선 그녀를 받침대에 기대게 한 다음 소파에 앉게 했다. 그리고 차례차례 모델로부터 멀어졌다가 옷 주름을 고치려고 손가락으로 털면서 다가왔다가 눈을 반쯤 감고 그녀를 바라보고는 프레데릭에게 간단히 의견을 물었다.

펠르랭이 소리쳤다. "아! 아니! 다시 처음 생각으로 돌아오는 게 낫겠어! 당신을 베네치아 여인처럼 입힐 거예요."

분홍색 벨벳 옷에 금은 세공 장식이 있는 허리띠가 달린 옷을 입고서 하얀 담비 모피로 안을 댄 넓은 소매 사이로 맨팔이 드러나 뒤쪽 계단 난간을 짚을 것이었다. 그녀 왼쪽으로는 커다란 원기둥이 화폭 위쪽까지 이르면서 아치를 그리는 건축물과 이어질 것이었다. 그 밑으로 푸른 하늘이 뚜렷이 드러나 보이는, 검은빛에 가까운 오렌지 나무 덤불이 어렴풋이 보일 것이었다. 양탄자 덮인 계단 난간 위에는 꽃다발, 호박 묵주, 칼 그리고 베네치아 금화가 가득한 누런빛이 나는 오래된 상아 상자가 은접시 위에 놓일 것이었다.

그는 계단을 표시하기 위해 화구 상자를 찾아와서 연단 위에 놓았다. 그런 다음 난간을 대신한 걸상 위에 장식품으로 넉넉한 상의, 방패, 정어리 통, 깃털 상자, 칼을 늘어놓았다. 로자네트 앞에 금화 열두 개 정도를 던지고 나서는 그녀에게 포즈를 취하도록 했다.

"이것들이 귀한 물건들, 호화로운 선물들이라고 상상하세요. 고개는 약간 오른쪽으로! 완벽해요! 그리고 움직이지 마세요! 이런 위엄 있는 자세가 당신 같은 타입의 미모에 잘 어울려요."

그녀는 스코틀랜드 드레스에 토시 차림이었고 웃음을 참느라 애썼다.

"머리에는 진주 장식을 달도록 하죠. 붉은 머리에 항상 보기 좋아요."

라 마레샬은 자신이 붉은 머리가 아니라며 소리쳤다.

"가만있어요! 화가의 붉은색은 부르주아의 붉은색과는 달라요!"

그는 전체적인 윤곽을 그리기 시작했다. 그리고 르네상스 시대의 위대한 예술가들에 너무도 빠져 있는 나머지 그들에 대해 이야기했다. 한 시간 동안 그는 승리에 찬 도시로의 입성과 반나체 여신처럼 아름다운 여인들과의 횃불 속 축제와 더불어 천재성과 영광, 화려함으로 가득 찬 눈부신 삶에 대해 큰 소리로 떠들어 대며 꿈을 꾸었다.

"당신은 이 시대에 살도록 태어난 사람이에요. 당신 정도면 각하 정도는 차지할 만한데!"

로자네트는 이러한 칭찬을 매우 친절한 배려라고 생각했다. 다음번 모델 설 날을 정했다. 프레데릭은 장식품을 가져오는 일을 맡았다.

난로 열기에 그녀가 약간 현기증을 느껴 그들은 걸어서 바크 거리를 지나 루아얄 다리에 이르렀다.

매섭게 춥고도 눈부시게 화창한 날씨였다. 해가 지고 있었다. 시테 섬 집 유리창들이 멀리서 금판처럼 번쩍이는 한편, 오른편 뒤쪽으로는 노트르담 탑들이 수평선에서 살짝 회색으로 물든 파란 하늘 위에 시커멓게 솟아 있었다. 바람이 불었다. 로자네트가 배가 고프다고 해서 그들은 영국 과자점에 들어갔다.

젊은 여인들이 아이들과 함께 종 모양 유리 뚜껑이 덮인 작은 케이크 접시들이 가득 놓인 대리석 진열대 옆에 서서 케이크를 먹고 있었다. 로자네트는 크림 파이 두 개를 먹어 치웠다. 설탕 가루가 입가에 수염처럼 묻어 있었다. 그녀는 이따금 설탕을 닦으려고 토시에서 손수건을 꺼냈다. 초록색 비단 외투에 달린 모자를 쓴 얼굴은 이파리 사이로 활짝 피어난 장미꽃 같았다.

그들은 다시 걷기 시작했다. 라페 거리에 이르러 그녀는 귀금속 가게 앞에서 팔찌 하나를 살펴보느라 걸음을 멈췄다. 프레데릭은 그녀에게 팔찌를 선물로 주고 싶어 했다.

그녀가 말했다. "아니, 돈 쓰지 마세요."

그는 이 말에 상처를 받았다.

"왜 그러시나, 우리 아가씨? 맘에 걸려서요?"

그렇게 대화가 다시 이어지자 그는 늘 그렇듯 사랑을 맹세하기에 이르렀다.

"불가능한 거 잘 알잖아요!"

"왜죠?"

"아! 왜냐하면……."

그들은 나란히 걸었다. 그녀는 그의 팔에 기댄 채였고 옷 밑자락 장식이 그의 다리를 스쳤다. 그러자 같은 보도 위를 아르누 부인이 이처럼 그의 옆에서 걷던 어느 겨울 해 질 무렵이 떠올랐다. 이 추억 속에 너무도 깊이 빠져들어 그에게는 더 이상 로자네트가 보이지 않았고 생각도 하지 않게 되었다.

그녀는 게으른 아이처럼 약간 끌려가듯 걸어가며 앞쪽을 무심히 바라보았다. 산책하던 사람들이 보통 돌아오는 시각이었다. 마차들이 아주 빠른 속도로 마른 포장도로 위에 행렬을 이루며 지나갔다. 펠르랭의 아침이 다시 생각난 듯 그녀는 한숨을 쉬었다. "아, 행복한 여자들도 있지! 난 정말 돈 많은 남자를 위해 태어난 사람인데."

그는 퉁명스러운 어조로 말했다.

"그런데 당신에게도 부자 한 사람 있잖아요!" 오드리 씨는 대단한 부자로 알려져 있었다.

그녀는 그를 떨쳐 버리기만을 바란다고 했다.

"누가 못 하게 해요?"

그는 그런 관계는 어울리지 않으니 끝내야 한다고 일러 주며 가발 쓴 이 늙은 부르주아에 대해 신랄한 농담을 터트렸다!

자신에게 이야기하듯 라 마레샬이 대답했다. "그래요. 그러고 말 거예요, 틀림없이!"

프레데릭은 이런 욕심 없는 태도에 매료되었다. 그녀의 발걸음이 느려지자 그는 그녀가 피곤한 것이라 생각했다. 그녀는 차를 타지 않겠다고 고집을 부리더니 문 앞에 이르러 손끝으로 입맞춤을 보내며 그를 돌려보냈다.

"아! 참 유감이야! 바보 같은 인간들이 나를 부자로 여기는 걸 생각하면!"

그는 집으로 돌아오면서 마음이 어두워졌다.

위소네와 델로리에가 그를 기다리고 있었다.

보헤미안은 탁자 앞에 앉아서 터번을 두른 터키인 인형을 그리고 있었고 변호사는 진흙투성이 부츠를 신은 채 긴 의자 위에서 졸고 있었다.

그가 소리쳤다. "아! 드디어 왔구나. 그런데 왜 그렇게 시무

룩한 얼굴이야! 할 얘기가 있는데 좀 들어 볼래?"

과외 교사인 그의 인기는 수그러들고 있었다. 학생들에게 시험에 불리한 이론들을 주입했기 때문이다. 두세 번 변호를 맡았지만 모두 패소했다. 그리고 매번 실망할 때마다 그는 옛 꿈을 향해 더 강하게 돌아섰다. 자기 의견을 펼치고 복수하며 자기 분노와 생각을 토로할 수 있는 신문. 돈과 명성 역시 따라올 터였다. 그는 이러한 희망에서 신문을 소유하고 있는 보헤미안 위소네를 구슬렸다.

현재 신문은 분홍색 종이에 인쇄되고 있었다. 그는 허위 보도를 만들어 내고 그림 수수께끼를 구성하며 논쟁을 이끌어 내려 애쓰고 심지어 음악회를 (장소 문제가 있음에도) 계획하려고 했다! 일 년 구독하면 파리 주요 극장 중 한 군데에서 일등석으로 관람할 권한을 주었다. 게다가 편집부가 외국 투자가들에게 예술 정보는 물론 그 밖에 원하는 모든 정보를 제공하는 일을 도맡아 했다. 그러나 인쇄소가 협박을 해 왔다. 석 달분 집세가 밀린 상태였고 각종 문제들이 쇄도했다. 매일 용기를 북돋아 주는 변호사의 격려가 없었더라면 위소네는《라르》가 폐간되도록 내버려 두었을 것이다. 변호사는 자기 생각에 좀 더 무게를 더하려고 그를 데려온 것이었다.

"우리 신문 때문에 왔어!"그가 말했다.

"저런, 그 생각 아직도 하고 있어!"멍한 어조로 프레데릭이 대답했다.

"물론이지!"

그리고 그는 또다시 자기 계획을 늘어놓았다. 주식 시장의 보도를 통해 자본가들과 관계를 맺고 나서 필요한 보증금 10만 프랑을 얻어 낼 수 있을 것이었다. 그러나 간행물을 정치 신문으로 탈바꿈하려면 넓은 독자층이 있어야 하는데 이를 위한 종이, 인쇄, 사무실 비용으로 얼마간 자금이, 한마디로 1만 5000프랑이 들어가야 했다.

"나도 돈 없어!" 프레데릭이 말했다.

"그러면 우리는!" 팔짱을 끼며 델로리에가 말했다.

이 동작에 마음이 상한 프레데릭이 말했다.

"그게 내 잘못이야……?"

"아! 좋아! 벽난로에는 장작이 있고, 식탁에는 송로, 좋은 침대에 서재와 차, 모든 안락이 다 있다 이거지! 그런데 어떤 사람들은 슬레이트 기와지붕 밑에서 추위로 발을 동동 구르고 저녁은 20수로 때우면서 도형수처럼 일하고 가난 속에서 허덕이는데! 그게 그들 잘못이야?"

재판소 냄새를 풍기는 키케로적 야유를 던지며 그가 되풀이했다. "그게 그들 잘못이야?" 프레데릭은 대답하려고 했다.

"게다가 이해해, 어떤…… 귀족적인 욕구들이 있겠지. 틀림없이…… 어떤 여자 때문에……."

"그래서, 그렇다 치자? 그건 내 자유 아니야?"

"오! 물론 네 자유지!"

그리고 잠시 입을 다물고 있던 델로리에가 입을 열었다.

"참 약속은 쉽지, 약속은!"

"맙소사! 그걸 부인하지는 않아!" 프레데릭이 말했다.

변호사는 계속했다.

"학창 시절에는 서약을 하고 결사를 만들며 발자크의 십삼 인처럼 되자고 하지! 그러고는 다시 만나면 아, 잘 지내나, 그럼 잘 가! 그뿐이야. 다른 사람에게 도움을 줄 만한 사람이 혼자서 으스대며 모든 걸 차지하고 있다니."

"뭐라고?"

"그래, 너는 우리를 당브뢰즈 집안에 소개시키지도 않았잖아!"

프레데릭이 그를 쳐다보았다. 누추한 외투, 광택 없이 흐릿한 안경 그리고 창백한 얼굴, 변호사가 너무도 현학적으로 보여 그는 입가에 경멸 어린 미소를 짓지 않을 수 없었다. 델로리에는 그것을 알아보고 얼굴을 붉혔다.

프레데릭은 이미 떠나기 위해 모자를 집어 든 후였다. 불안에 찬 위소네는 애원하는 눈빛으로 그를 달래보려 했다. 프레데릭이 그에게 등을 돌리자 그는 말했다.

"자네! 부디 나의 문예 후원자가 되어 줘! 예술을 보호해 달라고!"

프레데릭은 갑자기 체념한 동작으로 종이 한 장을 집어 들었다. 그리고 그 위에 몇 자 갈겨쓴 다음 그에게 내밀었다. 보헤미안의 얼굴이 환해졌다. 그러고는 편지를 델로리에에게 내밀며 말했다.

"사과하셔야죠, 주인님!"

그들의 친구는 자기 공증인에게 가능한 한 빨리 1만 5000프랑을 보내 달라고 간청한 것이었다.

"아! 이제야 너임을 알아보겠어!" 델로리에가 말했다.

보헤미안이 덧붙였다. "신사의 명예를 걸고! 당신은 정직한 사람이오, 당신을 위인 초상화 전시관에 넣을 것이오."

변호사가 말을 이었다.

"잃는 건 전혀 없을 거야, 투기가 아주 호황이야."

위소네가 소리쳤다. "그렇고말고! 그렇지 않으면 교수대에 목을 걸겠어."

그런 다음 그는 쓸데없는 말을 횡설수설 늘어놓고 경탄할 만한 약속을 너무도 장황하게 떠벌렸기에(자신도 어쩌면 그 말을 믿는지도 모르지만) 프레데릭은 다른 사람들을 놀리려는 것인지 아니면 자신을 놀리려는 것인지 알 수가 없었다.

그날 저녁 그는 어머니가 쓴 편지를 받았다.

그녀는 약간 농담조로 그가 아직 장관직에 오르지 않은 것이 놀랍다고 말했다. 그리고 이제는 로크 씨가 집에 드나든다고 알렸다. "그가 혼자가 된 이후로 그를 맞이하는 게 나쁜 일은 아니라고 생각했다. 루이즈는 훨씬 예뻐졌어." 그리고 추신에는 "너의 훌륭한 지인 당브뢰즈 씨에 대해서는 아무 말이 없구나. 내가 너라면 그를 잘 이용하겠는데."라고 적혀 있었다.

안 될 것도 없지? 그의 지적인 야심은 수그러들었고 재산도 충분치 않았다.(그 사실을 인식했다.) 빚을 갚고 약속한 돈을 주고 나면 수입이 적어도 4000프랑은 줄어들 것이었다! 게다가 그는 이 생활에서 벗어나 무언가에 열중하고 싶은 욕구를 느꼈다. 그래서 다음 날 아르누 부인 집에서 저녁 식사를 하면서 그는 어머니가 직업을 구하라고 그를 괴롭힌다고 말했다.

그녀가 말을 이었다. "그런데 나는 당브뢰즈 씨가 당신을

참사원에 들어가도록 해 주는 줄 알았는데요? 당신한테 아주
잘 어울리는 직업일 텐데."

그러니까 그녀는 그러기를 바랐고 그는 그 뜻에 따랐다.

은행가는 처음 만났을 때처럼 책상에 앉아 있었다. 그리고 그
에게 잠시 기다려 달라고 부탁하는 몸짓을 했다. 문 쪽에서 어
떤 남자가 등을 돌린 채 그에게 중요한 얘기를 하고 있었기 때
문이다. 석탄 건과 여러 회사를 통합하는 일에 대한 것이었다.

푸아 장군과 루이필리프의 초상화가 거울 양쪽에서 짝을
이루어 걸려 있었다. 서류 상자가 벽에 밀어붙여져 천장까지
쌓여 있었고, 짚으로 쿠션을 댄 자작 의자 여섯 개가 있었다.
당브뢰즈 씨가 사무를 보는 데 더 좋은 방은 필요하지 않았기
때문이다. 그곳은 마치 큰 연회를 준비 중인 어두운 부엌을 연
상케 했다. 프레데릭은 특히 구석에 세워진 거대한 금고 두 개
를 주의 깊게 살폈다. 저 속에 몇백 만 프랑이 들어 있을까 하
고 그는 궁금해했다. 은행가는 그중 하나를 열었다. 그러자 철
판이 돌아가면서 내부에 있던 푸른 종이 장부들만이 보였다.

마침내 얘기 중이던 사람이 프레데릭 앞을 지나갔다. 오드
리 영감이었다. 둘 다 얼굴을 붉히며 서로 인사를 했다. 당브
뢰즈 씨는 이에 놀란 듯했지만 그를 매우 친절하게 맞이했다.
자신의 젊은 친구를 대법관에게 추천하는 것보다 쉬운 일은
없었다. 그를 옆에 둔다면 대법관도 너무나 흐뭇해할 것이었
다. 당브뢰즈 씨는 며칠 후에 있을 야회에 그를 초대하는 것으
로 인사를 마쳤다.

프레데릭이 야회에 가기 위해 마차에 올라탔을 때 라 마레

샬의 편지 한 장이 도착했다. 램프 빛에 비추어 그는 편지를 읽었다. "친구, 당신 충고를 따랐어요. 방금 내 오자즈[54]를 내쫓았어요. 내일 저녁부터는 자유예요! 나 용감하죠."

그것이 전부였다! 그러나 그건 그에게 빈자리를 채우라는 권고였다. 그는 탄성을 지른 다음 주머니 속에 편지를 집어넣고 떠났다.

말을 탄 경찰 두 명이 거리에서 경비를 서고 있었다. 대문 두 짝 위에는 줄지어 늘어선 조명등이 탔다. 하인들이 뜰에서 마차를 차양 밑 현관 층계까지 나아가게 하려고 소리를 쳤다. 그러고는 현관으로 들어서자 갑자기 소리가 멈췄다. 커다란 나무들이 계단 통로를 메웠다. 도자기 불빛이 물결무늬처럼 하늘거리는 하얀 비단의 빛을 벽에 반사했다. 프레데릭은 계단을 경쾌하게 올라갔다. 안내인이 현관에서 그의 이름을 불렀다. 당브뢰즈 씨가 그에게 악수를 청하자 거의 동시에 당브뢰즈 부인이 나타났다.

그녀는 레이스 달린 자주색 옷을 입었는데, 머리 컬은 평소보다 풍성했고 보석은 전혀 달지 않았다.

그녀는 그가 자주 찾아오지 않는다고 푸념하고는 재주껏 대화를 이어 갔다. 손님들이 도착했다. 그들은 인사로 상체를 옆으로 돌리거나 몸을 굽히거나 단지 고개만을 숙였다. 그다음에는 부부나 가족 동반인 사람들이 지나갔다. 그러고는 벌써 가득 찬 응접실 안으로 모두가 흩어져 갔다. 중앙 샹들리에

---

54) 북미 인디언. 여기에서는 오드리 영감을 가리킨다.

밑에 커다란 의자가 있고 그 위에 놓인 화분의 꽃이 깃털 장식처럼 그 주위에 둥글게 모여 앉은 여자들 머리 위로 비스듬히 늘어져 있었다. 한편 또 다른 여자들은 창문에 달린 커다란 분홍빛 벨벳 커튼과 금빛 횡목이 대어진 문의 높은 창구를 기준으로 규칙적인 간격을 이루며 두 줄로 쭉 늘어선 안락의자를 차지했다.

모자를 손에 든 채 마루 위에 서 있던 한 무리 남자들은 멀리서 보면 검은 덩어리처럼 보였다. 장식 단추의 구멍에 단 레지옹 도뇌르 훈장이 여기저기 붉은 점을 이루었고, 단조로운 흰색 넥타이 때문에 검은 덩어리는 더욱 어두워 보였다. 이제 막 수염이 나기 시작한 젊은이들을 제외하고 모두가 지루해하는 듯했다. 몇몇 멋쟁이들은 뚱한 모습으로 발뒤축을 짚고 몸을 좌우로 흔들었다. 흰 머리이거나 가발 쓴 사람이 많았다. 여기저기 대머리가 빛났다. 붉거나 아주 창백하게 시든 얼굴 위에 엄청난 피로감의 흔적이 보였다. 손님들이 정치나 사업에 종사하는 사람들이었기 때문이다. 당브뢰즈 씨는 그 외에 몇몇 석학, 판사, 유명한 의사 두세 명을 초대했다. 만찬에 대한 칭찬과 자기 부에 대한 암시에 그는 겸손한 태도로 응답했다.

금줄을 단 하인들이 여기저기 오갔다. 큰 횃불 등롱들이 불꽃 다발처럼 벽지 위에 피어났다. 그 등들은 거울 속에 비쳐 또다시 나타났다. 벽이 재스민 격자로 덮인 식당 안쪽에 음식이 차려진 식탁은 성당 중앙 제단이나 보석 진열장을 방불케 할 정도로 다면체 수정 제품들이 고기 요리 너머로 서로 뒤얽혀 무지갯빛을 발했고 그 가운데 접시, 종, 식기, 은과 은으로 도금된 숟가락이 가득 놓여 있었다. 또 다른 살롱 세 곳은 예술품으로 가득했다. 벽에는 대가들 풍경화, 탁자 주위에는 상아 제품과 도자기, 콘솔 위에는 중국산 골동품이 있었다. 옻칠한 병풍이 창문 앞에 펼쳐져 있었고 동백꽃 덤불이 벽난로를 기어올랐다. 가벼운 음악이 멀리서 벌이 윙윙거리듯 떨리는 음률로 들려왔다.

카드리유를 추는 사람은 많지 않았다. 춤추던 사람들은 맥없이 무도화를 끌었는데 마지못해 춤을 추는 듯한 모습이었다. 사람들이 서로 이야기하는 소리가 프레데릭에게 들려왔다.

"랑베르 저택에서 열렸던 지난번 자선 파티에 갔었나요, 아가씨?"

"아니요, 선생님!"

"곧 더워지겠는데요!"

"아, 그래요, 숨 막히는!"

"이 폴카는 누구 곡이죠?"

"글쎄, 저도 모르겠는데요. 부인!"

그의 뒤편에서는 온통 멋을 부린 노인 세 명이 창가에 서서 외설스러운 말들을 수군거렸다. 철도나 자유 무역에 대해 이야기를 나누는 사람들이 있는가 하면 어느 스포츠맨은 사냥 이야기를 했고 정통 왕조파 한 명과 오를레앙주의자는 토론에 빠져 있었다.

프레데릭은 무리를 지은 사람들 사이를 기웃거리다가 카드 놀이하는 데 이르렀는데 진지해 보이는 사람들 무리 속에서 '지금은 수도 검찰청으로 발령받은' 마르티농을 보았다.

그는 밀랍처럼 하얗고 통통한 얼굴에 알맞게 자란 검은 턱수염이 너무도 가지런히 다듬어져 있어 놀라울 정도였다. 그는 나이에 맞는 우아함과 직업에 부응하는 엄숙함 사이의 정중앙을 지키며 멋있는 남자들이 그렇듯 엄지손가락을 겨드랑이에 끼우고 순리론자들[55] 방식으로 팔을 조끼 속에 넣고 있었다.

사색가처럼 보이려고 관자놀이를 면도한 모습이었다.

그는 차가운 어조로 몇 마디를 던진 다음 같이 있던 무리들 쪽으로 돌아갔다. 한 지주가 말했다.

"그건 사회 전복을 꿈꾸는 계층입니다!"

또 한 사람이 말을 이었다. "그들은 노동 조직을 원해요! 생각이나 할 수 있는 일이에요?"

"어쩌겠어요?" 세 번째 사람이 말했다. "즈누드 씨가《시에클》과 손을 잡는 판인데!"

"그리고 진보적이라 자처하는 보수주의자 자신들! 우리에게 뭘 가져다주기 위해서? 공화국? 마치 그게 프랑스에서 가능하기나 한 것처럼!"

모두가 프랑스에서 공화국은 불가능하다고 말했다.

한 남자가 큰 소리로 지적했다. "그럼에도 모두 대혁명에 지나치게 치중해요. 그에 관해 너무 많은 이야기들 하거나 서적들을 출판하고 있다고요!"

마르티농이 말했다. "뿐만 아니라 어쩌면 더욱 중요한 연구

---

55) 자유주의와 왕정 사이의 중도파.

주제들이 있으리라는 걸 모르나 봐요!"

한 여당파는 연극의 파렴치한 행위를 비난했다.

"예를 들면 새로운 극「여왕 마고」는 정말 한계를 넘어섰어요! 우리한테 발루아 왕조를 얘기할 필요가 있습니까? 이 모든 게 왕권 체제를 불리한 측면에서 보여 주지요! 신문처럼요! 9월 법들은 말해도 소용없죠. 무한정 온화해요! 난 기자들에게 함구령을 내릴 군법 회의를 원합니다! 아주 작은 불순을 보여도 그들을 군법 회의에 끌고 가야 합니다!"

한 교수가 말했다. "오, 조심하세요, 선생. 조심하세요! 1830년 우리가 이룩한 귀중한 열매를 공격하지 마세요! 우리의 자유를 존중합시다." 차라리 지방 분권화를 통해 도시의 흑자를 시골에 재분배하는 게 낫다고 했다.

한 기독교인이 소리쳤다. "그런데 도시는 부패되어 있어요! 종교를 더욱 견고히 해야 합니다!"

마르티농이 서둘러 덧붙였다. "정말 그건 걸림돌이에요."

모든 악은 자기 계층을 뛰어넘어 호사를 바라는 이 현대의 욕망 속에 있다는 말이었다.

한 사업가가 반박했다. "그렇지만 사치는 상업을 부흥시킵니다. 따라서 나는 느무르 공작이 자기 연회에 짧은 바지를 입고 오라고 요구하는 데 찬성입니다."

"티에르 씨는 거기에 긴 바지를 입고 갔는데요. 그가 뭐라고 했는지 아세요?"

"예, 끌리는 말이었어요! 그런데 그 사람 민중 선동으로 돌아섰어요. 계급 부조화에 대한 그의 연설이 5월 12일 있던 테러 행위에 영향을 미치지 않았다고 할 수는 없지요.”

“아! 설마!”

“아! 아!”

모여 있던 사람들은 쟁반을 들고 카드놀이 하는 이들 방에 들어가려고 하는 하인들에게 길을 내주기 위해 좌우로 갈라질 수밖에 없었다.

푸른색 갓이 씌워진 촛불 아래 정렬된 카드와 금화가 탁자를 메웠다. 프레데릭은 한 탁자에 멈춰 주머니에 있던 나폴레옹 금화 열다섯 개를 잃고 난 다음 몸을 한 바퀴 빙 돌려 당브뢰즈 부인이 있는 규방 입구에 이르렀다.

방은 등받이 없는 의자에 나란히 앉은 여자들로 가득했다. 몸 주위에 부풀어 펼쳐진 긴 치마는 중앙에 동체가 솟아오른 물결 같았다. 깊게 팬 블라우스 자리에 가슴이 드러나 보였다. 거의 모두가 오랑캐꽃 다발을 손에 들고 있었다. 불투명한 장갑 색조 탓에 하얀 팔이 더욱 두드러졌고 어깨에는 술이며 풀 장식이 늘어져 있었다. 자칫 작은 움직임에도 옷이 흘러내리는 건 아닌가 생각되기도 했지만 점잖은 얼굴에 옷차림의 선정적인 분위기는 누그러졌다. 어떤 여자들 모습에는 거의 동물적인 평온함이 깃들어 있었다. 이렇게 반나체에 가까운 여인들 무리를 보니 하렘 내부가 떠올랐다. 청년의 머릿속에 더욱 외설적인 비교가 생각났다. 요컨대 모든 종류의 미가 거기 있었다. 호화 장식품에 나올 듯한 영국 여자들, 검은 눈이 베수비오 화산처럼 빛을 발하는 이탈리아 여자, 푸른 옷 입은 세 자매, 4월의 사과나무처럼 신선한 노르망디 여인 셋, 자수정으로 장식한 키 큰 붉은 머리 여인이 있었다. 그리고 깃털 장식처럼 빛나는 머리에 꽂은 다이아몬드의 하얀 광채, 가슴 위에 매달린 보석들의 반짝임 그리고 얼굴 가까이의 부드러운 진주색이 금반지의 광채, 레이스, 분, 깃털, 작은 주홍색 입술, 치아의 자개 빛깔과 섞였다. 아치 모양 천장 때문에 규방은 바구니처럼 보였다. 코안경을 눈에 끼고 그녀들 뒤에 버티고 선 프레데릭은 모든 어깨가 흠 잡을 데 없이 완벽하지는 않다고 생각했다. 그는 라 마레샬을 생각했다. 이 생각이 그의 유혹을 억제하거나 적어도 그를 진정시켜 주었다.

그는 당브뢰즈 부인을 바라보았다. 입이 약간 크고 콧구멍이 넓은 편이었지만 그녀가 매력적이라고 생각했다. 그녀의 매력은 독특했다. 굽슬거리는 머리카락에는 정열적인 우수가 담긴 듯했고 마노색 이마에는 많은 것이 담긴 것 같았다. 세상 일에 능숙한 지도자 모습이었다.

그녀는 남편 조카를 옆에 두었는데 꽤 못생긴 아가씨였다. 가끔씩 그녀는 들어오는 여자들을 응접하기 위해 자리를 떴다. 그러자 속삭이는 여자들 목소리가 점점 늘어나면서 새가 재잘거리는 듯 들렸다.

화제는 튀니지 사절단과 그들 의상에 대한 것이었다. 한 여인은 최근에 아카데미 프랑세즈의 입회식에 참석했다. 또 한 사람은 국립 극장에서 새롭게 공연된 몰리에르의 「동 쥐앙」 이야기를 했다. 그러자 조카를 눈짓으로 가리키면서 당브뢰즈 부인이 입술 위에 손가락을 대었으나 저절로 새어 나온 미소가 엄격함과는 대조를 이루었다.

갑자기 맞은편 문에서 마르티농이 나타났다. 그녀가 일어서서 그에게 팔을 내밀었다. 프레데릭은 그가 어떻게 계속 정중함을 표시하는지 보려고 카드놀이 탁자를 지나 큰 살롱에서 그들과 합류했다. 당브뢰즈 부인은 곧 자기 기사를 떠나 그와 친숙하게 이야기를 나누었다.

그녀는 카드놀이도 하지 않고 춤도 추지 않는 프레데릭을 이해했다.

"젊을 때는 마음이 서글프죠!"

그러고는 무도회를 한 차례 둘러본 다음 덧붙였다.

"게다가 이 모든 게 재미있지도 않아요! 적어도 어떤 사람들에게는!"

그리고 그녀는 여기저기 상냥한 말을 던지며 죽 늘어선 소파 앞에서 멈췄다. 반면 양쪽에 대가 달린 코안경을 쓴 노인들은 그녀의 환심을 사려고 다가왔다. 그녀는 몇몇 사람들에게 프레데릭을 소개했다. 당브뢰즈 씨가 살짝 프레데릭의 팔을 치고는 밖의 테라스로 데리고 갔다.

그는 장관을 만나 봤다고 했다. 그렇지만 일이 쉽지가 않았다. 참사원의 심의관 대리로 추천받으려면 시험을 치러야만 했다. 프레데릭은 알 수 없는 자신감에 차 시험 과목을 안다고 대답했다.

은행가는 로크 씨에게서 그에 대한 찬사를 들었던 터라 그런 대답에 놀라지 않았다.

프레데릭은 로크 씨 이름을 듣자 어린 루이즈와 그녀의 집, 방이 떠올랐다. 그리고 마차꾼들이 지나가는 소리를 들으며 창가에 서 있던 비슷비슷한 밤들이 생각났다. 그의 슬픈 추억이 아르누 부인을 생각나게 했다. 그는 말없이 테라스를 계속 거닐었다. 십자형 유리창이 어둠 속에서 길고 붉은 판처럼 서 있었다. 무도회 소음이 약해졌다. 차들이 하나둘씩 떠나기 시작했다.

당브뢰즈 씨가 말을 이었다. "그런데 왜 참사원에 집착하는 겁니까?"

그는 자유주의자 어조로 공직은 아무런 득이 되지 않는다고 단언했다. 그 방면은 잘 안다는 것이었다. 그보다는 사업 쪽이 투자할 가치가 있었다. 프레데릭은 일을 배우는 어려움을 이유로 그의 의견에 반대했다.

"아! 저런! 짧은 시일 내에 당신이 일을 시작할 수 있도록 할게요."

그를 자기 회사에 투입하려는 걸까?

젊은이 눈앞에 장차 손에 들어올 엄청난 재산이 섬광처럼 지나갔다.

은행가가 말했다. "들어갑시다. 같이 밤참 드실 거죠?"

새벽 3시였다. 사람들이 떠났다. 식당에서 음식이 차려진 식탁이 그들을 기다리고 있었다.

당브뢰즈 씨는 마르티농을 보고는 아내에게 다가가 낮은 목소리로 물었다.

"당신이 저 사람 초대했어?"

그녀는 퉁명스럽게 대답했다.

"물론이죠!"

조카는 자리에 없었다. 사람들은 아주 즐겁게 마시고 크게 웃어 댔다. 모두가 긴 구속 다음에 오는 이러한 가벼움을 맛보았기 때문에 대담한 농담에도 전혀 놀라지 않았다. 유일하게 마르티농만이 진지한 모습이었다. 그는 예의상 상파뉴산 포도주를 거절했고 겸손한 자세에 아주 정중했다. 당브뢰즈 씨가 협심증이 있어 숨 쉬기가 힘들다고 불평을 하자 그는 몇 번이나 그의 건강에 대해 물어보았던 것이다.

　　그녀는 프레데릭을 불러 어떤 아가씨가 마음에 들었는지 물었다. 눈여겨본 사람은 없고 자기는 삼십 대 여인들이 더 좋다고 그는 대답했다.

　　"그것도 어쩌면 바보 같은 생각은 아니네요!" 그녀가 대답했다.

　　이윽고 사람들이 떠나려고 망토와 짤막한 외투를 걸치자 당브뢰즈 씨가 그에게 말했다.

　　"언제 아침에 한번 오세요, 이야기 좀 하게요!"

　　마르티농은 계단 밑에서 시가에 불을 붙였다. 담배를 빨면서 그토록 무게 있는 얼굴을 하자 그의 동료가 말했다.

　　"장담하건대 너 정말 잘생겼어!"

　　"이게 몇몇 여자들 고개를 돌리게 한 얼굴이다!" 젊은 사법관은 수긍하면서도 화난 모습으로 말을 이었다.

　　프레데릭은 잠자리에 누워 연회를 요약해 보았다. 우선 그의 치장은(그는 몇 번이나 거울을 들여다보았다.) 양복 재단부터 무도화 매듭까지 다시 손볼 필요가 없었다. 저명인사들과 이야기를 했고 부유한 여자들을 가까이에서 보았다. 당브뢰즈 씨는 그에게 아주 훌륭히 대했고 그의 부인은 거의 마음을 끌었다. 그는 그녀의 가장 사소한 말, 자세히 분석할 수는 없지만 의미 있는 수많은 것들을 하나하나 검토했다. 그런 여자를 정부로 삼게 된다면 정말 멋질 거야! 요컨대 안 될 것도 없지? 그도 다른 사람에게 뒤처지지 않았다! 어쩌면 정복하기 그렇게 힘들지 않을지도 몰라? 그러다 마르티농이 생각났다. 프레데릭은 잠이 들면서 이 충실한 젊은이에게 동정심을 느꼈다.

라 마레샬 생각에 그는 잠이 깼다. 편지 속 '내일 저녁부터'는 바로 오늘 약속을 말하는 것이었다. 그는 9시까지 기다린 다음 그녀 집으로 서둘러 갔다.

누군가 앞에서 계단을 올라가던 사람이 문을 닫았다. 그는 초인종 줄을 당겼다. 델핀이 문을 열고 부인이 집에 없다고 말했다.

프레데릭은 고집을 부리며 사정했다. 그녀에게 무언가 중대한 일을 전해야 했다. 100수짜리 동전을 쥐여 주자 마침내 그녀는 그를 혼자 대기실에 들여보냈다.

로자네트가 나타났다. 잠옷 차림에 머리는 풀어헤친 채였다. 그녀는 고개를 흔들며 두 팔로 그를 들일 수 없다고 멀리서 크게 몸짓했다.

프레데릭은 천천히 계단을 내려갔다. 이런 변덕은 지금까지 본 적이 없었고 도를 넘는 것이었다. 그는 이해할 수 없었다.

수위실 앞에서 바트나 양이 그를 멈춰 세웠다.

"그 여자가 당신을 받아 주던가요!"

"아니요!"

"당신을 쫓아냈죠?"

"그걸 어떻게 알죠?"

"그래 보여요! 그건 그렇고 나갑시다! 나가요! 숨 막혀요!"
그녀는 그를 거리로 데리고 나왔다. 그녀는 숨을 헐떡였다. 그
는 그녀의 마른 팔이 그의 팔 위에서 떠는 것을 느꼈다. 갑자
기 그녀가 소리쳤다.

"아! 비열한 인간!"

"대체 누구 말하는 거예요!"

"글쎄 그 사람이요! 그 인간! 델마르!"

이 새로운 사실에 프레데릭은 수치를 느꼈다. 그는 말을 이
었다.

"확실해요?"

"내가 그 사람을 뒤따라왔다면요!" 하고 바트나가 소리쳤
다. "그가 들어가는 거 봤어요! 이제 알아들어요? 예상했어야
했어요. 어리석게도 그 인간을 그 여자 집에 데려간 사람이 나
거든요. 세상에, 사실을 아신다면! 그 사람을 거두어 먹여 주
고 입혀 줬어요. 그리고 신문사에 내가 한 모든 일들! 그 사람
을 어머니처럼 사랑했어요!" 그러고는 비웃음을 지으며 말을
이었다. "아! 이 신사분께서 벨벳 옷을 입은 여자, 자기 몫의
투자가 필요했다 이거죠, 아시겠어요! 그런데 그 여자! 내가
그 여자를 속옷 공장에서 일하던 시절부터 알았다면요! 내가
아니었으면 수도 없이 몰락했을 거예요. 이제 몰락시킬 거예
요! 오! 그럼요! 그 여자가 병원에서 인생을 마치기를 바라요!
모든 걸 밝힐 거예요!"

그리고 쓰레기를 휩쓸어 가는 설거지물처럼 그녀의 분노가 요란하게 프레데릭 앞에 그녀 적수의 치부를 쏟아 냈다.

"그 여자는 쥐미약, 플라쿠르, 꼬마 알라르, 베르티노, 곰보 생발레리하고도 잤어요. 아니! 다른 사람이지! 곰보하고 형제인데 어느 쪽이든 상관없죠! 그리고 그 여자에게 문제가 생길 때마다 내가 모두 해결했어요. 그 대가로 내가 뭘 얻었겠어요? 너무도 인색한 여자니까! 그리고 동의하실 거예요, 나한테는 그 여자를 만나 주는 게 상당한 배려였어요. 우리가 같은 세계 사람은 아니었으니까요! 내가 매춘부냐고요, 내가! 내가 몸을 팝니까! 거기에다 어리석다는 것까지 덧붙이면! 카테고리를 쓸 때 t를 th로 써요. 그러니 두 사람 잘 어울려요. 예술가로 자처하고 자기에게 대단한 재능이 있는 것처럼 하고 다니지만 둘이 똑같은 한 쌍이에요! 세상에! 그 인간에게 조금이라도 지능이 있었으면 그런 치욕은 저지르지 않았을 텐데! 망나니 같은 여자를 위해 상급 여자를 버리지는 않죠! 요컨대 상관없어요. 그 작자 점점 추해질 뿐이에요! 이젠 혐오해요! 언제 마주치면 얼굴에 침 뱉을 테니 보세요." 그녀는 침을 뱉었다. "네, 이게 이제 그 인간에 대한 내 태도예요! 그리고 아르누 그 사람? 불쌍하지 않아요? 그 사람 역시 그 여자를 수도 없이 용서해 줬어요! 그 사람이 얼마나 큰 희생을 감수해 왔는지 상상도 못 하실 거예요! 그 여자는 그 사람 발에 입이라도 맞춰야 할걸요! 그렇게 관대하고 선량한 사람인데!"

프레데릭은 델마르에 대한 비난의 소리를 듣는 것이 기분 좋았다. 그는 아르누를 받아들였다. 로자네트의 이러한 배신은 비정상적이며 부당해 보였다. 그리고 노처녀의 감정에 휩쓸려 그녀에게 측은한 마음이 들기까지 했다. 갑자기 그는 그녀 집 문 앞에 서 있었다. 바트나 양은 그를 자신도 모르는 사이 푸아소니에르 거리로 내려가게 했던 것이다.

그녀가 말했다. "다 왔어요. 나는 올라갈 수 없어요. 그리고 당신 방해할 사람은 아무도 없어요."

"뭘 하라고요?"

"그 사람한테 다 말해야죠, 안 그래요!"

프레데릭은 벌떡 잠에서 깬 사람처럼 자신에게 치욕스러운 행위를 하도록 그녀가 부추기고 있음을 깨달았다.

"왜 그러죠?" 그녀가 말을 이었다.

그는 3층으로 눈을 들었다. 아르누 부인의 램프에 불이 켜져 있었다. 그를 올라가지 못하도록 막는 것은 아무것도 없었다.

"여기서 기다릴게요. 가세요!"

이런 명령이 그의 용기를 꺾고 말았다. 그가 말했다.

"저기 오래 있을 거예요. 돌아가는 게 나을 거예요. 내일 집에 들를게요."

"아니, 아니요!" 발을 구르며 바트나가 대답했다.

"그 사람 잡아 와서 데리고 가요! 그가 두 사람을 덮치게 하라고요!"

"그런데 델마르는 거기 없을 거예요!"

그녀는 머리를 숙였다.

"예, 그럴지도 모르죠?"

그렇게 말한 그녀는 길 한가운데에서 마차들 사이로 말없이 그대로 서 있었다. 그러고는 도둑고양이 같은 눈으로 그를 직시하며 확인했다.

"당신 믿어도 되는 거죠? 우리 둘만의 약속이에요! 그럼 그렇게 하세요. 내일 봐요!"

복도를 지나가면서 프레데릭은 서로 응답하는 두 사람 목소리를 들었다. 아르누 부인의 목소리였다.

"거짓말하지 마세요! 그러니까 거짓말하지 말라고요!"

그가 들어갔다. 그들은 입을 다물었다.

아르누는 이리저리 걷고 있었고 아르누 부인은 무척 창백한 얼굴에 눈은 정면을 응시한 채 난롯가 작은 의자에 앉아 있었다. 프레데릭은 돌아가려는 몸짓을 했다. 아르누는 그에게 닥친 구원의 손길에 행복해져 그의 손을 잡았다.

"그런데 전 염려되는 게……." 프레데릭이 말했다.

"그대로 있어요!" 귀에 대고 아르누가 속삭였다.

부인이 말을 이었다.

"이해하세요, 모로 씨! 이런 일 가정에서 가끔 보는 일이잖아요."

아르누가 쾌활하게 말했다. "문제는 괜한 트집을 잡아 이런 상황을 만든다는 거지. 여자들은 가끔 변덕스러운 생각을 해요! 그러니까 이를테면 이 사람이 나쁜 건 아니오. 아니, 정반대죠! 에, 그런데 한 시간 전부터 끝도 없는 이야기로 나를 괴롭히면서 즐기고 있어요."

조바심에 찬 아르누 부인이 대꾸했다. "그 얘기 모두 사실이잖아! 왜냐면 결국 당신이 그걸 샀으니까."

"내가?"

"그래요, 당신이 직접! 페르시아 사람에게서!"

'캐시미어!' 프레데릭은 생각했다.

그는 죄책감에 두려워졌다.

그녀는 덧붙였다.

"날짜는 지난달 14일 토요일이었어요."

"아! 그날! 정확히 난 크레유에 있었어! 그러니까, 알겠지."

"전혀 아니죠! 왜냐면 14일에 우리는 베르탱 댁에서 저녁 식사를 했으니까요."

"14일······?" 날짜를 찾으려는 듯 눈을 들며 아르누가 말했다.

"그리고 당신한테 물건 팔았던 점원이 금발이었죠!"

"내가 점원을 어떻게 기억하겠어!"

"그 사람이 당신이 부른 대로 주소를 라발 거리 18번지라고 썼잖아요."

"어떻게 알아?" 놀라서 아르누가 말했다.

그녀는 어깨를 으쓱했다.

"아! 간단해요. 캐시미어를 수선하려고 갔었죠. 그리고 상품 코너 책임자가 똑같은 캐시미어 한 개를 아르누 부인 댁에 방금 보냈다고 내게 알려 줬던 거예요."

"같은 거리에 아르누 부인이라는 이름을 가진 사람이 또 있다는 게 내 잘못인가?"

"그래요! 그렇지만 자크 아르누는 아닐 테죠." 그녀가 말을 이었다.

그러자 자기 결백을 주장하며 그는 헛소리를 하기 시작했다. 그건 경멸, 우연, 일어날 수 있지만 설명할 수 없는 일들 중 하나라는 것이었다. 단순한 의심이나 막연한 증표에 따라 사람을 죄인으로 몰 수는 없다고 그는 주장했다. 그러면서 그는 불운한 르쥐르크를 예로 들었다. "결국 당신이 잘못 안 거라고 단언할 수 있어! 맹세할까?"

"그럴 필요 없어요!"

"왜?"

그녀는 아무 말 없이 그를 정면으로 바라보았다. 그러고는 손을 뻗어 벽난로 위 은상자를 집어 들고는 영수증을 활짝 펴서 내밀었다.

아르누의 얼굴이 귀까지 빨개졌다. 이내 무너진 얼굴 윤곽이 부어올랐다.

"이래도요?"

그가 천천히 대답했다. "그렇지만…… 이게 뭘 증명하지?"

고통과 조소가 섞인 묘한 목소리로 그녀가 탄성을 질렀다. "아! 아!"

아르누는 양손 사이에 계산서를 들고는 마치 큰 문제의 해결책을 거기에서 찾아야 하는 것처럼 눈을 떼지 못하다가 계산서를 뒤집었다.

마침내 그가 말했다. "오! 그래, 그래, 생각나. 이건 심부름이야. 당신도 알 텐데, 프레데릭?" 프레데릭은 입을 다물었다. "내게…… 오드리 영감이 부탁했던 심부름 말이오."

"누굴 위해서?"

"그 사람 애인을 위해서!"

"당신 애인을 위해서겠지!" 꼿꼿하게 자리에서 일어서며 그녀가 소리쳤다.

"난 맹세하건대……."

"다시 시작하지 마! 다 아니까!"

"아! 그래, 좋아! 그래서 나를 감시한다는 거야?"

그녀는 차갑게 응수했다.

"그게 섬세한 당신 감정을 건드리나 보지?" 아르누가 모자를 찾으며 말을 이었다. "화가 치밀 때는 그리고 차분히 생각할 방도가 없을 때는……!"

그러고는 크게 한숨을 쉬며 프레데릭을 향해 말했다.

"자네, 결혼하지 말게. 내 말 믿어!"

그는 바람을 쏘이고 싶다며 서둘러 떠났다.

이윽고 커다란 침묵이 흘렀다. 실내 모든 것이 정지되어 버린 느낌이었다. 카르셀등 위로 둥근 빛이 천장을 하얗게 비쳤다. 방 구석구석에는 어둠이 겹쳐져 얇고 검은 베일처럼 퍼져 나갔다. 장작 타는 소리가 시계추가 딱딱거리는 소리에 섞여 들려왔다. 아르누 부인이 벽난로 한쪽 구석에 놓인 소파에 다시 앉았다. 그녀는 몸을 떨며 입술을 깨물었다. 두 손이 올라가고 흐느끼는 소리가 새어 나왔다. 그녀는 울고 있었다.

그는 작은 의자에 앉았다. 그리고 환자에게 하듯 다정한 목소리로 물었다.

"제가 함께였으리라고는 의심하지……?"

그녀는 아무 대답도 하지 않았다. 그러나 자기 상념을 큰 소리로 계속했다.

"그 사람 자유롭게 놔두는데! 거짓말할 필요도 없잖아요!"

프레데릭이 말했다.

"당연하죠. 분명히 그 사람 습관에서 온 결과이고 그는 깊이 생각하지 못했지만 어쩌면 더 중대한 일에 있어서는……."

"이보다 중대한 일이 뭐 있나요?"

"예! 그렇죠!"

프레데릭은 순종의 미소를 지으며 몸을 기울였다. 어쨌든 아르누에게도 장점은 있다고 했다. 자기 아이들을 사랑하는 것이라고 프레데릭은 말했다.

"아! 아이들 망치는 데 좋은 일은 다 하죠!"

너무 무사태평한 그의 기질 때문이었다. 어쨌든 그는 좋은 남자라고 프레데릭은 말했다.

"그런데 좋은 남자라는 게 무슨 뜻이죠?"

그는 할 수 있는 한 가장 막연한 방식으로 이처럼 그를 옹호했다. 그리고 그를 동정하면서 마음 깊은 곳에서는 기뻐하고 즐겼다. 복수심 때문에 혹은 애정이 필요해서 그녀는 자기에게서 위안을 찾을 것이었다. 이런 희망이 엄청나게 부풀어서 그의 사랑을 더욱 강하게 불러일으켰다.

그녀가 이처럼 매혹적이고 이토록 깊이 아름다웠던 적은 없었다. 가끔씩 숨을 들이쉴 때마다 그녀 가슴이 부풀어 올랐다. 한곳을 줄곧 응시하는 두 눈은 내면의 심상 탓에 더욱 커진 듯했고 입술은 자기 영혼을 주려는 듯 반쯤 열려 있었다. 그녀는 가끔씩 손수건을 입술에 세게 갖다 대었다. 그는 눈물에 젖은 그 작은 모시 조각이고 싶었다. 자신도 모르게 그는 베개에 놓인 그녀 머리를 상상하면서 알코브 안쪽 잠자리를 바라보았다. 그리고 이 모습이 너무도 뚜렷해 그녀를 끌어안지 않으려고 안간힘을 썼다. 그녀는 조금 진정이 되어 힘없이 눈을 감았다. 그러자 그는 좀 더 가까이 다가가 그녀 위로 몸을 기울이고 탐욕스럽게 그 얼굴을 살펴보았다. 복도에서 부츠 소리가 들렸다. 아르누였다. 그들은 그가 방문을 닫는 소리를 들었다. 프레데릭은 아르누 부인에게 몸짓으로 그를 보고 올지 물었다.

그녀는 같은 방식으로 '그래요.'라고 대답했다. 이렇게 무언으로 서로의 생각을 주고받는 것은 합의나 불륜의 시초와도 같은 것이었다.

잠자리에 들기 위해 아르누는 외투를 벗는 중이었다.

"그래, 집사람은 어떻소?"

프레데릭이 말했다. "아! 나아졌어요! 곧 지나갈 거예요!"

그러나 아르누는 힘이 들었다.

"당신은 그 사람을 몰라요! 그 사람 지금 신경이 날카로워요……! 바보 같은 점원! 너무 사람 좋은 게 지나치면 어떻게 되는지를 보여 주는 일이오! 내가 이 저주받은 숄을 로자네트에게 주지 않았더라면!"

"아무 후회 마세요! 그녀가 당신한테 더할 수 없이 고마워했잖아요!"

"그렇게 생각해요?"

프레데릭은 그러리라 확신한다고 말했다. 그 증거는 그녀가 방금 오드리 영감을 내쫓았다는 사실이었다.

"아! 불쌍한 여자!"

그리고 아르누는 감격에 겨워 그녀 집으로 달려가려 했다.

"그럴 필요 없어요! 거기서 오는 길이에요. 그녀는 아파서 누워 있어요!"

"그러니까 더욱 가 봐야지!"

그는 재빨리 외투를 걸치고 휴대용 촛대를 집어 들었다.

프레데릭은 자신의 어리석음을 저주하며 그에게 예의상 오늘 저녁은 아내 곁에 있으라고 주의를 주었다. 이렇게 그녀를 내버려 둘 수는 없었다. 너무 가슴 아픈 일이었다.

"솔직히 그러시면 안 됩니다! 저쪽 일에는 서두를 이유가 하나도 없어요! 내일 가세요! 자! 저를 위해 그렇게 해 줘요."

아르누는 휴대용 촛대를 내려놓았다. 그리고 그를 껴안으며 말했다.

"좋은 사람이야, 당신!"

3

마침내 프레데릭에게 비루한 생활이 시작되었다. 아르누 집의 식객이 된 것이다. 누군가 아프기라도 하면 소식을 알려고 하루에 세 번씩 찾아가거나 피아노 조율사에게 심부름 가기도 하고 온갖 배려를 생각해 냈다. 그리고 토라진 마르트 양이나 항상 더러운 손으로 그의 얼굴을 만지는 어린 외젠을 견뎌 내며 만족한 표정을 지어 보였다. 그는 남편과 부인이 서로 마주 앉아 말 한 마디 나누지 않는 저녁 식사에 참석했다. 아니면 아르누가 기묘한 지적으로 그의 아내를 귀찮게 했다. 식사가 끝나면 그는 아들과 방에서 놀았고 가구 뒤에 숨거나 베아른 사람처럼 그를 등에 업고 네발로 기어 다녔다. 마침내 그가 떠나면 그녀는 즉시 영원한 불평거리인 아르누 얘기를 끄집어냈다.

그녀가 그의 바람기에 화내는 것은 아니었다. 그녀는 자존심 때문에 고통스러워하는 것 같았다. 그리고 섬세함도 품위도 명예도 없는 이 남자에 대한 혐오감을 드러내 보였다.

"차라리 그 사람은 미친 거야!" 그녀는 말했다.

프레데릭은 은근히 그녀가 자기 이야기를 털어놓도록 부추겼다. 이내 그는 그녀의 인생 전체에 대해 알게 되었다.

그녀의 부모는 샤르트르의 소부르주아였다. 어느 날 강가에서 그림을 그리던 아르누(이 시절에 아르누는 자신이 화가라고 믿었다.)가 교회에서 나오는 그녀를 보고 청혼했다. 그녀는 그의 재산 때문에 주저하지 않았다. 게다가 그는 그녀를 미친 듯이 사랑했다. 그녀는 덧붙였다.

"세상에, 그 사람은 아직도 나를 사랑해요! 자기 방식대로!"

그들은 처음 몇 달 동안 이탈리아를 여행했다.

아르누는 풍경과 걸작 들에 열정이 있음에도 포도주에 불평을 늘어놓을 뿐이었고 기분 전환 겸 영국인들과의 소풍을 주선했다. 그림 몇 점을 되판 것을 계기 삼아 그는 예술 사업에 뛰어들었다. 그런 다음에는 도기 제조에 심취했다. 지금은 또 다른 투기 사업에 유혹을 느꼈다. 점점 더 야비해지면서 그에게 거칠고 호사스러운 습관이 생겼다. 그녀는 그의 결점보다는 그의 모든 행동을 비난해야 했다. 어떤 변화도 있을 수 없었고 그녀 불행은 돌이킬 수 없어졌다.

프레데릭은 자기 인생 역시 실패작이라고 단정했다.

그렇지만 그는 아직 젊었다. 왜 절망하려고 해요? 이렇게 말한 다음 그녀는 그에게 충고의 말을 건넸다. "일을 하세요! 결혼도 하고요!" 그는 쓸쓸한 미소로 대답했다. 자기 슬픔의 진정한 원인을 말하는 대신 그는 저주받은 앙토니[56] 흉내를 조금 내며 또 다른 숭고한 이유가 있는 듯 가장했다. 게다가 이 말이 완전히 그의 생각을 왜곡하는 것은 아니었다.

어떤 사람들은 욕망이 강한 만큼 오히려 행동하기가 불가능하다. 자기 불신으로 당혹스러워하고 마음에 들지 않으면 어쩌나 하는 두려움에 빠진다. 게다가 그들의 깊은 애정은 정숙한 여자들과도 같다. 누구 시선을 끌게 될까 두려워 눈을 내리뜬 채 인생을 보낸다.

아르누 부인을 좀 더 알게 되었지만 (어쩌면 그런 이유로) 그는 이전보다 더욱더 겁을 먹었다. 매일 아침 그는 대담해지자고 스스로 다짐했다. 극복할 수 없는 수줍음이 그를 가로막았다. 그리고 어떠한 선례도 거울이 되어 자신을 이끌어 줄 수 없었다. 그녀는 다른 여자들과 달랐기 때문이다. 자신이 품은 환상의 위력으로 그는 그녀를 인간 조건 밖에 세워 놓았다. 그녀 옆에 있으면 자신이 그녀 가위에서 떨어진 비단 실오라기보다도 하찮게 느껴졌다.

이제 그는 어떤 것도 그녀의 경멸에 직면하는 것보다는 쉽겠다고 생각하며 기괴하고 부조리한 일들을 생각했다.

게다가 아이들, 하녀 두 명, 방 배치가 넘을 수 없는 장애물이었다. 그래서 그는 그녀를 혼자서 소유하기로, 둘이서 아주 멀리 조용히 외딴 곳으로 떠나기로 결단을 내렸다. 그는 심지

---

56) 알렉상드르 뒤마의 소설 『앙토니』의 주인공이다. 사랑에 빠진 우울한 인물로 전형적인 낭만 소설의 캐릭터다.

어 물이 푸른 호수는 어디이고 모래가 충분히 부드러운 해변은 어디인지 스페인인지 스위스인지 아니면 근동 지방인지를 찾았다. 그리고 일부러 그녀가 더욱 화가 나 있는 날을 택해 이 상황에서 벗어나 다른 방도를 생각해야 한다며 헤어지는 것 외의 다른 길은 보이지 않는다고 말했다. 그러나 아이들에 대한 사랑 때문에 절대로 그런 극단까지는 이르지 않을 거라고 그녀는 말했다. 그토록 강한 정절에 그의 존경심은 배가되었다.

그의 오후 시간은 전날 방문을 추억하고 저녁 방문을 기다리느라 지나갔다. 그들 집에서 저녁 식사를 하지 않는 날에는 9시쯤 길모퉁이에서 서성거렸다. 그리고 아르누가 대문을 닫자마자 프레데릭은 후다닥 두 층을 올라가 순진한 표정으로 하녀에게 물었다.

"선생님 계신가요?"

그러고는 그가 없어 놀라워하는 표정을 지었다.

아르누는 흔히 예고 없이 돌아왔다. 그러면 지금은 르쟁바르가 자주 드나드는 생트안 거리에 있는 작은 카페까지 그를 따라가야 했다.

시투아앵은 왕권에 대해 몇몇 새로운 불평을 늘어놓는 것으로 시작했다. 그런 다음 그들은 서로에게 우정 어린 폭언을 해 대면서 이야기를 나누었다. 도기 제조업자는 르쟁바르를 상당히 수준 높은 사색가로 여겼기 때문에 그 많은 재주가 헛되이 낭비되는 것을 마음 아파 하면서 그더러 게으르다고 곧잘 놀려 대곤 했다. 시투아앵은 아르누가 관대함과 상상력이 넘치는 사람이지만 정말 부도덕하다고 생각했다. 또한 그를 한 치 아량 없이 대하고 "격식이 부담스럽다."라며 그의 집에서 저녁 식사하기를 거절했다.

때로 헤어질 순간에 아르누는 심한 공복감에 사로잡혔다. 그는 오믈렛이나 익힌 사과를 먹고 싶은 '욕구'를 느꼈다. 그럴 때 먹을 것이 카페에는 전혀 없었기 때문에 찾으러 보냈다. 모두들 기다렸다. 르쟁바르는 자리를 뜨지 않았고 결국 중얼거리며 무언가를 받아들었다.

어쨌든 그는 절제했다. 반쯤 채워진 같은 잔 앞에서 몇 시간을 앉아 있기 때문이었다. 하늘이 세상사를 전혀 자기 생각대로 돌아가게 하지 않자 그는 침울해졌고 신문도 더 이상 읽으려 하지 않았으며 영국 이름만 들어도 소리를 질렀다. 한번은 그에게 서비스를 잘못한 사환에게 소리쳤다. "외국에서 받은 수모로 족하지 않아!"

이렇게 흥분할 때를 제외하고 그는 말없이 앉아 있었다. "가게 전체를 폭발시킬 만한 절대 확실한 일격"을 곰곰이 생각하며 아르누는 단조로운 목소리와 약간 취한 듯한 시선으로 자신이 대범함으로 빛을 발했던 믿지 못할 일화들을 이야기했다. 그럴 때면 프레데릭은 그의 인격에 이끌리는 자신을 느꼈다.(분명히 깊이 닮은 데 기인하는 것이었다.) 그는 그를 증오해야 한다고 생각하며 스스로 자신의 나약함을 질책했다.

아르누는 그의 면전에서 자기 아내의 성미, 고집, 부당한 편견을 한탄했다. 예전에는 이렇지 않았다고 했다. 프레데릭이 말했다. "내가 당신이라면 부인에게 연금을 마련해 주고 혼자

살겠어요."

아르누는 아무 대답이 없었다. 그리고 잠시 후에 그녀의 칭찬을 늘어놓기 시작했다. 그녀는 선량하고 헌신적이며 영리하고 정숙하다고 했다. 그리고 그녀의 신체적 장점을 들먹이면서 마치 여인숙에 자신 보물을 벌려놓는 사람들처럼 경솔하게 새로운 사실들을 늘어놓았다.

한 가지 큰 불행이 그의 균형을 깨뜨려 놓았다.

그는 감사원의 일원으로 고령토 회사에 들어갔다. 그러나 사람들이 그에게 한 이야기를 모두 믿었고 정확하지도 않은 보고서에 서명을 했으며 확인도 하지 않은 채 경영자가 부정한 방법으로 작성한 연간 명세 목록에 승인을 했다. 그런데 회사는 파산했고 민법상 책임이 있는 아르누는 다른 사람들과 함께 방금 손해를 배상하라는 형을 받았으며 판결 이유로 더욱 벌금이 무거워져 약 3만 프랑 손실을 보았다.

프레데릭은 이 사실을 신문에서 읽고 파라디 거리로 달려갔다.

그는 아르누 부인 방으로 안내받았다. 아침 식사 시각이었다. 난로 옆에 놓인 탁자에 밀크 커피 사발이 널려져 있었다. 슬리퍼가 양탄자 위를 굴러다녔고 옷가지들이 소파에 흩어져 있었다. 내의에 편물 자켓을 걸친 아르누는 눈이 빨갛고 머리는 헝클어진 채였다. 귀앓이를 하는 어린 외젠은 잼과 버터 바른 빵을 먹으면서 울었다. 그의 누이는 조용히 먹었다. 평소보다 안색이 창백한 아르누 부인은 세 사람 시중을 들고 있었다.

아르누가 "이렇게 됐어요. 아시죠!"라고 크게 한숨을 내쉬며 말했다. 프레데릭이 동정하는 몸짓을 하자 그는 덧붙였다.

"보세요! 사람들을 믿었던 게 화근이죠!"

그러고는 입을 다물었다. 그는 너무 낙심한 나머지 점심 식사를 물리쳤다. 아르누 부인은 어깨를 으쓱하며 눈을 위로 떴다. 그는 손으로 이마를 쓸었다.

"어쨌든 난 죄가 없어요. 자책할 일 없다고요. 이건 불행이에요! 헤어나겠죠! 아! 세상에, 어쩔 수 없지!"

그러고는 아내의 권유에 순응하며 브리오슈를 먹기 시작했다.

그는 저녁에 메종 도르의 별실에서 아내와 단둘이 저녁 식사를 하고 싶어 했다. 아르누 부인은 남편의 이러한 감정 변화를 이해하지 못했고 자신을 창녀 취급한다고 생각해서 모욕감을 느꼈다. 아르누는 오히려 애정의 표시라고 했다. 그러다가 지루해지자 그는 기분 전환 겸 라 마레샬 집에 갔다.

지금까지 그의 선량한 성격 때문에 사람들은 많은 부분에서 그에게 관대했다. 소송 사건 이후 그는 평판 나쁜 사람으로 분류되었다. 쓸쓸한 분위기가 그의 집 주위를 맴돌았다.

프레데릭은 명예 때문에라도 더 자주 그들을 보러 가야 한다고 믿었다. 그는 이탈리아 극장 일등석을 예약해 놓고 매주 그들을 데리고 갔다. 그러나 이들 부부 사이가 틀어진 데다 서로 양보하는 습관이 어쩔 수 없는 권태감을 불러 삶을 견딜 수 없게 하는 시기에 이르러 있었다. 아르누 부인은 감정을 터트리지 않으려고 애를 썼고 아르누는 점점 우울해졌다. 이 두 사람의 불행한 모습에 프레데릭은 서글펐다.

그를 믿었기 때문에 그녀는 그에게 남편 사업에 대해 알아 봐 달라는 부탁을 했다. 그러나 그는 수치심을 느꼈다. 아르누의 아내를 탐하면서 함께 저녁 식사를 한다는 사실이 고통스러웠다. 어쨌든 그녀를 지키고 그녀에게 도움을 줄 기회가 올 수도 있다고 스스로에게 변명하며 그는 계속했다.

무도회가 지나고 일주일 후에 그는 당브뢰즈 씨를 찾아갔다. 은행가는 그에게 자기 석탄 회사 주식을 스무 주 정도 사라고 권했는데 프레데릭은 다시 찾아가지 않았다. 델로리에가 그에게 편지 여러 통을 썼지만 그는 답하지 않았다. 펠르랭이 그에게 초상화를 보러 오라고 권했지만 프레데릭은 항상 펠르랭을 돌려보냈다. 그러나 로자네트를 알고 싶다며 귀찮게 따라 다니던 시지에게는 항복했다.

그녀는 그를 매우 정중하게 대했지만 옛날처럼 그의 목을 끌어안지는 않았다. 그의 친구는 불순한 여자 집에 가서 배우와 이야기하게 된 것을 특히 기뻐했다. 델마르가 와 있었던 것이다.

한 연극에서 루이 14세에게 교훈을 주고 1789년 대혁명을 예언하는 평민 역할이 대성공을 거두자 델마르에게 계속 비슷한 역할이 주어졌다. 지금 그가 맡는 역할은 주로 모든 나라의 군주를 우롱하는 것이었다. 영국 맥주 판매업자로 분하여 찰스 1세를 비난하고 살라망카 대학생으로 필리프 2세를 저주했다. 아니면 예민한 아버지로서 퐁파두르 부인에게 분노를 터트리기도 했는데 이게 가장 멋진 역할이었다! 그를 보려고 남자아이들이 분장실 문에서 기다렸다. 막간에 파는 그의 전기에는 늙은 어머니를 보살피고 복음서를 읽으며 가난한 자들을 돕는, 말하자면 브루투스와 미라보가 합쳐진 성 뱅상 드 폴의 이미지로 그가 묘사되어 있었다. 모두들 '우리 델마르'라고 말했다. 다들 그를 전도하는 사명이 있는 그리스도로 여겼다.

이 모든 것에 로자네트는 매료되었다. 그래서 돈을 별로 탐하지 않는 그녀는 아무 근심도 없이 오드리 영감을 떠났다.

그녀의 사람됨을 아는 아르누는 이 점을 이용해 오랫동안 적은 돈으로 그녀와의 관계를 유지했다. 영감이 끼어들었고 세 사람 모두 조심스럽게 서로 상황을 분명히 설명하기를 꺼려 왔다. 그녀가 자신만을 위해 다른 쪽을 밀쳐 냈다고 생각한 아르누는 그녀에게 주던 생활비를 올려 주었다. 그러나 더욱더 절제된 생활을 하고 있음에도 그녀의 요구가 더 잦아진 이유를 알 수 없었다. 옛날 빚을 청산하기 위해서라며 그녀는 심지어 캐시미어까지 팔았다. 그는 항상 주었고 그녀는 가차 없이 그를 뇌쇄하고 이용했다. 이렇게 해서 계산서와 인지 붙은 서류 들이 집 안에 비 오듯 날아들었다. 프레데릭은 곧 위기가 닥칠 것이라 느꼈다.

어느 날 그는 아르누 부인을 만나러 갔다. 그녀는 외출 중이었다. 남편은 아래층 가게에서 일하고 있었다.

아르누는 대형 도자기들을 앞에 놓고 젊은 부부와 시골 부르주아를 속임수로 밀어붙이는 중이었다. 그는 성형, 돌림판에 걸기, 잔금이 가게 구운 상태, 광택에 대해 이야기했다. 상대는 아무것도 모른다는 기색을 보이지 않으려고 고개를 끄덕이고는 물건을 샀다.

고객들이 떠나자 그는 아침에 아내와 작은 언쟁이 있었다고 말했다. 지출에 대한 잔소리를 사전에 막기 위해 그는 라 마레샬이 더 이상 그의 애인이 아니라고 아내에게 단언했다.

"아내에게 심지어 그녀가 당신 애인이라고 말했어요."

프레데릭은 화가 났다. 그러나 비난할 경우 그의 내심이 드러날 수도 있었기에 더듬거리며 말했다.

"아! 잘못하신 거예요, 크게 잘못하신 거예요!"

아르누가 말했다. "그러면 어때서? 그 사람 연인으로 보이는 게 수치스러운 일은 아니잖소? 나, 나한테는 애인이 맞죠! 그렇게 여겨지는 데 자부심을 느껴야 되는 거 아닌가요?"

그녀가 얘기했을까? 이건 암시인가? 프레데릭은 급히 대답했다.

"전혀 수치스럽지 않아요! 오히려 그 반대죠!"

"아! 그럼 상관없는 거죠?"

"예, 그렇죠! 상관없어요."

아르누가 말을 이었다.

"왜 거기 더 이상 안 가죠?"

프레데릭은 다시 가기로 약속했다.

"아! 잊었어요! 로자네트 얘기를 하면서 당신이…… 아내에게 뭔가 드러내야 할 텐데…… 뭔지 모르겠지만 당신이…… 당신이 그녀의 연인이라는 사실을 납득시킬 수 있는 무언가를 찾아봐요. 당신에게 도움을 청하는 셈치고 이런 부탁 하는 거예요, 알죠?"

청년은 대답하는 대신 모호하게 얼굴을 찌푸렸다. 이러한 중상은 자기 평판을 실추시킬 것이었다. 그는 그날 저녁 그녀를 찾아가 아르누 주장은 사실이 아니라고 단언했다. "정말이에요?"

그는 신실해 보였다. 이내 그녀는 크게 한숨을 내쉰 다음 아름다운 미소를 지으며 말했다. "당신 말을 믿어요." 그러고는 고개를 숙인 다음 그에게서 눈을 돌린 채 덧붙였다.

"그리고 뭘 하든 당신 자유니까요."

그러니까 그녀는 그의 심정에 대해 아무 짐작도 하지 못했다. 그가 그녀를 충분히 사랑하기 때문에 다른 여자를 만나지 않는다는 사실을 그녀가 생각하지 못한다는 것은 자신에 대한 모욕과도 같았다! 프레데릭은 또 다른 여자의 마음을 끌기 위해 여러 가지 술수를 썼던 일은 잊어버린 채 뭘 하든 자유라는 말에 심한 모멸감을 느꼈다.

한편 그녀는 그에게 '그 여자 집'에 가끔 찾아가 상황을 살펴봐 줄 수 없는지 부탁했다.

그러다 아르누가 나타나 오 분 후 프레데릭을 로자네트 집으로 끌고 가려 했다.

더 이상 견디기 힘든 상황이었다.

이튿날 1만 5000프랑을 보낸다는 공증인 편지를 받고 그는 잠시 이 상황에서 벗어났다. 델로리에게 소홀했던 것을 만회하기 위해 그에게 이 좋은 소식을 전해 주러 갔다.

변호사는 트루아마리 거리에 있는 건물 6층, 뜰을 향해 나 있는 방에 살고 있었다. 바닥에 타일이 깔리고 벽에는 회색 벽지가 발라진 써늘한 그의 작은 서재에 장식이라고는 거울 옆 흑단 액자에 끼워진 박사 학위 금메달뿐이었다. 마호가니 책장 유리문 너머로 책 백여 권이 진열되어 있었다. 양가죽이 덮인 책상이 방 한가운데 놓여 있었고 네 구석에는 낡은 초록색 벨벳 소파 네 개가 있었다. 벽난로에는 나뭇조각이 타고 있었고, 벨이 울리면 불을 붙이기 위한 장작 더미가 놓여 있었다. 손님을 받는 시간이었다. 변호사는 하얀 넥타이를 매고 있었다.

1만 5000프랑 얘기를 꺼내자 (더 이상 기대하지 않고 있었는지) 그는 기뻐서 히죽 웃었다.

"잘됐어, 친구. 잘됐어, 정말 잘됐어!"

그는 불 속에 장작을 던져 넣고 다시 앉았다. 그러고는 곧장 신문 얘기를 했다. 맨 먼저 해야 할 일은 위소네를 떨쳐 버리는 일이었다.

"그 바보 때문에 피곤해! 그리고 내 생각에 어떤 사상을 관철하는 가장 공정하고도 강력한 방법은 어떤 사상도 품지 않는 거야."

프레데릭은 놀란 듯했다.

"맞아, 틀림없어! 이제 정치를 과학적으로 다루어야 할 때야. 루소 같은 문학자들이 정치에 박애, 시, 그 밖에 엉터리 생각들을 개입한 덕에 제일 좋았던 건 가톨릭주의자들이지. 게다가 이런 연계는 당연한 거야, 근대 개혁론자들이 모두 하느님의 계시를 믿었으니까.(난 증명할 수 있어.) 하지만 네가 폴란드를 위해 미사곡을 부른다면, 사형 집행자인 도미니크회 신

대신 실내 장식업자인 낭만주의 신을 선택한다면, 요컨대 '절대'라는 것에 대해 너의 선조들보다 광범위한 개념을 지니지 못한다면 공화주의적 형상 밑에 군주제가 나타날 테고 네 개혁주의의 빨간 모자도 사제의 둥근 모자에 지나지 않게 될 거야! 단지 독방 제도가 고문을 대신하고 종교 모독죄가 신성 모독을, 유럽 협력 일치가 신성 동맹을 대신하겠지. 그리고 루이 14세의 잔해와 볼테르의 폐허 위에 제정 체제로 겉치장을 하고 영국 정치 체제의 단편으로 만들어진, 사람들이 감탄해 마지 않는 그럴듯한 질서 속에서 시 의회가 시장을, 총의회가 도지사를, 의회가 왕을, 신문이 권력을, 행정이 모든 사람을 괴롭히는 장면을 보게 될 거야! 그런데 선량한 사람들은, 누가 뭐라 하든 비루하고 압제적인 의식의 산물인 민법에 경탄하지. 입법자가 관습을 정규화한다는 자기 본분을 수행하는 대신 리쿠르고스[57]식 사회를 만들겠다고 주장했기 때문이야! 왜 집안의 가장이 법 때문에 유언에 대해서조차 난감해해야 할까? 왜 법은 부동산 강제 매매를 구속할까? 왜 경범죄도 안 되는 방랑을 불법으로 처벌할까? 이 밖에 다른 것들도 많지! 그것들을 난 알아! 그래서 난 '법률 사상사'라는 짧은 소설을 쓸 생각이야, 재미있을 거야! 그러고 보니 굉장히 목마른데! 너는?"

그는 창밖으로 몸을 내밀어 술집에 가서 그로그를 사 오라고 문지기에게 소리쳤다.

---

57) 기원전 9세기 스파르타의 전설적 입법자.

"요컨대 난 세 부분…… 아니! 세 부류 사람들이 있다고 보는데(어느 부류에도 관심 없지만) 가진 자, 못 가진 자, 가지려고 애쓰는 자가 그것들이지. 그런데 바보같이 권력을 맹목적으로 숭배한다는 점에서는 셋 모두 일치하지! 예를 들면 마블리는 철학자들이 자기 이론을 출판하는 걸 금지하도록 권장하고 기하학자 브롱스키는 자기 식대로 검열을 '추론의 자발성에 대한 비판적 압제'라고 부르며 앙팡탱 노인은 이탈리아를 압박하기 위해 알프스를 넘어 강력한 손을 뻗친 합스부르크 가문을 축복하고 피에르 르루는 사람들이 웅변가 연설을 듣도록 강요하며 루이 블랑은 국가라는 종교로 기울고 있을 정도로 이 국민들은 신복하며 정부에 열광하고 있어! 끝없이 원칙이라는 걸 내세우지만 단 하나도 합법적인 것은 없어. 그러나 '원칙'은 '기원'을 뜻하니까 항상 혁명, 폭력 행위, 과도기적 사건에 의거해야만 해. 이렇게 해서 우리 신문이 취할 정부 원칙은 의회 형태에 주권 재민의 뜻을 포함하자는 거야! 의회가 이걸 인정하지 않겠지만 말야. 그런데 어떤 점에서 국민의 주권이 신권보다 신성하다는 거지? 둘 다 허구야! 형이상학에는 질력이 났고 환상도 그만이다! 거리를 청소하는 데 교리는 필요 없어! 날더러 사회를 전복한다고 말하겠지? 그래서? 안 될 건 뭐지? 너의 그 사회가 깨끗하기도 하겠지."

프레데릭은 그에 반해 하고 싶은 말이 많았다. 그러나 세네칼의 이론에서 멀어진 그를 보니 마음속에 관대함이 넘쳤다. 그래서 프레데릭은 그런 체계로는 대다수 사람들의 증오를 살 거라고 반박하는 것으로 그쳤다.

"그 반대야, 각 당파에게 반대파를 증오한다는 보증이 될 테니까 모두가 우리를 신뢰할 거야. 너도 동참해서 우리 신문에 뛰어난 비평을 실어 줘야지!"

모든 통념들, 아카데미 프랑세즈, 고등 사범 학교, 국립 예술 학교, 코메디 프랑세즈같이 제도화된 모든 것을 공격해야 한다고 델로리에가 말했다. 이게 그들 잡지를 관통하는 사상이 될 것이었다. 그런 다음 자리를 잡게 되면 잡지를 신문으로 탈바꿈할 거고 그때부터 인신공격을 시작할 예정이라고 했다.

"모두 우리를 존중하게 될 거야, 틀림없어!"

델로리에는 그의 오랜 꿈을 얘기하고 있었다. 편집장으로서 다른 사람들을 이끌어 가고 기사를 단호히 자르며 주문하고 거절하는, 형언할 수 없는 행복을 말이다. 그의 안경 속 두 눈이 번쩍거렸다. 그는 흥분해서 기계적으로 작은 잔에 담긴 독한 술을 연거푸 마셨다.

"네가 일주일에 한 번씩 만찬을 열어야 해. 필수적이야, 네 수입의 반이 거기로 빠져 나간대도! 사람들이 오고 싶어 하고 그들 중심이 되는 만찬회가 너에게는 지렛대가 될 거야. 두고 봐라, 문학과 정치, 양면에서 의견을 조종하면서 육 개월 안에 우리는 다른 사람들을 제치고 두각을 나타내게 될 거야."

프레데릭은 그의 얘기를 들으며 마치 방 안에 오래 틀어박혀 있다가 밖으로 나온 사람처럼 생기가 솟아남을 느꼈다. 상대의 열기에 동화된 것이었다.

"그래, 내가 게을렀어. 바보였다고. 네 말이 옳아!"

델로리에가 소리쳤다. "반갑다! 나의 프레데릭을 다시 찾

왔어!"

그러면서 프레데릭의 턱 밑에 주먹을 대며 말을 이었다.

"아! 네가 나를 힘들게 했었지, 상관없어! 어쨌든 난 네가 좋아."

그들은 선 채로 감동에 젖어 곧 포옹할 기세로 서로 바라보았다.

대기실 문턱에 한 여자의 모자가 나타났다.

"웬일이야?" 델로리에가 말했다.

그의 정부 클레망스 양이었다.

그녀는 우연히 그의 집 앞을 지나가다 보고 싶은 마음을 참지 못해 들렀다고 했다. 그러면서 함께 먹을 간식으로 가져온 과자를 탁자 위에 놓았다.

"서류 조심해!" 변호사가 날카롭게 말했다. "게다가 내가 손님 상담하는 시간에는 오지 말라고 한 게 이걸로 세 번째야."

그녀가 키스하려고 했다.

"됐어! 어서 가! 그만 가라니까!"

그가 밀쳐 내자 그녀는 크게 울음을 터트렸다.

"아! 정말 이제 지겨워."

"당신을 사랑하니까 그렇죠!"

"난 누가 나를 사랑하는 게 아니라 시중만 들어 주길 바라."

그토록 냉혹한 말에 클레망스는 울음을 그쳤다. 그녀는 창문에 머리를 기댄 채 가만히 있었다.

그녀의 태도, 침묵에 델로리에는 역정이 났다.

"끝났으면 마차 불러야겠지?"

"쫓아내는 거야!"

"물론이지!"

그녀는 마지막으로 커다란 푸른 눈으로 애원하듯 그를 바라본 다음 체크무늬 모직 숄을 두르고 떠났다.

"다시 불러오지 그래." 프레데릭이 말했다.

"됐어!"

그러고는 나가야겠다며 델로리에는 세면실 겸용 부엌으로 갔다. 바닥에는 부츠 옆에 먹다 남은 초라한 점심 식사가 놓여 있었고 구석에는 매트와 이불이 둘둘 말린 채 뒹굴고 있었다.

그가 말했다. "이건 너한테 내가 후작 부인들을 집에 거의 데려오지 않는다는 걸 보여 주는 거야! 그런 여자들 없이도 편히 살지 뭐! 그리고 다른 여자들도 마찬가지야. 돈 한 푼 안 드는 여자들도 시간을 뺏어 가. 시간도 형태가 다른 돈이라 할 수 있지. 그런데 난 부자가 아니란 말이야! 게다가 여자들은 하나같이 그처럼 바보 같으니! 바보 같아! 넌 여자와 얘기할 수 있니?"

그들은 퐁뇌프 다리 모퉁이에서 헤어졌다.

"그럼 알지! 내일 받는 즉시 나한테 얘기한 거 갖다 줘."

"알았어!" 프레데릭이 말했다.

다음 날 일어났을 때 그는 은행 수표 1만 5000프랑을 우편으로 받았다.

이 종잇조각은 그에게 커다란 돈주머니 열다섯 개를 의미했다. 그는 이 돈으로 할 수 있는 일을 생각했다. 우선 곧 팔아야만 했던 마차를 팔지 않고 삼 년 동안 끌 수 있었다. 아니면 볼테르 강변에서 보았던 금장식 박힌 갑옷 두 벌을 살 수도 있었고 그 밖에 수많은 것들, 그림이나 책 그리고 아르누 부인을 위한 꽃다발과 선물을 얼마나 많이 살 수 있을까! 어떤 것도 그처럼 많은 돈을 이 신문에 투자해 모험하고 잃는 것보다는 나았다. 전날 그의 냉담한 모습을 떠올리니 마음이 식었고 델로리에가 주제넘게 생각되었다. 프레데릭이 후회하고 있을 때 놀랍게도 아르누가 들어왔다. 그는 시달린 사람처럼 침대 모서리에 무겁게 털썩 걸터앉았다.

"도대체 무슨 일이에요?"

"어찌해야 될지 모르겠소!"

그는 그날 중으로 반루아라는 사람에게 빌린 1만 8000프랑을 생트안 거리에 있는 공증인 보미네 씨 사무실에 지불해야 했다.

"알 수 없는 불상사예요! 그를 안심시킬 만한 담보를 주었는데 말이오! 오늘 오후에 지불하지 않으면 지불 명령에 들어간다고 나를 위협하고 있소!"

"그렇게 되면요?"

"그러면 간단하죠! 내 재산을 차압하겠죠, 첫 번째 공고에 난 파산하게 될 거요, 간단해요! 아! 내게 이 저주받은 빚을 빌려 줄 사람을 찾을 수 있다면 그 사람은 반루아 자리를 차지하고 난 구제될 텐데! 당신에게 혹시 그만한 돈 없소?"

우편환이 머리말 탁자 위 책 옆에 놓여 있었다. 프레데릭은 대답을 하며 책을 들어 그 위에 놓았다.

"어쩌나, 없는데요."

그러나 아르누를 거절하기가 괴로웠다.

"어떻게, 누군가…… 도와줄 만한 사람 없을까요?"

"없어요! 일주일 후에 돈이 들어올 거예요! 이달 말에 들어올 돈이 어쩌면 5만 프랑은 될 거예요!"

"그러면 채무자들에게 미리 지불해 달라고 부탁할 수는 없나요?"

"아, 그건……!"

"아니면 유가 증권이나 수표 가지신 거 없어요?"

"아무것도 없어요!"

"어떻게 하죠?" 프레데릭이 말했다.

"내가 생각 중인 게 그거예요." 아르누가 말을 이었다.

그는 말이 없었다. 그러다 이리저리 방 안을 거닐었다.

"맙소사, 나를 위해서가 아니에요! 아이들을 위해서, 불쌍한 집사람을 위해서예요!"

그러고는 한 마디 한 마디 띄엄띄엄 말했다.

"결국…… 난 아주…… 모든 짐을 다 싸서…… 돈 벌러 떠나야겠죠…… 어디로인지는 나도 모르지만!"

"말도 안 돼요!" 프레데릭이 소리쳤다.

아르누는 평정한 모습으로 대꾸했다.

"내가 지금 어떻게 파리에 살겠어요?" 긴 침묵이 흘렀다.

프레데릭이 말을 꺼냈다.

"돈은 언제 돌려주실 거죠?"

그가 돈이 있어서가 아니었다. 그 반대였다! 그러나 그가 친구들을 만나 본다든지 여기저기 알아보는 일을 못 할 건 없었다. 그러고 나서 그는 옷을 길아입기 위해 종을 울려 하인을 불렀다. 아르누가 그에게 감사해했다.

"1만 8000프랑이 필요하신 거죠?"

"오! 1만 6000프랑이면 족해요! 2500~3000프랑은 내게 있는 은제품으로 마련할 수 있어요, 반루아가 내게 내일까지 시간을 준다면요. 그리고 다시 말하는데 빌려 주는 사람한테 일주일 안에, 어쩌면 오륙 일 안에 돈을 돌려주겠다고 단언하고 맹세해도 돼요. 게다가 담보가 보장을 하니까. 그러니까 전혀 위험은 없어요, 알아듣겠소?"

프레데릭은 알았다며 즉시 나갈 거라고 단언했다.

그는 델로리에를 저주하며 그대로 집에 머물렀다. 약속을 지키고자 했지만 아르누를 돕고 싶기도 했기 때문이다.

'당브뢰즈 씨한테 얘기해 보면 어떨까? 그런데 무슨 구실로 돈을 빌리지? 오히려 그의 석탄 주식에 내가 대금을 갖다 줘야 하는데! 아! 그 사람 주식은 나도 모르겠다! 내가 빚진 것도 아닌데!'

프레데릭은 마치 당브뢰즈 씨의 부탁을 거절하기라도 한 것처럼 자기 독립성을 자찬했다.

이어 그는 생각했다. '그러면 이쪽에서 돈을 잃는 게 되지, 왜냐면 1만 5000프랑으로 10만 프랑을 벌 수도 있을 테니까! 주식 거래에서 가끔 볼 수 있는 일이잖아…… 그러니까 내가 한쪽을 저버리면 뭐든 내 뜻대로 할 수 있는 거 아니야? 게다가 델로리에가 좀 기다려 준다면! 아니, 아니, 그러면 안 돼, 가자!'

그는 시계를 보았다.

'아! 서두를 필요 없겠군. 은행은 5시에 문 닫잖아.'

그러고는 4시 30분에 돈을 찾은 다음 생각했다.

'소용없어, 지금은! 못 만날 거야. 오늘 밤에 가야지!'

그는 이렇게 결심을 번복할 구실을 스스로에게 주었다. 의식 속에 억지 이론 같은 것이 항상 자리해 있기 때문이었다. 나쁜 술을 마셨을 때처럼 그 뒷맛이 의식 속에 남아 있었다.

그는 큰길을 거닐다가 식당에서 혼자 저녁 식사를 했다. 그러고는 기분 전환으로 보드빌 극장을 구경했다. 그러나 마치 훔치기라도 한 것처럼 돈에 신경이 쓰였다. 그걸 잃어버린다 해도 슬프지 않을 것 같았다.

집에 돌아오니 편지가 와 있었다.

무슨 소식 있소?

아내도 나와 같은 기대를 하고 있다오.

그럼 이만.

그리고 간단한 서명이 있었다.

'그의 부인! 그녀가 나한테 사정하고 있어!'

그 순간 돈을 구했는지 알아보려고 아르누가 나타났다.

"받아요, 자!" 프레데릭이 말했다.

그리고 스물네 시간 후에 그는 델로리에에게 답장을 썼다.

"아무것도 못 받았어."

변호사는 사흘 연속 찾아왔다. 그는 공증인에게 독촉 편지를 쓰라고 다그쳤다. 심지어 르아브르까지 직접 여행을 다녀오겠다고 제안했다.

"아니! 소용없어! 내가 갈 거야!"

그 주가 지나자 프레데릭은 아르누에게 머뭇거리며 1만 5000프랑 얘기를 했다.

아르누는 다음 날로, 그러고는 그다음 날로 미루었다. 프레데릭은 델로리에와 부딪힐까 두려워 밤이 될 때까지 밖에서 떠돌아야 했다.

어느 저녁 마들렌 거리 모퉁이에서 그는 누군가와 마주쳤다. 델로리에였다.

"돈 찾으러 가." 그가 말했다.

델로리에는 푸아소니에르 거리 어느 집 문 앞까지 그와 동행했다.

"기다려!"

델로리에는 기다렸다. 마침내 사십삼 분 후에 프레데릭이 아르누와 함께 나왔다. 그리고 델로리에에게 조금 기다리라는 신호를 했다. 도자기상과 그의 친구는 팔짱을 끼고 오트빌 거리를 지난 다음 샤브롤 거리로 접어들었다.

밤은 어두웠고 미풍이 가끔씩 불어왔다. 아르누는 천천히 걸으며 코메르스 아케이드 얘기를 했다. 그것은 생드니 대로에서 샤틀레까지 이어지는 지붕이 있는 긴 상가인데 기막힌 투자여서 매우 참여하고 싶다고 했다. 그러면서 아르누는 가끔씩 상점 유리창으로 바람기 있는 젊은 여공들 얼굴을 보려고 말을 멈추다가 다시 시작하곤 했다.

프레데릭에게는 등 뒤 델로리에의 발자국 소리가 비난의 말처럼 그의 양심을 후려치는 소리처럼 들렸다. 그렇지만 그는 감히 돈 이야기를 꺼내지 못했다. 부끄러움과 요구가 무산될까 하는 두려움 때문이었다. 델로리에가 다가왔다. 프레데릭은 결심했다.

아르누는 거리낌 없는 어조로 돈 회수가 안 돼 당장은 1만 5000프랑을 갚을 수 없다고 말했다.

"그 돈 필요 없죠, 그렇죠?"

이때 델로리에가 다가와 프레데릭을 한쪽으로 데려가더니 물었다. "솔직히 돈 있어, 없어?"

프레데릭이 대답했다. "그게, 없어! 그 돈 잃었어!" "아! 어디에서?" "도박에!"

델로리에는 한 마디 대꾸 없이 아주 깊이 고개를 숙여 인사한 다음 떠났다. 아르누는 이 시간을 틈타 담배 가게에서 시가에 불을 붙였다. 그는 되돌아오면서 이 젊은이가 누군지 물었다.

"아무도 아니에요! 친구예요!"

그러고는 삼 분 후에 로자네트 집 앞에 이르렀다.

아르누가 말했다. "자, 올라가요. 보면 좋아할 거요. 당신 요새 들어 정말 사람들하고 교류를 안 했잖소!"

맞은편 가로등 불빛에 아르누의 얼굴이 비쳤다. 하얀 이빨 사이로 시가를 문 채 행복해하는 얼굴 속에 무언가 참을 수 없는 것이 있었다.

"아! 그런데 내 공증인이 오늘 아침 저당권 등기 때문에 당신 집에 갔었어요. 아내가 내게 그 일을 상기시켰소."

"치밀하신 분이네요!" 프레데릭이 기계적으로 대꾸했다.

"그렇죠!"

그러자 아르누는 아내 자랑을 시작했다. 머리, 마음, 알뜰함으로는 그녀를 따를 자가 없었다. 그는 눈동자를 굴리며 작은 소리로 덧붙였다.

"거기에 여자로서 몸매까지!"

"잘 가요!" 프레데릭이 말했다.

아르누는 놀란 기색을 했다.

"어! 왜 그러는 거요?"

아르누는 화가 난 그의 얼굴에 당황하며 팔을 반쯤 내민 채 기색을 살폈다.

프레데릭은 냉담하게 대답했다.

"잘 가요!"

그는 아르누에게 화가 나고 가슴 아픈 비탄에 빠져 다시는 그도 그녀도 만나지 않으리라 다짐하면서 굴러가는 돌처럼 브레다 거리를 내려갔다. 그가 바라던 대로 헤어지는 대신 아르누는 머리끝부터 영혼까지 아내를 완전히 사랑하기 시작했다. 이 남자의 저속함에 그는 화가 치밀었다. 모든 게 그러니까 그의 차지였다, 그의 것! 창녀 집 문 앞에 서 있던 그의 모습이 떠올랐다. 결별의 굴욕감에 자기 무능함에 대한 분노까지 합쳐졌다. 빌린 돈에 확실한 담보를 해 주겠다는 아르누의 정직함에도 그는 모욕을 느꼈다. 그의 목을 졸라매고 싶었다. 거기에 이런 서글픔 너머로 친구에 대한 자신의 비열함이 의식 속을 안개처럼 떠돌았다. 그는 눈물로 목이 멨다.

델로리에는 큰 소리로 욕설을 퍼부으며 마르티르 거리를 급히 내려갔다. 무너져 내린 오벨리스크 같은 그의 계획은 이제 너무 높아 보였다. 마치 큰 손해를 입은 것처럼 그는 자신이 도난을 당한 것이라 생각했다. 프레데릭에 대한 우정은 죽었고 그는 그 사실에 기쁨을 느꼈다. 그건 보상이었다! 부자들을 향한 증오심이 밀려왔다. 그는 세네칼의 사상으로 기울었고 그걸 위해 봉사하리라 다짐했다.

아르누는 그동안 불 옆 안락의자에 편히 앉아 라 마레샬을 무릎에 앉히고 차를 마셨다.

프레데릭은 그들 집에 다시 가지 않았다. 처참한 자기 사랑을 잊어버리기 위해 맨 처음 손에 잡히는 주제를 골라 르네상스사(史)를 쓰기로 했다. 그는 책상 위에 인문주의자, 철학자, 시인 들의 작품을 뒤죽박죽 쌓아 놓았다. 그는 판화 전시실에 가서 마르크앙투안의 작품을 보기도 하고 마키아벨리의 작품을 이해하려고 애를 쓰기도 했다. 서서히 일이 주는 고요함에 마음이 진정되었다. 다른 사람들의 내면 세계에 빠져들면서 그는 자신을 잊었다. 그것이 어쩌면 고통 받지 않는 유일한 길인 것 같았다.

어느 날 프레데릭이 메모를 하고 있을 때 조용히 문이 열렸다. 하인이 아르누 부인임을 알렸다.

정말 그녀였다! 혼자일까? 천만에! 그녀는 하얀 앞치마를 두른 하녀를 동반한 채 어린 외젠의 손을 잡고 있었다. 자리에 앉아 몇 번 기침을 한 다음 그녀는 인사했다.

"저희 집에 오지 않으신 지 오래됐네요."

프레데릭이 변명을 하지 못하자 그녀는 덧붙였다.

"선생님이 신경 써 주신 거죠!"

그가 대답했다.

"신경을 쓰다니 무슨 일로요?"

"남편을 위해서 하신 일 말예요!" 그녀가 말했다.

프레데릭은 '그는 상관없어요! 당신을 위해서였어요!'라는 뜻의 동작을 했다.

그녀는 아이를 내보내 살롱에서 하녀와 놀도록 했다. 건강에 대해 두세 마디 주고받은 뒤 대화가 끊겼다.

그녀는 스페인 포도주빛 밤색 비단옷에 담비 털로 테두리를 두른 짧은 검은 벨벳 외투를 걸치고 있었다. 모피는 손대 보고 싶은 욕망을 불러일으켰고, 가운데 가르마를 타서 좌우로 가른 머릿결은 입술을 대고 싶은 충동을 일게 했다. 그런데 그녀는 어떤 감정에 동요된 듯 문 쪽으로 눈을 돌리며 말했다.

"여기 좀 더운데요!"

프레데릭은 그녀 시선에 담긴 조심스러운 의도를 짐작했다.

"아! 덧문을 더 크게 열면 되겠네요."

"네! 그러네요!"

그러자 그녀는 '난 아무것도 두렵지 않아요.'라고 말하려는 듯 미소를 지었다.

그는 즉시 무슨 일로 찾아왔는지 물었다.

힘들게 그녀가 말을 이었다. "남편이 자기는 감히 못 하겠고 저보고 가 보라고 해서요."

"무슨 일이죠?"

"당브뢰즈 씨 아시죠?"

"예, 조금!"

"아! 조금이요."

그녀는 입을 다물었다.

"상관없어요! 계속하세요."

그러자 그녀는 아르누가 은행가 앞으로 발행하고 자신이 서명한 1000프랑짜리 어음 네 장을 지불 기한인 전전날 지불하지 못했다고 말했다. 그녀는 아이들 재산까지 연루시킨 사실을 후회했다. 그러나 그 어떤 것도 불명예보다는 나았다. 그래서 만일 당브뢰즈 씨가 기소를 철회해 주기만 한다면 틀림없이 곧 그에게 돈을 지불할 거라고 했다. 그녀가 샤르트르에 있는 자기 소유의 작은 집을 팔 예정이기 때문이었다.

"안됐군요." 프레데릭이 중얼거렸다. "제가 물어볼게요, 제게 맡기세요."

"고마워요!"

그리고 그녀는 떠나려고 일어섰다.

"오! 아직 그렇게 서두르지 않아도 되잖아요!"

그녀는 서서 천장에 매달린 몽고 화살을 모아 만든 장식, 책장, 책 장정, 글 쓰는 데 필요한 모든 도구들을 살펴보고 깃털 펜이 담긴 청동 접시를 들어 올렸다. 그녀의 발걸음이 양탄자 위 이곳저곳에 머물렀다. 그녀가 프레데릭 집을 방문한 것은 여러 차례였지만, 항상 아르누와 함께였다. 그들은 지금 단둘만이었다. 그의 집에서 단둘이 있다니 아주 놀라운 일, 거의 행운이었다.

그녀는 그의 작은 정원을 보고 싶어 했다. 그는 사방이 집으로 둘러싸였고 구석은 작은 관목들로 꾸며졌으며 중앙에는 화단이 있는 9미터 크기 영지를 보여 주기 위해 그녀에게 팔을 내밀었다.

4월 초였다. 라일락 잎들이 벌써 푸른빛을 띠었고 맑은 미풍이 대기 속에 맴돌았다. 작은 새들이 멀리서 들려오는 차체 제조업자가 대장간에서 내는 소리에 맞춰 번갈아 지저귀었다.

프레데릭은 석탄용 삽을 가지러 갔다. 그들이 나란히 산책하는 동안에 아이는 가로수 길에서 모래를 쌓아 올리고 있었다.

아르누 부인은 아들이 대단히 독창적인 사람이 되리라고 생각하지는 않지만 다정다감한 기질이라고 말했다. 반대로 천성이 무뚝뚝한 그 아이의 누나 때문에 그녀는 가끔 상처를 받는다고 했다.

프레데릭이 말했다. "변하겠죠. 절대로 절망하면 안 되죠!"

그녀가 말했다.

"절대로 절망해선 안 되겠죠!"

자기 말을 이처럼 기계적으로 반복한다는 사실이 격려처럼 들렸다. 그는 정원에 유일하게 남아 있던 장미 한 송이를 꺾었다.

"기억나세요…… 장미 꽃다발 일, 어느 저녁 마차 안에서 있었던?"

그녀는 약간 얼굴을 붉혔다. 그러고는 연민에 장난기를 더해 말했다.

"아! 그때는 참 젊었는데!"

프레데릭이 작은 소리로 말을 이었다. "그러면 이 장미는요. 역시 같은 신세가 되려나요?"

그녀는 손가락 사이로 물렛가락처럼 꽃줄기를 돌리며 대답했다.

"아니요! 이 꽃은 간직할 거예요!"

그녀가 하녀를 몸짓으로 부르자 하녀는 아이를 안아 올렸다. 거리 쪽으로 난 문 입구에서 그녀는 입 맞추듯 부드러운 시선으로 고개를 갸우뚱하며 꽃향기를 맡았다.

서재로 다시 올라와 그는 그녀가 앉았던 소파와 그녀의 손길이 닿았던 모든 물건들을 바라보았다. 그녀의 무엇인가가 주위를 떠돌았다. 그녀가 머물렀던 순간의 다정함이 계속 남아 있었다.

'그러니까 그녀가 여기에 왔었지!' 그는 생각했다.

그러자 끝없는 애정의 물결이 그를 감쌌다.

다음 날 11시에 그는 당브뢰즈 집에 도착했다. 그는 식당으로 안내되었다. 은행가는 부인과 마주 앉아 점심 식사를 하고 있었다. 조카딸은 부인 옆에, 깊은 천연두 자국이 있는 영국인 여자 가정 교사가 반대편에 있었다.

당브뢰즈 씨는 그의 젊은 친구를 그들 사이에 앉도록 권했다. 프레데릭이 사양하자 물었다.

"무슨 부탁하실 일 있으세요? 말씀하세요."

프레데릭은 무관심한 척하면서 아르누라는 사람을 위해 청원하러 왔다고 털어났다.

잇몸이 드러나는 소리 없는 웃음을 지으며 그가 말했다.

"아! 아! 옛날 화상. 옛날에 오드리가 그에게 보증을 서 줬어요. 서로 틀어졌죠."

그러면서 그는 식기 옆에 놓인 편지와 신문 들을 훑어 내려가기 시작했다.

하인 둘이 바닥에 소리도 내지 않고 시중을 들었다. 장식 융단 휘장 세 개와 흰 대리석으로 된 분수 두 개가 있을 정도로 높다란 식당, 광택 나는 풍로, 잘 차려진 전채 요리,·빳빳이 접힌 냅킨에 이르기까지 이 모든 고급스러운 안락함이 프레데릭 머릿속에서 아르누 집에서의 여느 점심 식사와 대조를 이루었다. 그는 감히 당브뢰즈 씨를 방해하지 못했다.

부인이 그가 당혹스러워하는 것을 알아차렸다.

"가끔 우리 친구 마르티농 만나세요?"

"그 사람 오늘 저녁에 올 거예요." 젊은 아가씨가 재빨리 말했다.

"아! 너 알고 있었어?" 그녀에게 싸늘한 시선을 던지며 숙모가 대답했다.

하인 중 한 명이 부인 귀에 대고 무슨 말을 하자 그녀는 말했다.

"네 재단사 왔나봐, 애! ……미스 존슨!"

그러자 여교사는 순종하며 자기 학생과 사라졌다.

당브뢰즈 씨는 의자 소리에 방해되어 무슨 일인지 물었다.
"르쟁바르 부인이에요."

"어! 르쟁바르! 아는 이름인데. 그 사람의 서명을 본 적이 있어."

프레데릭은 마침내 용건을 이야기했다. 아르누는 호의를 받을 만한 사람이며 그는 심지어 오직 약속을 지키기 위해 부인 소유 집을 팔 예정이라고 프레데릭이 말했다. "부인이 아주 예쁘다던데." 당브뢰즈 부인이 말했다.

은행가는 호인 같은 모습으로 말했다.

"당신이 그 사람들 친구예요…… 친한 사이인가요?"

프레데릭은 명확히 대답하지 않고 고려해 주신다면 매우 감사하겠다고 말했다.

"그러면, 그렇게 해 주면 기쁘겠다니 그러죠! 기다리죠! 난 아직 시간이 있는데 우리 서재로 가면 어떨까요, 괜찮소?"

점심 식사는 끝났다. 당브뢰즈 부인은 예의와 조소가 한데 섞인 묘한 웃음을 지으며 가볍게 인사했다. 프레데릭은 그 이유를 생각할 시간이 없었다. 당브뢰즈 씨가 단둘이 남자마자 말했기 때문이다.

"주식을 사러 온 건 아닌가 보군요."

그러고는 그에게 사과할 여지도 주지 않고 말을 이었다.

"좋아요! 좋아요! 사업에 대해 좀 더 알아보는 게 당연하죠."

그는 그에게 담배를 건넨 다음 시작했다.

'프랑스 석탄 총연합'은 설립되었고 이제 인가가 나오기만을 기다리면 되었다. 통합 사실만으로도 감독과 인건비를 줄여 수익을 증대할 수 있었다. 게다가 회사는 새로운 일을 구상했는데 그건 노동자들로 하여금 회사에 관심을 보이도록 하는 것이었다. 회사가 그들에게 집과 보건소를 지어 준다면 결국 회사가 직원들의 납품업자가 되는 것이고 그들에게 모든 것을 원가로 제공한다는 생각이었다.

"그러니까 그들은 돈 버는 거예요, 선생. 이게 바로 진정한 진보예요. 이건 어떤 공화주의적 불평에 결정적으로 답하는 겁니다! 우리 이사회에는 프랑스 상원 의원, 프랑스 학사원 학자, 퇴역한 공병 장교, 유명 인사 들이 있어요!(그는 설명서를 펼쳐 보였다.) 이러한 요소들이 불안에 떠는 자본을 안심시키고 총명한 자본을 부릅니다! 회사는 정부 주문을 받을 거고 그 다음에는 철도, 증기 함선, 제련소, 가스 회사, 부르주아 부엌에서도 주문이 있을 겁니다. 이렇게 해서 우리는 난방, 조명을 도맡아 가장 가난한 집안에까지 침투합니다. 그러면 어떻게 판매를 보장할 것인가 물으시겠지요? 무역 보호법에 힘입어서죠, 선생. 우리는 그걸 취득할 겁니다. 우리와 관계된 일이니까요! 게다가 나, 나는 솔직히 보호 무역주의자예요! 무엇보다 '국가'가 먼저죠." 그는 사장으로 임명되었지만 여러 세부적인 일들, 예를 들면 문서 작성 같은 일에 전념할 시간이 없다고 했다. "책을 멀리한 지가 오래돼서 그리스어도 잊어버렸고요! 누군가 내 생각을 표현해 줄 수 있는 사람이 필요한데." 그러고는 갑자기 물었다. "혹시 사무총장이란 직함으로 이런 사람이 돼 주실 생각은 없어요?"

프레데릭은 뭐라 대답해야 할지 몰랐다.

"안 될 것도 없잖아요?"

그의 임무는 매년 주주들을 위해 보고서를 쓰는 일에 국한될 것이었다. 그는 파리의 가장 중요한 사람들과 연일 관계를 맺게 될 것이었다. 직공들 옆에서 회사를 대표함으로써 자연스럽게 그들의 사랑을 받을 테고 이것이 나중에 그가 총의회, 국회 의원직으로 진출하는 데 기반이 될 것이었다.

프레데릭은 귀가 윙윙거림을 느꼈다. 이러한 호의는 어디에서 오는 걸까? 그는 고맙다는 말을 되풀이했다.

그러나 은행가는 아무에게도 예속되어서는 안 된다고 말했다. 최선의 방법은 주식을 소유하는 것이었다. "게다가 자신이 지위를 보장하고 지위가 자신을 보장할 것이기 때문에 아주 좋은 투자다."라는 말이었다.

"대략 얼마 정도 투자해야 할까요?" 프레데릭이 말했다.

"아! 마음 가는 대로요, 4만에서 6만 프랑 정도."

이 액수가 당브뢰즈 씨에게는 그처럼 미소하고 그의 권위는 그토록 대단해, 젊은이는 즉시 농가 하나를 팔기로 결심했다. 그는 받아들였다. 당브뢰즈 씨는 그들의 합의를 마무리 짓기 위해 조만간 약속 날짜를 정하기로 했다.

"그러면 자크 아르누에게 제가 얘기할 수……?"

"무슨 얘기든 원하는 대로 하세요! 그 사람 사정도 딱하니까! 원하는 대로!"

프레데릭은 아르누에게 안심하라는 편지를 써서 하인을 시켜 보냈다. 아르누는 하인에게 대답을 전했다.

"아주 잘됐어요!"

그런데 프레데릭의 행동은 더 나은 처사를 받아 마땅했다. 그는 방문이나 적어도 편지 한 장 정도는 기대했다. 방문도 편지도 없었다.

잊어버린 건지 아니면 의도적인 건지? 아르누 부인이 한 번

다녀갔으니까 다시 못 올 이유도 없잖아?

그에게 한 고백, 일종의 암시는 필요에 따라서 행한 수작일까? '그 사람들이 나를 이용한 걸까? 그녀도 공범일까?' 그는 의지가 있음에도 일종의 수치심 때문에 그들 집에 다시 찾아가지 못했다.

어느 날 아침(그들이 만난 지 삼 주 후) 당브뢰즈 씨가 한 시간 후에 만나자는 편지를 보냈다. 그는 일종의 번민, 불길한 예감에 사로잡혔다. 이 생각을 떨쳐 버리기 위해 그는 마차를 불러 타고 파라디 거리로 갔다.

아르누는 여행 중이었다.

"부인은요?"

"시골에요, 제조소에 계세요!"

"선생님은 언제 돌아오시죠?"

"내일이요, 확실해요!"

혼자인 그녀를 만날 수 있었다. 기회였다. 무언가 절박한 것이 그의 의식 속에서 소리쳤다. '그러니까 가!'

그런데 당브뢰즈 씨는? '글쎄, 할 수 없지! 몸이 아팠다고 하면 돼.' 그는 역으로 달렸다. 그리고는 기차 안에서 생각했다. '어쩌면 내가 틀린 걸까? 아! 상관없어!'

좌우로 푸른 들판이 펼쳐져 있었다. 열차는 달렸다. 기차역들이 무대 배경처럼 미끄러져 갔고 기관차에서는 풀밭 위에 잠시 떠돌다가 사라져 가는 커다란 연기 뭉치가 쉴 새 없이 같은 쪽에서 뿜어져 나왔다.

홀로 좌석에 앉은 프레데릭은 지나친 조바심에서 오는 무기력에 빠져 지루하게 연기를 바라보았다. 기중기와 상점 들이 나타났다. 크레유였다.

낮은 두 언덕 비탈에 세워진 도시는(첫 번째 언덕은 벌거숭이였고 두 번째는 숲으로 둘러싸여 있었다.) 교회 탑, 크기가 다른 집들 그리고 돌다리 덕분에 어딘가 유쾌하면서 은밀하고도 쾌적하게 보였다. 평평한 큰 배 한 척이 바람에 실려 철썩거리는 물결을 따라 내려왔다. 못 박힌 그리스도상 밑에서 닭들이 밀짚을 헤치며 먹이를 쪼았다. 젖은 빨래를 머리에 인 여인이 지나갔다.

다리를 지나서 그는 오른쪽으로 수도원 폐허가 보이는 섬에 이르렀다. 제조소가 우아즈 강을 굽어보았고 풍차가 강의 두 번째 지류 전체를 막으면서 돌아갔다. 이 건축물의 규모에 프레데릭은 크게 놀랐다. 이 때문에 아르누에 대한 존경심이 더해졌다. 세 걸음 더 멀리 나아가 그는 끝에 철문이 나 있는 골목길로 접어들었다.

그는 안으로 들어갔다. 여자 수위가 그를 소리쳐 불러 세웠다.

"허가증 있으세요?"

"왜요?"

"공장을 견학하러 오신 건가요?"

프레데릭은 퉁명스러운 어조로 아르누 씨를 만나러 왔다고 말했다.

"아르누 씨가 누구죠?"

"공장장, 경영자, 주인 말예요!"

"아니에요, 선생님. 여기는 르뵈프 씨와 밀리에 씨의 공장이에요!"

그 여자가 농담을 하는 것이 분명했다. 직공들이 도착했다. 그는 그들 중 두세 명에게 물어보았다. 그들의 대답 역시 같았다.

프레데릭은 술에 취한 사람처럼 비틀거리며 뜰에서 나왔다. 그가 너무도 당황해하는 모습을 보고 부수리 다리 위에서 파이프 담배를 피우던 한 부르주아가 그에게 무엇을 찾는지 물었다. 그 사람은 아르누의 제조소를 알고 있었다. 그의 공장은 몽타테르에 있다고 했다.

프레데릭은 마차가 있는지 물어보았다. 역에 가야만 차를 탈 수 있었다. 그는 역으로 되돌아갔다. 해어진 마구가 손수레에 늘어져 있고 늙은 말이 매여 있는 허름한 사륜마차 한 대가 화물 취급소 앞에 홀로 정차되어 있었다.

한 소년이 자진해서 '필롱 영감'을 찾으러 가겠다고 나섰다. 그는 십 분 후에 돌아왔다. 필롱 영감은 점심 식사 중이었다. 프레데릭은 더 이상 기다릴 수 없어 떠났다. 건널목 차단기가 내려져 있었다. 열차 두 대가 지나가기를 기다려야 했다. 마침내 그는 급히 시골길로 향했다.

온통 푸른 풀밭은 거대한 당구대 융단 같았다. 철광재가 수 미터씩 늘어서서 조약돌처럼 길 양편을 따라 정렬되어 있었다. 좀 더 멀리 가까이 늘어선 공장 굴뚝들이 서로 연기를 뿜어냈다. 바로 맞은편 둥근 언덕 위 교회의 사각 종탑 옆에는 작은 탑이 딸린 조그마한 성이 세워져 있었다. 그 밑으로는 긴 성벽이 나무들 사이로 불규칙한 선을 이루었고 맨 밑쪽에는 인가가 늘어서 있었다.

주택들은 모두 똑같이 이층집에 입구는 시멘트 없이 돌만 쌓아서 만든 세 개 계단으로 되어 있었다. 이따금 식료품 가게에서 벨 소리가 들려왔다. 무거운 발이 검은 진창으로 빠져 들었다. 가랑비가 창백한 하늘을 수없이 가는 선으로 가르며 내렸다.

프레데릭은 포도 한가운데를 따라 걸었다. 그러자 왼쪽 길 입구에 금색 글씨로 '도기'라고 씌인 커다란 나무 아치가 나타났다. 자기 제조소를 (오랜 명성이 있는) 다른 제조소에 가능한 한 가장 가까이 세움으로써 그는 자기에게 유리하도록 사람들을 혼동시키고 있었다.

건물의 주요한 부분은 초원을 가로지르는 강어귀에 있었다. 정원으로 둘러싸인 주인집은 선인장 화분 네 개로 장식된 현관 앞 층계로 구별되었다. 창고에서는 백토 더미가, 창고 밖에서는 또 다른 흙더미가 건조되고 있었다. 뜰 중앙에는 붉은 천으로 안이 대어진 자신의 영원한 푸른색 짧은 외투를 걸친 세네칼이 서 있었다.

옛 가정 교사는 그에게 차가운 손을 내밀었다.

"주인 만나러 오신 겁니까? 그 사람 지금 없어요."

프레데릭은 당황하여 바보같이 대답했다.

"알고 있어요." 그는 곧 말을 이었다. "아르누 부인 일로 왔어요. 부인이 나를 만날 수 있나요?"

"아! 못 본 지 사흘 됐어요." 세네칼이 말했다.

그리고 그의 끝없는 불평이 시작되었다. 제조업자의 조건을 수락하면서 그는 신문도 보지 못하고 친구들과 떨어진 채 이런 시골에 묻혀 있는 것이 아니라 파리에 머물 줄 알았다. 어쨌든 상관없었다! 문제 삼지 않기로 했으니까! 그런데 아르누는 그의 공로에 전혀 주의조차 기울이지 않는 듯했다. 게다가 그는 편협하고 퇴보적이며 대단히 무지했다. 예술적 완벽을 추구하는 대신 석탄과 가스 난방 시설을 갖추는 편이 더 나을 것이었다. 이 부르주아의 사정은 "점점 나빠지고 있었다." 세네칼은 특히 이 말을 강조했다. 요컨대 그는 일이 마음에 들지 않았다. 그러면서 봉급 인상 얘기를 해 달라고 프레데릭에게 거의 조르다시피 했다.

"마음 놓고 있어요!" 프레데릭이 말했다.

그는 계단에서 아무도 만나지 못했다. 2층에 이르러 빈 방을 들여다보았다. 살롱이 있었다. 그는 아주 큰 소리로 사람을 불렀다. 대답이 없었다. 요리사도 하녀도 외출 중인 모양이었다. 마침내 3층에 이르러 그는 어느 방문을 밀었다. 아르누 부인이 거울 달린 옷장 앞에 혼자 서 있었다. 실내 가운 앞자락이 약간 벌어지고 허리띠가 옆선을 따라 늘어져 있었다. 머리 한쪽 전체가 오른쪽 어깨 위에 내려와 검은 물결을 이루었다. 두 팔은 올린 채였는데 한 손으로는 틀어 올린 머리를 잡고 또 한 손으로는 거기에 머리핀을 꽂는 중이었다. 그녀는 소리를 지르고는 사라졌다.

그런 다음 제대로 옷을 차려입고 다시 나타났다. 그녀 몸매, 눈, 옷 스치는 소리, 모든 것이 그를 기쁘게 했다. 프레데릭은 그녀를 키스로 뒤덮지 않으려 참았다.

그녀가 말했다. "용서하세요. 그런데 제가 그러고 있을 수는 없어서……."

그는 대담하게 그녀의 말을 끊었다.

"그런데…… 아주 보기 좋았어요…… 조금 전에."

두 볼이 약간 붉어진 것으로 보아 그런 찬사가 약간 노골적이라고 생각했음이 분명했다. 그는 그녀에게 모욕을 준 건 아닌지 두려웠다. 그녀는 말을 이었다.

"어쩐 일로 오신 거예요?"

그는 뭐라 대답할지 몰랐다. 잠시 생각하느라 쓴웃음을 짓다가 말을 꺼냈다.

"이유를 말씀드리면 믿으시겠어요?"

프레데릭은 어느 날 밤 악몽을 꾸었다고 말했다.

"당신이 중병에 걸려 죽어 가는 꿈을 꾸었어요."

"오! 나도 남편도 우리는 전혀 아프지 않아요!"

"꿈에서 본 건 당신뿐인데요." 그가 말했다.

그녀는 조용히 그를 바라보았다.

"꿈이 항상 실현되는 건 아니에요."

프레데릭은 더듬거리며 적당한 말을 찾았다. 그리고 서로 닮은 영혼에 대해 기나긴 문구를 늘어놓기 시작했다. 공간을 초월하여 두 사람을 이어 주고 그들이 느끼는 걸 예고하며 서로 만날 수 있게 하는 어떤 힘이 존재한다고 했다. 그녀는 특유의 아름다운 미소를 지으며 고개를 숙인 채 그의 말을 듣고 있었다. 그는 기쁨에 차 곁눈질로 그녀를 살폈다. 그리고 상투적 문구의 용이함을 이용해 더욱 거리낌 없이 자기 사랑을 토로했다. 그녀는 그에게 공장을 보여 주겠다고 나섰다. 그녀가 고집을 피워 그는 수락했다.

무언가 재미난 것으로 그를 즐겁게 해 주려고 그녀는 계단을 장식하는 일종의 전시관을 보여 주었다. 벽에 걸려 있거나 나무판 위에 놓인 견본들이 아르누의 끊임없는 노력과 열정을 보여 주었다. 중국 구리 색깔을 내려고 시도한 다음에는 마졸리카식 도기, 파엔자식 도기, 에트루리아식, 동양식 도기를 시도했고 그중 몇 개는 거의 완성되기도 했다. 또한 진열품 중에는 중국 고관들 그림이 그려진 커다란 화병, 오색영롱한 금황색 수프 접시, 아라비아 문자로 장식한 단지, 르네상스풍 주전자 그리고 두 인물화를 우아하고 흐릿하게 빨간 색연필로 그린 듯한 넓은 접시가 있었다. 지금은 간판 글씨로 쓸 포도주라는 라벨을 만들고 있었다. 그런데 아르누의 재능이 예술에 다다를 만큼 뛰어나지 못했고 그가 오로지 이익만을 추구할 만큼 속물도 아니었기에 누구도 만족시키지 못한 채 돈만 날리고 있었다. 두 사람이 이렇게 물건들을 바라보는 사이 마르트 양이 지나갔다.

"너 아저씨 몰라?" 어머니가 말했다.

"알아요!" 인사를 하며 대답했지만 소녀는 맑고 의심에 찬 눈초리와 시선으로 '여기 뭐 하러 왔어?'라고 중얼거리는 것 같았다. 그녀는 고개를 약간 옆으로 갸우뚱한 채 계단을 올라갔다.

아르누 부인은 프레데릭을 마당으로 데리고 가서 진지한 어조로 어떻게 흙을 빻고 불순물을 제거해서 체에 거르는지 설명했다.

"중요한 건 점토를 만드는 일이에요."

그러고는 그를 통이 가득 찬 방으로 데리고 갔는데, 그 통에는 수준기가 달린 수직 축이 돌아가고 있었다. 프레데릭은 조금 전 부인의 제안을 딱 잘라 거절하지 못한 자신을 나무랐다.

"이것들은 교반기예요." 그녀가 말했다.

그는 그 단어가 기괴하고 그녀 입에서 새어 나오기에 적절하지 못하다고 생각했다.

폭 넓은 벨트가 원통형 기기에 감기며 천장 양 끝을 돌고 있었다. 모든 것이 쉴 새 없이 규칙적으로 신경을 거슬리며 움직였다.

그들은 그곳에서 나와 다 허물어져 가는 헛간 옆을 지나갔는데 그곳은 예전에 원예 도구를 넣어 두던 데였다.

"이젠 안 쓰는 곳이에요." 아르누 부인이 말했다.

그는 떨리는 목소리로 대답했다.

"행복이 이런 곳에 있을 수도 있죠."

증기 펌프 소리가 그의 말소리를 덮어 버렸고 그들은 본을 뜨는 작업실로 들어갔다.

좁은 탁자에 앉은 남자들이 자기 앞에서 도는 원판 위에 점토 덩어리를 올려놓았다. 왼손으로는 점토 안쪽을 파내고 오른손으로는 바깥쪽을 쓰다듬었다. 그러자 마치 꽃이 피어나듯 단지들이 솟아올랐다.

아르누 부인은 좀 더 어려운 작품을 만드는 데 쓰는 틀을 보여 주었다.

다른 방에서는 줄무늬를 넣거나 목 부분을 다듬거나 불쑥 튀어나오게 장식하는 작업을 하고 있었다. 위층에서는 이음 자국을 없애거나 앞 작업에서 생긴 작은 구멍을 석고로 메웠다.

격자창에도 방구석에도 복도 한가운데에도 사방에 도자기가 널려 있었다.

프레데릭은 지루해지기 시작했다.

"피곤하세요?" 그녀가 물었다.

방문이 여기서 끝나게 될까 두려워 그는 반대로 열성인 체했다. 그는 이 사업에 뛰어들지 않은 사실을 애석해했다.

그녀는 놀란 듯했다.

"물론이죠! 당신들 옆에서 살 수 있었을 텐데!"

그러면서 그가 그녀 눈치를 살피자 그의 눈길을 피하려고 아르누 부인은 받침대 위에서 만들고 남은 점토 덩이를 집어 갈레트 모양으로 납작하게 만든 다음 그 위에 자기 손 모양을 찍었다.

"이거 내가 가져가도 되나요?" 프레데릭이 말했다.

"어머, 정말 어린애처럼 구시네요!"

그가 대답하려는데 세네칼이 들어왔다.

부감독은 입구에 들어서면서 규칙이 위반되었음을 발견했다. 작업실을 매주 청소하는 것이 규칙이었다. 그날이 토요일인데도 직공들이 아무것도 해 놓지 않자 세네칼은 한 시간 연장 근무를 명령했다. "당신들 잘못이니까 할 수 없어요!"

그들은 불평 없이 하던 일을 계속했다. 거친 숨소리로 미루어 그들이 화가 나 있다는 것을 알 수 있었다. 그들은 모두 큰 공장에서 쫓겨 난 사람들이어서 다루기가 쉽지 않았다. 공화주의자는 이들을 엄하게 다루었다. 이론가인 그는 대중만을 중시할 뿐 개인에게는 냉혹했다.

세네칼이 있어 거북해진 프레데릭은 아르누 부인에게 작은 소리로 도기 굽는 가마를 볼 수 없는지 물었다. 그들은 1층으로 내려갔다. 부인이 가마 사용법을 설명하고 있는데 뒤따라온 세네칼이 그들 사이에 끼어들었다.

그는 염화물, 유화물, 붕사, 탄산염과 같은 온갖 화학 용어를 써 가며 각종 연료와 가마 이용법, 온도계, 아궁이 바닥, 반죽에 넣는 약, 광택제 그리고 금속 얘기까지 늘어놓으며 직접 실연을 계속했다. 프레데릭은 알아듣지 못해 아르누 부인을 매분 돌아보았다.

그녀가 말했다. "듣고 계시지 않는군요. 세네칼 씨 말씀은 참 분명한데요. 이 모든 것들에 대해서 나보다 훨씬 많이 알고 계세요."

수학자는 칭찬에 우쭐해져 채색하는 것을 보여 주겠다고 말했다. 프레데릭은 난처한 시선을 아르누 부인에게 던졌다. 그와 단둘이 있기도, 그를 떠나기도 원치 않는지 그녀는 반응이 없었다. 그는 팔을 내밀었다.

"아니! 괜찮아요! 계단이 너무 좁아서요!"

위층에 이르자 세네칼은 여공만 있는 방문을 열었다.

그녀들은 붓, 작은 유리병, 조개껍질, 유리판 같은 것을 담당했다. 처마 돌출부를 따라 무늬가 새겨진 판자들이 벽에 기대어 쭉 늘어서 있었다. 얇은 종잇조각이 여기저기 흩어져 있었다. 무쇠 난로에서는 테레빈유 냄새가 섞여 숨 막히는 열기가 풍겨 나왔다.

여공들은 대부분 지저분한 옷을 입었다. 그런데 그중 마드라스 천으로 만든 옷을 입고 긴 귀고리를 단 여자가 눈에 띄었다. 그녀는 날씬하면서도 통통하고 눈은 커다랗고 검었으며 입술은 흑인처럼 두툼했다. 허리를 치마 끈으로 졸라맨 셔츠 밑으로 풍만한 가슴이 보였다. 그녀는 한쪽 팔꿈치를 작업대 위에 올려놓고 다른 한 팔은 늘어뜨린 채 멀리 들판을 멍하니 바라보고 있었다. 옆에는 포도주병과 햄, 소시지 조각이 널려 있었다.

작업장에서는 음식을 먹지 못하도록 되어 있었다. 청결한 작업장 환경과 직공들 위생을 위한 조처였다.

의무감에서였는지 권위를 휘두르고 싶어서였는지 세네칼은 액자에 끼워진 규칙 사항을 가리키며 멀리서 소리쳤다.

"어! 거기 보르도 여자! 큰 소리로 9항을 읽어 봐요."

"그러면 어쩌실 건데요?"

"어쩔 거냐고? 벌금 3프랑 받아야지!"

그녀는 뻔뻔하게 정면으로 그를 바라보았다.

"무슨 상관이에요? 사장님이 돌아오시면 벌금이 무효가 될 텐데! 당신 같은 사람 무섭지 않아요!"

자습실 감독처럼 뒷짐을 지고 왔다 갔다 하던 세네칼은 웃음을 지을 뿐이었다.

"13항 불복종, 10프랑!"

보르도 여자는 일을 시작했다. 아르누 부인은 예의상 아무 말도 하지 않았지만 눈살을 찌푸렸다. 프레데릭은 중얼거렸다.

"아! 민주주의자로서 당신 너무 혹독하군요."

상대는 당당하게 대답했다.

"민주주의는 개인주의의 방종이 아니죠. 그건 법 지배 아래의 평등이고 노동의 분배이며 질서예요!"

"인류애는 잊었군요." 프레데릭이 말했다.

아르누 부인이 그의 팔을 잡았다. 이 무언의 동조에 화가 났는지 세네칼은 가 버렸다.

프레데릭은 그제야 마음이 편해졌다. 아침부터 그는 고백할 기회를 노렸는데 지금이 절호의 순간이었다. 아르누 부인의 자발적 행동에 그는 희망을 품었다. 그는 발을 녹이러 부인 방으로 올라가자고 말했다. 그녀 옆에 앉자 그는 또다시 당황하기 시작했다. 이야기의 서두가 떠오르지 않았다. 다행히 세네칼이 생각났다.

그가 말했다. "그런 벌을 주다니! 그보다 어리석은 일은 없을 거예요."

아르누 부인이 대답했다.

"가혹함이 필요할 때도 있죠."

"뭐라고요, 당신처럼 선량한 사람이 그런 말을 하다니! 오! 내가 틀린 거지! 당신은 이따금 남을 괴롭히고도 만족스러워하니까!"

"무슨 말씀인지 모르겠는데요."

말보다 엄한 그녀의 시선에 그는 말을 멈췄다. 프레데릭은 이야기를 계속하리라 결심했다. 뮈세 책 한 권이 마침 서랍장 위에 놓여 있었다. 그는 책을 몇 장 넘기고는 사랑, 절망 그리고 격정에 대해 얘기하기 시작했다.

아르누 부인에 따르면 이 모두가 죄악이거나 인위적인 것이었다.

젊은이는 이러한 부정의 말에 상처를 받았다. 그러고는 그녀를 꺾기 위해 신문에서 보는 자살 사건을 예로 들고 페드로, 디동, 로미오, 데그리외 같은 문학 속 유명한 전형 인물들을 찬양했다. 그는 스스로의 말에 도취되었다.

벽난로 불은 이미 꺼져 있었고 빗방울이 유리창을 때리고 있었다. 아르누 부인은 두 손을 소파 팔걸이에 얹은 채 꼼짝하지 않았다. 보닛의 겹친 부분이 스핑크스의 작은 띠처럼 늘어져 있었다. 정결한 옆얼굴이 어둠 속에서 창백하게 떠올라 있었다.

그는 그녀 무릎에 몸을 던지고 싶었다. 복도에서 삐거덕거리는 소리가 들려 감히 그러지 못했다.

게다가 종교적 두려움에 싸여 그는 주춤했다. 그녀의 치마가 어둠 속에 풀려서 한없이 크고 무한해져 들어 올릴 수 없을 것처럼 생각되었다. 그런데 바로 이것 때문에 그의 욕망은 배가되었다. 그러나 지나치거나 모자라게 행동하면 어쩌나 하는 두려움에 그는 모든 판단력을 잃어버리고 말았다.

그는 생각했다. '내가 싫으면 나를 쫓아 버리기를! 만일 나를 원한다면 내게 힘을 주기를!'

그는 한숨을 쉬며 말했다.

"그러니까 당신은 누군가가 한 여자를 사랑할 수 있다는 걸…… 인정하지 않는군요?"

아르누 부인이 대답했다.

"그 여자가 결혼할 수 있는 상황이면 결혼하죠. 그 여자가 남편이 있다면 멀어져야겠죠."

"그렇다면 행복은 불가능하군요?"

"그렇죠! 거짓과 불안과 후회 속에서 결코 행복할 수는 없어요."

"상관없어요! 숭고한 기쁨을 느낄 수 있다면."

"너무 큰 대가를 치러야 해요!"

그는 반어법을 써 그녀를 공격하기로 했다.

"정숙함이라는 것이 결국 비겁함에 지나지 않는군요?"

"차라리 통찰력이라고 해야겠죠. 의무나 신앙을 잊어버린 여자라도 보통의 양식만 가지고 있다면 충분해요. 이기주의가 지혜의 튼튼한 기반이 되니까요."

"아! 어쩌면 그렇게 소시민적인 도덕성에 젖어 있죠!"

"그런데 난 스스로 상류층 귀부인이라고 자처하지는 않아요!"

그때 아이들이 뛰어 들어왔다.

"엄마, 밥 먹어야지?"

"그래, 조금 이따가!"

프레데릭은 일어섰다. 동시에 마르트가 나타났다.

그는 그대로 돌아갈 결심을 내리지 못했다. 그래서 애원에 찬 시선으로 물었다.

"당신이 말씀하는 여자들은 그럼 둔감한 사람들인가요?"

"아니요! 하지만 때에 따라서는 그래야죠."

그러고는 양옆에 두 아이를 끼고 방문 앞에 섰다. 그는 한 마디도 하지 않고 고개를 숙였다. 그녀는 말없이 그의 인사에 응했다.

그가 먼저 끝없는 경악에 빠졌다. 그에게 희망이 없음을 이런 식으로 알렸다는 사실에 그는 완전히 좌절했다. 마치 심연 밑바닥에 떨어져 아무도 구해 줄 사람이 없어 죽어야 한다는 사실을 아는 사람처럼 망망한 기분이었다.

그는 그래도 아무것도 보지 않고 발길 닿는 대로 걸었다. 돌에 채이기도 하고 길을 잘못 들기도 했다. 나막신 소리가 귀에 가까이 들려왔다. 주물 공장에서 나오는 직공들이었다. 그러자 그는 정신이 들었다.

철로 등불이 수평선에 한 줄기 빛을 그렸다. 그는 열차가 막 출발하기 직전에 도착하여 객실로 떠밀려 들어가 잠이 들었다.

한 시간 후 큰길 곳곳에 이는 파리의 즐거운 밤경치를 보자 그날 여행이 갑자기 아득히 먼 과거로 느껴졌다. 그는 강해지리라 마음먹고 모욕적인 언사로 아르누 부인을 헐뜯으며 마음의 고통을 덜었다.

'바보, 멍청이, 야만인. 더 이상 생각하지 말자!'

집에 돌아오니 서재에 R. A.라고 서명된 파랗고 매끈한 종이에 여덟 장이나 쓴 편지가 와 있었다.

다정하게 원망하는 말들로 서두가 시작되었다.

"어떻게 지내세요? 전 심심해요."

글씨가 너무도 엉망이어서 편지를 통째로 버리려는데 추신이 눈에 띄었다.

"내일 경마장에 데리고 가 주리라 믿어요."

이렇게 초대하는 저의는 뭘까? 그런데 이유 없이 두 번씩이나 같은 남자에게 장난칠 이유는 없을 것이었다. 호기심이 들어 그는 주의 깊게 다시 한 번 편지를 읽었다.

다음 말들이 프레데릭 눈에 띄었다. "오해…… 길을 잘못 들어…… 신앙…… 우리는 얼마나 애처로운 사람들인가……! 서로 합쳐지는 두 줄기 강물처럼! 등등."

이런 내용은 평소의 그 바람둥이 여자와는 너무도 대조적이었다. 무슨 변화가 생겼을까?

그는 오랫동안 편지를 손가락 사이에 끼고 있었다. 붓꽃 냄새가 풍겨왔다. 글씨체와 불규칙한 행 속에 흐트러진 몸치장처럼 무언가 그를 설레게 하는 것이 있었다.

"못 갈 것도 없지?" 마침내 그는 중얼거렸다.

"그런데 아르누 부인이 혹시 알게 되면? 아! 상관없어! 오히려 잘됐지! 질투라도 하면 좋겠어! 그러면 복수하는 셈이 되니까!"

4

라 마레샬은 준비를 마치고 그를 기다리고 있었다.

"친절하게도 와 주셨네요!"

다정하고 쾌활한 예쁜 눈으로 그를 바라보며 그녀가 말했다.

모자 끈을 턱에 맨 다음 그녀는 긴 의자에 말없이 앉아 있었다.

"갈까요?" 프레데릭이 말했다.

그녀는 시계를 바라보았다.

"아! 아니요! 1시 30분 전에는 안 돼요!" 마치 불확실한 마음속에 스스로 이러한 한계를 짓는 듯했다.

마침내 시각이 되었다.

"이제 가요!"

그러고는 머리를 마지막으로 매만진 다음 델핀에게 이런저런 당부를 했다.

"저녁 드시러 돌아오시나요, 부인?"

"뭐 하러? 우린 카페 앙글레든 어디든 밖에서 식사할 거야!"

"알았어요!"

강아지들이 그녀 주위에서 짖어 댔다.

"데리고 가도 괜찮죠?"

프레데릭은 직접 강아지들을 마차까지 데리고 갔다. 임대한 베를린식 사륜마차에 말 두 필이 매여 있고 마부도 서 있었다. 프레데릭은 마부석 뒤에 자기 하인을 배치했다. 라 마레샬은 이러한 배려에 만족해하는 모습이었다. 마차에 앉자마자 그녀는 프레데릭에게 최근 아르누 집에 갔었는지 물었다.

"한 달 동안 안 갔어요." 프레데릭이 말했다.

"난 그저께 만났어요. 오늘도 왔을지 몰라요. 그런데 그 사람 문제가 많아요, 또 무슨 소송 사건에 휘말린 것 같던데. 참 이상한 사람이야!"

"네. 정말 이상하죠."

프레데릭은 무관심한 어조로 덧붙였다.

"그런데 지금도 여전히 만나나요…… 이름이 뭐더라……? 그 전직 가수…… 델마르?"

그녀는 냉담하게 대답했다.

"아니요! 끝났어요!"

그러니까 그들이 헤어진 건 확실했다. 프레데릭은 그 사실에 희망을 품었다.

마차는 천천히 브레다 구를 내려갔다. 일요일이라 길에는 인적이 드물었고 주민들 모습이 창 너머로 보였다. 마차는 점점 빨리 달렸다. 차 바퀴 소리에 지나가던 사람들이 고개를 돌렸고 젖혀진 포장 가죽이 햇빛에 번쩍거렸다. 하인은 몸을 뒤로 젖혔고 나란히 앉은 두 마리 아바나산 강아지는 마치 쿠션에 놓인 흰 담비 토시처럼 보였다. 프레데릭은 가볍게 흔들리는 마차 가죽띠에 몸을 맡겼다. 라 마레샬은 미소를 지은 채 머리를 좌우로 흔들었다.

그녀의 진줏빛 밀짚모자에는 검은 레이스 장식이 있었다. 아라비아식 코트에 달린 모자가 바람에 날렸다. 그녀는 끝이 탑 모양으로 뾰족한 라일락빛 새틴 양산으로 햇빛을 가렸다.

"손가락 참 예쁘기도 하다!" 사슬 모양 금팔찌를 찬 또 다른 왼쪽 손을 가만히 잡으며 프레데릭이 말했다. "이거 예쁜데 어디서 난 거예요?"

"오! 오래전부터 가지고 있던 거예요." 라 마레샬이 말했다.

젊은이는 이 거짓말 같은 대답에 토를 달지 않았다. 그는 차라리 '이 상황을 이용'하고자 했다. 그래서 여전히 그녀 손을 잡은 채 장갑과 소맷부리 사이에 입을 맞추었다.

"이러지 마세요, 누가 봐요!"

"보면 어때요!"

콩코르드 광장을 지나 콩페랑스 강변에서 빌리 강변에 이르면 정원에 삼나무가 보였다. 로자네트는 레바논이 중국에 위치해 있다고 믿었다. 그녀는 자기 무지함에 웃으며 프레데릭에게 지리를 가르쳐 달라고 부탁했다. 이윽고 트로카데로를 오른편에 두고 이에나 다리를 건너 마침내 샹드마르스 중앙에 도착해 벌써 경마장에 줄지어 선 다른 마차들 옆에 멈추었다.

잔디가 덮인 언덕은 시민들로 꽉 차 있었다. 사관 학교 발코니에도 구경꾼들 모습이 보였다. 체중 검사소 밖에 있는 두 텐트와 검사소 구역 내 두 관람석, 왕실석 앞에 있는 세 번째 관람석은 성장한 사람들로 가득했는데 그들 품행에는 아직 생소한 이 오락에 대한 경외감이 드러나 보였다. 당시 경마 관객은 특수층에 한정되어 그 분위기가 그리 통속적이지 않았다. 아직 바지 끝을 구두 밑으로 돌려 매는 끈을 차거나 벨벳 옷깃에, 흰 장갑을 끼던 시대였다. 현란한 색드레스를 입고 관람석에 앉은 여자들 모습은 군데군데 남자들 복장이 이루는 검은 얼룩 사이에서 커다란 꽃 덤불 같았다. 모든 관객의 시선은 유명한 알제리인 부마자[58]에게 쏠렸다. 그는 특별석 양쪽에 두 참모 장교를 거느린 채 태연하게 앉아 있었다. 경마 클럽 관람석엔 근엄해 보이는 신사들만이 있었다.

가장 열광적인 관객들은 말뚝을 두 줄로 박고 줄을 쳐 놓아 입장을 금지시킨 아래쪽 경주로 옆에 있었다. 이 거대한 타원형 통로 안쪽에는 야자열매 음료를 파는 상인들 방울 소리와 일정표 장수들, 담배 상인들이 외치는 소리가 합쳐져 거대한 소음이 일었다. 순경들이 왔다 갔다 했다. 숫자로 뒤덮인 기둥에 매달린 종이 울렸다. 말 다섯 필이 나타나자 모두들 관람석으로 돌아왔다.

---

58) 프랑스군이 두려워했던 알제리 장군.

그런데 커다란 구름 소용돌이가 맞은편 느릅나무 꼭대기를 스쳐 지나갔다. 로자네트는 비가 올까 두려워했다.

"우산 있어요." 프레데릭이 말했다. "그리고 심심풀이할 것들도 다 있고." 바구니에 여러 가지 식료품이 든 짐칸을 열어 보이며 그가 덧붙였다.

"브라보! 우린 마음이 잘 통하네요!"

"이제 더 잘 통할걸요, 그렇죠?"

"그럴지도 모르죠!" 얼굴을 붉히며 그녀가 말했다.

비단 재킷을 입은 기수들이 말을 한 줄로 정렬시키려고 고삐를 두 손으로 잡았다. 누군가 붉은 기를 내렸다. 그러자 다섯 기수는 동시에 말갈기 위로 몸을 굽히고 출발했다. 처음엔 한 무리가 되어 서로 붙어 달렸다. 얼마 지나지 않아 무리가 길어지고 갈라졌다. 노란 재킷 입은 기수는 1코스 중간쯤에서 낙마할 뻔했다. 오랫동안 필리와 티비가 선두를 다투었으나 톰푸스가 맨 앞으로 나왔다. 그러나 출발부터 뒤처져 있던 클럽스틱이 그들을 따라붙어 샤를 경을 두 마신 차로 앞지르며 첫 번째로 들어왔다. 예상치 못한 승리였다. 관중은 소리쳤다. 발 구르는 소리에 목조 가건물이 진동했다.

"너무 재미있어요!"

라 마레샬이 말했다. "당신이 좋아요."

프레데릭은 더 이상 자기 행복을 의심치 않았다. 로자네트의 이 마지막 말이 그걸 확신시켜 주었다.

백 보쯤 떨어진 곳에 있는 이인승 사륜마차에 한 부인 모습이 나타났다. 그녀는 마차 문밖으로 몸을 내밀었다가 재빨리 들어가곤 했다. 그러기를 몇 차례 되풀이했다. 프레데릭은 그 얼굴을 잘 알아볼 수 없었다. 순간 의구심이 일었다. 아르누 부인인 것 같다는 생각이 들었다. 그런데 불가능한 일이었다! 그녀가 왜 여기에 오겠는가?

그는 체중 검사소 주위를 거닐고 오겠다는 핑계로 마차에서 내렸다.

"신사답지 못하세요!" 로자네트가 말했다.

그는 듣지 않고 걸어갔다. 사륜마차는 고삐를 돌려 빠르게 달리기 시작했다.

프레데릭은 그 순간 시지에게 붙잡혔다.

"안녕, 친구! 잘 지냈어요? 위소네도 저기 와 있어요! 이봐요!"

프레데릭은 사륜마차를 따라가려고 빠져나오려 했다. 라 마레샬이 돌아오라고 손짓했다. 시지가 알아보고는 꼭 인사하고 싶다고 말했다.

할머니 장례식이 끝난 뒤로 그에게는 자기 이상대로 '특징'이 생겼다. 스코틀랜드식 조끼에 짧은 예복, 작게 매듭진 부푼 리본이 달린 무도화, 모자 장식 끈에 꽂은 입장권, 사실 스스로 '멋'이라 부르는 영국 근위병식 품격에 부족한 건 하나도 없었다. 그는 먼저 형편없는 샹드마르스 경마장에 대해 불평하고는 샹티이에서 본 경마와 소극 이야기를 했으며 자정에 시계가 열두 번 울리는 동안 샹파뉴산 포도주를 열두 잔 마실 수 있다고 단언했다. 그러고는 라 마레샬에게 내기를 해도 좋다며 이야기 내내 그녀의 두 마리 강아지를 천천히 쓰다듬었다. 한쪽 팔꿈치를 마차 문에 기대고 지팡이 손잡이는 입에 대며 다리는 벌린 채 허리는 쭉 펴고 그는 계속 쓸데없는 얘기를 늘어놓았다. 프레데릭은 옆에 서서 사륜마차가 어떻게 됐는지 신경을 쓰며 담배를 피웠다.

신호종이 울리자 시지는 돌아갔다. 로자네트는 그 사람 때문에 지루했는데 다행이라고 말했다.

두 번째 경주에는 특별한 것이 없었고 세 번째 경주도 한 남자가 들것에 실려 나간 일을 제외하면 마찬가지였다. 말 여덟 필이 파리 배(杯)를 놓고 벌이는 네 번째 경주는 흥미진진했다.

관람석 구경꾼들은 의자 위로 올라섰다. 마차 안에 있던 사람들은 일어나 쌍안경으로 기수들의 자리다툼을 쫓았다. 경마장 주위를 메운 긴 군중 행렬 위로 기수들이 빨강, 노랑, 하양, 파랑 점을 이루며 지나갔다. 멀리서 보면 기수들의 속도는 대단해 보이지 않았다. 샹드마르스 저쪽 끝에서는 속도를 늦춘 것처럼 보일 정도였고 말이 다리를 쭉 뻗은 채 배가 땅에 닿을 정도로 미끄러져 가는 것처럼 보였다. 그러나 재빨리 다시 돌아오면서 그들의 모습은 커졌다. 그들이 지나갈 때 바람이 갈라지고 땅이 흔들리며 자갈이 튀어 올랐다. 바람에 부풀어 오른 기수들의 재킷은 돛처럼 펄럭였다. 기둥이 세워진 곳까지 이르려고 그들은 세차게 채찍을 내리치며 말을 몰았다. 거기가 결승점이었다. 번호표가 내려오면서 또 다른 번호가 세워졌고 승리한 말은 관중 갈채를 받으며 체중 검사소로 이끌려 갔다. 말은 땀으로 범벅이 된 채 무릎은 뻣뻣하고 목은 늘어져 있었고 기수는 안장 위에서 거의 죽을 듯한 모습으로 배를 움켜쥐고 있었다.

이의 신청이 있어 마지막 경기의 출발이 지연되었다. 지루해진 관객은 점차 흩어졌다. 관람석 밑에서 남자들이 여기저기 떼를 지어 서로 잡담을 나누었다. 주로 외설스러운 이야기였다. 창녀들이 가까이 있어 분개한 상류 사회 여인들은 돌아갔다. 댄스홀의 유명인들, 통속 희극 여배우들도 보였다. 가장 많이 주의 끈 것은 제일 예쁜 여자들이 아니었다. 어느 보드빌 작가가 매춘계의 루이 11세라고 칭했던 늙은 조르진 오베르가 끔찍하게 짙은 화장에 한겨울에 하듯 담비 털목도리를 두른 채 널찍한 사륜마차에 길게 누워서 돼지가 꿀꿀거리는 소리로 이따금 웃었다. 재판으로 유명해진 르무소 부인은 미국인들과 함께 대형 사륜마차에 당당하게 앉아 있었다. 고딕식 성모상같이 생긴 테레즈 바슈뤼는 흙받이 자리에 장미꽃이 가득한 화분이 놓인 이륜마차 안에서 몇 겹으로 주름 잡힌 치마를 활짝 펼친 채 앉아 있었다. 라 마레샬은 이러한 호사를 부러워했다. 사람들 주의를 끌려고 그녀는 과장되게 몸짓하며 큰 소리로 말하기 시작했다.

그녀를 알아보고 인사를 보내는 신사들이 있었다. 그녀는 프레데릭에게 그들의 이름을 알려 주며 대답했다. 모두들 백작이거나 남작, 공작, 후작이었다. 그는 거드름을 피웠다. 모든 이의 시선 속에 자기 행운에 대한 경의가 드러났기 때문이다.

시지는 자기보다 나이 많은 사람들에 둘러싸여 그들 못지않게 즐거워 보였다. 넥타이 위 그들 얼굴에는 그를 놀리는 듯한 웃음이 떠올랐다. 마침내 시지는 가장 나이 든 사람 손을 툭 치고는 라 마레샬 쪽으로 다가왔다.

그녀는 푸아그라 한 쪽을 허겁지겁 먹고 있었다. 프레데릭은 그녀 권유에 따라 포도주병을 무릎에 얹고 같이 따라 먹었다.

좀 전의 이인승 사륜마차가 다시 나타났다. 아르누 부인이었다. 그녀 얼굴이 극도로 창백해졌다. "샴페인 좀 주세요!" 로자네트가 말했다.

그러고는 가득 찬 잔을 최대한 높이 쳐들며 외쳤다.

"어이 거기 계신 분! 정숙한 부인들, 내 후원자의 부인, 어이!"

주위에서 웃음이 터지고 사륜마차는 사라졌다. 프레데릭은 그녀 옷을 잡아끌었다. 화를 낼 참이었다. 그러나 조금 전과 똑같은 자세로 시지가 서 있었다. 그리고 훨씬 더 침착한 태도로 저녁에 같이 식사하지 않겠느냐고 로자네트를 초대했다.

그녀가 말했다. "안 돼요! 저희는 함께 카페 앙글레에 갈 거예요."

프레데릭은 아무 소리도 못 들은 듯 말이 없었다. 시지는 실망한 모습으로 라 마레샬을 떠났다.

그가 오른쪽 문에 기댄 채 그녀에게 말하는 동안 위소네가 왼쪽에서 오더니 카페 앙글레 얘기를 꺼냈다.

"거기 괜찮은 곳이지! 거기서 간단하게 식사하면 어떨까?"

"좋을 대로." 프레데릭이 말했다. 그는 사륜마차 한쪽 구석에 주저앉아 돌이킬 수 없는 일이 방금 일어났으며 자신의 소중한 사랑도 이제 끝났다고 느끼면서 사륜마차가 멀리 사라져 가는 것을 바라보았다. 그런데 또 하나의 사랑이 여기에, 바로 옆에 있었다. 유쾌하고 손쉬운 사랑이! 그러나 갖가지 모순된 욕망으로 가득 차 무엇을 원하는지조차 더 이상 알지 못한 채 지친 그는 엄청난 슬픔, 죽고 싶은 욕망을 느꼈다.

시끄러운 발소리와 말소리에 그는 고개를 들었다. 경주로에 쳐진 줄을 넘어서 부랑아들이 관람석을 구경하러 왔다. 사람들은 돌아가기 시작했다. 빗방울이 떨어졌다. 마차들이 더 혼잡해졌다. 위소네는 어디로인지 사라지고 없었다. "그래, 잘됐어!" 프레데릭이 말했다.

"둘만 있는 게 좋죠?"라 마레샬이 그의 손 위에 자기 손을 얹으며 말했다.

그러나 그들 앞으로 놋쇠와 강철로 번득이는 말 네 필과 도몽식으로 금이 장식된 벨벳 상의를 입은 기수 두 사람이 끄는 화려한 유개 마차가 지나갔다. 당브뢰즈 부인이 남편과 나란히 앉고 마르티농은 맞은편 좌석에 앉아 있었다. 세 사람 모두 놀란 얼굴이었다.

"나를 알아봤어!" 프레데릭은 중얼거렸다.

로자네트는 마차 행렬을 좀 더 자세히 구경하려고 마차를 세우려고 했다. 아르누 부인이 다시 나타날 수도 있었다. 그는 마부에게 소리쳤다.

"가! 가! 계속 가!"

그러자 사륜마차는 샹젤리제를 향해 작은 사륜마차, 브리스카 마차, 작은 이륜마차, 장방형 마차, 말 두 필이 끄는 마차, 얼근히 취한 직공들이 안에서 노래 부르는 가죽 커튼 달린 가구 운반 마차, 아버지가 조심스럽게 모는 말 한 필이 끄는 사륜마차 등 각양각색 마차들 사이에서 달렸다. 사람이 꽉 찬 무개 사륜마차에 다른 사람들의 발 위에 앉은 청년 하나가 밖으로 두 다리를 늘어뜨린 채 지나갔다. 좌석에 모직물을 씌운 커다란 사륜마차는 졸고 있는 늙은 상류층 여자들을 싣고 지나갔다. 혹은 멋진 작은 사륜마차가 멋쟁이 연미복처럼 단순하고 멋들어진 좌석 하나만을 갖춘 채 지나갔다. 그런데 소나기가 더욱 세차게 내리기 시작했다. 우산이며 양산, 우비가 펼쳐졌다. 서로 멀리서 소리쳤다. "안녕하세요!" "잘 지내요?" "네!" "아니요!" "그럼 다음에 봐요!" 그러고는 사람들 얼굴이 그림자 연극에서처럼 빠르게 지나갔다. 프레데릭과 로자네트는 옆에서 형형색색 끊임없이 돌아가는 마차 바퀴를 보며 멍해져 서로 말이 없었다.

때때로 마차가 너무 밀려 모두가 동시에 몇 줄로 늘어선 채 멈추었다. 그러면 서로 가까이 붙어 쳐다보았다. 문장이 새겨진 문에서는 무관심한 시선이 군중을 바라보고 합승 마차 한 구석에서는 바보스럽게 감탄으로 커다랗게 벌어진 입도 있었다. 여기저기 길 한가운데를 산책하던 사람들이, 마차 사이를 뚫고 빠르게 질주해 빠져 나오는 말 탄 남자를 피하려고 뒤로 성큼 물러섰다. 그러고는 모든 것이 다시 움직이기 시작했다. 마부들은 고삐를 늦추고 채찍질을 줄였다. 기운이 난 말들은 재갈을 흔들며 주위에 거품을 품었다. 석양빛이 비치는 수증기 속에서 비에 젖은 말 궁둥이와 마구에서 김이 피어올랐다. 개선문을 지날 때 불그스름한 빛이 사람 높이까지 이르러 차

바퀴 축, 문손잡이, 마차 채 끝, 안장 테 들이 반짝거렸다. 그리고 말갈기, 옷, 사람들 머리가 강물처럼 출렁거리는 큰길 양쪽에는 비에 젖어 빛나는 가로수가 두 개 녹색 벽처럼 솟아 있었다. 그 위로 군데군데 다시 보이는 푸른 하늘은 새틴처럼 부드러운 빛이었다.

그러자 프레데릭은 언젠가 이런 여인과 이런 마차를 타면서 느낄 수 있는 형언할 수 없는 행복을 선망했던 날들을 떠올렸다. 그는 지금 그 행복을 누리고 있었다. 그러나 즐겁지 않았다.

비가 멈추었다. 옛 왕실 가구 창고의 기둥 사이에서 비를 피하던 사람들이 돌아갔다. 루아얄 거리에서 다시 대로 쪽으로 산책하는 사람들도 있었다. 외무성 앞에는 구경꾼들이 계단 위에 줄지어 있었다.

중국 목욕탕 근처에 이르자 포도에 여기저기 팬 곳이 있어 마차는 속도를 늦추었다. 연한 갈색 코트를 입은 남자가 길 옆을 지나갔다. 마차 밑에서 흙탕물이 튀어 올라 남자의 등에 튀었다. 남자는 화가 나 고개를 돌렸다. 프레데릭은 얼굴이 하얗게 변했다. 델로리에였다.

카페 앙글레 입구에서 그들은 마차를 돌려보냈다. 그가 마부에게 돈을 지불하는 동안 로자네트는 먼저 올라갔다. 그녀는 계단에서 한 남자와 이야기하고 있었다. 프레데릭은 그녀 팔을 잡았다. 그러나 복도 중앙에서 또 다른 남자가 그녀를 불러 세웠다.

그녀가 말했다. "먼저 가세요. 금방 갈 테니까!"

그는 혼자 객실로 들어갔다. 열린 두 창문으로 맞은편 집 창가에 선 사람들이 보였다. 말라 가는 아스팔트 위에 넓은 물결무늬가 하늘거리고 발코니에 놓인 목련나무 향이 방까지 풍겨 왔다. 이 향기와 상쾌함에 그의 신경이 가라앉았다. 그는 거울 아래 긴 붉은색 의자에 쓰러지듯 주저앉았다.

라 마레샬이 돌아왔다. 그의 이마에 입을 맞추며 그녀는 물었다.

"서글픈 일 있어요?"

"어쩌면!" 그가 대답했다.

"당신만 그런 건 아니지!"

이 말은 '함께 즐기며 서로 슬픔을 잊읍시다!'라는 뜻이었다.

그러고 나서 그녀는 꽃잎 하나를 입에 물고 입으로 물으라는 듯 그에게 입술을 내밀었다. 우아하고 거의 선정적인 관대함이 깃든 이 동작에 프레데릭은 마음이 누그러졌다.

"왜 나를 이토록 힘들게 하죠?" 아르누 부인을 생각하며 그가 말했다.

"내가 힘들게 한다고요?"

그녀는 그와 마주 서서 눈을 가늘게 뜨고 어깨에 손을 올린 채 그를 바라보았다.

그의 정절, 원한 모두가 끝을 알 수 없는 무력감 속으로 사라졌다.

"나를 사랑하려고 하지 않으니까!" 그녀를 무릎 위에 끌어안으며 그가 대답했다.

그녀는 그가 하는 대로 순순히 따랐다. 그는 두 팔로 그녀 허리를 안았다. 비단 치마 스치는 소리가 그를 자극했다.

"이 사람들 어디 있지?" 복도에서 위소네 목소리가 들렸다.

라 마레샬은 훌쩍 일어나 문에 등을 돌리고 방 저쪽으로 갔다.

그녀는 굴 요리를 시켰고 그들은 식탁에 앉았다.

위소네의 태도가 그리 유쾌하지는 않았다. 매일매일 갖가지 주제로 글을 쓰고 여러 신문을 읽으며 토론을 듣고 빛을 발하려 역설을 늘어놓다 보니 그는 스스로 뿌린 폭죽에 눈이 어두워져 모든 것에 대한 정확한 판단을 잃어버리고 말았다. 경박하던 옛날 생활이 지금은 어려워져 곤경에 부딪히자 그는 매사에 신경질적으로 변했다. 게다가 스스로 인정하지 않지만 자신의 무능함 때문에 그는 공격적이고 조소적인 사람이 되었다. 새 발레 작품「오자이」가 화제에 오르자 그는 무용에 대해 욕설을 퍼부었고 무용 이야기가 나오자 오페라 극장에 대해 욕설을 퍼부었다. 그리고 오페라 극장 얘기가 나오자 지금은 스페인 극단이 출연하는 이탈리아 극장에 대해 "카스티야어에 신물이 난다!"라고 불평하며 욕을 해 댔다. 프레데릭은 스페인에 낭만주의적 애정을 품고 있었기 때문에 불쾌함을 느꼈다. 프레데릭은 화제를 바꾸려고 최근 에드가 키네와 미키에비츠가 추방된 콜레주 드 프랑스에 대해 물었다. 그러나 드 메스트르의 찬미자인 위소네는 당국과 유심론을 옹호했다. 그러면서 그는 가장 명백히 검증된 사실을 의심하며 역사를 부인하고 가장 실증적인 사실들에 항의하면서 기하학이라는 말이 나오자 "기하학, 무슨 우스갯소리야!"라고 소리쳤다. 이 모든 행동거지에 배우들을 모방한 몸짓이 섞여 있었다.

특히 생빌은 그의 이상형이었다.

　이런 허튼소리에 프레데릭은 지쳤다. 안절부절못하는 마음에 그는 발로 식탁 밑에 있던 강아지 한 마리를 건드렸다.

　두 마리가 동시에 역겹도록 짖어 대기 시작했다.

　"집으로 돌려보내야 할 것 같은데요!" 그가 퉁명스럽게 말했다.

　로자네트는 아무도 믿지 못했다.

　그러자 그는 보헤미안을 돌아보았다.

　"이봐요, 위소네, 도와줘야지요!"

　"아! 그래! 그래야 친절한 거겠지!"

　위소네는 선뜻 승낙하고 자리를 떴다.

　그의 호의에 어떻게 보답해야 할까? 프레데릭은 그 생각은 하지 않았다. 단둘이 있게 된 걸 기뻐하고 있으려니까 종업원이 들어왔다.

　"부인, 누가 찾으시는데요!"

　"뭐라고! 또!"

　"그래도 만나 봐야죠!" 로자네트가 말했다.

　그는 그녀를 갈망했다. 그에게는 그녀가 필요했다. 그녀가 그를 두고 나가는 건 배신이며 거의 무례한 일이라고 생각되었다. 도대체 무슨 마음이야? 아르누 부인을 모욕한 것만으로 충분하지 않아? 게다가 이것도 이미 저질러진 일이었다. 그는 이제 여자들이라면 모두 증오했다. 눈물로 목이 막혔다. 자기 사랑은 인정받지 못하고 욕정은 배신당하기 때문이었다.

　라 마레샬이 돌아와 시지를 소개하며 말했다.

"제가 초대했어요. 잘했죠?"

"물론이죠! 잘했어요!"

프레데릭은 사형수 같은 미소를 지으며 그 귀족에게 앉으라고 몸짓했다.

라 마레샬은 메뉴를 읽어 내려가다가 생소한 이름이 나오면 멈추곤 했다.

"리슐리외식 토끼찜하고 오를레앙식 푸딩 어때요?"

"아! 오를레앙식은 싫어요!" 시지가 외쳤다. 정통 왕조파인 그는 나름대로 그럴듯하다고 생각하고 한 말이었다.

"그럼 샹보르식 가자미 요리는 괜찮으세요?" 그녀가 대답했다.

이런 그녀의 예절 바름에 프레데릭은 화가 났다.

라 마레샬은 간단한 안심 스테이크, 새우, 송로, 파인애플 샐러드, 바닐라 소르베로 정했다.

"나중에 또 보기로 하고 우선 이걸로 하죠. 아! 잊었군. 소시지도 하나요, 마늘 안 들어간 걸로!"

그리고 그녀는 종업원을 '젊은이'라고 부르며 잔을 나이프로 두드리는가 하면 천장에 빵 조각을 던지기도 했다.

"그런 건 처음부터 마시는 게 아닌데." 프레데릭이 말했다.

자작 말에 따르면 때로는 그래도 되었다.

"아니요! 절대 그렇게는 안 해요!"

"해요! 틀림없어요!"

"아! 한다잖아요!"

이 말을 할 때 그녀 눈에는 '이분은 부자예요, 이분 말씀 들으세요!'라는 뜻이 담겨 있었다.

한편 문은 쉴 새 없이 열렸고 종업원들은 날카롭게 외쳐 댔으며 옆방에서는 누군가가 요란스럽게 왈츠를 추었다. 마침내 화제는 경마 이야기에서 승마술, 그러다 두 경쟁 체계로 이어졌다. 시지는 보셰를, 프레데릭은 도르 백작을 옹호하자 로자네트는 어깨를 으쓱했다.

"아, 그만해요! 이분이 당신보다는 잘 알잖아요!"

그녀는 식탁에 팔꿈치를 괸 채 석류를 먹고 있었다. 앞에 놓인 촛불이 바람에 흔들렸다. 이 하얀빛이 그녀의 진주색 살결에 스며들고 눈꺼풀을 분홍빛으로 물들이고 눈동자를 반짝이게 했다. 과일의 붉은빛이 입술의 빨간빛과 하나가 되었으며 가느다란 콧구멍이 벌름거렸다. 그러자 그녀 전체 모습에서 거만하고 취하고 축축히 젖은 듯한 무언가가 풍겨 나왔고 그것이 프레데릭의 화를 돋우는 동시에 미칠 듯한 욕정을 불러일으켰다.

그러고 나서 그녀는 차분한 목소리로 밤색 옷 입은 하인이 있던 그 대형 사륜마차는 누구 것인지 물었다.

"당브뢰즈 백작 부인 거예요." 시지가 대답했다.

"그분들 굉장히 부자죠?"

"오! 굉장하죠! 성이 단순히 부트롱이고 도지사 딸이었던 당브뢰즈 부인에게 별 재산은 없었지만요."

남편은 반대로 유산을 꽤 물려받았다며 시지는 그것들을 일일이 나열했다. 당브뢰즈 집을 자주 드나들기 때문에 그 집 내막을 잘 안다고 했다.

프레데릭은 그의 신경을 건드리기 위해 고집스럽게 그의 말을 반박했다. 그는 당브뢰즈 부인의 성은 드 부트롱이라고 주장하고 그녀가 귀족 출신이라고 단언했다.

"상관없어요! 그런 마차나 가져 봤으면 좋겠어요!" 몸을 뒤로 젖히며 라 마레샬이 말했다.

그러자 옷소매가 약간 미끄러지면서 왼쪽 손목에 오팔이 세 개 박힌 팔찌가 드러났다.

프레데릭은 그것을 보았다.

"어! 그런데……."

세 사람은 서로 마주 보며 얼굴을 붉혔다.

문이 살며시 열리고 모자 테두리가 보이더니 위소네 옆얼굴이 나타났다.

"실례합니다, 연인들에게 방해가 되었다면!"

그러나 위소네는 시지를 보더니 그가 자기 자리를 차지한 것을 알고 깜짝 놀라 멈춰섰다.

식기를 한 벌 더 가져왔다. 몹시 배가 고팠던지라 위소네는 남은 음식에서 접시에 담긴 고기 요리와 바구니에 든 과일을 닥치는 대로 집어 들고 심부름 갔다 온 얘기를 하면서 한 손으로는 먹고 한 손으로는 마셨다. 강아지 두 마리는 데려다 놓았다고 했다. 집에는 아무 일도 없는 모양이라고 했다. 그는 하녀가 군인과 함께 있는 걸 봤다고 했는데 이는 재미로 지어낸 이야기였다.

라 마레샬이 모자 걸이에서 모자를 집어 들었다. 프레데릭은 멀리서 종업원에게 소리치며 급히 벨을 눌렀다.

"마차 한 대 준비해요!"

"내 차 있어요." 자작이 말했다.

"그렇지만 여보세요!"

그리고 두 사람은 얼굴이 창백해져 손을 떨며 서로 노려보았다.

마침내 라 마레샬은 시지 팔을 잡았다. 그리고 자리에 앉아 있는 보헤미안을 가리키며 말했다. "이분 좀 돌봐 주세요! 숨 막히겠어요. 이 사람이 제 강아지들 때문에 죽었다는 말은 듣고 싶지 않아요!"

문이 닫혔다.

"어찌 된 거요?" 위소네가 물었다.

"뭐가 어떻게 돼요?"

"난 생각하기를…….."

"뭘 생각했는데요?"

"자네가……?"

그는 남은 말을 몸짓으로 나타냈다.

"아니요! 절대로!"

위소네는 더 이상 묻지 않았다.

그에게는 저녁 식사에 따라온 목적이 있었다. 그의 신문은 더 이상 '라르'라 불리지 않고 '포수여, 제자리를 지켜라!'라는 표어와 함께 '플랑바르'라 불렸다. 판매가 좋지 않아 델로리에 도움 없이 혼자서 신문을 주간지로 바꾸고 싶은 마음이었다. 그는 옛날 계획 이야기를 다시 꺼내며 새 계획에 대해 설명을 늘어놨다.

프레데릭은 무슨 소린지 알아듣지 못하는 듯 막연한 대답만 했다. 위소네는 식탁 위 시가 몇 개를 집어 들고 "잘 있게!" 하더니 사라졌다.

프레데릭은 계산서를 요구했다. 항목이 길었다. 종업원이 수건을 팔에 건 채 지불을 기다리는데 마르티농을 닮은 창백한 남자가 와서 말했다.

"죄송한데요, 계산대에서 마차 요금을 추가하는 걸 잊었습니다."

"무슨 마차요?"

"조금 전에 여기 계신 분이 강아지 때문에 탔던 마차 말씀입니다."

청년에게 유감이라는 듯 그의 얼굴이 어두워졌다. 프레데릭은 그의 따귀를 한 대 갈겨 주고 싶었다. 프레데릭은 잔돈 20프랑을 팁으로 주었다.

"감사합니다!" 머리를 크게 숙이며 수건을 건 남자가 말했다.

프레데릭은 이튿날 분노와 치욕을 되새기며 보냈다. 그는 시지의 뺨을 때려 주지 못한 것이 유감스러웠다. 더 이상 라마레샬을 만나지 않으리라 맹세했다. 그 정도 예쁜 여자들은 많았다. 그런 여자들과 즐기려면 돈이 필요하니까 농가를 판 돈을 증권에 투자하면 부자가 될 것이고 호사를 과시함으로써 라 마레샬과 모든 사람의 기를 꺾고 말리라. 저녁이 되자 그는 아르누 부인 생각을 하지 않았다는 사실에 놀랐다.

"차라리 잘됐어! 무슨 소용이야?"

그다음 날 아침 8시부터 펠르랭이 찾아왔다. 그는 먼저 가구 칭찬으로 시작하여 입에 발린 소리를 늘어놓았다. 그러고는 불쑥 물었다.

"일요일에 경마에 갔었어요?"

"예, 별로였어요!"

그러자 화가는 영국 말의 골격을 비난하고 제리코와 파르테논의 말들을 칭찬했다.

"로자네트와 함께 있었어요?"

그리고 그는 교묘하게 그녀에 대한 찬사를 시작했다.

프레데릭의 반응이 냉랭하자 그는 당황했다. 그는 어떻게 초상화 얘기를 꺼내야 할지 몰랐다.

처음 계획은 티치아노풍 그림을 그리는 것이었다. 그러나 그는 점점 모델의 다양한 색채에 매료되었다. 물감에 물감을 덧바르고 빛에 빛을 더해 가며 느낌대로 솔직하게 작업했다. 로자네트는 처음엔 즐거워했다. 그녀가 델마르와 만나느라 포즈를 그만두고 나서 펠르랭은 홀로 그림에 매혹되어 지냈다. 그러고는 찬탄하는 마음이 가라앉자, 그림에 웅장함이 부족하지 않나 하는 생각이 들었다. 그는 티치아노의 그림을 다시 보고 자기 그림과의 거리감을 알아챘고 자기 그림의 결함을 알아냈다. 그리고 단지 윤곽만을 고치기 시작했다. 윤곽을 고치면서 색채도 손을 보게 되고 얼굴과 배경의 색조를 혼합하게 되었다. 그러자 얼굴이 선명해지고 명암 처리 덕에 생동감이 생겼다. 전반적으로 더욱 탄탄해 보였다. 그리고 라 마레샬이 다시 왔다. 그녀는 감히 불만을 늘어놓았고 화가는 당연히 뜻을 굽히지 않았다. 그녀의 어리석음에 몹시 화를 내긴 했지만 후에는 그녀가 어쩌면 옳을지도 모른다는 생각도 들었다. 그러자 위경련과 불면증, 발열, 자기혐오를 일으키면서 생각은 여러 갈래로 갈라지고 회의에 빠지는 나날이 시작되었다. 용기를 내서 다시 수정했지만 마음은 가지 않았고 수정 작업도 좋지 않게 느껴졌다.

그는 전람회에서 낙선한 사실만을 불평한 다음 프레데릭에게 왜 라 마레샬의 초상화를 보러 오지 않았느냐고 나무랐다.

"내가 알 게 뭐예요, 라 마레샬!"

그런 말을 듣자 그는 대담해졌다.

"그 여자가 이제는 그림 원치 않는 걸까요?"

그는 그녀에게 5000프랑을 요구한 사실에 대해서는 입을 다물었다. 그런데 라 마레샬은 누가 돈을 치를지에 대해서는 관심도 없었고, 아르누에게서 더 시급한 일들에 대한 해결책을 받아 내기에 급급해 그에게 그림 얘기는 하지도 않았다.

"그러면 아르누는?" 프레데릭이 말했다.

그녀는 그를 아르누에게 보냈다. 옛 화상은 초상화 따위는 필요 없었다.

"그 사람은 초상화가 로자네트 것이라고 말하던데요."

"사실 그 여자 것이죠."

"뭐라고요? 그 여자가 당신한테 가래서 왔는데요!" 펠르랭이 대답했다.

작품이 훌륭하다고 생각했다면 그는 아마 그걸로 돈을 벌생각은 하지 않았을 것이다. 그렇지만 그림 값(상당한 액수라면)이 비평을 부인할 수도 있고 자기 위상을 굳히는 계기가 될 수도 있었다. 프레데릭은 이 상황에서 해방되기 위해 정중하게 그림 값을 물었다.

엄청난 액수에 화가 나 그는 대답했다.

"안 돼요, 아! 안 돼요!"

"그런데 당신은 그 여자 애인이잖아요, 주문도 당신이 했고요!"

"난 소개했을 뿐이에요!"

"내가 그림을 언제까지 짊어지고 있을 순 없잖아요!" 예술가는 화를 냈다.

"아! 당신이 그렇게 탐욕스러운 사람인지 몰랐어요."

"당신이 그렇게 수전노인 줄은 몰랐소, 그럼 이만!"

그가 떠나자마자 세네칼이 나타났다.

프레데릭은 당황하며 불안을 느꼈다. "무슨 일이죠?"

세네칼은 자초지종을 이야기했다.

"토요일 9시쯤 아르누 부인이 편지를 받고 파리로 가야 했는데 마침 크레유까지 마차를 부르러 갈 사람이 아무도 없어서 그녀가 날 보고 갔다 오라고 하잖아요. 거절했죠, 내 임무 밖 일이니까. 부인은 떠났다가 일요일 밤에 돌아왔어요. 어제 아침 아르누가 공장에 나타났죠. 그 보르도 여자는 불평을 늘어놨어요. 두 사람이 무슨 관계인지는 모르겠지만 아르누가 모든 사람 앞에서 그 여자 벌금을 면제해 줬어요. 우린 심하게 다퉜죠. 요컨대 그 사람이 내 급료를 계산해 주고 난 이렇게 온 거예요!"

그리고 또박또박 말을 이었다.

"어쨌든 난 후회 안 해요, 할 일을 했으니까. 아무래도 좋아요, 이건 당신 탓이에요."

"뭐요?" 본심을 알아차렸을까 봐 두려워 프레데릭이 외쳤다.

"말하자면 당신이 아니었으면 더 나은 일을 찾을 수 있었을 테니까요."

프레데릭은 양심의 가책을 느꼈다.

"내가 도울 일이라도 있나요?"

세네칼은 어디든 일자리를 찾아 달라고 부탁했다.

"당신한텐 쉬운 일이잖아요. 아는 사람도 무척 많고, 델로리에 말로는 당브뢰즈 씨도 안다던데."

델로리에를 이런 식으로 상기하게 된 것이 그의 친구는 불쾌했다. 프레데릭은 샹드마르스에서 당브뢰즈 부부를 만난 이후로 그들을 찾아갈 생각은 거의 하지 않았다.

"누구를 소개할 만큼 그렇게 친한 사이는 아니에요."

민주주의자는 이 거절을 의연하게 받아들이고는 잠시 침묵을 지킨 다음 말했다.

"확신하건대 이 모든 일이 그 보르도 여자하고 당신의 아르누 부인이 합작한 일일 거예요."

이 '당신의'라는 말에 그나마 마음속에 남아 있던 약간의 호의마저 사라졌다. 그래도 프레데릭은 마음을 써 책상 열쇠에 손을 뻗쳤다.

세네칼은 알아차렸다.

"고마워요!"

자기 가난 같은 건 잊어버리고 그는 왕의 생일을 기해 남발

한 레지옹 도뇌르 훈장, 내각 개조, 떠들썩한 드루야르와 베니에 사건[59] 같은 나랏일을 이야기하고는 부르주아를 규탄하고 혁명을 예고했다.

그런 다음 벽에 걸린 일본 단도에 시선을 멈추었다. 그는 그것을 들고서 자루를 쥐어 본 다음 불쾌한 표정으로 소파에 집어 던졌다.

"자아, 그럼 잘 있어요! 전 노트르담드로레트 거리에 가야 해서요."

"저런! 왜죠?"

"오늘이 고드프루아 카베냐크[60]가 죽은 날이거든요. 그는 일하다가 죽었죠! 그렇지만 모든 게 끝난 건 아니에요……! 혹시 또 알아요?"

그리고 세네칼은 담대하게 손을 내밀었다.

"우리 아마 다시 만날 일은 없을 거예요! 잘 있어요!"

두 번이나 되풀이한 잘 있으라는 말과 단도를 바라보며 눈살을 찌푸리던 모습, 체념의 말과 무엇보다도 그의 엄숙한 태도에 프레데릭은 생각에 잠겼지만 곧 그마저도 사라졌다.

그 주에 르아브르에 있는 공증인에게서 농지를 판 돈 17만 4000프랑이 왔다. 그는 돈을 둘로 갈라서 반은 국채를 사고 나머지 반은 증권에 투자할 목적으로 주식 중개인에게 가져 갔다.

---

59) 사취와 공금 횡령.
60) 민중의 우상이었던 공화주의자로 임시 정부의 국방 장관이었다.

그가 이름난 레스토랑에 식사하러 다니고 극장에 다니면서 한창 기분을 풀 무렵 위소네에게서 편지를 받았다. 라 마레샬이 경마 다음 날 시지를 차 버렸다는 내용을 유쾌한 어투로 쓴 것이었다. 왜 보헤미안이 자기에게 이 이야기를 써 보냈는지는 생각해 보지 않은 채 프레데릭은 이 사실에 기뻐했다.

사흘 후에 그는 우연히 시지와 만났다. 귀족은 태연한 모습이었고 그다음 주 수요일 저녁 식사에 그를 초대했다.

그날 아침 프레데릭은 집행 통고를 받았다. 샤를 장 밥티스트 오드리 씨는 재판소 판결에 따라 벨빌에 있는 자크 아르누씨 토지의 소유자가 되고 매각 대금 22만 3000프랑을 지불할 예정이었다. 그리고 증서에 따르면 토지 저당 총액이 매입가를 초과하기 때문에 프레데릭의 채권은 완전히 소멸되어 버렸다.

유효 기간 내 저당 등기를 갱신하지 않은 결과였다. 아르누가 이 일을 맡아 놓고서 잊어버린 것이었다. 프레데릭은 그에게 화가 났다. 그리고 화가 가라앉자 생각했다.

'아무렴 어때? 이걸로 그 사람이 구제된다면 다행이지! 이 때문에 내가 죽는 것도 아니고! 더 이상 생각하지 말자!'

그러나 책상 위 잡동사니 서류들을 뒤적이다가 위소네의 편지가 손에 들어왔다. 그가 처음에는 보지 못했던 추신이 눈에 띄었다. 발상 중인 신문 사업을 추진할 수 있도록 5000프랑만 도와 달라는 내용이었다.

'아! 이 친구 지겹군.'

그는 간단명료한 편지로 거침없이 거절했다. 그런 다음 메종도르에 가기 위해 옷을 입었다.

시지는 가장 나이가 지긋한 뚱뚱한 백발 신사를 시작으로 프레데릭에게 손님들을 소개하기 시작했다.

"질베르 데졸네 후작, 나의 대부세요. 다음은 앙셀므 포르샹보 씨."라고 소개했다.(호리호리한 금발 청년이었는데 벌써 머리가 벗어지고 있었다.) 그러고는 소박해 보이는 사십 대 남자를 가리켰다. "조제프 보프뢰, 내 사촌 형이에요. 그리고 이분은 내 옛날 선생님 브주 씨." 이 사람은 마차꾼 같기도 하고 신학생 같기도 했는데 수염은 무성하고 긴 외투는 아래 단추 하나만 잠그고 있어 가슴에 숄을 두른 것처럼 보였다.

시지는 또 한 사람을 기다리는 중이었는데 "아마 오겠지만 확실치는 않은" 코맹 남작이었다. 시지는 끊임없이 방을 들락거리며 불안해했다. 마침내 8시가 되자 화려하게 불이 켜진, 손님 수에 비해 훨씬 넓은 방으로 갔다. 시지는 자랑하고 싶어 일부러 이 방을 택한 것이었다.

옛 프랑스 관습대로 은접시들이 놓인 식탁 한가운데 꽃과 과일이 가득 담긴 도금한 은장식 그릇이 놓여 있었다. 소금에 절인 식품과 향신료가 가득 담긴 전채 요리 접시가 그 주위를 빙 둘러싸고 있었다. 얼음으로 차갑게 한 장미 향 포도주병들이 여기저기 놓여 있었다. 높이가 서로 다른 다섯 개 잔이 사용법을 알 수 없는 정교한 식사 도구와 함께 각자 접시 앞에 나란히 놓여 있었다. 그리고 맨 처음 나오는 요리들만 해도 샴페인에 절인 철갑상어 머리, 토카이 와인이 들어간 요크 햄, 티티새 그라탱, 구운 메추라기, 베샤멜 소스를 친볼로방[61], 기름에 볶은 자고새 요리가 있었고, 이 요리들을 담은 접시 양쪽 테두리는 송로와 가늘게 썬 감자로 장식되어 있었다. 샹들리에와 가지 달린 촛대가 빨간 다마스쿠스 직물이 둘러진 방 안을 밝히고 있었다. 검은 예복 입은 하인 넷이 모로코 가죽 소파 뒤에 대기하고 있었다. 이러한 광경에 손님들 특히 가정 교사는 탄성을 질렀다.

"우리 주인공이 정말로 대단한 자리를 준비하셨구먼. 대단해!"

시지가 말했다. "이게요? 설마요!"

그리고 한 입 먹자마자 물었다.

"그런데 데졸네 아저씨, 팔레루아얄 극장에서 하는 「아버지와 문지기」 보셨어요?"

"시간 없는 거 알잖아!" 남작이 대답했다.

그는 오전 중에는 과수 재배 강의를 하며 저녁 시간은 농업 모임에서 보내고 오후 내내 공기구 공장에서 연구하며 시간을 보냈다. 일 년 중 사 분의 삼은 생통즈[62]에서 살기 때문에 파리에 머무는 기간을 최대한 이용해 연구에 몰두했다. 콘솔 위에 놓인 그의 차양 넓은 모자에는 소책자가 가득 꽂혀 있었다.

포르샹보 씨가 포도주를 사양하는 것을 보고는 시지가 말했다.

"마셔요, 거 참! 독신 생활 마지막 만찬인데 유세 좀 부려

---

61) 생선, 닭을 크림과 함께 찐 파이.
62) 보르도 북쪽 지방.

봐요!"

이 말에 모두들 몸을 조금씩 숙이고 축하 인사를 했다.

가정 교사가 물었다. "그런데 신붓감은 물론 매력적이시 겠죠?"

시지가 소리쳤다. "물론이죠! 그게 중요한 건 아니죠, 이 사람 잘못한 거예요. 결혼이란 거 참 어리석어요!"

"이 친구 생각 없이 말하는구먼." 죽은 아내 생각으로 눈물을 글썽이며 데졸네 씨가 말했다.

그러자 포르샹보 씨가 냉소적으로 몇 번을 되풀이해 말했다.

"당신도 결혼하게 될 거예요, 그러게 될 거예요!"

시지는 항의했다. 그는 구속 없이 즐기는 편이 나았고 '섭정 시대' 때처럼 자유롭게 사는 것이 좋았다. 「파리의 비밀」에 나오는 로돌프 왕자처럼 시테 섬 뒷골목 선술집을 드나들기 위해 킥복싱을 배우려고 했고 주머니에서 작은 파이프를 꺼내는가 하면 하인들을 사납게 다루거나 술을 과하게 마시기도 했다. 그러고는 자기 위상을 드높이기 위해 모든 요리를 헐뜯었다. 심지어 송로 요리까지 되돌려 보내자, 그걸 무척 맛있게 먹던 가정 교사가 비위를 맞추느라 말했다.

"자네 할머님이 만든 거품 낸 계란 요리만은 못하지!"

그러고 나서 그는 옆에 앉은 농학자와 다시 얘기를 시작했는데 농학자는 딸들을 소박한 생활 양식 속에서 키울 수 있다는 것만으로도 시골 생활에는 많은 이점이 있다고 말했다. 가정 교사는 제자 일을 돌봐 주고 싶던 터라 제자에 대한 농학자의 영향력을 짐작해서 그의 생각에 찬사를 보내며 은근히 아첨했다.

프레데릭은 시지에게 무척 화가 난 상태로 왔었다. 그의 어리석음에 그런 기분도 풀어졌다. 그런데 그의 태도, 얼굴, 전체 모습이 영국 카페에서의 저녁 식사를 상기시켜 점점 비위가 상했다. 그래서 그는 재산은 없으나 사람 좋은, 사냥을 좋아하고 주식을 즐기는 사촌 조제프가 작은 소리로 해 대는 무뚝뚝한 말을 듣고 있었다. 시지는 농담으로 몇 번이나 그를 '도둑'이라고 불렀다. 그러고는 갑자기 외쳤다.

"아! 남작!"

그러자 30세가량 남자가 들어왔는데 얼굴에는 뭔가 거친 구석이 있고 몸가짐은 유했으며 모자는 비스듬히 쓰고 단춧구멍에는 꽃을 달고 있었다. 그가 자작의 이상형이었다. 그는 이 남자가 와 줘서 기뻐 어쩔 줄 몰라 했다. 그가 있어 잔뜩 들떠 서투른 재담까지 했는데 브뤼예르 닭 요리가 나오자 말했다.

"라 브뤼예르의 인물들 중에는 이게 최고죠!"

그러고는 코맹 씨에게 손님들은 알지 못하는 사람들에 대해 이러저런 질문을 했다. 그러다 갑자기 뭔가 생각난 듯 코맹 씨에게 물었다.

"그런데! 제 일 생각해 보셨어요?"

상대는 어깨를 으쓱했다.

"자넨 아직 너무 어려! 안 돼!"

시지가 그의 클럽에 들어가게 해 달라고 부탁했던 것이다. 그러나 남작은 시지의 자존심을 생각해서인 듯 덧붙였다.

"아! 잊고 있었어! 내기에 이긴 걸 축하하네!"

"무슨 내기요?"

"경마장에서 그날 저녁 그 여자 집에 가겠다고 한 거 말이야."

프레데릭은 채찍으로 한 대 얻어맞은 기분이었다. 당황한 시지의 얼굴을 보자 즉시 마음이 누그러졌다.

사실 라 마레샬은 바로 다음 날 그의 첫 애인이자 후원자인 아르누가 찾아오자 후회했다. 두 사람 모두 자작에게 자신들에게 '방해'가 된다며 별로 격식도 차리지 않고 그를 쫓아냈다. 그는 듣지 않는 척했다. 남작이 계속했다.

"로즈는 요즘 어떻게 지내? ……다리는 여전히 예쁜가?" 이렇게 말함으로써 그 여자를 친밀하게 안다는 사실을 표했다.

프레데릭은 이에 기분이 상했다.

남작이 계속했다. "얼굴 붉힐 거 없어. 좋은 일 했으니까!"

시지는 혀를 찼다. "피이! 그렇게 좋지도 않아요!"

"아!"

"그래요! 우선 내 생각엔 그 여자 별로 특별한 것도 없던데요, 그리고 그 정도 여자들은 원하면 얼마든지 얻을 수 있어요. 왜냐면 결국…… 몸을 파는 여자니까요!"

"아무에게나 파는 건 아니죠!" 프레데릭이 날카롭게 대꾸했다.

시지가 대답했다. "자기는 남과 다르다고 생각하는군. 정말 웃기는데!"

그러자 식탁 전체에서 웃음이 일었다.

프레데릭은 심장이 뛰어 숨이 막히는 것 같았다. 그는 물을 두 잔 연이어 마셨다.

그렇지만 남작에게는 로자네트에 대한 좋은 추억이 있었다.

"그 여자 여전히 아르누라는 사람과 같이 있나?"

시지가 말했다. "모르겠어요. 난 모르는 사람이에요!"

그는 그러면서도 아르누가 사기꾼 같은 남자라고 주장했다.

"잠깐!" 프레데릭이 소리쳤다.

"그러나 확실한 얘기예요! 소송 사건까지 있었는걸요."

"아니에요!"

프레데릭은 아르누를 변호하기 시작했다. 성실성을 보장하려고 하다 보니 스스로 그 말을 믿기에 이르러 그는 숫자나 증거 들을 만들어 냈다. 원한이 쌓인 데다 취기가 오른 자작이 자기 주장을 굽히지 않자 프레데릭은 심각한 태도로 말했다.

"나를 모욕하려는 겁니까?"

그러고는 자기가 피우던 시가처럼 이글거리는 눈초리로 그를 쏘아보았다.

"오! 천만에! 그 남자에게 한 가지 좋은 게 있다는 데는 동의하네. 그 사람 아내 말일세."

"그분을 알아요?"

"물론! 소피 아르누[63]. 누구나 다 알죠!"

"뭐라고요?"

일어서 있던 시지는 더듬거리며 되풀이했다.

"누구나 다 알죠!"

"닥쳐요! 당신이 어울리는 여자들과는 다르니까!"

---

63) 18세기의 유명한 오페라 가수.

"그러면 더 좋죠!"

프레데릭은 접시를 그의 얼굴에 집어 던졌다.

접시는 식탁 위를 번개처럼 지나가 병 두 개를 넘어뜨리고 과일조림 그릇을 깬 다음 식탁 중앙에 놓인 장식 그릇에 부딪혀 세 조각으로 부서지며 자작의 배를 쳤다.

모두가 그를 말리려고 일어섰다. 그는 광란 상태에 빠져 소리를 지르며 몸부림쳤다. 데졸네 씨가 되풀이했다.

"진정해요! 자! 이 사람아!"

"정말 끔찍하군." 가정 교사가 소리 질렀다.

포르샹보는 서양 자두처럼 창백해져 부들부들 떨었다. 조제프는 폭소를 터트렸다. 종업원들은 포도주를 닦아 내고 바닥에 떨어진 접시 조각을 주웠다. 남작은 일어나 창문을 닫으러 갔다. 마차 소리로 시끄럽더라도 소동이 밖까지 들릴 수 있기 때문이었다.

접시가 던져진 순간에 모두가 동시에 말을 하고 있었기 때문에 이처럼 모욕을 가한 원인이 아르누 때문인지 아르누 부인 때문인지 로자네트 때문인지 혹은 다른 누구 때문인지 알 수가 없었다. 확실한 건 프레데릭이 언어도단적인 폭력을 행사했다는 것이었다. 그는 사과할 생각이 전혀 없다고 단호히 거절했다.

데졸네를 비롯해 사촌 조제프, 가정 교사, 포르샹보까지도 프레데릭을 달래려고 애썼다. 남작은 그동안 시지를 위로했는데 시지는 격분하여 눈물을 흘렸다. 그와 반대로 프레데릭은 점점 더 화를 냈다. 모두가 어쩔 줄 모르고 그대로 있는데 남작이 얘기를 끝내려고 말했다.

"자작이 내일 댁에 입회 증인을 보낼 겁니다."

"시각은요?"

"정오 괜찮겠죠?"

"좋아요."

밖으로 나와 프레데릭은 숨을 크게 들이마셨다. 너무 오랫동안 억눌렸던 마음이 이제 편해졌다. 그는 남자의 긍지 같은 걸 느끼고 내부에서 넘쳐 나오는 힘에 휩싸이는 기분이었다. 증인 두 사람이 필요했다. 제일 먼저 떠오른 사람은 르쟁바르였다. 그는 곧바로 생드니 거리 카페로 향했다. 카페 문은 닫혀 있었다. 그러나 문 위 유리창에 불빛이 비쳤다. 문이 열려 그는 차양 밑으로 몸을 크게 숙이고 들어갔다.

계산대 가장자리에 놓인 촛불이 아무도 없는 실내를 비추었다. 모든 의자가 다리를 위로 향한 채 탁자 위에 올려져 있었다. 주인과 아내는 종업원과 함께 부엌 옆 구석자리에서 저녁을 먹고 있었다. 그리고 르쟁바르가 모자를 쓴 채 같이 식사를 하고 있었는데 그 때문에 종업원은 한 입 먹을 때마다 옆으로 조금 몸을 돌려야 했다. 프레데릭은 간단히 상황을 설명하고 그에게 입회를 요청했다. 시투아엥은 처음에 아무 대답도 하지 않았다. 그는 눈동자를 굴리며 뭔가 곰곰이 생각하는 듯하더니 실내를 몇 번 돌고는 마침내 말했다.

"좋아요, 갈게요!"

상대가 귀족이라는 사실을 알자 살기 어린 미소로 그의 얼굴이 밝아졌다.

"재빠르게 해치울 수가 있어요, 안심해요! 우선…… 칼로……."

프레데릭이 반박했다. "그런데 어쩌면 내게 무기를 선택할 권리가……."

시투아옝이 퉁명스럽게 대답했다. "칼로 해야 돼요! 칼 쓸줄 알아요?"

"조금요."

"아! 조금! 다들 이렇다니까! 그러고는 결투한다고 달려들어! 펜싱 도장이 무슨 소용이야? 내 말 잘 들어요. 거리를 잘유지하면서 항상 원을 그리세요, 그러다 뒤로 물러서요! 뒤로! 이건 허용이 되니까요. 상대를 지치게 해요! 그러다가 과감히 찔러요! 특히 간교를 부린다거나 푸제르식 공격을 해서는 안 돼요! 간단히 한두 번 공격하고 끝을 내야 해요. 자, 알겠어요? 열쇠를 돌릴 때처럼 손목을 돌리면서 말예요. 보티에 영감, 지팡이 좀 빌려 줘요! 아! 그거면 돼요."

그는 가스등에 불을 붙일 때 사용하는 막대기를 쥔 다음 왼쪽 팔은 구부리고 오른쪽 팔은 펴고서 칸막이를 향해 찌르는 시늉을 했다. 발을 구르고 격분하여 난관에 부딪힌 듯한 시늉까지 하며 계속 소리쳤다. "알겠어요? 알겠어?" 그러자 그의커다란 그림자가 천장에 닿을 것 같은 모자와 함께 벽에 비쳤다. 식당 주인은 가끔씩 "브라보! 아주 좋아!" 하고 말했다. 그의 아내는 약간 근심이 되었지만 그의 모습에 감탄했다. 거기에다 르쟁바르의 열렬한 숭배자인 퇴역 군인 테오도르는 탄복하여 못 박힌 듯 꼼짝하지 않고 앉아 있었다.

이튿날 아침 일찍 프레데릭은 뒤사르디에가 일하는 상점으로 급히 갔다. 옷감이 선반에 쌓여 있거나 탁자 위에 비스듬히 놓여 있고 여기저기 나무 걸이에 숄이 정렬되어 있는 방을 몇 개 지나 격자로 둘러진 작은 방에서 장부에 둘러싸여 선 채로 책상 위에서 뭔가를 쓰고 있는 뒤사르디에를 발견했다. 선량한 젊은이는 하던 일을 즉시 밀쳐 놓았다.

입회 증인들은 정오에 도착했다. 프레데릭은 절차상 협상에는 참여하지 않아야 한다고 생각했다.

남작과 조제프 씨는 아주 간단한 사과 표현이면 족할 거라고 선언했다. 그러나 결코 포기하지 않는 게 원칙이고 아르누의 명예(프레데릭은 그에게 다른 얘기는 일체 하지 않았다.)를 회복하리라 다짐한 르쟁바르는 자작이 사과할 것을 요구했다. 코맹 씨는 그런 교만에 격분했다. 시투아앵은 고집을 굽히지 않았다. 어떤 화해의 가능성도 보이지 않자 결투가 결정되었다.

또 다른 문제들이 제기되었다. 법적으로 무기 선택권은 모욕을 당한 시지에게 있었다. 그러나 르쟁바르는 결투를 신청함으로써 시지가 모욕한 사람이 되는 것이라고 주장했다. 그의 입회인들은 때리는 것이야말로 모욕 중 가장 가혹한 것이라고 소리쳤다. 시투아앵은 물건을 던지는 게 폭력은 아니라며 말꼬투리를 잡고 늘어졌다. 결국 군인들에게 이야기해 보기로 결정이 났다. 입회인 네 명은 아무 병영으로나 가서 장교에게 물어보기로 했다.

그들은 오르세 강변에 있는 병영에서 멈췄다. 코맹 씨는 두 대위에게 다가가 분쟁 얘기를 했다.

시투아엥이 옆에서 자꾸 얘기하는 바람에 혼란스러워진 두 대위는 무슨 일인지 전혀 알아듣지 못했다. 결국 그들은 조서를 써 오라고 충고했다. 그런 다음 결정하겠다는 것이었다. 그래서 네 사람은 카페로 갔다. 좀 더 비밀리에 일을 처리하기 위해 시지는 H, 프레데릭은 K로 표기했다.

그런 다음 그들은 다시 병영으로 갔다. 장교들은 나간 다음 잠시 후 돌아와서는 당연히 무기 선택권은 H에게 있다고 선언했다. 모두 시지의 집으로 돌아왔다. 르쟁바르와 뒤사르디에는 길에 남아 서 있었다.

자작은 해결책을 듣고 완전히 동요해 몇 번이나 되물었다. 코맹 씨가 르쟁바르의 주장을 얘기하자 내심 거기에 따를 생각도 없지 않아 "그렇기는 해도." 하고 중얼거렸다. 그러고는 소파에 쓰러지듯 주저앉으며 결투를 안 하겠다고 말했다.

"어! 뭐라고?" 남작이 말했다.

그러자 시지는 횡설수설하기 시작했다. 그는 권총으로 맞대결하고 싶다고 말했다.

"아니면 컵에 비소를 넣고 제비뽑기하는 건 어때. 그렇게 하는 경우도 있어. 책에서 읽었거든!"

참을성이 없는 남작은 그에게 거칠게 말했다.

"저 사람들 대답을 기다리고 있잖아요. 이건 예의가 아니지! 뭘로 하겠어요? 칼로?"

자작은 고개를 끄덕여 "그렇다."라고 대답했다. 약속은 다음 날 정각 7시 마요 문 앞으로 정했다.

뒤사르디에는 일하러 돌아가야 했기 때문에 르랭바르가 프레데릭에게 알리러 갔다.

그는 하루 종일 소식도 모른 채 기다리다 지쳐 있었다.

"잘됐어요!" 그는 소리쳤다.

시투아영은 그의 태도에 만족했다.

"우리보고 사과하라고 하니 말이 돼요? 대단한 일 아니니 한마디면 된다고 하잖아요! 난 한마디로 거절했죠! 당연한 거 아니에요!"

"물론이죠." 프레데릭은 다른 사람을 증인으로 세우는 게 낫지 않았을까 생각하며 말했다.

그러고는 혼자가 되자 그는 큰 소리로 몇 번씩 되풀이했다.

"내가 결투를 한다, 자, 내가 결투를 한다! 재미있군."

그리고 방 안을 서성거리다 거울 앞을 지나면서 창백해진 자기 얼굴을 보았다.

'두려운 건가?'

결투장에서 두려워지면 어쩌나 하는 생각에 극도로 불안해졌다.

'그런데 혹시 죽게 된다면? 아버지도 이렇게 돌아가셨어. 그래, 난 죽을 거야!'

그러자 갑자기 상복 입은 어머니 모습이 보였다. 지리멸렬한 이러저런 모습들이 머리를 스쳐 갔다. 자기 비겁함에 화가 났다. 순간 그는 용기의 절정, 육식 동물의 갈증을 느꼈다. 한 대대가 밀려와도 물러서지 않을 것이었다. 이러한 열기가 가라앉자 그는 마음이 확고부동해진 것에 기뻐하며 기분 전환을 위해 오페라 극장에 갔다. 발레 공연이 있었다. 음악을 들고 오페라 글라스로 무희들을 바라보며 막간에는 펀치를 마셨다. 그러나 집에 돌아와서 서재와 가구들을 보자 이게 어쩌면 마지막일지도 모른다는 생각에 마음이 흔들렸다.

그는 정원으로 내려갔다. 별이 반짝였다. 그는 별을 바라보았다. 한 여자를 위해 싸운다는 생각에 자신이 위대하고 고귀하게 느껴졌다. 그런 다음 그는 평온한 마음으로 잠자리에 들었다.

시지는 그렇지 않았다. 남작이 떠나고 난 후 조제프가 그에게 용기를 주려 했으나 자작은 반응이 없었다.

"그런데 자네, 그냥 그러고 있는 게 더 좋겠으면 내가 가서 얘기할게."

시지는 '그래.'라고 감히 대답하지 못했지만 말없이 자기를 위해 왜 그렇게 못 하는지 그가 원망스러웠다.

그는 프레데릭이 간밤에 뇌졸중으로 죽어 버리든가 폭동이 일어나 바리케이드가 쳐져 다음 날 불로뉴 숲 근처에 진입할 수가 없게 되든가 증인 중 한 명에게 일이 생겨 결투장에 나오지 못해서 입회인 불참으로 결투가 취소되든가 하기를 바랐다. 그는 급행 열차를 타고 어디로든 도망가고 싶었다. 그리고 생명에는 지장이 없이 자신을 죽었다고 믿게 할 만한 묘약을 구할 만큼 의학을 알지 못한다는 사실이 안타까웠다. 그는 심지어 중병에라도 걸렸으면 하는 생각까지 했다.

충고와 도움을 받아 보려고 그는 데졸네 씨를 모셔 오라고 사람을 보냈다. 그는 딸이 아프다는 전보를 받고 생퐁즈로 떠나고 없었다. 시지에게는 이것이 불길한 징조로 보였다. 다행히 그의 가정 교사 브주 씨가 그를 보러 왔다. 그러자 그는 속 이야기를 털어놨다.

"어쩌면 좋죠, 아! 어떻게 하죠?"

"내가 당신이라면, 자작. 중앙 시장에 있는 힘 좋은 사람에게 돈을 주고 그 사람을 두들겨 패겠네."

"누가 한 일인지 드러날 거예요!" 시지가 말했다.

그리고 이따금 신음하더니 잠시 후에 물었다.

"사람이 결투를 할 권리가 있을까요?"

"이건 야만 시대의 유물이죠! 도리가 없잖아요!"

배려하는 마음에서 선생은 함께 저녁을 들자고 권했다. 그의 제자는 아무것도 먹지 않고 식사가 끝나자 밖을 한 바퀴 돌고 싶다고 했다.

교회 앞을 지나면서 그가 말했다.

"잠깐 들어가면 어떨까요…… 구경하게요?"

브주 씨는 마침 잘됐다는 생각을 했고 심지어 그에게 성수를 보여 주기까지 했다. 성모 마리아의 달[64]이어서 제단은 꽃으로 덮여 있었고 노래 부르는 소리가 들리고 오르간 소리가 울려 퍼졌다. 그러나 종교 의식을 보자 장례식이 떠올라 그는 기도를 할 수가 없었다. 그에게 「심연에서」[65]를 부르는 소리가 들려오는 듯했다.

"갑시다! 기분이 좋지 않아요!"

---

64) 5월을 말한다.
65) 죽은 자에 대한 기도의 노래.

그들은 밤새도록 카드놀이를 했다. 자작이 악운을 면하기 위해 지려고 한 덕분에 브주 씨는 많이 땄다. 마침내 새벽이 되자 지칠 대로 지친 시지는 카드놀이 탁자 위에 쓰러져 누워 악몽에 시달리며 단잠을 잤다.

만일 용기라는 것이 자기 약점을 지배하는 것이라면 자작은 용감하다고 할 수 있었다. 그를 찾으러 온 입회 증인을 보자 그는 온 힘을 다해 몸을 꼿꼿이 세웠다. 이제 물러서는 것은 자신을 실추시키는 일임을 허영심이 이해시켰다. 코맹 씨는 얼굴이 좋아 보인다고 그를 칭찬했다.

그러나 도중에 마차의 흔들림과 아침 햇빛의 온기에 무력해져 기력이 다시 떨어졌다. 그는 어디쯤 와 있는지도 몰랐다.

남작은 시체와 시체를 어떻게 암암리에 시내로 운반해 오는지에 대한 이야기로 그의 공포심을 더욱 유발하는 데 재미를 느꼈다. 조제프는 옆에서 거들었다. 둘 다 이 사건을 우습게 여기며 무사하게 끝날 거라 믿었다.

시지는 얼굴을 가슴에 파묻었다. 그는 머리를 천천히 들고는 의사를 데려오지 않은 사실을 지적했다.

"필요 없어요." 남작이 말했다.

"그럼 위험하지 않단 말예요?"

조제프가 진지한 어조로 대답했다.

"그러기를 바라야지!"

그리고 더 이상 아무도 입을 열지 않았다.

7시 10분에 마요 문 앞에 도착했다. 프레데릭과 두 입회인이 모두 검은 옷을 입고 기다리고 있었다. 르쟁바르는 타이 대신 군인처럼 털 달린 옷깃을 달았으며 이런 일에 특별히 쓰는 바이올린 케이스 같은 긴 상자를 들고 있었다. 서로 싸늘하게 인사를 나눈 다음 적절한 장소를 찾기 위해 마드리드 거리를 통해 불로뉴 숲으로 들어갔다.

르쟁바르는 자기와 뒤사르디에 사이에서 걷고 있던 프레데릭에게 말했다.

"자, 조금 두려운 건 어쩔 수 없죠? 원하는 게 있으면 주저하지 말고 말해요, 나도 아니까! 두려운 감정이라는 거 사람이면 누구에게나 다 있어요."

그러고는 작은 소리로 덧붙였다.

"담배 피우지 말아요, 기운 없어지니까!"

프레데릭은 거추장스럽던 담배를 집어 던지고 꿋꿋하게 걸어 나갔다. 그 뒤에서 자작은 두 입회인 팔에 기댄 채 걸어갔다.

그들과 마주치는 통행인은 드물었다. 하늘은 파랬고 가끔씩 토끼가 뛰어다니는 소리가 들려왔다. 한 오솔길 모퉁이에서 마드라스 옷을 입은 여자가 작업복 입은 남자와 이야기하고 있었고 큰길 마로니에 나무 밑에서는 마직 옷 입은 하인들이 말을 산책시키고 있었다. 시지는 사륜마차 옆에서 코안경을 낀 채 자기의 밤색 말 위에 올라 앉아 가던 행복한 시절을 떠올렸다. 이런 추억에 그의 불안은 더해졌다. 그는 목이 탔다. 파리가 윙윙거리는 소리와 동맥 뛰는 소리가 뒤섞였다. 발이 모래 속으로 빠져드는 것 같았다. 아득히 먼 옛날부터 걸어오고 있던 것 같은 느낌이었다.

증인들은 걸음을 멈추지 않고 길 양쪽을 눈으로 살폈다. 카트랑 십자가 쪽으로 갈 것인지 바가텔 벽 밑으로 갈 것인지 서로 의논했다. 마침내 오른쪽으로 접어든 다음 소나무에 둘러싸인 오각형 장소에 이르자 걸음을 멈추었다.

양쪽 땅 높이가 똑같은 장소를 택했다. 두 결투자가 설 자리에 표시를 했다. 그러고 나서 르쟁바르가 상자를 열었다. 쿠션이 넣어진 빨간 양피 위에 가운데가 움푹 패고 손잡이에 줄무늬 장식이 들어간 멋진 검 네 자루가 놓여 있었다. 밝은 햇빛이 나뭇잎 사이를 뚫고 그 위에 비쳤다. 시지에게는 칼이 마치 피의 못 속에 잠긴 은빛 살무사처럼 보였다.

시투아앵은 칼의 길이가 모두 똑같음을 보여 주었다. 필요할 경우 결투자들을 떼어 놓기 위해 그 자신이 세 번째 칼을 집었다. 코맹 씨는 지팡이를 들었다. 침묵이 흘렀다. 서로 얼굴을 바라보았다. 모두의 얼굴에 어떤 공포나 잔인함이 깃들어 있었다.

프레데릭은 코트와 조끼를 벗었다. 조제프는 시지도 옷을 벗도록 도왔다. 넥타이를 풀자 목에 성모 메달이 보였다. 그걸 보고 르쟁바르는 연민의 미소를 지었다.

그러다 코맹 씨가 (프레데릭에게 다시 한 번 생각할 기회를 주기 위해) 트집을 잡으려 했다. 그는 장갑을 낄 권리와 상대의 칼을 왼손으로 잡을 권리를 요구했다. 초조해하던 르쟁바르는 거기에 반대하지 않았다. 마침내 남작이 프레데릭에게 말했다.

"모든 게 당신 마음에 달렸소, 선생! 잘못을 인정하는 건 절대 불명예가 아닙니다."

뒤사르디에는 그 말에 찬성한다는 몸짓을 했다. 시투아앵은 화를 냈다.

"우리가 지금 여기 오리털을 뽑으러 온 줄 아십니까, 기가 막혀서! ……조심해요!"

두 결투자는 서로 마주 서고 두 입회인은 각기 양쪽에 섰다. 르쟁바르가 신호를 했다.

"시작!"

시지는 얼굴이 하얗게 질렸다. 그의 칼끝이 채찍처럼 흔들렸다. 머리가 뒤로 젖혀지고 두 팔은 활짝 벌린 채 그는 그대로 넘어져 정신을 잃었다. 조제프는 그를 일으켜 세워 코에 작은 병을 갖다 대며 그를 세차게 흔들었다. 자작은 눈을 다시 뜨더니 갑자기 미친 듯이 칼을 잡았다. 칼을 쥐고 있던 프레데릭은 눈을 똑바로 뜨고 손을 위로 쳐든 채 기다렸다.

"그만, 그만!" 길 쪽에서 외치는 소리와 동시에 말발굽 소리가 들렸다. 그러자 이륜마차 덮개에 나뭇가지들이 부러졌다! 한 남자가 밖으로 몸을 내밀고 손수건을 흔들면서 계속 소리쳤다.

"그만! 그만!"

코맹 씨는 경찰이 개입했다고 생각해서 지팡이를 들었다.

"그만해요! 자작이 피를 흘리고 있어요!"

"내가?" 시지가 말했다.

사실 그는 쓰러지면서 왼손 엄지손가락을 다쳤던 것이다.

"넘어지면서 그렇게 된 거예요." 시투아앵이 덧붙였다.

남작은 못 들은 척했다.

아르누가 마차에서 뛰어내렸다.

"너무 늦게 왔어! 아니! 다행이야!"

그는 프레데릭을 두 팔로 껴안고 온몸을 어루만지며 얼굴에 키스를 퍼부었다.

"이유를 알게 됐어요. 당신 옛 친구를 변호하려 했던 거죠! 잘했어요, 잘했어! 난 평생 안 잊을 거예요! 당신 정말 좋은 사람이야! 아! 좋은 친구!"

그는 그를 바라보며 좋아서 히죽거리며 눈물을 흘렸다. 남작이 조제프를 돌아보았다.

"이 가족 파티에 우린 방해꾼인 것 같군. 이걸로 끝난 거죠, 여러분? 자작, 팔을 내 목에 감아요. 자, 여기 내 스카프." 그러고는 명령하는 몸짓으로 외쳤다. "자! 이걸로 원한은 끝난 겁니다!"

두 결투자는 마지못해 악수를 했다. 자작과 코맹 씨와 조제프는 한쪽으로 떠나고 프레데릭은 친구들과 함께 다른 쪽으로 떠났다.

마드리드 레스토랑이 멀지 않은 곳에 있었기 때문에 아르누가 거기에서 맥주 한잔 하자고 했다.

"점심 먹어도 좋고." 르쟁바르가 말했다.

그러나 뒤사르디에에게 시간이 없어 그들은 정원에서 음료만 들기로 했다. 모두 행복한 대단원 이후의 기쁨을 느꼈다. 그러나 시투아앵은 좋은 순간에 결투가 중단되었다고 불평했다.

아르누는 르쟁바르의 친구 콩팽에게서 들어 이 일을 알게 되었다. 그는 감격한 데다 자신이 이 사건의 원인이라 생각해서 중지시키려고 달려왔다. 그는 프레데릭에게 이 일에 대해 좀 더 자세한 설명을 해달라고 부탁했다. 프레데릭은 이런 애정 표시에 감동해 그를 더 이상 착각하게 하는 것이 꺼림칙했다.

"제발 부탁이니 이 얘기는 더 이상 하지 맙시다!"

아르누는 이러한 겸손이 매우 섬세한 처사라고 생각했다. 그러고는 평소 그답게 가벼운 태도로 화제를 바꾸면서 물었다.

"뭐 새로운 소식 있나요, 시투아앵?"

두 사람은 수표며 지불 기한에 대해 얘기하기 시작했다. 더 편안히 얘기하려고 그들은 다른 탁자로 자리를 옮겨 한쪽에서 수근거렸다.

프레데릭은 이런 말들이 오가는 소리를 들었다. "나도 신청할게요. 그래요! 그런데 자네, 물론…… 그거 결국 300프랑으로 흥정했어요! 괜찮은 수수료인데요!" 요컨대 아르누가 시민과 함께 많은 일을 획책하는 것이 분명했다.

프레데릭은 그에게 1만 5000프랑 얘기를 꺼낼까 생각했다. 그러나 조금 전 그의 행동을 생각하면 가장 가벼운 비난마저도 하기 힘들었다. 게다가 그는 피로를 느꼈다. 그런 얘길 꺼낼 만한 장소도 아니어서 그 얘기는 다른 날로 미루었다.

아르누는 쥐똥나무 그늘에 앉아 기분 좋게 담배를 피웠다. 그는 정원 쪽으로 늘어선 별실들 문을 바라보며 예전에는 저기 자주 갔었노라고 말했다.

"물론 혼자는 아니었겠죠?" 시투아앵이 말했다.

"물론이죠!"

"난봉꾼! 결혼한 주제에!"

"그러는 그쪽은!" 아르누가 대답했다. 그러고는 관대한 미소를 지으며 말했다. "이 건달 어딘가 방을 얻어 놓고 젊은 여자애들을 불러들이는 게 틀림없어."

시투아엥은 눈썹을 약간 치킴으로써 그것이 사실임을 인정했다. 그러자 이 두 신사는 각자 취향을 늘어놓기 시작했다. 아르누는 이제 젊은 여자들, 여직공들이 더 좋았다. 르쟁바르는 '새침데기'는 싫고 현실적인 여자가 좋다고 말했다. 도자기 장수가 내린 결론은 여자를 진지하게 생각해서는 안 된다는 것이었다.

'그런데도 이 남자는 자기 부인을 사랑해!' 프레데릭은 돌아오면서 생각했다. 그가 부도덕하게 생각되었다. 조금 전에 마치 그를 위해 목숨을 걸었던 것인 양 결투를 그의 탓으로 돌렸다.

그렇지만 그는 뒤사르디에의 헌신적인 마음을 감사하게 생각했다. 회사원인 뒤사르디에는 프레데릭의 권유에 따라 곧 매일같이 프레데릭의 집을 드나들었다.

프레데릭은 그에게 책들을 빌려 주었다. 티에르, 뒬로르, 바랑트, 라마르틴의 『지롱드 당사』 등이었다. 이 착한 청년은 그의 말에 열심히 귀를 기울이고 그의 의견을 마치 스승의 말처럼 받아들였다.

어느 날 밤 그는 허겁지겁 도착했다.

그날 아침 큰길에서 숨이 차 달려오는 한 남자와 부딪혔다. 뒤사르디에를 세네칼의 친구라 여긴 남자는 말했다.

"그 사람 방금 체포됐어요, 전 도망가는 중이고요!"

그 말은 사실이었다. 뒤사르디에는 온종일 소식을 알아보러 다녔다. 세네칼은 정치범으로 감금되었다.

리용에서 직공장 아들로 태어나 샬리에의 옛 제자를 스승으로 삼던 그는 파리에 오자마자 가족 협회[66]의 일원이 되었다. 그의 활동 범위는 잘 알려져 있었고 경찰은 그를 감시했다. 그는 1839년 5월 사건에 가담했다. 그때부터 그는 숨어 지냈으나 점점 더 사회주의에 고취되면서 알리보[67]의 열렬한 숭배자가 되어 사회에 대한 자기 불만을 국민 왕정에 대한 불만과 하나로 섞어 매일 아침 이 주나 한 달 만에 세상을 뒤바꿀 수 있는 혁명의 희망을 품고 잠에서 깼다. 마침내 동지들의 유약함에 혐오감을 느끼고 그의 꿈이 늦어지는 데 분개하며 조국에 절망한 끝에 포탄 음모 계획에 화학자로서 참가했다. 그리고 공화제 수립 최후의 시도로서 몽마르트르에서 실험할 화약을 실어 나르다 체포되었던 것이다.

뒤사르디에도 그 못지않게 공화국을 열망하고 있었다. 공화국이 해방과 보편적 행복이라고 믿었기 때문이다. 열다섯 살 무렵 어느 날 그는 트랑스노냉에 있는 어느 식품 가게 앞에서 군인들이 피투성이 붉은 칼과 개머리판에 머리카락이 붙어 있는 총을 든 것을 보았다. 그때부터 그는 불의의 화신 그 자체인 정부에 분개했다. 그는 살인자와 헌병을 약간 혼동하고 있었다. 그의 눈에 밀고자는 살인자와 다름없었기에 그는 세상의 모든 악을 순진하게 권력 탓으로 돌렸다. 그는 본질적

---

66) 사회주의 비밀 결사.
67) 1836년 루이필리프를 저격했으나 실패한 뒤 사형당했다.

이고 끊임없는 증오심으로 권력을 싫어했고 이 증오심이 그의 가슴을 꽉 메우고 감수성까지 단련했다. 세네칼의 웅변에 그는 매료되었다. 그가 유죄든 무죄든 그의 행위가 가증스러운 것이든 중요하지 않았다! 그가 정부의 희생물이 된 순간부터 그를 도와야 했다.

"상원은 그에게 분명히 유죄 선고를 내릴 거예요! 그러고는 죄수처럼 죄수 호송차로 실려 가 몽생 미셸에 감금되어 정부 손에 죽게 되겠죠! 오스탕은 미쳐 버렸어요! 스퇴방은 자살했고요! 바르베를 독방으로 옮길 땐 다리와 머리카락을 잡고 끌어갔어요! 몸은 짓밟히고 한 계단씩 내디딜 때마다 머리는 튀어 오르고요. 정말 끔찍했어요! 비열한 놈들!"

그는 분노의 흐느낌으로 목이 막혔다. 그리고 극도의 불안에 싸인 듯 방 안을 왔다 갔다 했다.

"어쨌든 뭔가를 해야만 해요! 아! 나, 난 모르겠어요! 우리가 구해 내면 어떨까요? 뢱상부르로 호송할 때 복도에서 호위병을 덮치면 돼요! 각오를 단단히 한 남자 열두 명 정도만 있으면 가능하죠!"

열기로 가득 찬 그의 눈을 보고 프레데릭은 전율을 느꼈다.

그가 생각했던 것보다 세네칼이 더 위대한 사람으로 보였다. 그의 고초, 엄격한 생활을 떠올렸다. 뒤사르디에처럼 그에게 열광하지는 않아도 어떤 사상에 몸을 바치는 모든 사람에게 느끼게 되는 찬탄이 떠올랐다. 만일 자신이 도와주었더라면 세네칼이 이렇게 되지는 않았을 것이라고 생각했다. 그리하여 두 친구는 그를 구할 수 있는 무슨 방도가 없을까 하고 열심히 궁리했다.

그에게 접근하는 것은 불가능했다.

프레데릭은 신문으로 그의 운명의 귀추를 알아보고 삼 주 동안 열람실에 드나들었다.

어느 날 《플랑바르》 몇 호를 읽게 되었다. 사설은 변함없이 저명인사를 비난하는 데 할애되었다. 그다음엔 사교계 소식과 이런저런 험구 그리고 오데옹 극장, 카르팡트라, 양어 방식을 조롱하는 기사와 사형수를 놀리는 글도 있었다. 한 우편선의 실종 사건이 일 년 동안 웃음거리의 대상이 되었다. 3면 예술란에는 일화와 충고 형식으로 양복점 광고, 야회 공연 보고, 판매 고시, 작품평 등이 있었는데 시집 한 권과 장화 한 켤레를 똑같이 다루고 있었다. 단 하나 진지한 부분은 소극장에 대한 비평이었는데 극장 책임자 두세 명에게 집중되어 있었다. 그리고 예술에 대한 관심으로 퓌낭빌 극장의 무대 장치나 델라스망 극장에서 연인 역을 맡은 여배우를 언급하는 정도였다.

프레데릭이 이 모든 걸 접으려는 순간 '세 남자에 둘러싸인 한 여자'라는 기사가 눈에 띄었다. 그의 결투 얘기가 유쾌하고 솔직 담백한 양식으로 써져 있었다. 그는 자기 이야기인 줄 쉽게 알아챘다. '상스 중등학교를 나온 상스[68] 없는 젊은이'라는 농담조로 그를 묘사했고 그것이 몇 번씩 되풀이되었기 때문이다. 심지어 그는 상류 명사들과 친분을 얻으려 애쓰는 무명

---

68) 센스라는 뜻.

의 멍청이, 불쌍한 시골 출신 녀석이라고 묘사되었다. 자작은 억지로 저녁 식사에 끼어 들어와 여자를 유혹하기에 이르러, 내기에 이기고 결투장에서도 신사답게 행동한 훌륭한 인물로 묘사되어 있었다. 정확히 말하면 프레데릭의 용감성이 무시된 것은 아니었지만 중재인, 즉 여자의 보호인이 적시에 나타난 것으로 씌어 있었다. 기사는 다음과 같은 믿을 수 없는 문구로 끝을 맺었다.

그들의 애정은 어디서 오는가? 문제다! 그리고 바질[69]의 말처럼 속은 쪽은 누구인가?

의심할 여지도 없이 이것은 5000프랑을 거절당한 위소네가 프레데릭에게 가한 보복이었다.

어쩌지? 보헤미안은 모르는 일이라고 항의할 게 분명하니 해명을 요구하는 것은 소용없는 일이었다. 최선의 방법은 말없이 지나가는 것이었다. 어쨌든 《플랑바르》를 읽는 사람은 아무도 없었다.

열람실을 나오면서 그는 한 그림 가게 앞에 사람들이 모여 있는 것을 보았다. 모두들 어떤 여자의 초상화를 보고 있었는데 그림 밑에 검은 글씨로 적혀 있었다. '로자네트 브롱 양, 노장 출신 프레데릭 모로 씨 소장.'

바로 그녀였다, 아니면 대충 닮은 여자였다. 앞모습이었는

---

69) 「피가로의 결혼」에 나오는 인물.

데 가슴을 드러내고 머리는 늘어뜨렸으며 손에는 붉은 벨벳 지갑을 들고 있었고 뒤에는 날개를 부채 모양으로 활짝 펼쳐 벽면을 가린 공작이 여자 어깨 위로 부리를 내밀고 있었다.

펠르랭은 자신이 유명하다고 믿었고 파리 전체의 관심이 자신에게 유리하게 모이면서 이 일이 화제가 될 거라 확신하고 프레데릭이 그림 값을 지불할 수밖에 없도록 이렇게 전시한 것이었다.

공모일까? 화가와 언론가 두 사람이 함께 꾸민 음모일까?

결투는 방패막이 되지 못했다. 그는 웃음거리가 되었고 모두들 그를 비웃고 있었다.

사흘 후 6월 말쯤 북부 철도의 주가가 15프랑 올랐는데 그 전달에 2000주를 사 놓았던 프레데릭은 3만 프랑을 벌었다. 이렇게 행운이 찾아들자 그는 다시 자신감을 얻었다. 그는 아무도 필요 없고 모든 골치 아픈 문제들은 자신의 소심함, 우유부단에서 온 것이라 생각했다. 라 마레샬과는 처음부터 과감하게 나가야 했고 위소네는 처음 만난 날부터 받아들이지 말아야 했으며 펠르랭 때문에 평판에 금이 가지 않도록 해야 했다. 그래서 그는 자신이 태연하다는 것을 보여 주기 위해 당브뢰즈 부인 집에서 정기적으로 열리는 야회에 갔다.

그와 동시에 도착한 마르티농이 대기실 한가운데에서 그를 돌아보았다.

"어! 너도 왔어?" 프레데릭을 만나 놀랍고도 심지어 언짢은 듯한 모습이었다.

"난 여기 오면 안 되나?"

그러고는 그런 인사를 받은 이유가 뭘까 생각하면서 응접실로 들어갔다.

구석마다 램프가 놓여 있었지만 실내는 어두웠다. 활짝 열린 세 개 창문이 검은 사각형 그림자를 나란히 던지기 때문이었다. 그림 밑에 놓인 화분들이 창과 창 사이 벽을 사람 키 높이만큼 가리고 있었다. 그리고 안쪽 구석에 걸린 거울에는 은주전자와 사모바르가 나란히 비쳤다. 조심스럽게 가만가만 속삭이는 소리가 들려왔다. 무도화가 양탄자 위를 스치는 바스락 소리가 들렸다.

우선 연미복을 차려입은 사람들이 눈에 띄었다. 그리고 커다란 갓을 씌운 램프가 밝혀진 둥근 탁자, 여름옷을 입은 여자들 일고여덟 명 그리고 좀 더 멀리 흔들의자에 앉은 당브뢰즈 부인이 보였다. 그녀가 입은 자홍색 호박단 드레스의 갈라진 소매 사이로 불룩한 모슬린 주름 장식이 늘어져 있고 옷감의 부드러운 색조는 머리색과 잘 어울렸다. 그녀는 몸을 약간 뒤로 젖히고 발끝은 쿠션 위에 올려놓은 채 정묘한 예술품, 고귀한 꽃처럼 조용히 앉아 있었다.

당브뢰즈 씨와 백발 노인이 응접실 끝에서 끝까지 가로지르며 걷고 있었다. 여기저기 좁은 길쭉한 의자에 걸터앉아 이야기하는 사람들이 있었다.

그들은 투표, 수정안, 재수정, 그랑댕 씨 연설, 브누아 씨의 반박 등에 대해 이야기하고 있었다. 3당은 확실히 지나쳤다! 중도 좌파는 자기들 출신을 기억해야 한다! 내각은 심한 타격을 입었다! 그러나 후계자가 나타나지 않아 안심이다. 요컨대 정세는 1834년과 완전히 똑같다 등이었다.

이런 이야기에 지루해진 프레데릭은 여자들이 있는 곳으로 다가갔다. 그곳에 마르티농이 모자를 옆구리에 긴 채 서 있었는데 약간 옆을 향한 얼굴은 너무도 절묘해 세브르 도자기 같았다. 그는 탁자에서 『그리스도의 모방』과 『고타 연감』 사이에 놓여 있는 《르뷔 데 되 몽드》를 집어 들고는 한 저명한 시인을 비판하며 자신이 생프랑수아 강연회에 다닌다고 말하고 목이 아프다고 불평하며 가끔씩 사탕을 삼켰다. 그러면서도 음악 얘기를 하면서 그는 가볍게 처신했다. 당브뢰즈의 조카인 세실 양은 소매 끝에 수를 놓으면서 연파랑색 눈동자로 그를 몰래 바라보았다. 코가 납작한 가정 교사 존슨 양은 장식 융단 거리를 손에서 놓았다. 두 사람 다 속으로 감탄하는 것 같았다.

'정말 잘생겼어!'

당브뢰즈 부인은 그를 향해서 말했다.

"저기 탁자 위에 있는 부채 좀 집어 주시겠어요. 아니 그거 말고! 이쪽 거!"

그녀는 일어섰다. 그리고 돌아오던 참인 마르티농과 응접실 중앙에서 마주쳤다. 그녀는 그에게 재빨리 몇 마디 했는데 오만한 표정으로 봐서는 분명히 나무라는 것 같았다. 마르티농은 애써 웃음 짓고는 진지해 보이는 남자들이 잡담하는 쪽으로 갔다. 당브뢰즈 부인은 자리로 돌아와 소파 팔걸이 쪽으로 몸을 기울이며 프레데릭에게 말했다.

"그저께 어떤 사람을 만났는데, 당신 얘길 했어요. 시지 씨라고. 그 사람 아시죠?"

"네…… 조금."

갑자기 당브뢰즈 부인이 소리쳤다.

"아, 공작 부인! 와 주셔서 기뻐요!"

그녀는 갈색 호박단 옷을 입고 긴 리본 달린 망사 레이스 모자를 쓴 키 작은 노부인을 맞이하러 입구까지 갔다. 다르투아 백작[70]의 망명 시절 그의 동료 딸이며 1830년 상원 의원이 된 제정 시대 원수의 미망인인 그녀는 예로부터 지금까지 궁정과 관계가 밀접해서 많은 것을 누릴 수 있었다. 서서 얘기하던 사람들은 길을 비켜 주고 다시 이야기를 시작했다.

이제 토론 화제는 빈곤이었는데 그에 대한 묘사가 과장되어 있다는 것이 여기 모인 신사들 의견이었다.

마르티농이 반대 의견을 내세웠다. "가난은 존재해요, 그건 인정해야죠! 가난은 과학에도 정부의 힘에도 달려 있지 않습니다. 완전히 개인의 문제입니다. 하층 계급이 자기들 악습을 버리고자 할 때 비로소 빈곤에서 벗어날 수 있습니다. 민중이 좀 더 도덕적으로 변한다면 덜 가난해지겠죠!"

당브뢰즈 씨 생각으로는 풍부한 자본 없이 제대로 할 수 있는 일은 아무것도 없었다. 따라서 방법은 오직 한 가지라는 것이었다. "게다가 생시몽주의자들이 바라던 대로(아, 그 사람들에게도 좋은 점은 있었어요! 모든 사람에게 공평해야죠.) 공익을 증대할 수 있는 사람들에게 '진보'의 대의를 맡기는 겁니다." 어

---

70) 샤를 10세.

느새 화제는 철도나 석탄 같은 산업 개척 문제로 옮아갔다. 그러자 당브뢰즈 씨는 프레데릭에게 아주 작은 소리로 말했다.

"우리 얘기했던 건으로 안 오셨더군요."

프레데릭은 아팠다는 핑계를 댔다. 그러나 변명이 너무 어리석다고 느껴져 덧붙였다.

"게다가 돈이 필요하기도 했고요."

"마차를 사기 위해서요?" 찻잔을 손에 들고 그 옆을 지나가던 당브뢰즈 부인이 말했다. 그리고 그녀는 머리를 한쪽으로 갸우뚱한 채 잠시 그를 바라보았다.

그녀는 그가 로자네트의 애인이라고 생각하고 있었다. 그 암시가 분명했다. 심지어 모든 여자들이 멀리서 소근대며 그를 바라본다는 느낌이 들었다. 그녀들이 무슨 생각을 하는지 알아보려고 그는 다시 한 번 그쪽으로 다가갔다.

맞은편 탁자에서 마르티농이 세실 양 옆에 앉아 앨범을 뒤적이고 있었다. 스페인 의상을 그린 판화집이었다. 그는 큰 소리로 설명문을 읽었다. "세빌리아 여자, 발렌시아 정원사, 안달루시아 투우사." 그리고 페이지 맨 아래까지 단숨에 내려오며 계속했다.

"자크 아르누, 발행자…… 네 친구 아니야?"

"맞아." 그의 태도에 마음이 상한 프레데릭이 대답했다.

당브뢰즈 부인이 말했다.

"그런데 언젠가…… 집…… 문제로 오신 적 있죠? 맞다, 그 사람 부인 소유 집 문제로."(이 말은 '그녀가 당신 애인이죠?'라는 뜻이었다.)

그는 귀까지 빨개졌다. 그러자 마침 옆으로 온 당브뢰즈 씨가 덧붙였다.

"그 사람들한테 아주 관심이 많은 것처럼 보이던데요."

이 말에 프레데릭은 완전히 당황했다. 이 당황한 모습에 사람들 의심이 굳어질 것이라고 생각하고 있을 때 당브뢰즈 씨가 더 가까이서 심각한 어조로 말했다.

"설마 같이 사업을 하는 건 아니죠?"

그는 자신에게 충고를 하려는 자본가의 의도를 알아차리지 못하고 몇 번씩이나 아니라는 뜻으로 고개를 저었다.

그는 돌아가고 싶었다. 그러나 비굴하게 보일까 두려워 자제했다. 하인이 찻잔을 치웠다. 당브뢰즈 부인은 파란 옷 입은 외교관과 얘기하고 있었다. 두 젊은 아가씨가 이마를 맞대고 서로 반지를 보여 주고 있었다. 다른 여자들은 소파에 반원형으로 둘러앉아 흑발이나 금발에 둘러싸인 얼굴을 가만히 움직였다. 그에게 관심을 기울이는 사람은 아무도 없었다. 프레데릭은 발길을 돌렸다. 한참 이리저리 사람들 사이를 지나 현관문에 거의 이르렀을 때 탁자 위, 중국 도자기와 벽 사이에 반으로 접힌 신문이 있었다. 신문을 조금 당기자 글씨가 보였다. 《플랑바르》.

누가 가져왔을까? 시지! 틀림없었다. 이제 누구든 무슨 상관이야! 사람들 모두 이 기사를 믿게 될 텐데, 아니 벌써 믿고 있을 텐데. 왜 이렇게 그에게 집요할까? 무언의 조소가 그를 둘러싸고 있었다. 그는 마치 사막에서 길을 잃은 느낌이었다. 그때 마르티농의 목소리가 들려왔다. "아르누 얘기가 나와서 말인데 그 사람 피고용인 중에 세네칼이라는 사람이 소이탄 범인 명단에 끼어 있는 걸 봤는데. 우리가 아는 세네칼인가?"

"맞아."프레데릭이 말했다.

마르티농은 아주 큰 소리로 몇 번씩 외쳤다.

"뭐라고? 우리가 아는 세네칼! 그 세네칼!"

그러자 이 음모 사건에 대해 사람들이 마르티농에게 물어보았다. 검찰관이라는 직위 덕에 그는 많은 정보를 알 것이었다.

그는 아는 게 없다고 털어놓았다. 게다가 그 사람을 두세 번 본 적이 있을 뿐이라 잘 알지 못하지만 상당히 나쁜 사람으로 생각하고 있었다고 말했다. 프레데릭은 화가 치밀어 소리쳤다.

"천만에! 그 사람 아주 정직한 사람이야!"

한 지주가 말했다. "그치만 음모를 기도하는 자가 정직할 리가 없죠!"

그 자리에 있던 사람들 대부분은 적어도 세 정부를 위해 일했다. 재산을 보호하고 불편이나 문제를 면하기 위해 아니면 단순히 권력에 본능적으로 숭배하는 비천함에서 그들은 프랑스나 인류를 팔 수 있는 사람들이었다. 모두들 하나같이 정치적 범죄는 용서할 수 없다고 단언했다! 그들은 빵집에서 한 조각 빵을 훔친 가장의 진부한 이야기를 예로 들었다.

어떤 행정관은 심지어 이렇게 소리쳤다.

"난 만일 내 형제가 음모를 꾸민다는 사실을 알면 고발할 겁니다!"

프레데릭은 저항의 권리를 내세웠다. 그리고 델로리에가

했던 몇 마디 말이 생각나 드졸므와 블랙스톤이 한 말과 영국의 권리장전, 1791년의 헌법 2조를 인용했다. 이 권리 덕분에 나폴레옹 폐위가 선언되었고, 이후 1830년에는 이 권리가 인정되어 헌장 첫머리에 기재되었다고 했다.

"게다가 군주가 계약을 지키지 않을 때 정의는 군주의 붕괴를 명하도록 되어 있습니다."

"끔찍해요!" 도지사 부인이 외쳤다.

다른 여자들은 총성이라도 들은 것처럼 막연히 공포에 사로잡혀 그대로 말이 없었다. 당브뢰즈 부인은 의자에 앉아 몸을 흔들며 미소를 띤 채 그의 말을 듣고 있었다.

전에 숯쟁이 당원이었던 한 기업가가 오를레앙이 훌륭한 집안이라는 사실을 증명하려고 했다. 물론 여러 가지 남용이 있었겠지만…….

"그래서요?"

"그렇게 얘기해서는 안 되죠! 야당의 시끄러운 반대가 얼마나 기업에 해가 되는지 아신다면?"

"난 사업 같은 건 상관없어요!" 프레데릭이 대답했다.

이 노인들의 부패에 그는 화가 났다. 그리고 소심한 사람들에게 때때로 찾아오는 용기에 사로잡혀 자본가, 국회 의원, 정부, 왕을 공격하고 아라비아인을 변호하며 바보 같은 말도 많이 토해 냈다. 몇 사람은 야유조로 그를 부추겼다.

"잘한다! 계속해요!" 반면에 어떤 이들은 중얼거렸다. "참! 되게 열광하네!" 마침내 그는 그만 물러나는 게 좋겠다고 생각했다. 그가 돌아가려 하자 당브뢰즈 씨가 비서 자리를 빗대어 말했다.

"아직 결정된 건 아니에요! 서둘러야 해요!"

그리고 당브뢰즈 부인이 인사했다.

"곧 또 만나는 거죠?"

프레데릭은 그들 인사를 마지막 조롱으로 받아들였다. 그는 다시는 이런 집에 드나들지 않고 다시는 이런 사람들과 왕래하지 않기로 결심했다. 그는 사교계의 재산인 무관심이 얼마나 커다란지 모른 채 자기가 그들에게 상처를 주었다고 믿었다. 특히 여자들에게 화가 났다. 눈빛만으로라도 그를 지지한 사람은 단 한 명도 없었다. 그는 자기 말에 감동하지 않은 여자들을 원망했다. 당브뢰즈 부인은 무언가 우울하고 차가운 데가 있어 한마디로 정의할 수가 없었다. 애인이라도 있는 걸까? 누구? 외교관일까 아니면 다른 사람? 어쩌면 마르티농? 말도 안 돼! 그러나 그는 마르티농에게 어떤 질투심을, 그녀에게는 설명할 수 없는 적의를 느꼈다.

그날 밤도 평소처럼 뒤사르디에가 찾아와 그를 기다리고 있었다. 프레데릭은 가슴이 터질 것 같았다. 그는 쌓인 감정을 토해 냈다. 비록 그의 불만은 막연하고 이해하기 어려웠지만 사람 좋은 회사원을 슬프게 했다. 프레데릭은 자신이 혼자라는 불평까지 했다. 뒤사르디에는 잠시 주저하다가 델로리에의 집에 가 보자고 제안했다.

변호사 이름을 듣자 프레데릭은 극도로 그를 다시 만나고 싶은 충동을 느꼈다. 그의 지적인 고독감은 깊었고 뒤사르디에만으로는 부족했다. 그는 뒤사르디에에게 알아서 일을 처리해 보라고 대답했다.

델로리에 역시 프레데릭과 틀어진 이후로 뭔가 생활의 공백을 느꼈다. 그는 프레데릭의 우정 어린 접근에 곧 풀어졌다.

두 사람은 포옹을 한 다음 사소한 이야기들을 주고받았다.

델로리에의 조심스러워하는 태도에 프레데릭은 마음이 측은해졌다. 그에게 사과하는 마음에서 프레데릭은 다음 날 먼저 그 돈이 그에게 갈 예정이었다는 얘기는 하지 않고 1만 5000프랑을 잃어버렸다는 얘기를 했다. 변호사는 그 말을 의심하지 않았다. 아르누에 대한 자신의 판단이 옳았다는 것을 증명하는 이 사고를 듣고 나서 그는 원한을 깨끗이 풀고 옛날 약속 얘기를 꺼내지 않았다.

프레데릭은 그가 말을 꺼내지 않자 잊어버린 것이라고 생각했다. 며칠 후에 프레데릭은 빌린 돈을 찾을 방법이 없겠는지 델로리에에게 물었다.

델로리에는 처음 잡은 담보에 이의를 제기하고 아르누를 사기 전매자로 고소하거나 그의 아내를 상대로 주거 퇴거 소송을 제기할 수 있다고 했다.

"안 돼! 안 돼! 부인은 안 돼!" 프레데릭이 소리쳤다. 전 법률 사무소 서기의 추궁에 양보하여 그는 진상을 고백했다. 델로리에는 프레데릭이 난처한 마음에 진실을 완전히 털어놓지는 않았다고 확신했다. 이러한 신뢰의 결핍에 그는 마음이 상했다.

그러나 그들은 옛날처럼 사이가 좋아졌고 심지어 둘만의 시간이 너무도 즐거워 뒤사르디에가 귀찮게 느껴졌다. 약속이 있다는 평계로 그들은 차츰 그를 따돌렸다. 사람들과의 관계에서 중개 역할만을 담당하는 사람들이 있다. 사람들은 다리를 건너듯 그들을 넘어선 다음 더 멀리 가 버리는 것이다.

프레데릭은 옛 친구에게 아무것도 숨기지 않았다. 그는 석탄 회사 건을 당브뢰즈 씨의 제안과 더불어 이야기했다. 변호사는 곰곰 생각하는 모습이었다.

"이상해! 이 자리에는 누군가 법률에 밝은 사람이 필요할 텐데!"

"그래도 네가 날 도와주면 되잖아." 프레데릭이 대답했다.

"그래…… 그래…… 당연하지! 물론이야."

그 주에 프레데릭은 어머니에게서 온 편지를 델로리에에게 보여 줬다.

모로 부인은 지금까지 로크 씨를 나쁘게 생각해 왔던 것은 잘못이고 그가 자기 품행에 대해 납득할 만한 설명을 했다고 말했다. 이어 그녀는 그의 재산 얘기와 함께 후일 루이즈와의 결혼도 가능하다는 말을 했다.

"어쩌면 그리 나쁜 생각은 아닌데!" 델로리에가 말했다.

프레데릭에게는 어림도 없는 생각이었다. 로크 영감은 심지어 늙은 사기꾼 같은 사람이었다. 변호사는 그런 건 상관없다고 말했다.

7월 말쯤 설명할 수 없는 하락세로 북부 철도의 주가가 폭락했다. 프레데릭은 주식을 팔지 않았더랬다. 그는 단번에 6만 프랑을 잃었다. 수입이 현저하게 줄었다. 지출을 줄이든지 직업을 얻든지 유리한 결혼을 하든지 해야 했다.

그러자 델로리에가 로크 양 얘기를 했다. 그가 직접 가서 상황을 살펴보는 것도 괜찮은 일이었다. 프레데릭은 약간 피곤하기도 했다. 시골 어머니의 집이 휴식을 줄 수도 있었다. 그는 떠났다.

달빛 아래 노장 길을 걸으며 그는 옛날 생각에 잠겼다. 그러자 긴 여행에서 돌아오는 사람들처럼 그는 번민에 휩싸였다.

어머니 집에는 오랜 지인들이 와 있었다. 강블랭 씨, 외드라 씨, 샹브리옹 씨, 르브룅 일가 '오제 아가씨들'이 있었다. 거기에다 로크 영감과 모로 부인 맞은편 카드놀이 탁자 앞에는 루이즈 양이 있었다. 그녀는 이제 여인으로 성장해 있었다. 그녀는 소리를 지르며 일어났다. 모두들 시끄럽게 움직였다. 그녀는 선 채로 꼼짝하지 않았다. 탁자 위에 놓인 은촛대 네 개의 불빛을 받아 더욱 창백해 보였다. 다시 카드놀이를 시작하는 그녀 손이 떨렸다. 자존심이 상해 있던 프레데릭은 이렇듯 감동한 모습을 보자 형언할 수 없이 기뻤다. 그는 생각했다. '너는 나를 사랑하리라, 너는!' 그리고 자신이 저쪽에서 맛본 실망을 설욕하려는 듯 멋쟁이 파리 사람 행세를 하며 연극 소식을 전했으며 여기저기 작은 신문에서 주워들은 사교계 일화를 이야기해 고향 사람들을 현혹했다.

다음 날 모로 부인은 루이즈의 장점을 늘어놓았다. 이어 그녀 소유가 될 숲이며 농가를 열거했다. 로크 씨 재산은 상당했다.

그는 당브뢰즈 씨에게 투자를 하면서 자기 재산을 모았다. 유리한 담보를 줄 수 있는 사람들에게 돈을 빌려 주었고 이 때문에 이자나 수수료을 요구할 수 있었다. 열심히 관리한 덕택에 자본에는 조금도 위험이 없었다. 게다가 로크 영감은 차압해야 할 경우 전혀 주저하는 일이 없었다. 그러고 나서 저당잡힌 것을 싼 가격에 다시 사들였다. 당브뢰즈 씨는 자본이 잘 돌아오는 것을 보고 사업이 아주 잘 되어 간다고 생각했다.

그러나 이런 비합법적인 운영으로 관리인에게 그는 약점을 잡혔다. 당브뢰즈 씨가 프레데릭을 그토록 환대한 이유도 로크 영감의 간청에 따른 것이었다.

사실 로크 영감은 내심 한 가지 야심을 품었다. 그는 딸이 백작 부인이 되기를 소망했다. 딸의 행복을 도박에 걸지 않고 목표를 이루기 위해서는 이 젊은이가 가장 적절하다고 생각했다.

당브뢰즈 씨 후원으로 그에게 외할아버지의 칭호를 이어받도록 할 수 있을지도 몰랐다. 모로 부인은 푸방 백작 딸인 데다가 샹파뉴 지방에서 가장 유서 깊은 가문인 라베르나드 가문, 데트리니 가문에도 속했다. 또 모로 가문으로 말하자면 빌뇌브라르슈베크 방앗간 옆 오래된 비문에 1596년 그 방앗간을 다시 세운 자콥 모로에 대한 기록이 새겨져 있었다. 그리고 루이 14세의 말 담당 시종이었던 자콥의 아들 피에르 모로의 무덤이 생니콜라 예배당 안에 있었다.

이 같은 명예는 옛 하인의 자식인 로크 씨를 매료했다. 만일 백작의 칭호를 얻지 못한다 해도 다른 데에서 위안을 얻을 것이었다. 당브뢰즈 씨가 상원 의원이 되면 프레데릭은 국회 의원이 될 수 있었다. 그러면 자기 사업에 도움이 될 수도 있고 공급이나 허가 등을 얻어 내도록 시킬 수 있을 것이었다. 개인적으로 젊은이가 마음에 들기도 했다. 요컨대 그는 이 젊은이를 사위로 삼고 싶었다. 오래전부터 그는 이 생각에 빠져 있었고 젊은이에 대한 집착은 점점 더 강해졌다.

지금 로크 영감은 교회에도 나갔다. 특히 귀족 칭호에 대한 생각으로 모로 부인의 마음을 사로잡았다. 그럼에도 그녀는 신중하게 결정적인 대답은 하지 않았다.

이렇게 해서 일주일 후에는 어떤 결정도 내려지지 않은 상태에서 프레데릭은 루이즈 양 미래의 남편감으로 간주되었다. 그리고 로크 영감은 별 스스럼없이 이따금 그들 둘만 있도록 내버려 두었다.

(2권에서 계속)

세계문학전집 **322**

감정 교육 1

1판 1쇄 펴냄   2014년 7월 25일
1판 8쇄 펴냄   2023년 2월 2일

지은이   귀스타브 플로베르
옮긴이   지영화
발행인   박근섭, 박상준
펴낸곳   (주)민음사

출판등록   1966. 5. 19. (제 16-490호)
서울특별시 강남구 도산대로1길 62(신사동) 강남출판문화센터 5층 (우편번호 06027)
대표전화 02-515-2000   팩시밀리 02-515-2007
www.minumsa.com

© 지영화, 2014. Printed in Seoul, Korea

ISBN 978-89-374-6322-8 04800
ISBN 978-89-374-6000-5 (세트)

세계문학전집 목록

1·2 변신 이야기 오비디우스 · 이윤기 옮김 서울대 권장도서 100선

3 햄릿 셰익스피어 · 최종철 옮김 서울대 권장도서 100선 | 미국대학위원회 선정 SAT 추천도서

4 변신 · 시골의사 카프카 · 전영애 옮김 서울대 권장도서 100선

5 동물농장 오웰 · 도정일 옮김 미국대학위원회 선정 SAT 추천도서 | 《타임》 선정 현대 100대 영문소설

6 허클베리 핀의 모험 트웨인 · 김욱동 옮김 《뉴스위크》 선정 100대 명저

7 암흑의 핵심 콘래드 · 이상옥 옮김 미국대학위원회 선정 SAT 추천도서 | 《뉴스위크》 선정 10대 명저

8 토니오 크뢰거 · 트리스탄 · 베니스에서의 죽음 토마스 만 · 안삼환 외 옮김 노벨 문학상 수상 작가

9 문학이란 무엇인가 사르트르 · 정명환 옮김

10 한국단편문학선 1 김동인 외 · 이남호 엮음 국립중앙도서관 선정 청소년 권장도서

11·12 인간의 굴레에서 서머싯 몸 · 송무 옮김

13 이반 데니소비치, 수용소의 하루 솔제니친 · 이영의 옮김 노벨 문학상 수상 작가

14 너새니얼 호손 단편선 호손 · 천승걸 옮김

15 나의 미카엘 오즈 · 최창모 옮김

16·17 중국신화전설 위앤커 · 전인초, 김선자 옮김

18 고리오 영감 발자크 · 박영근 옮김

19 파리대왕 골딩 · 유종호 옮김 노벨 문학상 수상 작가 | 《타임》 선정 현대 100대 영문소설

20 한국단편문학선 2 김동리 외 · 이남호 엮음

21·22 파우스트 괴테 · 정서웅 옮김 서울대 권장도서 100선 | 미국대학위원회 선정 SAT 추천도서

23·24 빌헬름 마이스터의 수업시대 괴테 · 안삼환 옮김

25 젊은 베르테르의 슬픔 괴테 · 박찬기 옮김 논술 및 수능에 출제된 책(1998~2005)

26 이피게니에 · 스텔라 괴테 · 박찬기 외 옮김

27 다섯째 아이 레싱 · 정덕애 옮김 노벨 문학상 수상 작가

28 삶의 한가운데 린저 · 박찬일 옮김

29 농담 쿤데라 · 방미경 옮김

30 야성의 부름 런던 · 권택영 옮김

31 아메리칸 제임스 · 최경도 옮김

32·33 양철북 그라스 · 장희창 옮김 노벨 문학상 수상 작가 | 서울대 권장도서 100선

34·35 백년의 고독 마르케스 · 조구호 옮김 노벨 문학상 수상 작가 | 서울대 권장도서 100선

36 마담 보바리 플로베르 · 김화영 옮김 서울대 권장도서 100선

37 거미여인의 키스 푸익 · 송병선 옮김

38 달과 6펜스 서머싯 몸 · 송무 옮김

39 폴란드의 풍차 지오노 · 박인철 옮김

40·41 독일어 시간 렌츠 · 정서웅 옮김

42 말테의 수기 릴케 · 문현미 옮김

43 고도를 기다리며 베케트 · 오증자 옮김 노벨 문학상 수상 작가 | 서울대 권장도서 100선

44 데미안 헤세 · 전영애 옮김 노벨 문학상 수상 작가

45 젊은 예술가의 초상 조이스 · 이상옥 옮김 서울대 권장도서 100선

46 카탈로니아 찬가 오웰 · 정영목 옮김

47 호밀밭의 파수꾼 샐린저 · 정영목 옮김 《타임》 선정 현대 100대 영문소설 | 미국대학위원회 선정 SAT 추천도서 | 《뉴스위크》 선정 100대 명저 | BBC 선정 꼭 읽어야 할 책

48·49 파르마의 수도원 스탕달 · 원윤수, 임미경 옮김

50 수레바퀴 아래서 헤세 · 김이섭 옮김 노벨 문학상 수상 작가 | 국립중앙도서관 선정 청소년 권장도서

51·52 내 이름은 빨강 파묵 · 이난아 옮김 노벨 문학상 수상 작가

53 오셀로 셰익스피어 · 최종철 옮김 서울대 권장도서 100선

54 조서 르 클레지오 · 김윤진 옮김 노벨 문학상 수상 작가

55 모래의 여자 아베 코보 · 김난주 옮김

56·57 부덴브로크 가의 사람들 토마스 만 · 홍성광 옮김 노벨 문학상 수상 작가

58 싯다르타 헤세 · 박병덕 옮김 노벨 문학상 수상 작가

59·60 아들과 연인 로렌스 · 정상준 옮김 《뉴스위크》 선정 100대 명저

61 설국 가와바타 야스나리 · 유숙자 옮김 노벨 문학상 수상 작가 | 서울대 권장도서 100선

62 벨킨 이야기 · 스페이드 여왕 푸슈킨 · 최선 옮김

63·64 넙치 그라스 · 김재혁 옮김 노벨 문학상 수상 작가

65 소망 없는 불행 한트케 · 윤용호 옮김 노벨 문학상 수상 작가

66 나르치스와 골드문트 헤세 · 임홍배 옮김 노벨 문학상 수상 작가

67 황야의 이리 헤세 · 김누리 옮김 노벨 문학상 수상 작가

68 페테르부르크 이야기 고골 · 조주관 옮김

69 밤으로의 긴 여로 오닐 · 민승남 옮김 노벨 문학상 수상 작가 | 미국대학위원회 선정 SAT 추천도서

70 체호프 단편선 체호프 · 박현섭 옮김

71 버스 정류장 가오싱젠 · 오수경 옮김 노벨 문학상 수상 작가

72 구운몽 김만중 · 송성욱 옮김 서울대 권장도서 100선 | 국립중앙도서관 선정 청소년 권장도서

73 대머리 여가수 이오네스코 · 오세곤 옮김

74 이솝 우화집 이솝 · 유종호 옮김 논술 및 수능에 출제된 책(1998~2005)

75 위대한 개츠비 피츠제럴드 · 김욱동 옮김 《타임》 선정 현대 100대 영문소설

76 푸른 꽃 노발리스 · 김재혁 옮김

77 1984 오웰 · 정회성 옮김 《타임》 선정 현대 100대 영문소설 | 《뉴스위크》 선정 100대 명저

78·79 영혼의 집 아옌데 · 권미선 옮김

80 첫사랑 투르게네프 · 이항재 옮김

81 내가 죽어 누워 있을 때 포크너 · 김명주 옮김 노벨 문학상 수상 작가

82 런던 스케치 레싱 · 서숙 옮김 노벨 문학상 수상 작가

83 팡세 파스칼 · 이환 옮김

84 질투 로브그리예 · 박이문, 박희원 옮김

85·86 채털리 부인의 연인 로렌스 · 이인규 옮김

87 그 후 나쓰메 소세키 · 윤상인 옮김

88 오만과 편견 오스틴 · 윤지관, 전승희 옮김 미국대학위원회 선정 SAT 추천도서

89·90 부활 톨스토이 · 연진희 옮김 논술 및 수능에 출제된 책(1998~2005)

91 방드르디, 태평양의 끝 투르니에 · 김화영 옮김

92 미겔 스트리트 나이폴 · 이상옥 옮김 노벨 문학상 수상 작가

93 뻬드로 빠라모 룰포 · 정창 옮김

94 차라투스트라는 이렇게 말했다 니체 · 장희창 옮김 국립중앙도서관 선정 청소년 권장도서

95·96 적과 흑 스탕달 · 이동렬 옮김 국립중앙도서관 선정 청소년 권장도서

97·98 콜레라 시대의 사랑 마르케스 · 송병선 옮김 노벨 문학상 수상 작가 | BBC 선정 꼭 읽어야 할 책

99 맥베스 셰익스피어 · 최종철 옮김 서울대 권장도서 100선 | 미국대학위원회 선정 SAT 추천도서

100 춘향전 작자 미상 · 송성욱 풀어 옮김 서울대 권장도서 100선

101 페르디두르케 곰브로비치 · 윤진 옮김

102 포르노그라피아 곰브로비치 · 임미경 옮김

103 인간 실격 다자이 오사무 · 김춘미 옮김

104 네루다의 우편배달부 스카르메타 · 우석균 옮김

105·106 이탈리아 기행 괴테 · 박찬기 외 옮김

107 나무 위의 남작 칼비노 · 이현경 옮김

108 달콤 쌉싸름한 초콜릿 에스키벨 · 권미선 옮김

109·110 제인 에어 C. 브론테 · 유종호 옮김 BBC 선정 꼭 읽어야 할 책

111 크눌프 헤세 · 이노은 옮김 노벨 문학상 수상 작가

112 시계태엽 오렌지 버지스 · 박시영 옮김 《타임》 선정 현대 100대 영문소설 | 《뉴스위크》 선정 100대 명저

113·114 파리의 노트르담 위고 · 정기수 옮김 미국대학위원회 선정 SAT 추천도서

115 새로운 인생 단테 · 박우수 옮김

116·117 로드 짐 콘래드 · 이상옥 옮김 《뉴스위크》 선정 100대 명저

118 폭풍의 언덕 E. 브론테 · 김종길 옮김 미국대학위원회 선정 SAT 추천도서

119 텔크테에서의 만남 그라스 · 안삼환 옮김 노벨 문학상 수상 작가

120 검찰관 고골 · 조주관 옮김

121 안개 우나무노 · 조민현 옮김

122 나사의 회전 제임스 · 최경도 옮김 미국대학위원회 선정 SAT 추천도서

123 피츠제럴드 단편선 1 피츠제럴드 · 김욱동 옮김

124 목화밭의 고독 속에서 콜테스 · 임수현 옮김

125 돼지꿈 황석영

126 라셀라스 존슨 · 이인규 옮김

127 리어 왕 셰익스피어 · 최종철 옮김 서울대 권장도서 100선 | 《뉴스위크》 선정 100대 명저

128·129 쿠오 바디스 시엔키에비츠 · 최성은 옮김 노벨 문학상 수상 작가

130 자기만의 방 · 3기니 울프 · 이미애 옮김

131 시르트의 바닷가 그라크 · 송진석 옮김

132 이성과 감성 오스틴 · 윤지관 옮김

133 바덴바덴에서의 여름 치프킨 · 이장욱 옮김

134 새로운 인생 파묵 · 이난아 옮김 노벨 문학상 수상 작가

135·136 무지개 로렌스 · 김정매 옮김

137 인생의 베일 서머싯 몸 · 황소연 옮김

138 보이지 않는 도시들 칼비노 · 이현경 옮김

139·140·141 연초 도매상 바스 · 이운경 옮김 《타임》 선정 현대 100대 영문소설

142·143 플로스 강의 물방앗간 엘리엇 · 한애경, 이봉지 옮김 미국대학위원회 선정 SAT 추천도서

144 연인 뒤라스 · 김인환 옮김

145·146 이름 없는 주드 하디 · 정종화 옮김

147 제49호 품목의 경매 핀천 · 김성곤 옮김 《타임》 선정 현대 100대 영문소설

148 성역 포크너·이진준 옮김 노벨 문학상 수상 작가 | 퓰리처상 수상 작가

149 무진기행 김승옥

150·151·152 신곡(지옥편·연옥편·천국편) 단테·박상진 옮김 《뉴스위크》 선정 100대 명저

153 구덩이 플라토노프·정보라 옮김

154·155·156 카라마조프가의 형제들 도스토옙스키·김연경 옮김

157 지상의 양식 지드·김화영 옮김 노벨 문학상 수상 작가

158 밤의 군대들 메일러·권택영 옮김 퓰리처상 수상 작가

159 주홍 글자 호손·김욱동 옮김 서울대 권장도서 100선 | 미국대학위원회 선정 SAT 추천도서

160 깊은 강 엔도 슈사쿠·유숙자 옮김

161 욕망이라는 이름의 전차 윌리엄스·김소임 옮김

162 마사 퀘스트 레싱·나영균 옮김 노벨 문학상 수상 작가

163·164 운명의 딸 아옌데·권미선 옮김

165 모렐의 발명 비오이 카사레스·송병선 옮김

166 삼국유사 일연·김원중 옮김 서울대 권장도서 100선

167 풀잎은 노래한다 레싱·이태동 옮김 노벨 문학상 수상 작가

168 파리의 우울 보들레르·윤영애 옮김

169 포스트맨은 벨을 두 번 울린다 케인·이만식 옮김

170 썩은 잎 마르케스·송병선 옮김 노벨 문학상 수상 작가

171 모든 것이 산산이 부서지다 아체베·조규형 옮김 《타임》 선정 현대 100대 영문소설

172 한여름 밤의 꿈 셰익스피어·최종철 옮김 미국대학위원회 선정 SAT 추천도서

173 로미오와 줄리엣 셰익스피어·최종철 옮김 미국대학위원회 선정 SAT 추천도서

174·175 분노의 포도 스타인벡·김승욱 옮김 노벨 문학상 수상 작가 | 《타임》 선정 현대 100대 영문소설

176·177 괴테와의 대화 에커만·장희창 옮김

178 그물을 헤치고 머독·유종호 옮김 《타임》 선정 현대 100대 영문소설

179 브람스를 좋아하세요... 사강·김남주 옮김

180 카타리나 블룸의 잃어버린 명예 하인리히 뵐·김연수 옮김 노벨 문학상 수상 작가

181·182 에덴의 동쪽 스타인벡·정회성 옮김 노벨 문학상 수상 작가

183 순수의 시대 워튼·송은주 옮김 《뉴스위크》 선정 100대 명저 | 퓰리처상 수상작

184 도둑 일기 주네·박형섭 옮김

185 나자 브르통·오생근 옮김

186·187 캐치─22 헬러·안정효 옮김 《타임》 선정 현대 100대 영문소설 | 《뉴스위크》 선정 100대 명저 | BBC 선정 꼭 읽어야 할 책

188 숄로호프 단편선 숄로호프·이항재 옮김 노벨 문학상 수상 작가

189 말 사르트르·정명환 옮김

190·191 보이지 않는 인간 엘리슨·조영환 옮김 《타임》 선정 현대 100대 영문소설

192 왑샷 가문 연대기 치버·김승욱 옮김 퓰리처상 수상 작가

193 왑샷 가문 몰락기 치버·김승욱 옮김 퓰리처상 수상 작가

194 필립과 다른 사람들 노터봄·지명숙 옮김

195·196 하드리아누스 황제의 회상록 유르스나르·곽광수 옮김

197·198 소피의 선택 스타이런·한정아 옮김 퓰리처상 수상 작가

199 피츠제럴드 단편선 2 피츠제럴드·한은경 옮김

200 홍길동전 허균·김탁환 옮김

201 요술 부지깽이 쿠버 · 양윤희 옮김

202 북호텔 다비 · 원윤수 옮김

203 톰 소여의 모험 트웨인 · 김욱동 옮김

204 금오신화 김시습 · 이지하 옮김

205·206 테스 하디 · 정종화 옮김 미국대학위원회 선정 SAT 추천도서 | BBC 선정 꼭 읽어야 할 책

207 브루스터플레이스의 여자들 네일러 · 이소영 옮김

208 더 이상 평안은 없다 아체베 · 이소영 옮김

209 그레인지 코플랜드의 세 번째 인생 워커 · 김시현 옮김 퓰리처상 수상 작가

210 어느 시골 신부의 일기 베르나노스 · 정영란 옮김

211 타라스 불바 고골 · 조주관 옮김

212·213 위대한 유산 디킨스 · 이인규 옮김 서울대 권장도서 100선 | BBC 선정 꼭 읽어야 할 책

214 면도날 서머싯 몸 · 안진환 옮김

215·216 성채 크로닌 · 이은정 옮김

217 오이디푸스 왕 소포클레스 · 강대진 옮김 서울대 권장도서 100선

218 세일즈맨의 죽음 밀러 · 강유나 옮김

219·220·221 안나 카레니나 톨스토이 · 연진희 옮김 서울대 권장도서 100선

222 오스카 와일드 작품선 와일드 · 정영목 옮김

223 벨아미 모파상 · 송덕호 옮김

224 파스쿠알 두아르테 가족 호세 셀라 · 정동섭 옮김 노벨 문학상 수상 작가

225 시칠리아에서의 대화 비토리니 · 김운찬 옮김

226·227 길 위에서 케루악 · 이만식 옮김 《타임》 선정 현대 100대 영문소설 | 《뉴스위크》 선정 100대 명저

228 우리 시대의 영웅 레르몬토프 · 오정미 옮김

229 아우라 푸엔테스 · 송상기 옮김

230 클링조어의 마지막 여름 헤세 · 황승환 옮김 노벨 문학상 수상 작가

231 리스본의 겨울 무뇨스 몰리나 · 나송주 옮김

232 뻐꾸기 둥지 위로 날아간 새 키지 · 정회성 옮김 《타임》 선정 현대 100대 영문소설

233 페널티킥 앞에 선 골키퍼의 불안 한트케 · 윤용호 옮김 노벨 문학상 수상 작가

234 참을 수 없는 존재의 가벼움 쿤데라 · 이재룡 옮김

235·236 바다여, 바다여 머독 · 최옥영 옮김

237 한 줌의 먼지 에벌린 워 · 안진환 옮김 《타임》 선정 현대 100대 영문소설

238 뜨거운 양철 지붕 위의 고양이 · 유리 동물원 윌리엄스 · 김소임 옮김 퓰리처상 수상작

239 지하로부터의 수기 도스토옙스키 · 김연경 옮김

240 키메라 바스 · 이운경 옮김

241 반쪼가리 자작 칼비노 · 이현경 옮김

242 벌집 호세 셀라 · 남진희 옮김 노벨 문학상 수상 작가

243 불멸 쿤데라 · 김병욱 옮김

244·245 파우스트 박사 토마스 만 · 임홍배, 박병덕 옮김 노벨 문학상 수상 작가

246 사랑할 때와 죽을 때 레마르크 · 장희창 옮김

247 누가 버지니아 울프를 두려워하랴? 올비 · 강유나 옮김

248 인형의 집 입센 · 안미란 옮김

249 위폐범들 지드 · 원윤수 옮김 노벨 문학상 수상 작가

250 무정 이광수 · 정영훈 책임 편집 서울대 권장도서 100선

251·252 의지와 운명 푸엔테스·김현철 옮김

253 폭력적인 삶 파솔리니·이승수 옮김

254 거장과 마르가리타 불가코프·정보라 옮김

255·256 경이로운 도시 멘도사·김현철 옮김

257 야곱을 둘러싼 추측들 욘존·손대영 옮김

258 왕자와 거지 트웨인·김욱동 옮김

259 존재하지 않는 기사 칼비노·이현경 옮김

260·261 눈먼 암살자 애트우드·차은정 옮김 《타임》 선정 현대 100대 영문소설

262 베니스의 상인 셰익스피어·최종철 옮김

263 말리나 바흐만·남정애 옮김

264 사볼타 사건의 진실 멘도사·권미선 옮김

265 뒤렌마트 희곡선 뒤렌마트·김혜숙 옮김

266 이방인 카뮈·김화영 옮김 노벨 문학상 수상 작가 | 미국대학위원회 선정 SAT 추천도서

267 페스트 카뮈·김화영 옮김 노벨 문학상 수상 작가 | 국립중앙도서관 선정 청소년 권장도서

268 검은 튤립 뒤마·송진석 옮김

269·270 베를린 알렉산더 광장 되블린·김재혁 옮김

271 하얀 성 파묵·이난아 옮김 노벨 문학상 수상 작가

272 푸슈킨 선집 푸슈킨·최선 옮김

273·274 유리알 유희 헤세·이영임 옮김 노벨 문학상 수상 작가

275 픽션들 보르헤스·송병선 옮김 서울대 권장도서 100선

276 신의 화살 아체베·이소영 옮김

277 빌헬름 텔·간계와 사랑 실러·홍성광 옮김

278 노인과 바다 헤밍웨이·김욱동 옮김 노벨 문학상 수상 작가 | 퓰리처상 수상작

279 무기여 잘 있어라 헤밍웨이·김욱동 옮김 미국대학위원회 선정 SAT 추천도서

280 태양은 다시 떠오른다 헤밍웨이·김욱동 옮김 《타임》 선정 현대 100대 영문 소설

281 알레프 보르헤스·송병선 옮김

282 일곱 박공의 집 호손·정소영 옮김

283 에마 오스틴·윤지관, 김영희 옮김

284·285 죄와 벌 도스토옙스키·김연경 옮김 미국대학위원회 선정 SAT 추천도서

286 시련 밀러·최영 옮김

287 모두가 나의 아들 밀러·최영 옮김

288·289 누구를 위하여 종은 울리나 헤밍웨이·김욱동 옮김 노벨 문학상 수상 작가

290 구르브 연락 없다 멘도사·정창 옮김

291·292·293 데카메론 보카치오·박상진 옮김

294 나누어진 하늘 볼프·전영애 옮김

295·296 제브데트 씨와 아들들 파묵·이난아 옮김 노벨 문학상 수상 작가

297·298 여인의 초상 제임스·최경도 옮김 미국대학위원회 선정 SAT 추천도서

299 압살롬, 압살롬! 포크너·이태동 옮김 노벨 문학상 수상 작가

300 이상 소설 전집 이상·권영민 책임 편집

301·302·303·304·305 레 미제라블 위고·정기수 옮김

306 관객모독 한트케·윤용호 옮김 노벨 문학상 수상 작가

307 더블린 사람들 조이스·이종일 옮김

308 에드거 앨런 포 단편선 앨런 포·전승희 옮김 미국대학위원회 선정 SAT 추천도서

309 보이체크·당통의 죽음 뷔히너·홍성광 옮김

310 노르웨이의 숲 무라카미 하루키·양억관 옮김

311 운명론자 자크와 그의 주인 디드로·김희영 옮김

312·313 헤밍웨이 단편선 헤밍웨이·김욱동 옮김 노벨 문학상 수상 작가

314 피라미드 골딩·안지현 옮김 노벨 문학상 수상 작가

315 닫힌 방·악마와 선한 신 사르트르·지영래 옮김

316 등대로 울프·이미애 옮김 《타임》 선정 현대 100대 영문소설 | 《뉴스위크》 선정 100대 명저

317·318 한국 희곡선 송영 외·양승국 엮음

319 여자의 일생 모파상·이동렬 옮김

320 의식 노터봄·김영중 옮김

321 육체의 악마 라디게·원윤수 옮김

322·323 감정 교육 플로베르·지영화 옮김

324 불타는 평원 룰포·정창 옮김

325 위대한 몬느 알랭푸르니에·박영근 옮김

326 라쇼몬 아쿠타가와 류노스케·서은혜 옮김

327 반바지 당나귀 보스코·정영란 옮김

328 정복자들 말로·최윤주 옮김

329·330 우리 동네 아이들 마흐푸즈·배혜경 옮김 노벨 문학상 수상 작가

331·332 개선문 레마르크·장희창 옮김

333 사바나의 개미 언덕 아체베·이소영 옮김

334 게걸음으로 그라스·장희창 옮김 노벨 문학상 수상 작가

335 코스모스 곰브로비치·최성은 옮김

336 좁은 문·전원교향곡·배덕자 지드·동성식 옮김 노벨 문학상 수상 작가

337·338 암 병동 솔제니친·이영의 옮김 노벨 문학상 수상 작가

339 피의 꽃잎들 응구기 와 시옹오·왕은철 옮김

340 운명 케르테스·유진일 옮김 노벨 문학상 수상 작가

341·342 벌거벗은 자와 죽은 자 메일러·이운경 옮김 퓰리처상 수상 작가

343 시지프 신화 카뮈·김화영 옮김 노벨 문학상 수상 작가

344 뇌우 차오위·오수경 옮김

345 모옌 중단편선 모옌·심규호, 유소영 옮김 노벨 문학상 수상 작가

346 일야서 한사오궁·심규호, 유소영 옮김

347 상속자들 골딩·안지현 옮김 노벨 문학상 수상 작가

348 설득 오스틴·전승희 옮김

349 히로시마 내 사랑 뒤라스·방미경 옮김

350 오 헨리 단편선 오 헨리·김희용 옮김

351·352 올리버 트위스트 디킨스·이인규 옮김

353·354·355·356 전쟁과 평화 톨스토이·연진희 옮김

357 다시 찾은 브라이즈헤드 에벌린 워·백지민 옮김

358 아무도 대령에게 편지하지 않다 마르케스·송병선 옮김

359 사양 다자이 오사무·유숙자 옮김

360 좌절 케르테스·한경민 옮김 노벨 문학상 수상 작가

361·362 닥터 지바고 파스테르나크 · 김연경 옮김　노벨 문학상 수상 작가

363 노생거 사원 오스틴 · 윤지관 옮김

364 개구리 모옌 · 심규호, 유소영 옮김　노벨 문학상 수상 작가

365 마왕 투르니에 · 이원복 옮김　공쿠르상 수상 작가

366 맨스필드 파크 오스틴 · 김영희 옮김

367 이선 프롬 이디스 워튼 · 김욱동 옮김　퓰리처상 수상 작가

368 여름 이디스 워튼 · 김욱동 옮김　퓰리처상 수상 작가

369·370·371 나는 고백한다 자우메 카브레 · 권가람 옮김

372·373·374 태엽 감는 새 연대기 무라카미 하루키 · 김연경 옮김

375·376 대사들 제임스 · 정소영 옮김

377 족장의 가을 마르케스 · 송병선 옮김　노벨 문학상 수상 작가

378 핏빛 자오선 매카시 · 김시현 옮김

379 모두 다 예쁜 말들 매카시 · 김시현 옮김

380 국경을 넘어 매카시 · 김시현 옮김

381 평원의 도시들 매카시 · 김시현 옮김

382 만년 다자이 오사무 · 유숙자 옮김

383 반항하는 인간 카뮈 · 김화영 옮김　노벨 문학상 수상 작가

384·385·386 악령 도스토옙스키 · 김연경 옮김

387 태평양을 막는 제방 뒤라스 · 윤진 옮김

388 남아 있는 나날 가즈오 이시구로 · 송은경 옮김

389 앙리 브륄라르의 생애 스탕달 · 원윤수 옮김

390 찻집 라오서 · 오수경 옮김

391 태어나지 않은 아이를 위한 기도 케르테스 · 이상동 옮김　노벨 문학상 수상 작가

392·393 서머싯 몸 단편선 서머싯 몸 · 황소연 옮김

394 케이크와 맥주 서머싯 몸 · 황소연 옮김

395 월든 소로 · 정회성 옮김

396 모래 사나이 E. T. A. 호프만 · 신동화 옮김

397·398 검은 책 오르한 파묵 · 이난아 옮김　노벨 문학상 수상 작가

399 방랑자들 올가 토카르추크 · 최성은 옮김　노벨 문학상 수상 작가

400 시여, 침을 뱉어라 김수영 · 이영준 엮음

401·402 환락의 집 이디스 워튼 · 전승희 옮김

403 달려라 메로스 다자이 오사무 · 유숙자 옮김

404 아버지와 자식 투르게네프 · 연진희 옮김

405 청부 살인자의 성모 바예호 · 송병선 옮김

406 세피아빛 초상 아옌데 · 조영실 옮김

407·408·409·410 사기 열전 사마천 · 김원중 옮김　서울대 권장도서 100선

411 이상 시 전집 이상 · 권영민 책임 편집

412 어둠 속의 사건 발자크 · 이동렬 옮김

413 태평천하 채만식 · 권영민 책임 편집

414·415 노스트로모 콘래드 · 이미애 옮김

416·417 제르미날 졸라 · 강충권 옮김

418 명인 가와바타 야스나리 · 유숙자 옮김　노벨 문학상 수상 작가

419 핀처 마틴 골딩 · 백지민 옮김　노벨 문학상 수상 작가

세계문학전집은 계속 간행됩니다.